폴링

FALLING

폴링

T. J. 뉴먼 지음

나현진 옮김

어느날
갑자기

나의 부모님,
켄과 데니즈 뉴먼을 위해

하나님께서 행하신 일이 어찌 그리 크냐 하리로다

—민수기 23:23

차
례

폴링 9

무릎 사이로 신발이 툭 떨어졌다. 신발 안에 사람의 발이 들어 있었다.

여자는 비명을 지르며 신발을 공중으로 내던졌다. 피범벅이 된 사람들이 무중력 상태로 간신히 매달려 있다가 비행기 측면에 생긴 거대한 구멍 속으로 삽시간에 휩쓸려 갔다. 여자의 좌석 옆 바닥에서는 한 승무원이 승객들을 향해 산소마스크를 쓰라고 고함치며 통로를 기어오르고 있었다.

빌은 비행기 뒤편에서 이 모든 걸 지켜보았다.

신발을 내던진 여자 승객은 그 젊은 승무원의 외침을 제대로 알아들을 수 없었다. 조금 전 폭발 때문에 청력에 문제가 생긴 것 같았다. 그녀의 양쪽 귀에서 가느다란 핏줄기가 흘러나오고 있었다.

폭발이 일어나면서 공중으로 휙 날아오른 승무원의 몸이 바닥으로 떨어졌다. 그녀는 머리를 바닥에 쿵 박은 뒤 얼마간 꼼짝없이 쓰러져 있었다. 그러다 비행기가 급강하하면서 몸이 통로 아래쪽으로 미끄러지자 좌석 밑의 가로대를 꽉 움켜잡았다. 급속도로 하강하는 힘에 맞서 몸을 끌어올리려 발버둥 칠수록 가로대를 잡고 있는 팔이 더욱 심하게 부들부들 떨려 왔다. 그녀가 몸을 옆으로 휙 뒤집자 발이 허공에서 버둥거렸다. 온갖 잔해들이 비행기 안을 날아다녔다. 각종 종이며, 옷, 노트북, 탄산음료 캔, 아기 이불까지. 마치 토네이도 속에 들어와 있는 것 같았다.

빌은 승무원의 시선을 따라 아래쪽을 바라보았다. 하늘이 보였다.

30초 전까지만 해도 비상구였던 그곳에 커다란 구멍이 나 있고, 그 사이로 빛이 들어와 비행기 내부를 비추었다. 조금 전 한 승무원이 쓰레기를 치우던 곳이었다.

나이가 좀 들어 보이던 빨간 머리의 승무원. 불과 몇 초 전만 해도 그녀가 미소를 띤 채 장갑 낀 손으로 빈 컵을 수거해 가고 있었다. 그런데 쾅 하고 폭발이 터지자마자 그녀가 사라져 버렸다. 아니, 그녀가 있던 열 전체가 없어졌다. 비행기 한쪽이 툭 떨어져 나갔다. 비행기가 직선 경로를 유지하지 못하고 좌우로 흔들리자, 빌은 다리를 벌려 균형을 잡았다.

이건 무조건 방향타 문제야, 그가 생각했다. 아무래도 비행기 꼬리 부분 전체에 이상이 생긴 것 같았다.

흑갈색 머리칼을 지닌 승무원의 머리 위로 짐칸이 서서히 벌어지더니 벌컥 열렸다. 짐들이 와르르 쏟아져 나와 기내를 사납게 굴러다녔다. 바퀴 달린 커다란 분홍 캐리어가 앞으로 돌진하더니 구멍 쪽으로 빨려 들어갔다. 캐리어가 구멍 밖으로 빠져나가면서 기체의 옆면을 세게 치는 바람에 항공기의 외피가 떨어져 나갔고, 그로 인해 항공기 프레임과 스트링거가 노출되어 격자 구조가 하늘을 향해 그대로 드러났다. 채찍처럼 날아드는 전선에서는 주황빛과 노란빛의 불꽃이 타닥타닥 튀어 올랐고, 자욱한 연기가 여기저기로 흩어져 갔다. 빌은 눈을 가늘게 뜨고서 태양을 바라보았다.

비행기가 간신히 수평을 되찾자, 바닥에 있던 승무원도 무릎을 꿇고 앉을 수 있게 되었다. 빌은 도무지 말을 듣지 않는 자신의 몸뚱이와 힘겨루기 하는 그녀의 모습을 지켜보았다. 그녀가 겨우겨우 앞으로 다리를 뻗자, 허벅지를 뚫고 나온 뼈가 보였다. 눈을 몇 번 끔벅이며 피로 뒤덮인 상처를 내려다보던 그녀는 이내 다시 기어가기 시작했다.

"마스크 쓰세요!" 승무원은 통로를 기어올라 비행기 뒤편으로 가며 고래고래 소리쳤다. 그러나 성난 바람 소리 때문에 그녀의 목소리는 거의 들리지 않았다. 저 건너편에서 산소마스크를 움켜잡고 있는 남자를 바라보았다. 그가 산소마스크를 얼굴 위로 쓰려던 순간, 거센 바람이 마스크를 확 낚아챘다. 마스크에 달린 짱짱한 고무줄이 바람에 휘날렸다.

항공기 객실 안은 휘몰아치는 잔해와 회색 연기로 가득 차 있었다. 혼돈 그 자체였다. 금속 재질의 물병이 공중으로 날아올라 바닥을 기어가는 승무원의 얼굴을 가격했다. 코에서 피가 쏟아져 나왔다.

"여기 제 남편이 총에 맞았어요! 도와주세요!"

빌은 생기를 잃은 남편의 몸통을 주먹으로 쿵쿵 치고 있는 여자를 바라보았다. 남편의 눈과 볼은 이마에 난 두 개의 작은 구멍에서 흘러나온 피로 뒤덮여 있었다. 승무원이 그의 상태를 더 자세히 보기 위해 좌석 팔걸이에 몸을 지탱하고 일어선 뒤, 자신의 얼굴에 붙은 머리칼을 쓸어 넘겼다.

총알이 박힌 게 아니었다. 항공기의 리벳 못이었다.

비행기가 격하게 흔들리더니 바닥이 휘어지기 시작했다. 빌은 발아래의 것들이 전부 기울어지는 게 느껴졌다. 기체가 그대로 유지될 수 있을지 의문이었다. 앞으로 시간이 얼마나 남았는지도 궁금했다.

계속 바닥을 기어오르던 승무원의 손이 짙게 얼룩진 카펫에 닿은 순간, 빌은 오줌 냄새를 맡았다. 승무원이 통로 쪽 좌석에 앉아 있는 남자를 올려다봤다. 그는 충격을 받아 멍한 눈으로 허공을 바라보면서 발아래에 소변 웅덩이를 만들어 내고 있었다.

"어…… 얼음 좀……." 고통에 찬 신음소리가 들렸다.

승무원이 몸을 돌렸다. 빌은 맞은편 통로 쪽에 있는 승객이 무언가 두툼한 덩어리를 쥔 채 젊은 여자 승무원에게 손을 뻗는 모습을 지켜보았다. 승무원은 움찔했다. 고개를 들어 올려다보니 그 승객의 턱과 목이 진홍빛으로 물들어 있었다.

"어…… 얼음." 승객이 같은 말을 반복했다. 입 밖으로 피가 솟구쳤다.

그 여자 승객의 손에 들린 건 혀였다.

빌은 어깨 너머로 뒤쪽 벽에서 세찬 바람에 요동치는 인터폰 줄을 흘긋 보았다. 여자 승무원이 인터폰을 향해 기어오고 있었다. 그리고 갤리* 맞은편으로 시선을 돌렸다. 막내 승무원이 온몸이 구겨진 채 바닥에 쓰러져 있었다. 그녀의 주변은 피로 흥건했고, 엎어진 주스 상자 하나가 피 웅덩이 위로 주황색 액체를 꿀렁꿀렁 쏟아 내고 있었다.

흑갈색 머리칼의 승무원이 몸을 질질 끌면서 통로를 나아 갔다. 바닥에 떨어진 설탕 봉지와 크림이 그녀의 유니폼에 마구 뭉개졌다. 그러나 마침내 통로 끝에 도착한 그녀는 앞으로

---

* 항공기의 주방

뻗은 손을 곧장 뒤로 뺄 수밖에 없었다.

검은색 정장 구두 한 켤레가 길을 막고 있었다.

승무원이 고개를 들었다. 빌의 발밑이었다. 그녀는 무언가를 말하려는 듯 피범벅이 된 성치 않은 턱을 벌렸지만 한마디도 나오지 않았다. 빌의 넥타이가 바람에 휘날렸다. 엔진 소리가 두 사람 모두에게 비명을 질러대고 있었다. 무슨 일이라도, 부디 어떤 일이라도 일어나기를 바라면서.

"어떻게…… 기장님이……." 승무원은 빌을 올려다보며 말을 더듬었다. 그녀의 얼굴에 '배신'이라는 글자가 새겨졌다. "누가 비행기를 조종하고 있는 거죠, 호프만 기장님?"

빌은 무슨 말을 하려는 듯 숨을 거칠게 들이마셨지만 아무 말도 나오지 않았다.

저 멀리 굳게 닫힌 조종실 문을 바라보았다.

그는 저 문 안에 있어야만 했다.

빌은 흑갈색 머리의 승무원을 뛰어넘은 뒤, 항공기 앞쪽을 향해 전력 질주했다. 죽을힘을 다해 뛰었지만, 빨리 달릴수록 조종실 문은 더 멀어지는 것 같았다. 주변의 모든 사람들이 소리를 지르며 제발 멈춰서 자기들을 도와 달라고 애원했다. 그러나 그는 계속 달렸다. 문은 더 멀어져 갔다. 그는 눈을 감았다.

무작정 문으로 달려들었다. 절대 열리지 않는 문에 머리를 세게 들이받았다. 비틀거리며 뒤로 물러난 그가 두 손으로 머리를 감쌌다. 정신이 몽롱한 와중에도 어떻게 하면 꽉 막힌 조종실을 뚫고 들어갈 수 있을지 생각해 봤지만 아무것도 떠오르지 않았다. 주먹에 감각이 없어질 때까지 계속 문을 두드렸다.

숨이 가빠졌다. 빌이 문을 발로 차려고 뒤로 물러섰을 때, 딸깍 소리가 들렸다.

틈새가 벌어지며 문이 열렸다. 그대로 조종실 안으로 돌진했다.

조종실은 온통 적색과 황색 경보등으로 번쩍이고 있었다. 시끄럽고 날카로운 경보음이 집어삼킨 작은 조종실 안에서 빌은 왼쪽에 위치한 자신의 자리, 기장석에 앉았다. 비행기가 요동치고 화면 속 숫자들이 뒤죽박죽 얽혀서 눈앞의 화면에 집중할 수가 없었다. 눈길이 닿는 곳마다 빨간 불이 따라다녔다. 모든 버튼과 다이얼, 화면이 그에게 비명을 질러 댔다.

창밖을 보니 땅이 점점 더 가까워지고 있었다.

어떻게 좀 해 보라고! 빌은 자신을 윽박질렀다.

두 손을 앞으로 뻗었다.

그러나 그대로 얼어 버렸다.

이런 제길, 넌 기장이야. 결정해야 한다고. 시간이 없어.

경보음이 더 커졌다. 자동 음성이 계속해서 멈추라는 지시를 내렸다.

"비대칭 추력은 어때요?"

빌이 고개를 홱 돌렸다.

열 살배기 아들 스콧이 부기장 자리에 앉아서 어깨를 으쓱했다. 스콧은 태양계 행성이 그려진 잠옷 차림이었고, 두 발은 바닥에 닿지 않아 공중에 떠 있었다.

"한번 해 봐요, 아빠." 스콧이 덧붙였다.

빌은 자신의 손을 다시 내려다봤다. 손가락이 움직이지 않았다. 허공에서 방황할 뿐이었다.

"좋아요, 그럼. 어려운 방법으로 해 봐요. 급강하할 때의 스피드를 이용해서 일직선을 유지해 봐요."

빌이 다시 고개를 돌리자 이젠 아내가 의자에 비스듬히 기대어 앉아 있었다. 그녀는 팔짱을 낀 채 그를 향해 싱긋 웃었다. 그녀의 말이 옳다는 걸 두 사람 모두 인정할 때 짓는 표정이었다. 세상에, 아내는 너무 아름다웠다.

어떻게든 움직여 보려고 발버둥 치느라 땀줄기가 목을 타고 흘렀다. 두려움에 몸이 굳어 버렸다. 잘못된 결정을 할까 봐 무서웠다.

캐리가 한쪽 귀에 머리카락을 꽂고 상체를 숙이면서 남편의 무릎 위에 손을 얹었다.

"빌, 일어날 시간이야."

그는 숨을 헐떡이며 몸을 벌떡 일으켰다. 커튼 틈새로 쏟아지는 달빛이 킹사이즈 침대를 감쌌다. 번쩍이는 경보등을 찾아 방 안을 두리번거렸다. 귀를 쫑긋 세워 경보음을 쫓았지만, 이웃집 개가 짖는 소리만 들릴 뿐이었다.

빌이 숨을 훅 내뱉으며 두 손 안에 얼굴을 묻었다. "또 같은 꿈 꿨어?" 캐리가 침대의 옆자리에서 물었다. 빌은 어둠 속에서 고개를 끄덕였다.

1

이불을 살짝 흔들어 주름을 반듯하게 폈다. 열린 창문으로
막 잘린 잔디의 진한 풀 냄새가 솔솔 들어오자, 캐리의 시선
이 창 쪽으로 옮겨 갔다. 길 건너 사는 이웃집 남자가 옷자락
으로 얼굴에 난 땀을 훔치더니 잔디로 가득 찬 쓰레기통 뚜껑
을 쾅 닫았다. 그는 쓰레기통을 끌고 뒤뜰로 가다가 지나가는
차를 향해 손을 흔들었다. 차창 밖으로 흘러나오던 시끄러운
음악 소리가 점차 희미해져 갔다. 캐리의 뒤편에 있는 욕실에
서 물소리가 멈췄다.

캐리가 방을 나왔다.

"엄마, 밖에서 놀아도 돼요?"

스콧이 무선 조종 자동차를 손에 들고 계단 아래에 서서 물
었다.

"동생은 어디에—" 캐리가 계단을 내려가며 물었다.

아기는 축축한 라즈베리를 입에 물고 침을 질질 흘리면서 기어다니고 있었다. 오빠에게 다가간 아기는 오빠의 반바지를 붙잡고 힘겹게 일어서더니 작은 몸을 흔들흔들 움직이며 균형을 잡았다.

"그릇은 싱크대에 갖다 놨니?"

"네."

"그러면 나가서 놀아. 대신 딱 10분만이다. 아빠가 출근하시기 전에 들어와야 해. 알았지?"

아이는 고개를 끄덕인 후에 곧장 현관으로 뛰어갔다.

"스콧," 캐리가 엘리스를 안아 올리며 아이를 불렀다. "신발 신어야지."

첫아이를 낳고 10년이 지난 후 '어쩌다' 생긴 아기는 처음엔 혼란 그 자체였다. 그러나 차차 네 식구가 한 가족이 되어 살아가는 법을 터득하게 됐다. 특히, 빌과 캐리는 두 아이의 나이 차 덕분에 부모가 침대를 정리하거나 옷을 입는 동안 큰아이가 잠깐이라도 동생을 돌볼 수 있다는 걸 몸소 경험했다. 그러고 나니 모든 게 감당할 만했다.

캐리가 아기용 식탁의자 위의 먹다 남은 고구마와 아보카도를 치우고 있는데 현관문이 벌컥 열리는 소리가 들렸다.

"엄마!" 스콧이 꽥 소리를 질렀다. 다급한 목소리였다.

서둘러 복도를 돌아 나갔더니 아이가 낯선 남자를 올려다 보고 있었다. 남자는 초인종으로 손을 뻗다가 멈춘 채 당황한 표정을 지었다.

"누구시죠?" 캐리가 아들과 그 남자 사이를 교묘하게 파고 들며 아기를 반대쪽으로 옮겨 안았다. "무슨 일이신가요?"

"칼콤에서 나왔습니다. 인터넷 문제로 전화하셨죠?"

"아!" 캐리는 목소리를 높이며 문을 더 활짝 열었다. "네, 맞아요. 들어오세요." 그녀는 방금 전 자신의 지나친 경계가 부끄러워 부디 상대가 이를 눈치채지 않았길 바랐다. "실례했어요. 지금껏 수리 기사님이 약속 날짜보다 빨리 온 적이 없었거든요. 당연히 제시간에 온 적도 없었고요. 스콧!" 캐리가 소리쳐 불렀을 때 이미 아이는 집 앞 진입로 끝자락을 돌아 나가고 있었다. "딱 10분만이다!"

아이는 고개를 끄덕이며 달려갔다.

"캐리라고 해요." 그녀가 문을 닫으며 말했다.

수리 기사가 장비 가방을 입구에 내려놓자, 캐리가 그를 거실로 안내했다. 높은 천장과 2층으로 이어지는 계단, 우아한 가구와 커피 테이블 위의 파릇파릇한 꽃들, 그리고 벽난로 선반 위에 놓인 여러 장의 가족사진. 지난 몇 년간 찍은 사진들이었다. 가장 최근 사진은 작년 크리스마스 카드에 쓰려고 찍은 거였다. 해 질 무렵 해변에서 찍은 사진 속 스콧은 캐리의 미니어처 같았다. 바닷바람에 살랑이는 초콜릿색 머리칼도 그녀와 똑같았다. 둘은 초록색 눈을 가늘게 뜨고서 환하게 웃고 있었다. 캐리보다 한 뼘 반 정도 더 큰 빌은 팔에 갓 태어난 엘리스를 안고 있었다. 백합처럼 하얀 아기의 피부는 남부 캘리포니아 햇살에 그을린 빌의 피부와 대조를 이루었다. 수리 기사가 입가에 미소를 띠며 몸을 돌렸다.

"제 이름은 샘입니다." 그가 말했다.

"샘," 캐리도 미소를 보였다. "작업 시작하시기 전에 뭐 마실 것 좀 드릴까요? 안 그래도 차를 마시려던 참이었거든요."

"네, 차 좋죠. 감사합니다."

캐리는 밝은 햇살이 가득한 주방으로 그를 안내했다. 주방은 장난감이 여기저기 흩어져 있는 거실과 곧바로 이어졌다.

"토요일인데도 와 주서서 감사해요." 캐리는 엘리스를 아기용 식탁의자에 앉혔다. 엘리스가 주먹으로 식탁을 콩콩 두드리며 드문드문 난 치아 사이로 키득키득 웃었다. "앞으로 몇 주간은 예약할 수 있는 날이 없더라고요. 오늘만 빼고요."

"네, 요새 일이 많습니다. 인터넷은 언제부터 안 됐습니까?"

"그저께였던가?" 캐리가 주전자에 물을 받으며 물었다. "홍차 드실래요, 녹차 드실래요?"

"홍차요. 감사합니다."

"저희 집만 문제가 생길 수도 있는 건가요?" 가스레인지에서 불꽃이 화르르 번지는 걸 보며 캐리가 물었다. "칼콤 인터넷을 쓰는 주변 이웃들에게 물어봤는데 거긴 다 괜찮다고 하더라고요."

샘이 어깨를 으쓱했다. "종종 있는 일입니다. 고객님의 라우터나 배선에 문제가 있을 수도 있거든요. 일단 점검해 보겠습니다."

그때, 거실 쪽에서 계단을 내려오는 묵직한 발소리가 들렸다. 그다음에 어떤 기척이 이어질지 캐리는 잘 알고 있었다. 여행용 가방과 크로스백이 현관문 앞에 놓이고, 굽이 단단한 정장 구두가 현관 앞 복도를 지나가는 소리가 날 터였다. 광이 나는 검은 구두에 빳빳이 주름 잡힌 바지와 정장 코트 그리고 넥타이를 착용한 그가 주방으로 성큼성큼 걸어 들어왔다. 상의 가슴 쪽 포켓 위에 날개 모양의 코스탈 에어웨이 휘장이 달려 있고, 그 밑에 '빌 호프만'이란 글자가 굵게 새겨져 있었다. 그는 주방 조리대 위에 모자를 사뿐히 내려놓았다. 금테를 두른 모자 역시 날개 장식이 달려 있었다. 그의 등장은 이상하리만큼 극적이었다. 캐리는 권위가 느껴지는 그의 모습이 집의 분위기와 매우 대조적이라고 생각했다. 전에는 느끼지 못한 감정이었다. 그가 평소 유니폼을 입고 집에서 저녁을 먹을 때와는 사뭇 달랐다. 어쩌면 그들의 공간에 모르는 사람이, 그들의 가족을 모르는 남자가 있어서 그런 것일지도 몰랐다. 이유가 뭐든 오늘은 이질감이 들었다.

빌은 주머니에 손을 꽂은 채 수리 기사에게 의례적으로 고개를 끄덕인 후 캐리에게 시선을 돌렸다.

캐리는 팔짱을 끼고 입술을 오므린 채 그를 쏘아보았다.

"샘, 미안하지만……."

"네, 음……. 그럼 저는 작업을 시작하겠습니다." 샘은 부부만 남겨 둔 채 자리를 떠났다.

벽시계가 몇 초간 째깍거렸다. 엘리스가 아기 식탁 위로 원형 치발기를 쿵 내리치자 치발기가 손에서 미끄러져 바닥으로 떨어졌다. 빌이 주방을 가로질러 가더니 치발기를 주워 싱크대에서 물로 깨끗이 헹군 다음, 마른 행주로 물기를 닦아 손을 뻗고 있는 딸에게 쥐어 주었다. 주전자가 잔잔하게 삐삐거렸다.

"호텔에 도착해서 페이스타임* 할게. 경기가 어떻게 됐는지—"

"뉴욕이라고 했지?" 캐리가 그의 말을 잘랐다.

빌은 고개를 끄덕였다. "오늘 밤에 뉴욕, 포틀랜드는—"

"경기 끝나고 팀끼리 피자 파티가 있어. 시차가 3시간이니까 우리가 집에 도착하면 당신은 자고 있겠네."

"알았어. 그럼 먼저—"

---

* 아이폰 또는 아이패드 이용자끼리 사용할 수 있는 무료 영상 통화

"우리 내일 아침에 언니네랑 모이기로 했어." 그녀가 어깨를 으쓱했다. "그럼, 그때 보든가."

빌은 숨을 크게 들이마신 뒤 자세를 바로 했다. 금색줄 네 개가 수놓아진 견장이 그의 어깨와 함께 솟아올랐다. "거절할 수 없다는 거 당신도 알잖아. 다른 사람이 부탁했으면 안 했을 거야."

캐리는 바닥을 응시했다. 주전자가 내는 날카로운 삐이익 소리에 서둘러 불을 껐다. 주전자 소리가 점차 잦아들자 다시 시계의 초침 소리만 남았다.

빌이 손목시계를 확인하고 나지막하게 투덜댔다. 그러고는 딸의 머리에 가볍게 입을 맞춘 다음 말했다. "늦겠다."

"늦은 적 없잖아." 캐리가 대꾸했다.

빌이 모자를 썼다. "체크인하고 전화할게. 스콧은?"

"밖에. 놀고 있어. 금방 들어올 거야. 아빠한테 인사하기로 했어."

이것이 일종의 테스트라는 것을 빌도 알고 있었고, 남편이 그걸 인지하고 있다는 걸 캐리도 잘 알았다. 캐리는 자신이 그어 놓은 무언의 선 너머에서 그를 응시했다. 그가 시계를 흘긋 보았다.

"이륙하기 전에 더 이야기하자." 빌이 주방을 나서며 말했다.

캐리는 그가 떠나는 모습을 가만히 지켜보았다.

현관문이 열렸다가 이내 닫히자 집 전체에 적막이 내려앉았다. 싱크대로 다가간 캐리는 뒤뜰의 떡갈나무 잎들이 산들바람에 흔들리는 모습을 바라보았다. 그 너머로 빌이 차에 시동을 걸고 떠났다.

캐리의 뒤에서 누군가 목을 가다듬는 소리가 들렸다. 급하게 손으로 얼굴을 쓸어내린 후 몸을 돌렸다.

"미안해요." 그녀가 난처한 얼굴로 샘에게 말했다. "그건 그렇고, 홍차 드신다고 했죠?" 티백을 뜯어 머그컵에 넣었다. 뜨거운 물을 붓자 김이 올라왔다. "우유나 설탕 드릴까요?"

아무런 대답이 없어 캐리는 뒤를 돌아보았다.

샘은 그녀의 반응에 조금 놀란 눈치였다. 그녀가 비명을 지르거나 컵을 떨어뜨릴 거라 예상했나. 아니면 눈물을 터뜨리거나. 샘은 그런 종류의 드라마를 기대한 듯했다. 어떤 여자든 몇 분 전에 처음 만난 남자가 자기 집 주방에서 자신에게 총을 겨누고 있는 모습을 보게 된다면 요란한 반응을 보이는 게 정상이니까. 하지만 캐리는 눈을 크게 뜰 뿐이었다. 마치 그녀의 뇌가 눈앞에 벌어진 일이 실제 상황인지 판단하기 위해 더 많은 정보를 처리하는 중인 것 같았다.

샘은 믿을 수 없다는 듯 눈을 가늘게 떴다. 정말?이라고 말하는 듯이.

캐리의 귀에서 심장 박동이 쿵쾅거리며 울리는 것과 동시에 등골이 서늘해졌다. 온몸이 마비된 듯 그저 웅웅거리는 감각만 느껴졌다.

그러나 캐리는 지금 무슨 상황이 벌어진 건지 알고 있었다. 그녀는 애써 총을 외면한 채 그 남자에게만 집중했다. 그에게 어떠한 반응도 보이지 않으려 했다.

대신 엘리스가 입술을 오물거리며 웅알대더니, 원형 치발기를 바닥으로 내던지고 빽 소리를 질렀다. 샘이 아기 쪽으로 한 걸음 다가갔다. 캐리는 자기도 모르게 콧구멍이 벌렁거리는 걸 느꼈다.

"샘," 캐리가 천천히 차분하게 말했다. "당신이 뭘 원하는지 모르겠지만, 전부 가져가도 돼요. 뭐든지요. 시키는 건 다 할 테니까. 그러니까 제발……" 그녀의 목소리가 갈라졌다. "제발 우리 애들은 건드리지 말아 줘요."

그때 현관문이 열렸다 쾅 닫혔다. 목이 졸리는 듯한 공포가 엄습했다. 캐리는 소리를 지르기 위해 숨을 들이마셨다. 샘이 총을 더욱 가까이 겨눴다.

"엄마! 아빠 갔어요?" 스콧이 현관에서 외쳤다. "아빠 차 없던데. 그럼 더 놀아도 돼요?"

"여기로 오라고 해." 샘이 명령했다.

캐리는 아랫입술을 깨물었다.

"엄마?" 스콧은 그 나이대 아이답게 참을성이 없었다.

"여기야." 캐리가 눈을 질끈 감고 말했다. "얼른 이리로 와, 스콧."

"엄마, 밖에서 더 놀면 안 돼요? 엄마가 가도 된다고—" 스콧은 총을 보자마자 얼어붙었다. 그리고 엄마와 총을 번갈아 보았다.

"스콧." 캐리가 아이에게 손짓했다. 아이는 총에서 눈을 떼지 않은 채 주방을 가로질러 엄마에게 갔다. 캐리는 신중하게 아이를 자기 뒤로 당겼다.

"애들은 괜찮을 거야." 샘이 말했다. "아닐 수도 있고. 그건 나한테 달린 게 아니거든."

캐리의 코가 다시 벌렁거렸다. "그럼 누구한테 달렸죠?"

샘이 미소 지었다.

빌은 자신을 우러러보는 사람들의 시선을 느낄 수 있었다.

조종사 유니폼 덕분이었다. 유니폼은 그런 효과가 있었다. 허리를 조금 더 꼿꼿이 세웠다.

빌을 표현하는 단어는 여러 개가 있었지만, 그중 가장 첫 번째는 그가 '좋은 사람'이라는 것이었다. 그를 가르쳤던 교사들과 데이트를 했던 여자들, 친구들의 부모님도 모두 그렇게 생각했다. 다들 빌을 좋은 사람이라 여겼다. 그는 그런 것에 크게 연연하지 않았지만, 어쨌든 자신은 괜찮은 사람이었다.

그런데 조종사 유니폼을 입으면서 무언가 변했다. 그를 표현하는 단어가 더욱 다양해지면서, '좋은 사람'은 그를 대변하는 유일한 단어가 아니게 되었다.

빌이 끝도 없이 이어진 줄을 지나쳐 로스앤젤레스 국제 공항의 보안검색대를 먼저 빠져나가자, 승객들이 하나둘씩 고개를 돌려 그를 쳐다보기 시작했다. 하지만 그의 모자와 넥타이를 확인하자마자 그들의 의아함은 금세 호기심으로 바뀌었다. 요즘 사람들은 대개 이런 식으로 갖춰 입지 않았다. 그래서 유니폼은 과거에 비행기 여행이 큰 이벤트이자 특권과도 같던 시절을 떠올리게 했다. 일부러 옛 디자인을 고수한 유니폼은 그 특유의 오래된 신비로움을 존속시켰다. 유니폼은 사람들로부터 존경과 신뢰를 이끌어 냈고 사명감을 보여 주었다.

빌은 탑승객 보안검색 구역 옆의 자그마한 연단에 홀로 앉아 있는 TSA교통안전청직원에게 다가갔다. 사원증 뒤편에 있는 바코드를 인식시키자 기계에서 삐 소리가 나더니 컴퓨터가 작동하기 시작했다.

"좋은 아침입니다." 빌이 직원에게 여권을 건네며 말했다.

"아직도 아침인가요?" 여자 직원이 그의 사진 옆에 출력된 정보를 훑어보면서 대꾸했다. 그녀는 빌의 사원증에 적힌 정보와 여권 정보를 비교한 다음, 파란 불 아래로 여권을 밀어 넣었다. 그러자 여백에 홀로그램과 숨겨진 정보가 나타났다.

그녀가 빌을 힐끗 올려다보더니 눈앞에 있는 얼굴이 사원증의 얼굴과 일치하는지 확인했다.

"엄밀히 따지자면 아침은 아니겠군요." 빌이 말했다. "저한테만 아침입니다."

"음, 오늘은 불금이잖아요. 그러니까 서둘러 일을 마쳐야 하거든요."

빌의 사원증에 있는 사진과 정보가 컴퓨터 화면에 나타났다. 세 단계의 신원 확인을 마친 뒤 그녀는 여권을 돌려주었다.

"안전 비행 하세요, 호프만 기장님."

승무원 전용 보안검색대를 벗어난 빌은 신발 끈을 다시 묶은 뒤, 액체류와 노트북을 짐 가방에 챙기고 있는 승객들 옆을 지나갔다. 그는 어떤 승무원과 지난 비행을 함께했는데, 그녀는 승무원 전용 보안검색대를 포기할 수 없다는 이유로 은퇴를 미루고 있었다. 그녀는 보통 사람들처럼 여행해야 한다는 사실에 콧방귀를 뀌었다. 길게 늘어선 대기 줄, 액체류 반입 금지, 두 개로 제한되는 수하물 개수까지. 게다가 짐 가방은 한 번이 아니라 매번 검사를 받아야 했다. 빌은 어떤 남자가 양말까지 수색당하는 모습을 보며 그녀의 말도 일리가 있다고 인정할 수밖에 없었다.

빌은 비어 있는 게이트에서 혼자만의 시간을 가지며 약속대로 집에 전화를 걸었다. 형광 조끼를 입은 공항 직원들이 화물 적재실에서 짐을 싣고 내리는 동안 기내식 수송트럭이 아스팔트 도로를 따라 내려가고 있었다. 그 모습을 보며 전화기 너머의 벨 소리를 듣고 있는 사이, 비행기 하나가 아스팔트 도로를 벗어나 점점 멀어져 갔고 또 다른 비행기는 이륙을 시작했다.

빌과 캐리는 자주 싸우지 않았다. 부부 싸움을 하면 상황이 몹시 안 좋아졌기 때문이다. 무엇보다도, 화를 낼 권리는 언제나 캐리에게 있었다. 오늘은 스콧의 리틀 야구 시즌 첫 경기가 있는 날이었다. 빌은 경기를 꼭 보러 가기로 스콧과 약속했고, 경기가 있는 날과 그 앞뒤 날도 비행이 없다는 걸 확실하게 확인했었다. 하지만 최고 수석 조종사가 비행을 대신해 달라고 개인적으로 부탁하면 아무도 거절하지 않았다. 아니, 그 누구도 거절할 수 없었다. 빌은 항공사에서 직급이 세 번째로 높은 기장이었다. 그가 처음 이 항공사에 고용되었을 때만 해도, 항공사가 이렇게까지 성공할 줄은 아무도 몰랐다. 신생 항공사들은 대개 잘되지 못했으니까. 그래도 빌은 끝까지 견뎌 냈다. 25년 가까이 흐른 지금, 이 항공사는 승객과 주주 모두에게 큰 성공을 보여 주었다. 코스탈 에어웨이는 그의 자식과도 같은 존재였다. 상사가 어떤 업무에 그를 필요로 한다면? 무조건 알겠다고 해야 했다. 아니, 선택권조차 없었다.

빌은 캐리와 긴 대화를 나누었다. 하지만 오 맬리가 그에게 비행이 가능하냐고 물었을 때 사실 스콧의 경기는 안중에도 없었다는 사실을 입 밖으로 꺼내지는 않았다. 그랬다 하더라도 달라지는 건 없었을 테니까.

벨 소리가 계속 이어지다가 '안녕하세요! 캐리입니다. 지금은 전화를 받을 수……'라는 멘트가 나왔다. 빌은 전화를 끊고 휴대폰 화면에 뜬 가족사진을 보다가 다시 주머니에 집어넣었다.

창문에 비친 자신의 모습을 힐끗 보며 숱이 많은 짙은 색 머리칼을 가만히 살폈다. 세월이 느껴지는 회색빛 관자놀이. 선명하고 푸른 눈동자.

빌이 커피 테이블 가운데에 있는 종을 쳤다.

"눈. 제 눈이요."

"마지막 답변인가요? 맞히면 우승입니다."

"캐리는 제 눈을 보면 밤 수영이 떠오른다고 했어요. 바다이 보이지 않으면 흥분된다면서. 그러니까, 맞아요. 눈이요. 마지막 정답은 눈입니다!"

캐리의 입이 벌어졌다.

빌은 몸을 앞으로 숙였다. 그의 숨결에서 맥주 냄새가 났다. "저번에 당신이 친구와 통화하는 걸 우연히 들었거든." 그가 캐리에게 키스했다.

부인들은 환호하고, 남편들은 야유했다.

"알겠습니다." 파티 주최자가 말했다. "과연 남편의 어떤 부분이 가장 마음에 드는지! 캐리, '눈' 맞나요?"

캐리의 볼이 불그스름해졌다. 그러고는 키득키득 웃으며 답이 적힌 종이 한 장을 들어 올렸다. 종이에는 이렇게 휘갈겨져 있었다. '엉덩이.'

모두 웃음을 터뜨렸다. 그중에서도 빌은 허리를 펴지 못할 정도로 가장 크게 웃었다.

빌은 넥타이를 매만졌다. 나는 좋은 남자야. 흔들리지 않고 자신에게 상기시켰다. 마음속에서 그가 주방을 걸어 나올 때 본 실망한 기색이 깃든 캐리의 얼굴이 섬광처럼 번득였다. 그리고 그는 이륙하는 비행기를 바라보며 눈을 깜박였다.

2

비행기 탑승용 계단을 따라 활주로로 내려온 빌은 햇빛을
피하기 위해 눈썹 위에 손을 대고 눈을 찡그렸다. 지금쯤이면
다른 지역은 낙엽이 지고 아침에 서리가 내려앉겠지만, 로스
앤젤레스는 끝없이 여름만 이어졌다.

빌은 항공기 주변을 쭉 돌았다. 일반 항공기는 비행 전에
항상 점검을 받았다. 조종사는 항공기의 위아래를 살피면서
이상이 있는지 확인하고 문제가 있는 기체의 가시적인 징후
또는 다른 기계적인 문제를 점검했다. 이는 대부분 조종사들
에게 또 다른 FAA연방 항공국 규정일 뿐이었으나, 빌에게는 종
교나 마찬가지였다. 항공기의 엔진 덮개 위에 손을 올리고 눈
을 감았다. 천천히 숨을 들이쉬고 내쉬며 손가락을 펼치자,
금속과 살이 맞닿은 부위가 따뜻해졌다.

다음 달이면 드디어 열여덟 살이 된다. 그러나 비행 학교에 있던 그날, 빌은 자신이 그보다 더 중요한 관문에 도달했다는 걸 깨달았다.

"비행 계획을 기록할 때 탑승 인원을 가리키는 말로 'People사람 on board' 대신 'Souls영혼 on board'를 쓰는 이유를 알고 있나?" 교사가 물었다.

빌은 고개를 저었다.

"비행기가 추락할 경우 수색해야 할 시신을 정확히 파악하기 위해서야. 승객, 승무원, 유아, 이런 식으로 분류하면서 생기는 혼동을 피해야 하니까. 오직 시신의 수를 정확히 알기 위한 거다. 참!" 교사가 손가락 두 개를 딱 맞부딪쳤다. "가끔 화물칸에 시신을 운송하는 경우도 있어. 그 시신들은 셀 필요가 없겠지. 그러니까 탑승 인원을 기록한 다음에……."

빌은 그날 밤 잠을 이룰 수 없었다. 등을 대고 누운 채 실링 팬이 돌아가는 모습을 보며 건넛방에서 잠든 남동생의 잔잔한 코골이를 듣고 있었다. 일리노이의 포근한 여름 바람이 열린 창문으로 살랑살랑 들어와 크림색 커튼을 흔들었고, 벽에는 커튼 그림자가 물결치며 춤을 추었다.

어둠이 방에 그림을 그리는 동안 빌은 옷을 입고 집을 빠져나갔다. 그리고 그대로 자전거를 타고 밭을 따라 달려서 동네의 작은 비행장으로 향했다. 아스팔트 포장도로에 비행기 두 대가 있었다. 아무도 없는 고요한 관제소의 모습이 저 멀리서 어렴풋이 보였다. 빌이 조종법을 배우고 있는 이곳의 비행기들은 단일 피스톤 엔진이 달린 소형 비행기였다. 시간이 지나 성장하면 더 큰 엔진이 달린, 더 많은 짐을 싣는, 더 무거운 비행기를 조종하게 될 터였다. 빌은 울타리에 기대서서 한참 동안 비행기들을 바라보았다.

저 비행기들을 조종하는 일이 과연 나와 잘 맞을까? 밤하늘의 별이 희미해지고 분홍색과 주황색 빛줄기가 새벽하늘을 가르기 시작했을 때, 그 의문이 바뀌는 느낌이 들었다.

나는 조종사로서의 사명감을 견딜 수 있을까? 그 직업에 적합한 사람이 될 수 있을까?

모든 게 괜찮았다. 바퀴 표면도 선명하고, 기어에 기름칠도 충분하고, 센서도 잘 작동되고, 균열도 없고, 흠이 난 곳도 없었다. 그때 시선 끝에 어떤 움직임이 포착됐다. 빌은 몇 발짝을 움직여 비행기 밑에서 나왔다. 부조종사 벤 미로가 위쪽 조종석에서 자신이 왔다는 걸 알리려고 몸을 앞으로 기울여 손 인사를 하고 있었다. 젊은 부조종사가 양키스 야구 모자를 창가로 들어 올리자 빌은 슬쩍 웃어 보였다. 그러고서 넌더리난다는 표정을 지으며 고개를 저었다. 벤도 기장을 향해 장난으로 가운뎃손가락을 들어 보이며 씩 웃었다.

점검을 마친 뒤 빌은 탑승교로 가는 계단에 올라서서 비행기를 다시 돌아봤다. 에어버스 A320의 꼬리에 빨간색과 흰색으로 이루어진 코스탈 에어웨이 로고가 위풍당당하게 붙어 있었다. 가슴에 자부심이 차올랐다. 그리고 캐리를 떠올렸다. 문에 보안 코드를 입력하면서 휴대폰을 확인했다.

문자도 없고, 부재중 전화도 없다.

빌의 뒤로 문이 닫히자 눈이 형광등 불빛에 금세 적응했다. 하지만 그만 승객의 가방에 발이 걸리고 말았다. 놀란 빌이 어색하게 웃으며 사과했으나 승객은 그를 노려보며 인상을 찌푸렸다. 190센티미터가 넘는 기장의 키에 꽤나 놀란 눈치였다. 빌이 승객 쪽으로 걸음을 옮기자 그 승객은 빌의 유니폼을 위아래로 훑어보더니 건조한 웃음을 지어 보였다.

탑승교에 길게 늘어선 사람들이 비행기에 오르고 있었다. 온화한 미소를 머금은 빌이 승객들의 짐 가방과 유모차 옆을 지나갔다. 그리고 마침내 비행기에 탑승한 다음, 맨 뒤쪽 좌석까지 휙 훑어봤다. 트렌디한 항공사의 상징이라고도 할 수 있는 분홍색과 보라색이 어우러진 나이트클럽 분위기의 조명이 비행기 내부를 비추고 있었다.

"우리 같이 비행하나 보네." 갤리에서 마주친 중년의 승무원에게 빌이 말했다. 까치발을 한 채 캐리어로 손을 뻗고 있던 조가 고개를 돌렸다. 빌이 조와 포옹하기 위해 상체를 숙이자 자그마한 그녀가 놀란 토끼 눈을 했다. 보송보송한 검은색 곱슬머리가 그의 볼을 간지럽혔다. 조의 짙은 갈색 피부에서 친근한 바닐라 향이 났다.

"내 시그니처 향이지." 조가 말했다. "예전에 우리 엄마랑 할머니한테서도 같은 향이 났어. 우리 집안에서는 여자아이가 열세 살이 되면 가족 중 여자들만 전부 모여 축하를 해 주거든. 남자는 안 돼. 여자만. 여자들끼리 주방에 앉아서 이야기하고, 요리하고 그래. 그냥…… 그 시대의 여자들 세계를 느껴 보자는 의미에서."

조의 목소리는 마치 음악 같았다. 빌은 모음을 늘어뜨리는 조의 발음과 굴곡진 억양, 종잡을 수 없이 힘주어 말하는 단어들이 재미있었다. 조는 과거에 대해 이야기할 때면 희미하던 동부 텍사스 사투리가 더 강해졌는데, 빌은 그 사투리를 듣는 게 좋아서 늘 그녀의 어린 시절에 대해 묻곤 했다. 빌이 바텐더에게 맥주를 한 잔 더 마시겠다는 손짓을 하며 남은 맥주를 전부 비웠다.

"난 증조할머니가 내 손에서 닥터페퍼 병을 가져가 주방 조리대에 올려놨던 걸 절대 잊을 수 없어." 조는 마치 와인잔 안에서 추억이 떠오르는 듯 잔을 바라보며 미소 지었다. "하, 정말 그때 할머니의 손은, 증조할머니는 덩치가 큰 사람이 아니었는데, 그 손은 정말⋯⋯. 어쨌든 할머니는 아무 말씀도 하지 않으셨어. 그러고는 나한테 진한 파란색 리본이 달린 반짝이는 금색 상자를 주셨어. 난 그게 뭔지 바로 알아챘지. 우리 전부 알아챘어. 그 리본을 미끄러지듯이 아주 조심스럽게 만지던 게 기억나. 상자를 열었더니 안에 샬리마*가 들어 있었어. 곧바로 향을 맡아 보니 우리 엄마 냄새랑 같더라고. 우리 할머니 냄새랑도. 내가 어떤 사람인지, 앞으로 어떤 사람이 될지 알려 주는 향이었어.”

“이 비행기에 타는 줄 몰랐어.” 조가 말했다.

“어젯밤에 갑자기 연락받았어. 비상 근무자가 없어서 오 맬리 수석님이 도와 달라고 부탁하더군.”

“당신은 수석 기장님의 단축 번호 1번이지.” 조는 탑승 중인 승객들에게 연신 미소를 보내고 있었다.

“그렇지? 역시, 그게 어떤 의미인 줄 아네. 캐리한테 설명 좀 해 줄래?”

조가 눈썹을 올렸다. “흠, 일단 들어 보고. 이번엔 또 뭘 뒤로하고 오셨길래 그래?”

“스콧의 리틀 야구 시즌 첫 경기. 꼭 가겠다고 스콧한테 약

---

* 1921년에 처음 만들어진 향수로, 유명 화장품 브랜드 겔랑의 주력 상품이다.

속까지 했었거든."

조가 얼굴을 찌푸렸다.

"나도 알아." 빌이 말했다. "그렇지만 나더러 뭘 어쩌라고? 나는 단순히 경기장에 안 간 나쁜 아빠가 아니야. 내가 집에 있었으면 당연히 갔지. 지금 이미 거기 가 있을 거라고. 하지만 지금은 일을 해야 하니까 어쩔 수 없이 집에 없을 뿐이다, 이거야. 집으로 돌아가면 스콧에게 사과도 할 거라고."

그는 조의 이해와 동의 비슷한 것을 기다렸지만, 그녀는 일등석 승객들을 위한 출발 전 웰컴 드링크만 따를 뿐이었다. 잠시 후 조가 고개를 들었다.

"어머, 미안. 나한테 계속 말하는 중이었어? 난 또 당신이 아내나 아들한테 변명하고 있는 줄 알았네. 아니면…… 자기 자신한테나." 그녀는 음료 쟁반을 들었다. "당신 잘못은 아니야. 물론 당신은 엉뚱한 사람하고 문제를 해결하려 했지만."

조의 말이 맞았다. 조는 항상 옳았다.

"커피 마실래?" 그녀가 음료 쟁반을 들고 걸어가며 어깨 너머로 물었다.

"오, 이런. 뭘 물어. 알면서." 빌은 머리를 숙이고 조종실로 들어갔다.

"기장님!" 벤이었다. 빌은 왼쪽 좌석에 앉으며 그와 악수를 나눴다. 자그마한 공간은 온통 검은색과 회색으로 된 버튼과 손잡이로 뒤덮여 있었다. 간혹 빨간 불이 반짝이거나 노란 불이 탁 켜지기도 했는데, 그건 무언가 문제가 생겼다는 걸 알려 주는 버튼이었다. 평화로운 비행을 망치는 불청객이 찾아왔을 때 알리는 거랄까.

"늦어서 죄송합니다." 벤이 말했다. "토요일인데도 LA의 교통 체증은 진짜 짜증 나게 심각하더라고요."

"늘 있는 일이지." 빌이 왼쪽에 있는 핸드 마이크 거치대로 손을 뻗으며 말했다. 그러고는 잠시 목을 가다듬었다. "안녕하십니까, 코스탈 에어웨이 416 항공편에 오신 여러분을 환영합니다. 이 항공기는 뉴욕 존 에프 케네디 국제공항까지 이동할 예정입니다. 저는 기장 빌 호프만이고, 오늘 비행의 총책임을 맡았습니다. 여러분을 모시게 되어 영광입니다. 부조종사 벤이 저와 함께 조종을 맡고, 훌륭한 기내 서비스팀이 객실 내에서 최고의 서비스를 제공하며 여러분의 안전을 위해 최선을 다할 것입니다. 기내팀 승무원인 조는 앞쪽에, 마이클과 켈리는 뒤쪽에 자리하고 있습니다. 비행 시간은 약 5시간 24분입니다. 더욱 즐겁고 편안한 비행을 위해 궁금하신 사항이 있으면 언제든 알려 주시길 바랍니다. 이제 편하게 착석하시어 기내에 준비된 오락 시스템과 함께 즐거운 시간을 보내시길 바랍니다. 저희 코스탈 에어웨이를 이용해 주셔서 다시 한번 감사드립니다."

"켈리 보셨어요? 뒤쪽에 새로 온 승무원이요." 벤이 물었다.

"아니, 왜?"

벤이 비행제어컴퓨터FMGC에 좌표 입력을 멈추고 음란한 몸짓을 했다. 그는 엉덩이를 들썩이며 강렬하고 정확하게 의미를 전달했다. 빌은 고개를 저으며 코웃음을 쳤다. 캐리를 만나기 전에는 자신도 여자 꽁무니만 쫓아다니는 부조종사였고, 평생 그렇게 살 줄 알았다. 조가 김이 나는 컵을 들고 조종실로 들어오자 벤이 몸짓을 뚝 멈추었다.

"커피 마실래요?" 조는 물어볼 것도 없이 당연히 블랙커피를 마실 빌에게 컵을 건네며 부조종사에게도 물었다.

"아뇨, 괜찮습니다. 뉴욕에 도착하면 바에 가서 술이나 한잔하려고요."

"그래요." 조가 손가락을 높이 들며 고개를 끄덕였다. "승객 두 명만 더 타면 돼요. 탑승 마무리하는 동안 조종실에 찾아온 손님을 맞이하면 어때요? 괜찮죠?"

빌은 고개를 돌려 조의 다리 뒤에서 조종실을 유심히 쳐다보는 남자아이를 보았다.

"괜찮아, 들어오렴." 조가 자리를 뜨자 빌이 아이에게 말했다. 자세를 바꾸며 남자아이에게 이리 오라고 손짓했다. 아이의 아빠가 허리를 구부려 아이의 귀에 대고 속삭이면서 용기를 북돋았다.

"아이가 좀 부끄러운가 봅니다." 아이의 아빠가 말했다. "아이가 비행기를 정말 좋아해요. 공항에 차를 세워 두고 하루 종일 비행기가 이착륙하는 걸 구경하기도 하죠."

"북쪽 활주로 바로 옆에 있는 버거 조인트 주차장이죠? 제 아들이 저 나이였을 때 저희도 자주 그랬습니다. 지금도 가끔씩 그러고요." 빌은 이번 비행이 끝나면 스콧을 데리고 그곳에 다시 가야겠다고 속으로 다짐했다. "이 버튼들로 뭘 하는 건지 알고 싶니?" 빌이 아이에게 물었다. 아직 비행이 시작되기 전이었다.

몇 분 후, 조의 뒤로 마지막 승객 둘이 탑승을 마치자 그녀가 조종실 안으로 머리를 빼꼼 들이밀었다. "탑승 완료입니다." 그러고는 빌에게 최종 서류를 건넸다.

"음, 이제는 비행을 시작해야 할 것 같구나. 와 줘서 고마워. 기장 배지 줄까?" 빌은 왼쪽에 놓인 메신저 가방으로 손을 뻗어 양 날개가 펼쳐진 모양의 작은 플라스틱 배지를 꺼냈다. 그리고 과장된 몸짓으로 배지 뒷면에 붙은 테이프를 제거한 뒤, 아이의 티셔츠에 붙여 주었다. 아이는 고개를 숙이고 반짝이는 날개를 가만히 바라봤다. 그러더니 이내 까르르 웃음을 터뜨리며 아빠의 다리에 얼굴을 묻었다. 불쑥 스콧의 어렸을 때가 생각나 그리운 기분에 살짝 미소를 지었다. 아주 오래전인 것만 같았다. 아이의 아빠는 빌에게 입 모양으로 고맙다 전하고서는 아이와 함께 자리로 돌아갔다.

탑승 인원*Souls on board.* 빌은 탑승 서류에 적힌 숫자를 확인하고서는 이를 머릿속에 되새겼다. 서류에 사인을 한 뒤 조에게 넘기자, 그녀는 그 서류를 게이트 직원에게 건넸다. 얼마후 항공기의 문이 쿵 소리를 내며 닫히자 승객들이 하나둘 전화 통화를 마치고 자리에 앉았다.

"이륙 전 체크리스트 확인할까요?" 벤이 물었다.

빌의 휴대폰에 불이 켜졌다. 캐리의 문자를 기대했건만 헬스클럽에서 보낸 광고 메시지였다. 그는 이마를 찌푸렸다.

뒤에서 조가 조종실 문이 열려 있도록 고정시켜 놓은 래치를 당겼다.

"기내, 푸시백* 준비 완료." 조는 그렇게 말하고 빌의 확인을 기다렸다. 빌이 의자에 앉은 채 몸을 돌려 고개를 끄덕이고선 엄지를 치켜세웠다. 그러자 조가 조종실 문을 닫았다. 조종실에는 두 남자만 남겨졌다.

빌은 휴대폰을 비행기 모드로 바꾸었다. 이제 캐리의 전화는 차단되었다. 캐리는 빌의 시간이 제한적이라는 걸 알고 있다. 일단 비행이 시작되면 벤이 계속 옆에 있을 것이고 절대 통화할 수 없음을 캐리는 잘 알았다. 이런 부분 때문에 짜증을 내는 건 유치한 행동이었다. 그런데도 빌은 그렇게 했다.

---

* 활주로까지 가기 위해 비행기를 유도로로 이동시키는 것

캐리가 빌에게 정말 사과를 받고 싶었으면, 그녀는 그가 지상에 있을 때 전화를 했어야 한다. 크루즈 모드*로 조종 중일 때 문자 정도는 보낼 수 있지만, 어찌 됐든 뉴욕에 도착할 때까지 캐리가 받을 수 있는 연락은 그의 문자뿐이었다.

"좋아. 체크리스트 확인하자." 빌이 말했다.

벤이 체크리스트를 꺼냈다. "항공 일지, 해제, 등록 번호……"

비행기가 이륙을 마치자 빌이 좌석벨트 표시등을 툭 쳤다. 기체는 수평 비행에 들어갔고, 동쪽으로 가는 중이었다. 이제 한 무리의 사람들은 자유가 제한된 공간에 갇힌 것과 다름없는 상태가 되었다.

"코스탈 416, LA 관제소 129.50으로 교신." 항공교통 관제사의 목소리가 조종실 전체에 울렸다.

"코스탈 416." 빌이 확인했다. "LA 관제소, 129.50, 안녕하십니까."

벤은 왼편으로 손을 뻗어 아래쪽 콘솔의 컨트롤 패널에 있는 손잡이를 밀었다. 그리고 손잡이를 다시 시계 반대 방향으로 돌리자 노란색 디지털 번호가 새 주파수를 찾아갔다. 곧 답신해 올 LA 관제소의 관제사는 그의 관할 구역에서 비행기

---

* 고도를 유지하며 일정한 속도로 비행하는 모드

를 계속 안내하다가 비행기가 다음 구역으로 넘어가면 해당 구역의 관제사에게 비행기를 인계할 것이다. 한 나라를 가로지르는 비행 중 지상과 비행기의 교신은 이렇게 연속으로 바통을 건네듯 이루어졌다.

빌은 벤이 주파수 129.50에서 멈출 때까지 기다렸다가 전송 버튼을 눌렀다. "안녕하십니까, LA 관제소," 이어서 고도와 방향, 속도를 나타내는 계기판을 살피며 마이크에 대고 말했다. "코스탈 416, 비행고도 350."

"안녕하십니까, 코스탈. 비행고도 350 유지." 관제사가 대답했다. 빌은 마이크를 집어넣고 앞에 있는 콘솔의 버튼을 탁 눌렀다. "AP1"이라고 표시된 버튼 위쪽에 녹색등이 들어오면서 자동 조종 시스템이 작동됐다. 빌은 좌석벨트의 어깨 고리를 풀고 의자를 뒤로 비스듬하게 눕혔다. 그리고 크루즈 비행을 시작했다.

"손님?" 조가 말했다. "손님?"

남자는 좌석 등받이에 붙어 있는 TV를 노려보고 있었다. 조가 화면 앞에서 손가락을 움직이자, 그는 눈을 휙 올려 뜨더니 서둘러 헤드폰을 벗고 그녀가 내민 와인잔을 받아 들었다.

"죄송합니다." 그가 화면으로 시선을 돌리며 사과했다.

"중요한 경기인가요?" 조가 쟁반에서 얼음 없는 탄산수를 집어 옆자리 여자에게 건네며 물었다. 대학생처럼 보이는 여자는 그 남자와 일등석에 나란히 앉아 있었다.

"농담하시는 거 아니죠?" 남자의 말투에서 뉴욕 억양이 짙게 묻어났다. "이거 월드 시리즈 7차전인데요? 당연히 아주 중요한 경기죠!"

"양키스 응원하시는 거 맞죠?" 조가 물었다.

"그럼요. 태어났을 때부터요." 그는 사전 경기 방송을 듣기 위해 헤드폰을 다시 썼다. 그 옆에 앉은 여자는 남자 친구에게 문자를 보냈다. **나 10시 30분쯤 도착해. 데리러 올 수 있어?** 그녀는 점 세 개가 깜빡이는 걸 지켜보다가 남자 친구의 답장이 오자 슬며시 미소를 지었다.

일반석 뒤쪽 4열에 앉은 남자가 책을 펼쳤다. 머리 위에 있는 조명이 그 옆의 가운데 자리에 앉아 잠을 청하던 남자를 방해했다. 통로 건너편에는 어떤 여자가 노트북에서 전송 버튼을 클릭하는 중이었다. 이메일이 몇 초 뒤 LA에 있는 회사 사장의 메일함에 도착했다. 창가에 앉은 남자는 난처해하며 똥 마려운 강아지처럼 꿈틀대고 있었다. 화장실이 가고 싶은데 언제쯤 옆 사람에게 양해를 구해야 할지 몰라 당황스러운 모양이었다. 그의 뒷자리, '패신저 오브 사이즈*'에 앉은 승객은 벌써 고개를 뒤로 젖힌 채 입을 벌리고 코를 드렁드렁 골

---

* Passenger of size, 큰 체격이나 비만으로 인해 한 사람이 두 자리를 차지하는 좌석

고 있었다. 그 승객은 이륙 전에 승무원들에게 좌석벨트를 더 느슨하게 해 달라고 요청했었다. 이제 막 걸음마를 뗀 아이가 통로를 따라 걸으며 이 모든 승객을 지나갔다. 아이의 엄마는 번쩍 들어 올린 아이의 손을 붙잡고 잔잔히 흔들리는 비행기에서 아이가 균형을 잡을 수 있도록 했다.

조종실 문 안쪽에서는 두 조종사가 지시대로 비행기의 고도와 속도를 조절하며 항공교통 통제 시스템 관련 내용을 주고받았다. 두 조종사는 비행 조종 설정을 업데이트하기 위해 일기 예보를 확인하고 눈앞에 펼쳐진 광활한 하늘을 살폈다. 끝없이 이어진 사막과 눈으로 덮인 산 정상, 구불구불 이어진 미국 서부의 아름다운 풍경을 가만히 바라보았다. 대개는 항공기가 일정한 속도로 안정적인 비행을 하다 보니, 조종사들도 대부분의 승객처럼 시간을 보냈다. 벤은 태블릿으로 책을 읽고 가끔씩 문자를 보냈다. 빌은 그래놀라 바를 씹으며 몇 주 뒤에 있을, 2년에 한 번씩 반복하는 컴퓨터 기반의 훈련을 준비했다.

그때 띠링 하는 소리와 함께 빌의 노트북으로 이메일이 도착했다. 캐리에게서 온 메일이었다. 그런데 제목도 내용도 없이 사진만 첨부되어 있었다. 흠, 이상한데. 빌은 그리 생각하며 첨부파일을 클릭했다. 그가 집에 없을 때 캐리는 종종 아이들과 지내는 모습을 사진으로 보내곤 했다.

그러나 그들이 나눈 마지막 대화를 생각하면, 이런 이메일은 앞뒤가 맞지 않았다.

첨부된 사진을 가만히 들여다보던 빌은 더욱 혼란스러워져 눈을 서너 번 깜빡거렸다. 사진 속 배경에 있는 소파와 텔레비전은 한눈에 알아볼 수 있었다. 액자와 책들도 낯익었다. 어젯밤에 스콧과 월드 시리즈 6차전 다저스 경기를 보고 나서 올려 두었던 맥주병도 눈에 들어왔다. 그리고 햇살이 잘 드는 거실 바닥에 드리워진 짙은 그림자를 보자마자 뒤뜰의 키 큰 떡갈나무가 떠올랐다.

빌은 사진 속의 모든 것을 알아보았다.

그러나 방 한가운데에 서 있던 두 형체를 알아보지는 못했다. 맨발에 맨다리, 그리고 십자가 모양으로 쭉 뻗은 양팔. 하늘을 향해 펴져 있는 손이 무력하기 그지없어 보였다. 머리에 씌워진 검은 천 때문에 제대로 확인할 수는 없었지만, 빌은 그 천 뒤에 어떤 얼굴이 있을지 잘 알았다. 발톱에 칠해진 분홍색 매니큐어를 보지 않고도 하나는 아내라는 걸, 그리고 그 옆의 삐쩍 마른 다리의 주인은 아들이라는 걸 단번에 알아챌 수 있었다.

빌은 몸을 앞으로 기울여 캐리가 무엇을 입고 있는 건지 확인하려 했다. 그녀는 몸통 전체에 수상한 조끼 같은 걸 두르고 있었다. 조끼의 앞뒤로 주머니가 달려 있고, 주머니 안에

든 작은 벽돌 모양 상자 밖으로 밝은색 전선이 튀어나와 있었
다. 그는 자살 폭탄 테러범들이 최후의 순간에 순교 발언을
하는 끔찍한 영상에서 그런 조끼를 본 적이 있었다. 그 순간,
빌은 아내의 몸을 휘감고 있는 삐뚤삐뚤한 끈의 정체를 알아
차렸다. 더 이상 아무 생각도 나지 않았다.

입이 바싹 타들어 갔다. 간이 테이블에 손을 올리고 애써
가슴을 진정시키며 고개를 돌렸다. 그리고 몇 초간 잠시 눈을
감았다. 다시 눈을 떴을 때는 사진이 사라져 있길, 아니면 이
꿈에서 깨어나 있길 바라면서. 그러면 어떻게든 그는 모든 일
을 다시 시작할 수 있을지도 몰랐다. 그것도 아니면, 그냥 사
라져 버리든가.

빌은 감았던 눈을 다시 뜨면서, 자신의 정신이 잠시 이상했
던 거라고 생각했다.

그러나 자살 폭탄 조끼를 입은 아내와 아들이 거실에 서 있
는 사진은 그대로였다.

또 다른 메일이 도착했다.

이어폰 꺼.

메일과 함께 화면에서 페이스타임이 불쑥 튀어나왔다.

3

빌은 가방을 샅샅이 뒤져 이어폰을 찾았다. 노트북 앞쪽에 난 작은 구멍에 이어폰을 더듬더듬 꽂고 두 번의 시도 끝에 작고 하얀 이어폰을 왼쪽 귀에 끼웠다. 옆에 있는 벤은 이런 상황을 전혀 눈치채지 못했다. 빌은 파르르 떨리는 손으로 전화 연결을 시도하느라 진땀을 뺐다. 정신없이 후들대는 손 때문에 마우스 커서마저도 혼란에 빠졌다. 초록색 버튼을 클릭하자 페이스타임에 연결되면서 빌의 얼굴이 보이던 화면이 왼쪽 아래로 스르륵 미끄러졌다.

수염으로 뒤덮인 수척한 얼굴의 남자가 화면에 나타났다. 머리칼은 검고 굵었으며 눈썹이 무성했다. 약간 그을린 피부에, 꽉 다문 입술은 마치 얇은 선처럼 보였다. 빌은 그가 30대 중반일 거라 추측했다. 어디서 본 듯한 얼굴이었지만, 대체 어디서 봤는지 도통 떠오르지 않았다. 싱긋 웃는 그의 입술 사이로 가지런하고 하얀 치아가 드러났다.

남자의 몸에도 자살 폭탄 조끼가 둘러져 있었다. "안녕하십니까, 호프만 기장."

빌은 침묵을 유지했다. ATC항공교통 관제소에서 시끄럽게 지시를 내렸다.

"코스탈 416. 알겠다, 덴버 관제소." 벤이 비행기의 고도를 바꾸려 몸을 앞으로 기울이고 회신했다. "370으로 상승한다." 그는 고도계가 37,000을 가리킬 때까지 중앙 계기판에 있는 다이얼을 돌렸다. 그리고 지시대로 잘 작동되는지 확인한 후 다이얼을 당기자 비행기가 천천히 올라갔다. 벤은 잠시 수평선을 살피다가 밀려오는 하품을 억누르며 휴대폰으로 시선을 돌렸다.

뒤쪽에서 엘리스가 악을 쓰며 우는 소리가 들리자, 침입자가 컴퓨터에 대고 히죽히죽 웃었다. "당신, 혼자가 아니군. 당연히 그렇겠지. 그럼 이렇게 해. 할 말이 있으면 메일로 보내. 나는 소리 내서 대답할 테니까. 그리고 당신 메신저 가방 앞쪽에 모니터 보안 필름 있으니까 가서 가져와."

메신저 가방.

그 가방은 오늘 아침 인터넷을 정비하러 온 남자 옆에 있었다.

그놈이다.

빌은 이를 악물고 가방을 뒤졌다. 그래. 그래서 저 남자가 집에 침입할 수 있었고 빌이 모니터 보안 필름을 갖고 비행기에 타게 된 것이다. 빌이 주방에 들어갔을 때 저자는 밖으로 나와 메신저 가방에 필름을 넣었을 테다. 그 남자 이름이 뭐였더라? 캐리가 얘기해 주기는 했는데……. 빌은 그자에게 자신의 이름을 말했었는지 기억이 나지 않았다.

불투명한 얇은 필름을 찾아 노트북 모니터 앞에 끼웠다. 그리고 키보드를 두드리기 시작했다. 빌은 자신이 모르는 사실이 더 있을까 봐 머리가 어지러웠다. 반대쪽에서 띵 소리가 났다. 빌은 메일을 읽는 침입자의 눈을 따라갔다.

우리 가족은 어딨습니까?

"잘 있다." 침입자가 대답했다. "일단 지금은."
빌은 그를 무시하며 최대한 빠르게 타자를 쳤다.

가족들 좀 볼 수 있을까요? 부탁입니다.

"하! 부탁이라니, 지나치게 공손하군. 하지만 안 돼. 잠깐 우리끼리 일대일로 얘기 좀 하자고."

가족들을 보기 전까진 그 어떤 대화도 나누지 않을 겁니다.

그자가 메일을 읽더니 눈을 부라렸다. "아, 진짜 짜증 나게 고집부리는군."

그가 몸을 앞으로 기울이더니 주방을 향해 손짓했다. 그의 손에 들려 있는 것이 빌의 눈에 정확하게 보였다. 기폭 장치였다. 무선으로 된 기폭 장치의 위쪽에는 빨간 버튼이 달려 있었고, 그 위로 버튼 크기에 딱 맞는 플라스틱 덮개가 씌워져 있었다. 대충 손으로 만든 조잡한 장치가 아니었다.

캐리와 아이들이 화면에 나타났다. 빌은 숨이 턱 막혔다. 머리의 검은색 천은 벗겨진 상태였지만, 아내와 아들은 두 손이 모두 결박된 채 입에 재갈이 물려 있었다. 엘리스가 울음을 그쳤다. 캐리는 아기를 안고 있었다. 그러나 폭탄 조끼 때문에 그녀의 자애로운 모습이 어딘가 어색하게 느껴졌다. 남자는 주방 식탁에서 의자를 가져와 테이블 위로 넘기더니 캐리와 아기에게 앉으라고 손짓했다. 그러고는 스콧을 엄마 옆에 세우고 자신은 캐리 옆에 앉았다.

"자," 그가 카메라 쪽으로 몸을 구부린 뒤 팔꿈치를 책상 위에 대고 말했다. "당신 똑똑하잖아, 호프만 기장. 빌이라고 불러도 되나?"

빌이 화면을 뚫어지게 쳐다봤다.

침입자가 미소 지었다. "봤지, 빌? 무슨 상황인지 이해했을 거야. 자, 내가 할 말은 이래. 당신은 이제 비행기를 충돌시킬 거야. 왜냐고? 그러지 않으면 내가 당신 가족을 죽일 거거든."

공포에 질린 캐리의 재갈 사이로 탄식과 헐떡임이 섞인 신음이 새어 나왔다.

"다른 사람에게 말하면," 침입자가 계속 말했다. "당신 가족은 다 죽어. 여기, 집으로 사람을 보내도 죽고." 그가 기폭 장치를 반대편 손으로 옮기며 반복해서 말했다. "간단해. 비행기를 충돌시켜. 아니면 뭐, 당신 가족은 내 손에 죽는 거고. 선택은 당신에게 달렸어."

싸늘하고 헛헛한 통증이 척추의 아랫부분에 모여들었다. 빌은 가족들의 몸값만 지불하면 되기를 간절히 바랐다. 그러나 그리 간단하게 해결될 문제가 아니었다. 화면을 본 순간 그는 조종실이 침범당했음을 깨달았다. 비행기가 위험에 처할 수도 있는 상황이었다. 키보드 위를 움직이는 빌의 손가락에 아무런 감각이 없었다.

나는 비행기를 충돌시키지 않을 겁니다. 그리고 당신은 우리 가족을 해칠 수 없어요.

"아니," 그가 빌의 메일을 읽고 대꾸했다. "둘 중 하나는 반드시 일어나게 돼 있어. 당신이 선택해."

이봐, 다시 한번 말하지. 나는 비행기를 충돌시키지 않을 거고, 당신은 절대 우리 가족을 죽이지 못해. 그게 다야.

무례해진 빌의 말투에 화면 속 침입자의 얼굴이 발끈했다. "내 이름은 사만 카니다. 샘이라고 부르지. 오늘 아침에도 당신에게 이름을 알려 줬지만. 뭐, 당신한테 인터넷 수리 기사 따위는 안중에도 없더군."

"여기는 시카고 관제소. 코스탈 416, 현재 이동 중인 방향에서 북서쪽으로 48킬로미터 전방에 약간의 난기류 발생."

ATC의 긴급 보고에 빌은 펄쩍 튀어 올랐다. 바깥세상은 여전히 평소와 같이 돌아가고 있다는 사실에 흠칫했다.

"주무시고 계셨습니까, 기장님? 역시 나이는 못 속이나 봅니다." 벤은 기상 레이더가 나타나도록 화면을 넘기며 웃었다. "코스탈 416. 알겠다, 시카고 관제소." 그가 핸드 마이크에 대고 말했다. "지금까지는 문제없다. 지시대로 유지하겠다. 더 안정된 기류가 필요할 경우 알려 주겠다."

"음…… 이쯤이면 약해질 거라고 생각했는데." 빌이 아무렇지 않은 척하며 말했다. "방향을 바꿀 거야. 북쪽으로……." 그가 레이더의 한 부분을 가리키며 말끝을 흐렸다.

"네." 빌이 다시 노트북으로 몸을 돌리자 벤이 답했다. "저, 혹시 잠깐 쉬어도 될까요?"

"어?"

벤이 고개를 갸웃했다. "소변 좀 보러 가도 되겠습니까? 오, 이런. 기장님, 괜찮으세요?"

"아, 그럼. 괜찮지." 빌이 노트북을 흘긋했다. "저기 말이야, 잠깐만 기다려 주겠나? 급하게 뭘 좀 하던 중이어서."

"그럼요. 정말 급하면 통에 싸죠, 뭐."

빌의 이어폰이 샘의 웃음소리로 가득 찼다. "웃기네. 직장에서 하는 가족 초청의 날, 뭐 그런 거 같군." 샘이 캐리의 어깨에 손을 올리며 말했다. 캐리가 움찔했다. 빌의 메일이 도착하자 샘이 큰 소리로 읽었다. "'내가 비행기를 충돌시키면 부조종사가 문제 삼을 거야.' 흠, 내 생각도 그래. 그래서 당신이 일단 부조종사를 먼저 죽여야 해."

생각지도 못한 한 방이었다.

벤과 빌은 함께 비행한 적이 서너 번밖에 되지 않았지만, 빌은 그를 좋아했다. 그는 꽤 훌륭한 비행기 조종사였다. 똑똑하고 제 할 일을 알아서 잘할 줄 알았다. 간혹 그의 자신감이 다소 지나칠 때도 있었지만, 사실 조종실에서는 그것 역시 하나의 자산이었다. 두 사람은 스포츠팀 이야기를 나누며 티격태격하기도 했다. 빌은 이전에 벤이 채식주의자라는 사실을 알고 깜짝 놀랐었다. 이 젊은 청년은 아직 미혼이었고, 그의 가벼운 농담을 좋아해 주는 가족과 친구들도 분명 있는 것 같았다. 애인이 있는지는 모르겠지만 승무원 중 하나랑 가끔 만나는 듯했다.

그런데 빌이 그런 벤을 죽여야 한다니. 그것도 가장 먼저. 비행기에 탑승한 모든 사람을 죽이기 위해, 일단 그부터 없애야 했다. 속이 메스꺼웠다.

키보드를 두드리는 빌을 무시한 채 샘이 말을 이었다. "그 자를 어떻게 죽여야 할지 모르겠지?"

빌의 손가락이 멈췄다.

"다른 사람들을 죽일 때와 같은 방법으로 죽이면 돼. 당신이 비행기를 충돌시키려 하면, 부조종사는 당신을 말리려고 하겠지. 그래서 당신 가방 안쪽, 큰 주머니 바닥에 하얀 가루가 든 병을 넣어 뒀어. 착륙하기 전 마지막으로 화장실에 갈 때 부조종사의 커피나 차, 아무튼 어떤 음료든 거기에 그 가루를 넣어. 그저 몇 모금만 마셔도 당신은 혼자 비행기를 조종하게 될 거야."

하얀 가루의 정체가 뭐지?

샘은 메일을 읽고도 의도적으로 질문을 무시했다.

"아!" 그가 손가락을 쳐들었다. "그 옆쪽 주머니 뒤편에 금속 재질의 원통형 용기가 있어. 부조종사가 죽고 나면, 볼 것도 없이 비행기는 충돌 직전이겠지?" 그가 비열하게 웃었다. "그럼 그 용기를 흔든 다음, 손을 뒤로 뻗어서 조종실 문을 열어. 그리고 뚜껑을 열고 용기를 객실로 던지는 거다. 그다음엔 다시 조종실 문을 닫고 비행기를 충돌시키면 돼. 끝."

빌은 멍하니 화면을 보고 눈을 끔뻑이다가 글자를 타이핑했다.

그 용기에는 뭐가 들었지?

"질문이 참 많네. 뭐, 문제될 건 없지만." 샘이 키득키득 웃었다. "부조종사에게 쓸 하얀 가루의 정체는 알려 줄 생각 없어. 객실에 던질 용기 안에 든 것도 마찬가지고. 이것 봐. 당신이 재미없는 질문만 하니까 중요한 얘기는 아직 시작도 못 했잖아. 예를 들면 이런 질문을 해야지. '샘, 당신은 무엇 때문에 나더러 비행기를 충돌시키라고 하는 거죠?'라든가."

그런 건 관심 없어. 난 비행기를 충돌시키지 않아.

"오! 그럼 그렇게 선택한 거야?" 샘이 기폭 장치를 들어 올렸다. "비행기를 선택한 거지?"

캐리가 엘리스를 세게 안았다. 빌은 등골이 오싹해졌다.

나는 아무것도 선택하지 않았어.

샘이 흥얼거리며 메일을 읽었다. "흠, 이 시나리오에서 당신이 아무것도 선택하지 않는다면 원래 계획대로 진행되겠지. 비행기는 존 에프 케네디 공항에 착륙할 거고, 그러면 ……." 그가 조끼를 매만지더니 기폭 장치를 반대쪽 손으로 옮겼다. "정 그러고 싶다면—"

빌은 미친 듯이 키보드를 두드렸다.

좋아. 비행기를 어디에 충돌시키라는 거야?

메일을 확인하는 샘의 얼굴에 미소가 번졌다. 그가 테이블 위로 팔짱을 끼고서 카메라 쪽으로 몸을 기울였다. "안 알려줄 건데?"

고개를 뒤로 젖히고 깔깔대는 그를 보며 빌은 주먹을 단단히 쥐었다. 손톱이 살을 파고드는 것 같았다.

"세상에, 너무 재밌네 이거. 자, 그냥 원래 경로대로 조종해. 절대 불신을 키워선 안 돼. 무슨 일이 벌어지고 있는지는 아무도 몰라야 해. 기억하지? 필요해지면 더 자세히 알려 줄 게. 타깃에 대해서는 신경 쓰지 마. 어쨌든 당신은 결국 비행 기를 경로에서 이탈시킬 거라는 사실만 알아 둬."

빌은 온 힘을 다해 빠르게 타자를 쳤다.

비행기 조종은 자동차 운전과 달라. 경로를 변경하면 무조건 다른 문 제가 발생하게 돼 있다고. 그러니 아무도 모르게 이 일을 진행하고 싶다 는 건 말이 안 돼. 어쨌든 지금은 비행기 조종에 대해 설명할 시간이 없 어. 그냥 날 믿어. 난 우리 목적지가 어딘지 알아야겠어.

기장은 침입자가 메일을 읽는 모습을 보며 그가 비행기 조 종사가 아니기를 기도했다. 빌이 쓴 메일은 정확히 말하자면 거짓은 아니지만 그렇다고 완전한 진실이라고 할 수도 없었 다. 만에 하나 샘이 비행기 조종사라면, 허튼소리 지껄이지 말라고 할 게 뻔했다.

샘은 몇 차례 눈을 껌뻑이더니 순간적으로 미간을 찌푸리 고 카메라를 들여다봤다. 그리고 목을 가다듬으며 시간을 끌 었다.

"타깃은 알려 주지 않을 거지만 지역은 알려 주지." 마침내 샘이 입을 뗐다.

빌은 샘이 조종실 안을 전부 뒤덮은 온갖 버튼과 다이얼들을 훑어보는 모습을 지켜보았다. 비행에 대해 전혀 모르는 승객들을 자주 안내했던 빌은 그가 그 광경에 압도당했음을 눈치챌 수 있었다. 샘은 짧게 숨을 내쉬더니 단어 하나를 툭 뱉었다.

"DC."

빌은 머리를 푹 떨구었다. 당연했다. 그럴 만했다. 워싱턴 DC는 뉴욕에서 상당히 가깝기 때문에 막판에 경로를 이탈할 경우 제때 대응하기가 거의 불가능했다. 더 이상 정확한 타깃을 들을 필요도 없었다. 보나 마나 백악관을 겨냥하고 있을 테니까. 국회 의사당일 수도 있고.

"아직은 정확한 장소를 말해 줄 수 없어." 샘이 말했다. "그리고 그 비밀스러운 가루에 대해서도 알려 주지 않을 거고. 그래도 힌트는 주지. 난 당신을 살려 둬야 한다는 거야. 그러니까 그 용기를 객실로 던지려고 뚜껑을 열기 직전에 반드시 산소마스크를 써."

용기 안에 든 물질은 볼 것도 없이 유독 가스였다. 빌은 창밖으로 겹겹이 쌓인 얇은 구름이 비행기 아래로 지나가는 모습을 바라보았다. 저런 뿌연 구름이 객실을 가득 메우는 장면이 눈앞에 그려졌……. 빌은 자신의 비행기에, 자신이 책임지고 있는 승객들에게 유독 가스를 뿌리라는 협박을 받고 있었다.

내가 객실로 용기를 던지지 않겠다고 하면?

샘은 메일을 읽더니 머리를 비스듬히 기울이고 생각에 빠졌다. 그리고 빌의 가족들 쪽으로 눈길을 돌렸다.

"흠, 어디 보자. 비행이 끝날 때까지는 당신 가족을 살려 둬야겠지. 그렇지만……." 한 줌 정도 되는 머리카락이 캐리의 얼굴을 가리고 있었다. 샘이 그녀의 귀 뒤로 머리카락을 넘겼다. "전부 살려 둘 필요는 없을 수도 있겠는데? 아니면 일부만?"

테이블 위에 놓인 빌의 움켜쥔 주먹이 하얗게 질렸다. 그가 알지 못하는, 이해할 수 없는 부분이 많아도 너무 많았다. 당장 그만두게 하고 싶었다. 비명을 지르고 싶었다. 얼굴로 피가 쏠리는 느낌이 났다. 땀이 피부를 뚫고 나와 인중을 뒤덮었다. 손등으로 땀을 훔쳤다.

"어이, 진정하셔." 빌의 불안이 훤히 드러나자 샘이 조롱했다. "방법도 없는데 뭔 해결책을 찾으려고 그렇게 애를 쓰나. 영웅 따위는 꿈도 꾸지 마. 어차피 당신은 반드시 선택하게될 거야. 가족이냐, 비행기냐. 비행기가 희생양이 된다면, 원통 용기를 던지는 건 거래의 일부인 거고. 이상." 샘은 손깍지를 껴 테이블 위에 올리고 몸을 앞으로 기울였다. 그러고는 기폭 장치를 꽉 움켜잡았다. "맞다, 빌? 아는지 모르겠는데. 난 바보가 아냐. 거기, 당신이 탄 그 비행기에 내 동료도 타고 있거든. 백업 계획을 이미 다 준비해 놨어. 그러니 당신은 이쪽이든 저쪽이든, 무조건 선택을 하게 될 거야."

붉게 달아올랐던 빌의 얼굴이 하얗게 질렸다.

비행기에 백업 계획이 있다니.

아무것도 모르는 승객들.

저들 중 속이 시커먼 사람은 누굴까?

대체 누가 자신과 승무원들을 지켜보며 저 미친놈에게 보고를 하고 있는 거지? 무기를 소지하고 있나? 기내에도 이미 독이 든 원통 용기가 있는 건가? 그 뚜껑을 열 생각일까? 승무원들을 죽인 다음, 조종실로 쳐들어와 벤을 죽이고 나에게 선택을 강요하려는 걸까? 머릿속에서 끔찍한 시나리오가 또 다른 시나리오로 계속해서 바뀌었다. 빌은 더 이상 생각을 이어 갈 수 없었다.

원하는 게 뭐야?

샘이 메일을 읽고 손을 펼쳤다. "무슨 뜻이지? 방금 얘기했잖아."

조건만 이야기했어. 정확히 원하는 게 뭐냐고.

샘이 웃었다. "빌, 아직도 모르겠어? 난 아무것도 바라지 않아. 돈도 필요 없고, 포로 교환을 원하지도 않아. 정치적 영향력도 필요 없어. 이봐, 지금은 1968년이 아니라고. '나를 쿠바로 데리고 가 주세요'도, 누굴 납치하려는 것도 아니야. 뭐가 됐든 그건 너 같은 백인 우월주의자들이나 믿는 헛소리일 뿐이야. 쓰레기 같은 지하드를 따라 천국에서 처녀 72명을 거느리고 싶은 것도 아니고. 다 필요 없어."

그가 화면 가까이 다가왔다.

"내가 원하는 건 승산이 없어 보이는 상황에서 좋은 인간들, 즉 나이스한 미국인들이 어떻게 행동하는지 보는 거야. 그것뿐이라고. 당신 같은 사람은 무언가를 선택해야 할 때 어떻게 할까? 얼굴도 모르는 사람들이 탄 비행기를 고를까? 아니면 당신 가족을 고를까? 잘 들어, 빌. 이건 선택에 관한 문제야. 누가 살아남을지 당신이 선택하는 거. 그게 바로 내가 원하는 거야."

빌은 움직이지 않았다. 샘이 웃었다.

"기겁하는 얼굴이 아주 볼만하네! 나는 돈으로 매수될 사람이 아니야. 협상도 불가능하고. 그래서 당신은 지금 무척 두려울 거야. 내가 원하는 건 오직 비행기 충돌뿐이라는 걸 알게 됐으니까. 난 그것 말고는 이 세상의 다른 어떤 것에도 관심 없어."

두 남자는 서로를 노려보았다. 빌이 질문을 쓰려고 손을 올렸다. 그의 손은 덜덜 떨리고 있었다.

왜지? 대체 왜 그러는 거야?

하지만 결국 빌은 그 문장을 모두 지워야 했다. 샘이 그 질문에 대답하면, 빌은 결국 그의 뜻대로 하게 되리란 걸 알았다. 그래서 다른 질문을 썼지만, 이내 또다시 지워 버렸다. 그의 손가락이 바쁘게 움직였다. 자신이 무슨 일을 하고 있는지, 그래서 어떻게 이 일을 해결할 수 있는지 알아내고 싶었다.

엘리스가 훌쩍거렸다. 빌은 고개를 들어 딸을 바라보았다.

뭔가를 하지 않으면 어느 곳으로도 갈 수 없다는 것을, 지금 고민하는 건 시간 낭비일 뿐이라는 사실을 깨달았다. 다시 정신을 차려야 했다.

타자를 치고 이번에는 '전송' 버튼을 눌렀다.

내가 이 비행기를 조종할 거란 건 어떻게 알았지?

"그러니까 당신이 그 비행기를 탈 거란 걸 어떻게 알아냈냐 이거군." 샘이 말했다. "당신의 상사이자 수석 조종사인 월트 오 맬리는 꽤나 변태더군. 그자의 하드 드라이브에 있는 어린 남자애들 사진을 만천하에 공개하겠다고 협박했더니 한 치의 망설임도 없이 술술 알려 주던데? 당신이 그 비행기를 조종할 거라고?"

빌의 심장이 배신감으로 터질 것 같았다. 그의 상사이자 동료, 그리고 친구였던 사람이……. 월트 오 맬리와 빌은 23년간 함께 일했다. 그런데 그 수석 조종사까지 모두 썩어서 이 일에 엮여 있었다니.

빌의 생각은 걷잡을 수 없이 흘러갔다. 어떤 것에도 매달릴 수 없고, 그 무엇도 그의 생각을 멈추지 못했다. 그는 무력하게 조종실에 앉아 있었다. 가정과 비행기가 위협받는 상황에서 자신의 가족을 보호하지도 못하는, 아무런 쓸모가 없는 남자였다. 그는 자신이 철저하게 속았다는 사실에 또 다른 공포를 느꼈다.

빌은 눈을 감았다. 미쳐 버릴 것만 같았다. 심호흡을 하면서 손가락을 쫙 펼쳤다가 이내 주먹을 꽉 쥐었다. 빌은 이 동작을 반복하며 피가 손 안을 빠르게 흐르는 모습을 떠올렸다. 점차 맥박이 느려졌다.

왜 나를 선택했지?

샘은 메일을 읽고 잠시 멈추었다가 두 사람을 연결하고 있는 카메라로 시선을 홱 돌렸다. "이런 건방진. 지금 이게 내 개인적인 원한 때문이라고 생각해? 넌 그냥 도구일 뿐이야."

당신이 죽이고 싶어 하는, 이 비행기에 탄 149명의 무고한 영혼들에게는 개인적으로 느껴질 텐데.

"흠, 물론 그렇겠지. 죽음은 언제나 개인적이니까. 지랄 맞게 개인적이지. 그런데 죽음이 개 같은 게 뭔지 알아? 전혀 개인적이지 않다는 거야. 다들 죽어. 누구도 피할 수 없어. 이 세상에서 유일하게 공평한 부분이지. 젊은 사람도, 늙은 사람도, 죽어 마땅한 사람도, 그렇지 않은 사람도 다 죽어. 아무튼, 그래서 그게 다 무슨 소용인데? '나쁜놈'들만 죽음을 맞는 게 아냐. 죽음은 그딴 거 신경도 안 쓴다고." 샘이 머리를 흔들며 중얼거렸다. "씨발, 무고한 영혼 같은 소리 하네……."

그의 시선이 스콧에게 멈추었다. "빌, 네 아들을 좀 봐."

빌은 거절했다. 시간이 째깍째깍 흘렀다.

샘이 주먹으로 책상을 쾅 내리쳤다. 캐리가 흐느끼며 엘리스를 꽉 안았다.

"네 아들내미를 보라고."

스콧이 카메라를 똑바로 응시했다. 소리 없는 눈물이 아이의 볼을 타고 흘러내렸다. 반항심으로 움켜쥔 주먹에 손가락 뼈마디가 하얗게 도드라졌다. 아이는 용감해지려고 열심히, 정말 열심히 애쓰고 있었다. 어린 소년의 떨리는 다리 위로 아이가 자라며 지게 될 남자로서의 무게가 위태롭게 놓여 있

67

었다. 아버지와 아들, 한 남자와 남자가 되어 가는 소년이 작은 렌즈를 통해 서로를 뚫어지게 바라봤다.

"호프만 기장," 샘이 중얼거리듯 부드럽게 말했다. "당신 아들은 착한 아이인가? 이 아이는 이런 일을 당하면 안 되나?" 샘이 슬프게 고개를 저었다. "당신은 무고함이 이 세상에 뭐 중요한 거라도 되는 양 말했잖아. 꿈 깨. 사람은 전부 누군가의 목적을 위한 도구일 뿐이야."

샘이 뒤로 물러나 자살 폭탄 조끼 앞으로 팔짱을 꼈다.

"선택은 당신 몫이야. 나는 이미 선택을 했고."

조종실 밖에서 객실 화장실 문이 닫히는 소리가 들렸다. 빌은 업무 중인 조와 다른 승무원들을 떠올렸다. 목적지에 가기 위해 비행기에 탑승한 승객들을 떠올렸다. 워싱턴 DC에 있는 사람들을 상상해 보았다. 상원 의원과 의회 구성원들이 법 제정을 위해 논의하고, 보좌진들이 그들에게 서류를 건네는 모습을 그려 보았다. 체험 학습을 하러 온 아이들을 미소 띤 얼굴로 바라보는 보안 요원들. 동상과 그림 앞에서 명판을 읽는 가족들. 평화로운 삶을 사는 보통 사람들. 그리고 아직 첫 걸음마도 떼지 못한 자신의 딸 엘리스와, 한창 놀기 좋아하는 나이의 아들 스콧을 떠올렸다.

처음으로, 그리고 마침내 그는 캐리를 똑바로 바라봐도 될 것 같았다. 그래서 바라보았다.

"나는 당신이 고양이를 싫어하는 줄 알았어." 캐리가 말했다.

"맞아." 빌이 답했다.

캐리는 그가 갸르릉거리고 있는 고양이, 리글리를 쓰다듬는 모습을 보며 살며시 미소 지었다. 그녀는 젓가락으로 팟타이를 듬뿍 집어 올려 빌에게 내밀었고, 빌은 그걸 먹기 위해 소파 위로 몸을 기댔다. 그의 무릎 위로 뻗어 있는 그녀의 맨 다리에 치킨 조각이 떨어졌다. 빌이 얼른 입으로 치킨을 주워 먹을 때 텔레비전의 흑백 영상에서 험프리 보가트가 걸어가고 있었다.

아파트 현관문 앞에는, 빌의 항공사 사원증이 아직 열지도 않은 여행용 가방 옆 바닥에 아무렇게나 놓여 있었다. 신발, 양말, 바지, 벨트 등 검은색 짐 더미가 벽 앞에 쌓여 있고, 맨 위에는 레이스 달린 빨간 팬티가 올려져 있었다. 아직 채점되지 않은 리포트들이 유니폼 재킷에 파묻혀 바닥에 어지럽게 널려 있고, 캐리의 빨간 펜은 내일 언젠가 빌이 집을 나설 때를 기다리며 주방 식탁 위에 가만히 놓여 있었다. 창밖 저 멀리서 어렴풋이 보이는 시어스 타워가 허락의 윙크를 보내는 것 같았다. 빌은 오헤어 국제공항으로 가는 모든 비행을 맡았다. 그렇게 시카고는 그가 가장 좋아하는 경유지가 되었다.

"첫눈에 반하는 사랑을 믿어?" 캐리가 영화를 보며 물었다.

"응."

빌이 망설임 없이 대답하자 캐리의 얼굴이 붉어졌다. 텔레비전 속 오드리 헵번이 비 내리는 파리에 대해 이야기하며 에스프레소를 홀짝였다. "그래?" 캐리가 한 모금 더 마시고 물었다. "왜?"

그가 당황해하며 몸을 돌렸다. "음, 자기한테 첫눈에 반했었거든."

그녀는 음식을 씹다 말고 꿀꺽 삼켰다. "그래?"

"바비큐 파티에서 자기를 처음 봤을 때. 그니까, 자기가 정원으로 걸어오던 그 순간 말야. 맞아."

"맞아? 뭐가?" 캐리가 말했다. 사랑은 그들이 이야기를 나눠 보지 않은 주제였다.

"맞아. 나 그때 자기랑 자고 싶었어."

캐리가 그의 팔을 툭 때렸다.

"아니야." 빌이 소파에서 자세를 바꾸며 그녀의 얼굴을 마주 보았다. 보가트와 헵번은 차 안에 나란히 앉아서 도로를 달리고 있었다. "그러니까, 맞긴 맞는데, 그런데……."

캐리가 눈썹을 올렸다.

"자기를 처음 봤을 때, 나는 자기를 원하고 있었어. 그러니까 단순히 원한 게 아니라, 자기를 꼭 가져야만 했어. 본능……이었지."

"계속해 봐."

"좋아." 빌이 한숨을 내쉬었다. "인간은 본능적으로 한 가지를 추구해, 맞지? 바로 생존이야. 우리의 기본적인 욕구지. 그리고 인간은 잠재적으로, 본능적으로 자신이 갖고 싶은 것에 끌리잖아. 그게 우리의 생존을 최상의 상태로 이끌지. 그래서 자기를 처음 봤을 때, 내 몸속의 세포들이 '맞아'라고 외친 거야. 첫눈에 반한 사랑이었지. 단지 섹스를 하고 싶은 그런 마음이 아니었어. 나는 그러니까⋯⋯." 빌은 텔레비전을 흘긋 바라보며 적당한 단어를 찾아내려 애썼다.

"이런, 캐리. 나 지금 여기서 고양이를 쓰다듬고 있잖아. 형편없는 시카고 비행을 계속하고 있고, 자기가 원한다면 여기로 이사를 올까 고민 중이야. 그냥 다 그렇게 하고 싶어졌어. 진짜 이상하지.

캐리, 난 문밖으로 나가는 그 순간부터 바로 자기가 그리워. 그래서 최대한 빨리 비행하고 서둘러 호텔로 들어가 자기한테 전화를 해. 우리 회사는 내가 하늘에 쏟아붓는 기름양이 얼마나 많은지 정신 똑바로 차리고 파악해야 할 거야. 자기 왼쪽 눈가에 있는 조그마한 주근깨마저도 사랑스러워. 그리고 자기가 자기를 땅콩버터 중독자라고 부르는 것도 사랑스러워. 또, 오로지 신만이 그 이유를 알고 있겠지만, 버즈 올드린이 가장 먼저 달을 밟은 사람이어야 했는데 마지막에 닐 암스트롱이 그를 밀쳐 내는 바람에 그렇게 되지 못했다고 생각하는 것 역시 사랑스러워. 그리고 자기는 정작 더울 때는 땀을 흘리지 않으면서 초조하거나 불안하면 땀을 뻘뻘 흘리잖아? 그것도 너무 좋아. 진짜 이상해. 어쨌든 나는 다 사랑해."

캐리는 웃으면서 동시에 눈물을 흘렸다. 빌이 손가락으로 눈물을 닦아 준 뒤 그 손을 핥았다.

"내 몸은 알고 있었어. 당신이 내 운명이라는 걸. 캐리, 그러니까 맞아. 나는 첫눈에 반하는 사랑을 믿어."

캐리의 턱이 떨렸다. 그녀는 애써 침착함을 유지했다.

"나는 자기의 베개를 쓰곤 해." 캐리가 소매로 얼굴을 훔치며 미소를 머금었다. "자기가 비행을 나가면 그다음 날 밤에 자기 베개를 베고 자. 너무 푹신해서 목이 뻐근하긴 한데 그래도 자기 냄새가 나거든."

빌은 캐리의 손에 들린 접시를 들어 커피 테이블 위에 놓았다. 그러고는 옆에 누워 팔로 그녀의 허리를 감싸안고 숨을 들이마시며 그녀의 머리칼에서 풍기는 코코넛 향 샴푸 냄새를 맡았다. 빌은 사각팬티 차림으로, 캐리는 펑퍼짐한 티 차림으로 나란히 누워 오랫동안 뒤편에서 들리는 영화 소리를 들었다.

"빌?"

"응?"

"자기는 껴안는 거 싫어하는 줄 알았는데."

캐리는 카메라 렌즈에 시선을 고정하고 빌을 바라봤다. 눈물이 볼을 타고 흘러 입가의 재갈로 스며들었다.

당신은 내 가족을 죽이지 못해. 그리고 난 비행기를 충돌시키지 않는다.

빌은 전송 버튼을 누르고 노트북 화면을 반쯤 내렸다.

"자," 빌이 부조종사에게 말했다. "나도 화장실에 좀 가야겠어. 내가 먼저 가도 될까?"

"그럼요. 찬물도 위아래가 있잖아요." 벤이 그렇게 대답하자 빌은 버튼을 눌렀다. 조종실 문 반대편에서 딩동 소리가 자그마하게 들렸다.

"당신이 빨랐네." 조종실 스피커로 조의 목소리가 흘러나왔다. "안 그래도 콜 하려던 참이었어. 휴식 시간이지?"

"응." 빌이 의자를 뒤로 밀며 대답했다.

"알겠어. 여기는 준비됐어." 딸깍 하며 콜이 끊어졌다.

"조종권 받을 수 있습니까?" 빌이 절차에 따라 물었다.

"조종권 받았습니다." 벤이 답했다.

좌석벨트를 풀고 자리에서 일어나는데 빌의 손이 살짝 떨렸다. 조종실을 나서는 발길이 일종의 포기처럼 느껴졌다. 빌은 화면 맞은편에 있던 가족의 모습을 떨쳐 버리려 애썼지만 뜻대로 되지 않았다. 결박과 재갈, 고립. 그리고 그가 무언가를 해 주길 기다리는 마음.

빌은 유니폼을 매만진 뒤, 한쪽 눈을 감고 문에 난 작은 구
멍으로 밖을 내다보며 조가 문 앞을 가로막고 있는지 확인했
다. 그녀는 두 다리를 바닥에 단단히 고정한 채 팔짱을 끼고
객실을 향해 서 있었다. 조종사들이 휴식 시간에 조종실을 드
나들 때, 만약 누군가 조종실로 덤벼들려면 일단 그녀부터 뚫
어야 했다. 조종실로 진입하기 전에 키가 150센티미터인 마
흔여섯의 여자를 먼저 거쳐야 하는 것이다. 대부분의 승무원
들은 9.11 테러 이후 새로운 보안 절차를 마지못해 따랐다.
사실 열려 있는 조종실 문으로 테러리스트가 급습을 시도하
면, 몸집이 작은 승무원 한 명이 그자를 막을 방법은 없었다.
그러나 조는 진지하게 절차를 따랐다. 몇 년 전 그녀와 함께
비행을 나갔던 한 기장은 농담 삼아 그녀를 '45킬로그램짜리
테러범 과속 방지턱'이라고 부른 적이 있었다. 그 기장은 오
랜 시간이 지난 뒤에야 그 말이 실수였다는 걸 깨달았다. 조
는 조종실 문 앞에 자신이 서 있어야 하는 이유를 정확히 이
해하고 있었다. 그녀는 자신이 죽기 전까지는 절대 물러서지
않으리라 경고하고 있었다.

그리고 빌은 그녀를 잘 알았다.

뒤에서 문이 닫히자 조가 몸을 돌렸다. 빌의 얼굴을 본 뒤
슬쩍 미소를 지었다. 그가 아무 말도 하지 않자, 조가 먼저 입

을 뗐다.

"괜찮은 거지?"

"뭐가?" 빌이 물었다.

조가 입술을 오므리고 팔짱을 끼더니 짝다리를 짚었다.

"뭐가?" 빌은 조의 어깨 너머로 기내를 훑어보며 눈썹을 찡그렸다.

다른 사람에게 말하면, 당신 가족은 다 죽어. 여기 집으로 사람을 보내도 죽고.

빌은 위험을 감수할 수 없었다. 조에게 말할 수 없었다.

그러나 그의 가족에게 누군가를 보내긴 해야 했다. 누구든, 집으로 사람을 보내야 했다. 조종실에서는 초 단위로 감시당하고 있었기 때문에 어떤 계획도 세울 수가 없었다. 게다가 조와 다른 승무원들이 있는 여기 조종실 뒤편, 객실에도 알 수 없는 위협이 존재했다. 하지만 어떻게 승무원들에게 아무런 경고도 하지 않을 수 있단 말인가. 유독 가스라니. 실제로 벌어질 수도 있는 공격에 어떻게든 대비를 해야만 했다.

빌은 비행기를 충돌시킬 생각이 전혀 없었다. 하지만 그런 척을 해야 했다. 원통형 용기를 기내로 던지는 건 그 침입자를 속이기 위한 하나의 제스처였다. 만일 그가 원통 용기를 던지지 않겠다고 하면, 샘은 그가 비행기를 선택했다고 판단할 테고, 그러면 빌의 가족은 죽게 될 것이다.

끔찍한 두려움이 심장 밖을 뚫고 나가 온몸을 휘감았다. 만약 지상의 어느 누구도 그의 가족에게 보낼 수 없다면, 빌은 객실에 유독 가스를 던져야 한다. 그렇다면 승무원들은 그에 대비할 필요가 있었다. 승객들을 보호해야 했다……. 자신에게서.

"빌?" 조의 목소리가 아득하게 들렸다.

다른 사람에게 말하면, 당신 가족은 다 죽어.

빌은 144명의 승객이 앉아 있는 객실 쪽을 응시했다. 그 144명은 잠재적인 위협에 노출되어 있었다. 분노가 온몸으로 스며들어 공포와 뒤엉켰다. 그가 모르는 게 또 뭘까?

조는 걱정에 가득 찬 두 눈으로 빌을 가만히 살폈다. "빌?" 그녀가 목소리에 조금 더 힘을 실었다.

다른 사람에게 말하면, 당신 가족은 다 죽어.

함께 비행 중인 승무원들을 이대로 위험에 노출시켜 놓고 어떻게 조종실로 돌아갈 수 있단 말인가?

조가 빌의 팔을 부드럽게 잡았다. 그녀의 따스한 손길에 그는 전기 충격을 받은 것처럼 헉하고 숨을 들이마셨다.

빌은 도움이 필요했다. 그의 가족은 도움이 절실했다. 혼자서는 할 수 없는 일이었다.

"조," 빌이 속삭였다. "문제가 생겼어."

4

조는 갤리 카운터에 손을 대고 섰다.

빌은 언제나와 같은 휴식 시간에 평범한 대화를 하는 것처럼 보이려 애쓰며 그녀를 따라 갤리로 들어갔다. 밖을 슬쩍 내다보고서는 목을 가다듬고 그녀에게 전부 털어놓았다.

조가 입을 떡 벌리고 빌을 뚫어지게 바라봤다. 천천히 머리를 가로젓는 그녀의 행동은 불신을 뜻하는 게 아니었다. 지금부터는 모든 것이 이전과 같지 않을 것이라는 사실을 깨달았다는 의미였다.

"방금 나한테 한 얘기 모두에게 말해."

"안 돼." 빌이 답했다. "시간이 없어. 잘 들어. 조종실에서 나누는 모든 대화가 페이스타임으로 실시간 감시되고 있어. 이어폰을 끼고 있어서 벤은 들을 수 없지만, 그래도……."

기장이 말끝을 흐렸고, 그의 말소리가 점점 약해지며 멀어져 갔다. 조는 컵에 담긴 커피를 응시했다. 2C 좌석에 앉은 나이 든 여자 승객에게 주려고 따라 놓은 커피가 갤리 테이블에서 차갑게 식어 갔다. 불과 몇 분 전만 해도 커피를 따르고 있던 그녀는 눈앞에 닥친 상황을 전해 듣고 난 후 전혀 다른 세상 사람이 되어 버렸다.

작은 거품이 생겨난 커피의 짙은 표면 위로 뜨거운 김이 춤을 추듯 빙글빙글 피어올랐다. 머리 위의 선명한 보랏빛 조명이 커피 위로 반사됐다. 조는 모든 걸 멍하니 관찰했다. 우아하게 피어오르는 수증기, 저 멀리서 들려오는 단조로운 말소리, 흘러가듯 움직이는 빛과 그림자. 지금 그녀는 마치 몽롱한 꿈속에서 세상을 바라보는 것 같았다. 몽유병이 없어서 잘은 모르겠지만, 이런 게 바로 몽유병 환자들이 느끼는 감각일까 싶었다.

"위험을 감수하는 수밖에 없어." 빌이 말했다. "그자가 누구에게라도 말하면 우리 가족을 죽인다고 협박했거든. 하지만 당신과 다른 승무원들한테……."

빌은 이런저런 이야기를 하고 있었다.

가족? 어떤 가족이지? 우리 가족? 아니지, 마이크와 애들은 집에 있어. 안전해.

조는 작은 거품을 보며 그 안에 들어간 자신을 상상했다.

다른 동료들과 승객들이 알아채지 못하게 조용히 그 안으로 스르륵 빠져 들어가자 거품이 그녀를 완전히 감쌌다. 아무도 거품 안으로 들어오지도, 밖으로 나가지도 못했다. 그녀는 거품 안에서 무릎을 끌어안은 채 자신이 없는 상황에서 다른 사람들이 어떻게 행동하는지 관찰했다. 커피의 표면 위를 떠다니는 거품 안에서 그녀는 고요함과 무중력을 느꼈다. 어쩌면 그녀는 작은 하수구로 떠내려가 그녀의 비밀 도피처로 슬며시 사라질 수도 있었다. 아무것도 할 수 없는 상태로, 그저 그 길을 따라 흘러갈 터였다. 물론 그 어떤 것도 하고 싶지 않았지만. 조는 입술 끝을 지그시 깨물며 어색한 미소를 지었다. 어쩔 도리가 없었다. 그 순간, 아주 조그마한 존재로 변하는 것만큼 안심이 되는 건 없었다.

"방금 뭐라고 했어?" 갑자기 조가 빌의 말에 끼어들었다.

빌은 방금 전 자신이 한 말이 생각나지 않는지 당황한 표정을 지었다. 그가 횡설수설하며 흐트러지기 시작했다.

"나…… 난 모르겠어. 우리 집으로 어떻게 사람을 보내야 할지. 정말로……. FBI한테 전화할 수도 없어."

"그렇지. 못 하지." 조가 말했다. "그런데…… 나는 할 수 있어."

FBI 요원 테오 볼드윈은 누렇게 시든 화초를 책상 아래 쓰레기통으로 툭 떨어뜨리며 화초가 언제부터 저 지경이었는지 의아해했다.

"테오, 저런 화초들은 물을 줘야 해." 다른 요원 젠킨스가 휴게실로 가는 길에 말했다.

"명심할게." 테오가 산더미처럼 쌓여 있는 서류 중 가장 위에 있는 파일을 꺼내며 대답했다.

서둘러 자리로 돌아가는데 휴대폰에 새로운 메시지가 도착했다. 발신인을 확인하고 휴대폰 옆쪽에 있는 버튼을 눌러 화면을 껐다.

맞은편 통유리로 된 사무실에는 그의 새로운 상사가 귀에 휴대폰을 댄 채 책상 뒤에 서 있었다. 문이 닫혀 있긴 했지만, 들어 보나 마나 재미없는 대화일 것이다. 그는 상사와 눈이 마주치자 재빨리 시선을 돌렸다.

테오는 토요일에 출근하는 걸 좋아했다. 사무실이 조용하기 때문에 지루한 서류 작업을 빨리 해치우고 흥미로운 사건에 집중할 수 있었다. 하지만 오늘은 서류의 첫 페이지를 읽고 다음 페이지로 넘어가자마자 이내 처음으로 다시 돌아왔다. 자신이 한 단어도 제대로 이해하지 못했음을 깨달았기 때문이다.

결국 테오는 이미 끝났거나 중요하지 않은 사건 파일이 쌓여 있는 쪽으로 펜을 던진 후 눈을 비볐다.

누가 그를 놀리는 것만 같았다. 흥미로운 사건이 영 보이지 않았다. 토요일에 출근하는 데에는 상사에게 환심을 사기 위한 의도도 숨어 있었다. 아니, 그걸로는 부족했다. 사실은 상사가 자신을 구원해 주기를 바라는 눈물겨운 시도이기도 했다. 3년 가까이 그 부서에서 일했지만, 지금은 연공서열 따위를 운운할 때가 아니었다. 6개월 전, 모든 것이 다 처음으로 초기화돼 버렸으니까.

그 일은 큰 사건이 될 만한 건수가 아니었다. 그냥 일반적인 마약 사건이었다. 그래도 테오를 포함한 부서 요원들은 빈틈이 없었다. 마약 밀매 업소에 누가 있는지, 어디에 있는지, 무슨 짓을 벌였는지, 어떤 죄명으로 기소될지 전부 파악하고 있었다. 사실상 시작도 하기 전에 끝난 게임이었다.

그러나 밤이 끝나 갈 무렵, 그 마약 밀매 업소에서 걷잡을 수 없는 총격전이 벌어졌다. 그리고 그 일로 부서에서 한창 떠오르는 기대주였던 테오의 명성이 한 방에 무너졌다. 그는 자신이 규칙을 위반한 일을 정당화하기 위해 딱 한 번 발버둥 쳤다. 그 이후로는 입을 굳게 다문 채 자중하며 조용히 있을 뿐이었다. 분위기를 살펴 행동해야 했다. 다섯 번의 징계 회의, 2주간의 무급 정직, 불투명해진 미래가 말하는 것은 하나였다. 테오가 할 수 있는 일이라고는 그저 근태를 잘 관리하고, 규칙을 지키면서, 때가 되면 전부 용서받으리라는 희망을 갖는 것뿐이었다.

그는 커피를 한 모금 마시고 다시 서류 작업에 몰두했다.

"걱정되지 않아?" 젠킨스가 감자칩 봉지를 들고 휴게실에서 나오며 말했다.

"할 일 없이 토요일에 출근하는 멍청이가 우리뿐이라는 사실 말이야."

테오의 휴대폰 화면에 다시 불이 들어왔다. 그러나 보지 않았다.

"내 생각에는," 테오가 의자에 등을 기대며 말했다. "우린 일에 헌신하는 유일한 멍청이들 같은데?"

"좀 화끈하게 놀아 보자!" 젠킨스가 입안에 음식을 잔뜩 물고 말했다. "술이나 마시러 가자고. 섹시한 여자들한테 FBI 요원이라고 어필도 좀 하고."

테오의 휴대폰이 또 번쩍거렸다. 화면을 보니 읽지 않은 메시지가 일곱 개나 와 있었다. 테오의 이모인 조에게서 온 메시지였다. 불길한 예감에 배 속이 들썩이더니 곧장 뒤틀렸다. 조의 언니인 그의 어머니에게 무슨 일이 벌어진 게 틀림없었다. 아니면 조의 아들, 테오에게는 친동생과 다름없는 사촌에게 안 좋은 일이 생겼을 수도 있었다.

"어때? 갈래?" 젠킨스가 테오 자리의 파티션에 몸을 기대며 물었다.

테오는 휴대폰을 가만히 바라봤다. 말도 안 되는 일이었다.

한 번 더 읽어 보았다.

다른 사람이 그런 문자를 보냈다면, 테오는 일단 의심부터 했을 테다.

하지만 그는 조 이모를 잘 알았다.

테오는 FBI 신분증을 손에 움켜쥐고 의자를 거칠게 뒤로 밀었다. 파일 더미가 쓰러지면서 아직 처리하지 못한 서류들이 바닥에 흩어졌지만, 그는 신경 쓰지 않았다.

빌이 화장실 문을 조용히 닫고 잠금장치를 오른쪽으로 밀자 형광등이 켜졌다. 하지만 무얼 하러 왔는지 잊어버린 듯 빌은 한동안 그저 우두커니 서 있었다. 이마를 문에 기댔더니 엉성한 플라스틱 문이 투덜대듯 끼이익 소리를 냈고, 넥타이는 목 아래에서 대롱대롱 흔들렸다.

한 번도 생각해 본 적 없는 시나리오였다. 동료들과 논의하거나 고민해 본 적 없는 위협이었다. 비행 매뉴얼에도 그런 내용은 없었다. 그와 관련해 마련된 프로토콜도, 체크리스트도 없었다. 지금 보니까 그동안 받았던 훈련은 전부 너무나 순진했다. 각종 보호 장치나 계속된 반복 훈련은 조종실에 대한 직접적인 공격에만 대비되어 있었다.

빌은 돌아서서 거울에 비친 자신을 보았다. 조종사 유니폼을 그냥 한번 입어 본 어떤 남자가 서 있는 느낌이었다. 유니폼은 더 이상 그에게 어울리지 않았다. 셔츠 앞에 달린 금색 날개를 멍하니 바라보다가 그동안 한 번도 궁금해한 적 없던 의문이 문득 떠올랐다. 내가 이 유니폼을 입을 가치가 있을 까? 그랬던 적이 있기는 한가?

소변을 본 뒤 물 내리는 버튼을 눌렀다. 왈칵 빨아들이는 변기의 압력에 움찔 놀랐다. 세면대마저 적대적이었다. 수온 선택이 잘못되었는지 얼음처럼 차가운 물이 부들부들 떨리고 있는 손으로 왈칵 쏟아졌다.

지금이 혼자 있을 수 있는 유일한 순간일 테다. 방법을 생각해 내야만 하는 때였다. 어떻게 해결할지 떠올려야 했다. 저 반대편에서 답을 찾으려는 듯 얼굴을 거울 가까이로 가져갔다.

그러나 아무것도 떠오르지 않았다.

종이 타월 몇 장을 쥐고 있는데 갑자기 짜증이 일었다. 이런 상황에서도 소변이 마렵다니. 빌은 그 무분별함에 짜증이 났다. 이놈의 몸뚱이는 지금 같은 상황에서도 꼭 화장실을 가야만 하는 걸까? 쓸데없이 시간을 낭비할 수 없다는 걸 이 몸뚱이는 정말 모르는 걸까?

수도꼭지에서 물이 샜다. 한 방울 한 방울씩 세면대로 물이 떨어졌다. 리듬감 있게 드럼을 치듯 한 방울이 떨어지고 잠시 멈췄다가, 이내 한 방울이 또다시 떨어졌다. 어떤 규칙도 없이 흘러나오는 것 같았다.

방울방울 맺히는 물을 보고 있자니, 마음속의 조각들이 점점 하나로 모였다. 순간, 빌의 동공이 커지고 손 떨림이 멈췄다. 호흡이 느려졌다. 그대로 상체를 세웠다.

엄청난 생각이 떠올랐다. 하지만 아직은 생각에 지나지 않았다.

빌은 화장실 문 잠금장치를 왼쪽으로 밀고 밖으로 나갔다.

테오의 상사는 한참을 휴대폰만 바라보다가 책상 위로 획 던졌다. 휴대폰이 그녀의 명패 옆에 툭 떨어졌다. '부팀장 미셸 리우'라고 적힌 명패가 휴대폰 화면의 조명을 받아 밝게 반짝였다. 두 손으로 정수리를 쓰다듬던 그녀는 숱이 많은 검은 머리를 단단하게 묶었다. 그리고 머리를 팽팽하게 정리하고서는 팔을 내려 팔짱을 꼈다.

"진지하게 생각하나 보네." 그녀가 말했다.

테오가 고개를 끄덕였다. "불행히도 그렇습니다."

리우는 책상 뒤에서 서성거렸다. 그녀가 로스앤젤레스 지부로 온 지 벌써 석 달이 됐지만, 비교적 평온한 시간을 보내고 있었기에 테오는 그녀가 화내는 모습을 볼 기회가 전혀 없었다. 다만 그는 그녀가 벌써 12년째 FBI에서 일하고 있으며, 성질이 급한 편이라는 평판 또한 익히 들어 알고 있었다. 하지만 그는 자신이 가져온 사건에 대해 그녀가 왜 화난 것인지 알 길이 없었다. 아니면 테오에게 짜증이 난 걸까? 그는 어느 쪽이 맞는지 선뜻 분간할 수 없었다.

"이거, 우리만의 문제가 아니라는 거 알잖아." 리우가 말했다. "국토안보부, 국방부, 경찰청, 항공청, 교통안전청, 북미 방공사령부, 백악관." 그녀는 잠시 말을 멈췄다가 다시 이었다. "테오, 만일 우리가 움직인다면 백악관 상황실에서 대통령을 만나게 될 거야."

테오는 심장이 귀까지 튀어 올라와 요동치는 것 같았다. "그래도 해야 합니다." 그가 말했다.

리우가 코웃음을 쳤다.

"너는 내가," 그녀가 눈을 가늘게 떴다. "워싱턴 DC에 테러리스트 공격이 임박했다는 비상사태를 알리길 바라는 거네. 백주 대낮에 LA 교외로 인질 구조대를 보내라 이거야. 네가 받은 문자 메시지에만 의존해서 말이지. 그것도 네 이모가 보낸 문자에."

테오는 아무 대답도 하지 않았지만, 시선을 거두지도 않았다. 리우가 볼 안쪽을 잘근잘근 씹는 모습을 보고 있자니 그의 얼굴이 붉으락푸르락 달아올랐다. 테오는 리우가 자신을 테스트하고 있다는 걸 알았다.

테오는 성적도 뛰어났고, 야망 또한 타의 추종을 불허했지만, 리우는 그날 밤 습격에 대한 전말을 모두 알고 있었다. 직감이 이성보다 앞서는 요원은 자산이 아니라 골칫거리였다.

테오는 리우가 다른 요원에게 그렇게 말하는 걸 우연히 들었다. 확신할 수는 없었지만, 맹세컨대 그녀는 그 말을 한 뒤 그를 흘긋 쳐다봤었다. 테오에게서 더 나은 면을 발견할 때까지 그를 계속 서류 작업에 묶어 놓는 건 어쩌면 그녀의 계획이었을지도 모른다.

하지만 이제는 바뀌어야 했다.

그래서 그녀가 화난 것처럼 보이는지도 모른다.

"제 말 좀 들어 보세요." 테오가 말했다. "상황이 좀…… 이상한 거 저도 압니다. 그래도 제발 저를 믿고 확인부터 해 주십시오. 말도 안 되는 일 같지만, 그래도 제 이모는 제가 잘 압니다. 이모를 믿어 주세요."

"이모? 나는 네 이모를 몰라."

"그렇죠. 하지만 이모가 무엇 때문에 이런 장난을 치겠습니까? 거짓이라면 모든 걸 잃을 텐데요. 이모의 직장과 평판 모두요. 팀장님, 이건 진짜입니다."

"아니면?"

"맞으면요?" 지나치게 단호한 어투로 대꾸한 테오는 서둘러 이렇게 덧붙였다. "팀장님, 어느 쪽이든 위험을 감수하는 겁니다. 다만 한쪽은 사람들이 죽는 걸로 끝나겠죠."

리우는 계속 서성였다. 테오가 벽시계를 흘긋 바라봤다.

"팀장님, 외람된 말씀이지만 그 비행기는 지금 상공에 있습니다. 조종사와 승객들에게는 시간이 얼마 없습니다. 조종사의 가족들도 그렇고요."

리우는 눈을 감으며 숨을 깊게 들이마셨다가 욕설과 함께 내뱉었다.

"제기랄, 연락해." 리우가 말했다. "당장 FBI랑 SWAT경찰특공대 출동시키고, 우리는 인질 구조대와 함께 움직인다. 전부 소집해. 그리고 테오?" 리우가 사무실을 나서는 테오를 불러 세우며 덧붙였다. "잊지 마. 넌 이제 한 번만 더 사고 치면 완전히 아웃이야."

조는 탑승객 명부를 훑어보며 사진을 확인했다. 빌이 화장실에서 나왔을 때 마지막 페이지를 자세히 살피며 마무리하던 참이었다.

"뭐 좀 있어?" 빌이 물었다.

조는 테오가 답장을 보냈는지 휴대폰을 확인했다. "아직. 그리고 탑승객 중에 코스탈 직원은 없어." 테이블 위에 탑승객 명부를 올려 두고 커피포트 아래쪽 서랍 안에 립스틱을 둔 다음 서랍을 밀어 넣었다. 그러자 딸깍 맞물리는 금속 소리가 났다. 빌은 조에게 임직원 혜택으로 비행기를 탄 승객이 있는지 확인해 달라고 부탁했다. 또 다른 내부 스파이가 있는 건 아닐까? 그 사람이 백업 수단을 갖고 있는 걸까? 하지만 그러면 그자 역시 죽게 될 텐데.

이런 상황에서의 추측은 위험하다는 걸 조는 잘 알고 있었다. 빌은 팔짱을 끼고 어둑어둑한 기내를 응시했다. 그리고 가늘게 뜬 눈으로 뒤쪽 갤리를 유심히 바라봤다.

"다른 승무원들을 믿어?" 그가 물었다.

"물론이지. 음, 그러니까, 이번에 온 막내 켈리는 진짜 어려. 오늘 처음 만났어. 처음으로 공항 보호구역을 벗어나 비행하는 거래. 그렇지만 내 직감으로는 믿을 만해."

빌이 고개를 끄덕였다. "좋아. 그러면 그렇게 가자."

"당신은, 벤을 믿어?"

"당연하지. 내 직감이지만."

조가 고개를 끄덕였다. "그러면 그렇게 가자."

"휴식 시간이 끝날 때까지 나머지 둘에게는 말하지 마. 그리고 벤이 나오더라도 아무 말 하지 말고."

"벤을 믿는 줄 알았는데?"

"믿지. 그렇지만 벤이 어떻게 날 도와줄 수 있겠어?"

"하긴. 게다가 벤이 널 어떻게 생각할지 모르니까."

"정확해. 만일 벤이 내가 그를 죽일 거라고 생각하면……." 빌은 말꼬리를 흐리고 목을 가다듬었다. "잘 들어. 나는 벤을 이 일에 휘말리게 할 수 없어. 우리 가족 역시 위험에 처하게 할 수 없고." 그가 조종실 문을 흘긋 바라봤다. "제길, 다시 저기로 돌아가야 해."

"알겠어. 잠깐만. 승객들은 어떡하지?" 조가 물었다.

빌과 조는 고개를 돌려 기내에 앉아 있는 사람들을 훑어봤다. 다들 독서를 하거나 잠을 자거나 텔레비전을 보고 있었다. 그 누구도 미심쩍어 보이지도, 불길해 보이지도 않았다. 두 사람을 쳐다보는 이도 없었고, 다들 두 사람이 뭘 하든 신경 쓰지 않았다.

이 상황을 알고 있는 승객은 없는 것 같았다.

"조, 승객들은 아무것도 몰라야 해. 이 비행기에 탄 그 누구도 내가 어떤 선택을 할지 알아서는 안 돼. 내 말은, 어차피 승객들은 무슨 일이 생기면 다 알게 될 거 아냐. 승무원이 승객들을 보호할 방법을 찾아내야 할 테니까. 하지만 전체 상황에 대해선 몰라야 해. 워싱턴 DC? 절대 몰라야 해. 그리고 우리 가족에 대해서도 마찬가지야. 승객들은 내 선택에 대해 절대 몰라야 한다고. 아니면 사람들은 내가 가족을 선택하리라 생각할 거야. 나를 믿을 이유가 없으니까."

조는 대답하지 않았다.

"알잖아, 난 절대 비행기를 충돌시키지 않을 거란 거. 그렇지?"

두 사람의 첫 경유지는 20여 년 전 시애틀이었다. 당시 승무원과 조종사들이 모두 함께 시내에서 즐거운 시간을 보내고 호텔로 돌아가는데, 어떤 취객이 인종 차별적인 발언을 중얼대며 지나갔다. 유일한 흑인이었던 조는 그게 자신한테 하는 말이라는 걸 알아챘지만 잠자코 있었다. 그러나 빌은 그 취객에게 다가가 자기의 생각을 정확히 알려 주었다. 다음 날, 그 비행기의 부기장은 세 구간의 비행을 모두 도맡아야 했다. 빌의 손가락이 부러지는 바람에 조종간을 제대로 잡을 수 없었기 때문이다.

둘은 연착, 기기 결함, 통제 불능의 승객들을 함께 겪어 왔다. 조는 일등석 승객들에게 주고 남은 음식을 빌에게 수백만 번 가져다주었고, 커피는 그 두 배나 준비해 줬다. 9월 11일, 빌이 가장 먼저 생사를 확인한 사람은 조였다. 빌의 아버지가 돌아가셨을 때, 조는 꽃을 보내 주었다. 매년 서로의 가족끼리 크리스마스 카드를 주고받기도 했다. 20년이 넘도록 함께 비행을 한 지금, 빌은 조에게 단순한 동료 그 이상이었다. 친구이자 가족이었다. 조는 빌을 잘 알았다.

"응." 조가 대답했다. "당신이 이 비행기를 충돌시키지 않을 거라고 믿어."

그러나 그녀의 마음속 깊은 곳에서는 어쩐지 소용돌이가 휘몰아치고 있었다.

스테인리스 테이블에 놓인 휴대폰이 진동 소리를 냈다. 그녀는 문자 메시지를 읽고 미소 지었다.

"FBI가 집으로 가고 있대."

빌은 조의 어깨를 와락 움켜쥐고 이마에 입을 맞췄다. 그의 눈에 안도의 눈물이 차올랐다.

그리고 빌은 조종실에 콜을 하기 위해 수화기를 들고 버튼을 누르기 전 잠깐 멈춰 섰다. "FBI가 우리 가족을 돌봐 줄 거야. 우리는 비행기를 맡으면 되고. 대화는 해 보겠지만 장담은 못 해. 승무원들은 여기 뒤에 있으면 돼. 그래도 정신 똑바로 차리고 있어야 해. 조, 당신은 혼자가 아니야. 알지?"

조가 고개를 끄덕였다.

"아마 난 그자가 시키는 대로 해야겠지. 그래도 무슨 짓을 해서라도 원통 용기를 던지는 건 막아 보려고. 하지만 다른 선택권이 없을 수도 있어. FBI가 우리 가족을 먼저 구하지 못하면 조종실에서 기내로 유독 가스 공격을 할지도 몰라. 내가 비행기를 선택한 줄 알면 그자가 우리 가족을 죽일 테니까."

"알겠어."

"객실은 그 공격에 준비돼 있어야 해. 알겠지?"

"알겠습니다, 기장님."

"이런 제길, 조! 지금은 내가 기장일지 모르지만 문이 닫히고 나면 이 비행기는 당신이 책임져야 해. 무슨 말인지 알지? 이 기내는 이제 당신 소관이야." 빌의 눈이 다급함으로 이글거린 반면, 그의 시선에 사로잡힌 조는 점점 자신감이 차올랐다. "이 비행기를 추락시키지 않겠다고 약속할게. 하지만 솔직히 어떻게 해야 할지 모르겠어. 조, 이 객실을 어떻게 공격에 대비시킬지는 이제 당신에게 달렸어. 알겠지?"

조가 말없이 고개를 끄덕이는 것을 보며 빌은 조종실에 콜을 해 문을 열고 나오라는 신호를 보냈다. 조도 뒤로 돌아 문을 막았다. 기장과 승무원은 등을 맞대고 섰다. 한 사람은 객실을, 다른 한 사람은 조종실을 바라본 채로.

"난 당신을 믿어, 조. 우리는 이 비행기를 지킬 수 있어."

조의 등 뒤로 문이 열렸다 닫혔다. 그녀는 이제 혼자가 되었다. 객실에 홀로 남겨졌다.

5

"별일 없어?" 빌이 물었다.

"없습니다." 벤이 대답했다.

"이제 내가 맡지."

"네, 부탁드립니다."

벤이 의자를 뒤로 밀면서 좌석벨트를 풀었다. 그리고 허리를 숙여 중앙 콘솔을 넘어갔다. 그는 셔츠를 바지 속으로 집어넣고 추켜올린 다음, 한쪽 눈을 감고 조종실 문의 작은 구멍으로 밖을 내다보며 조가 문 앞을 막고 서 있는지 확인했다. 벤의 뒤에서 빌은 자리를 재정비하고 좌석벨트를 맨 뒤 비행기 조종 통제권을 부기장에게서 기장으로 바꿨다.

빌은 자신에게 주어진 시간이 5초 남짓이라는 걸 알았다.

노트북 화면이 접혀 있어 샘은 빌을 볼 수 없었다. 그 시간이 이제 5초도 채 남지 않았다. 그 5초 동안 벤은 밖으로 나가려는 데 정신이 팔려 빌에게 무얼 하냐고 묻지 않을 것이다. 그동안 빌은 올바른 수신 다이얼을 눌렀다 풀어 무선 백업 주파수를 활성화할 것이고, 벤에게 이차적인 채널이 들리지 않도록 벤의 헤드셋 볼륨을 완전히 줄일 것이다. 흰 선이 새겨진 회색 다이얼들이 빌의 무릎 근처 중앙 콘솔에 한 줄로 늘어서서 그의 명령을 기다리고 있었다.

전체 비행 시간 중 단 5초. 그 5초만이 이 지옥에서 벗어나기 위해 무언가를 시도해 볼 수 있는 유일한 시간이었다.

"문 엽니다." 벤이 말했다. 문이 열리고 잠시 뒤 쾅 소리와 함께 닫혔다.

다 됐다. 빌은 1초도 걸리지 않았다.

그러나 그의 계획은 일단 더 기다려야 했다.

노트북을 열었다.

캐리가 잠들어 있는 엘리스의 머리에 뺨을 살짝 맞대고서 아기를 천천히 흔들고 있었다. 스콧은 캐리 옆에 서 있었다. 아들의 눈가에는 이제 물기가 없었다. 아무도 카메라를 보고 있지 않았다.

"돌아왔군." 샘이 인사했다. "자, 여기." 빌의 받은 편지함에 메일이 들어왔다.

"어서 와요." 조종실 문이 닫힌 뒤 잠기는 소리가 들리자 조가 몸을 돌려 활짝 웃었다. "비행은 어때요?"

"맨날 똑같죠, 뭐. 죽을 맛입니다." 벤이 화장실로 들어가며 말했다.

"뭐 마실 거나 먹을 거 줄까요?" 조는 그가 문을 닫기 전에 얼른 물었다.

"커피 한 잔만요, 감사합니다."

"뭐 넣어 줘요?"

"크림 두 개랑 설탕 한 개요."

화장실 문이 닫히고 철컥 잠겼다. 곧바로 조는 갓 내린 커피가 가득 담긴 주전자를 들어 조용히 싱크대에 부어 버렸다. 새로운 커피백을 준비한 뒤, 변기 물이 내려가는 소리가 들리면 그때 추출 버튼을 누르려고 잠시 대기했다. 빌에게 가능한 한 많은 시간을 벌어 주고 싶었다.

*

"이게 뭐지?" 빌이 메일을 읽으며 말했다. 조종실에 혼자 있으니 이어폰을 끼거나 메일을 쓸 필요 없이 목소리를 낼 수 있었다. 그러나 그럴 수 있는 시간이 짧기 때문에 빠르게 행동했다.

"당신이 읽고 영상으로 녹화할 내용." 샘이 답했다.

빌은 고개를 저으며 계속 읽었다. "그런데…… 이걸로 뭘 어쩌려는 셈이지?"

"방송국에 보낼 거다. 나중에. 추락하고 나면." 샘이 말했다.

빌의 고등학생 시절 역사 선생님이 수업 시간에 흐린 화질의 흑백 영상을 보여 준 적이 있었다. 영상 속의 미국인은 베트남에서 포로로 잡힌 뒤 갖은 고문과 구타를 당해 강제로 자백을 했다. 그날 밤 빌은 꿈속에서 그 포로의 공허한 눈동자에 쫓겨 소리를 지르느라 목이 다 쉬었고, 침대가 흠뻑 젖은 걸 발견한 남동생이 눈이 휘둥그레져서 그를 흔들어 깨웠었다.

"아니, 읽지 않겠어." 빌이 말했다.

샘은 카메라를 뚫어지게 바라봤다. "캐리," 그가 머그컵을 보며 말했다. "차가 다 식었군. 새로 타 주겠어?"

캐리는 샘과 카메라를 번갈아 보며 무언가 함정이 있는지 파악하려 했다. 그러더니 이내 의자를 뒤로 밀고 스콧에게 뭔가를 속삭였다. 재갈을 물고 있어서 제대로 알아들을 수 없었지만, 스콧은 이해했는지 잠든 여동생을 최대한 조심스럽게 팔에 안았다. 스콧과 캐리는 그녀의 몸을 감싼 폭탄을 염두에 두고 천천히 움직였다. 캐리가 주방으로 갔다. 주방이 노트북 뒤편에 있어서 빌에게는 보이지 않았다. 아이들끼리만 침입자와 같이 있는 모습을 보니 공포감에 숨이 막혔다.

빌은 스콧에게 당장 도망치라고 소리치고 싶었다. 여동생을 데리고 이웃집으로 뛰어가 도움을 구하라고 말하고 싶었다. 저 남자와 폭탄으로부터 벗어나라고 외치고 싶었다. 그리고 막 그렇게 말하려던 순간, 샘이 조끼 아래로 손을 뻗더니 권총을 꺼냈다. 그러고는 아무렇지 않게 아이들을 겨냥했다. 스콧은 엘리스를 더 세게 감싸안았다.

"빌," 샘이 입을 열었다. "호랑이와 까마귀 이야기 들어 본 적 있나?"

*

갤리 안 커튼 뒤에서 조는 휴대폰 화면을 노려보며 조카에게 속사포처럼 문자 메시지를 발사했다. 정말이지 되는대로 말을 쏟아 냈다.

아니 부기장은 모르고 승객들에게도 말하지 않을 거야

다른 승무원들은 아직 몰라 휴식 시간 끝나면 말하려고

유독 가스를 처리할 방법을 알아내야 해

무슨 일인지 모르겠어 상황이 안 좋아 정말 안 좋아

방호복을 입은 구급 대원들이 JFK*에 대기하고 있어야 함

화장실에서 변기 물 내리는 소리가 들리자, 조는 커피 기계의 추출 버튼을 눌렀다. 4분이면 충분한데 일부러 시간을 늘렸다.

또 문자 할게 그런데 너무 급박해 너도 그렇겠지만

사랑해 테오

*

"은유적인 질문이 아냐." 샘이 말했다. "그런 거 들어 본 적—"

"없어." 빌이 말을 끊었다.

샘이 미소 지으며 의자에 등을 기댔다. "정글의 왕 호랑이 한 마리가 살았어. 어느 날, 까마귀가 하늘을 빙빙 돌다가 나뭇가지에 앉았지. 까마귀가 말했어. '호랑이 님, 왕의 두 눈으로는 무엇을 보는지 알려 주십시오.' 그랬더니 호랑이는 힘이

---

* 존 에프 케네디 국제공항의 약자

넘치는 발바닥을 휘두르며 까마귀를 내쫓았어. 까마귀는 하마터면 그 발에 날개가 꺾일 뻔했지. '저리 꺼져! 나는 정글의 왕이다. 내가 무엇을 보는지 알고 싶다니, 멍청하군.'이라고 호랑이가 말했어. 까마귀는 슬퍼하며 멀리 날아가 버렸지.

다음 날, 까마귀가 또 머리 위를 빙빙 돌며 말했어. '호랑이 님, 제발 부탁입니다. 당연히 호랑이 님은 대단한 것들을 보시겠죠. 그러니 부디 왕의 눈에는 무엇이 보이는지 말해 주십시오.' 하지만 호랑이는 불쌍한 작은 새에게 가슴을 불룩하게 부풀려 보이며 비웃었어. '내 눈에 보이는 걸 네까짓 게 왜 알아야 하지? 너는 너무 보잘것없이 작아. 당장 꺼져!'"

"제길, 이게 무슨 쓸데없는—" 빌이 이를 악물고 으르렁댔다. 하지만 이내 말을 멈추고 주먹을 불끈 쥐었다 펴면서 숨을 들이마셨다. 그러고서 차분한 목소리로 다시 말했다. "이봐, 잠깐 이야기를 좀—"

"그다음 날," 샘은 계속 이어 갔다. "호랑이가 나무 위에 누워 쉬고 있었어. 그런데 갑자기 나뭇가지가 부러지는 바람에 정글의 왕이 거센 물살의 강으로 떨어졌지. 호랑이가 어찌하지도 못하고 하염없이 강을 따라 흘러가는데, 그때 머리 위로 까마귀가 나타났어. 호랑이는 까마귀에게 '도와줘!'라며 울부짖었지. 까마귀는 강에서 허우적대는 호랑이를 내려다봤어. 그러더니 '어떻게 도와드리면 될까요, 정글의 왕 호랑이 님? 저는 너무 멍청하고 작아서 말이죠.'라고 했지. 그리고 나서—"

캐리가 김이 나는 머그컵을 들고 오자 샘이 말을 멈췄다. 머그컵 옆에 걸린 티백 라벨이 그녀의 움직임에 맞춰 흔들렸다. 캐리는 샘의 앞쪽 테이블에 머그컵을 올려놓고 자리로 돌아갔다.

"그리고 나서!" 신이 난 듯 웃음을 머금은 샘이 총을 조끼 안으로 밀어 넣으며 말을 이었다. "까마귀는 아래로 돌진해 호랑이의 두개골에서 눈을 뽑았어. 정글의 왕 호랑이는 강물에 휩쓸려 아무런 저항도 할 수 없었지. 그러자 까마귀가 하늘로 날아가며 이렇게 말했어. '자, 이제 정글의 왕이 무얼 보는지 나도 볼 수 있겠군.'"

적막이 공간을 집어삼키며 조종실에 내려앉았다.

"만약 당신이—" 빌이 입을 열었다.

그 순간, 샘이 캐리의 팔을 거칠게 움켜잡고 테이블 위로 홱 당겼다. 그 과정에서 샘의 의자가 쿵 넘어지며 바닥을 후려쳤고, 엘리스가 소리를 지르며 잠에서 깼다.

"빌, 당신은 이 이야기의 교훈을 놓치고 있어." 샘이 그렇게 말하자 캐리가 움찔했다. 그녀의 피부를 파고드는 샘의 손가락이 빌의 눈에 들어왔다. "이 이야기의 교훈은, 나는 원하는 걸 반드시 손에 넣겠다는 거다. 무엇을 희생시킬지는 당신의 선택에 달려 있어. 당장 동영상을 찍어."

샘은 머그컵 안의 뜨거운 차를 캐리의 부드러운 살결 위로 부어 버렸다. 캐리는 입에 물고 있는 재갈 뒤로 숨죽여 비명을 질렀다. 그녀의 비명이 딸의 울음소리와 뒤섞였다.

갑자기 샘이 연결을 끊었고, 곧바로 화면이 어두워졌다.

빌은 노트북 옆면을 꽉 움켜잡았다. 숨을 헐떡이며 검은 화면을 노려보았다. 얼마 동안 그 자세로 앉아 빈 화면을 뚫어지게 보고 있었는지는 알 수 없었다. 뒤쪽에서 기내 화장실 문이 열리고 닫히는 소리에 겨우 정신이 돌아왔다.

곧 벤이 돌아올 것이다.

*

벤이 화장실에서 나오자, 조는 조그마한 커피 크림 뚜껑을 열었다. 흑단 같은 그녀의 손가락에 하얀 크림 방울이 튀었다. 높은 고도로 인해 기압이 높아진 기내에서는 피할 수 없는 현상이었다. 휴지로 손가락을 닦고 크림과 설탕을 휘저으며 커피 머신을 가리켰다.

"커피가 식어서 새로 내리는 중이에요. 거의 다 됐어요." 부조종사가 조종실 문을 흘긋 쳐다봤다.

FAA와 회사 프로토콜에 따르면 조종사의 출입은 신속하게 이루어져야 했지만, 그날 비행에는 FAA에서 나온 사람이 없었다. 조의 시간 벌기 전략은 규칙을 엄격하게 지키기보다는 오히려 그에 반발심을 갖고 있는, 패기 넘치는 젊은 조종사에게 딱 들어맞았다. 그가 편하게 갤리 카운터에 몸을 기대자, 조는 마음이 한결 놓였다.

"오늘 밤에 돌아가세요?" 벤이 물었다.

"아뇨." 조가 대답했다. "당연히 내일 포틀랜드에 가죠. 난 비행이 끝나면 바로 호텔로 들어가서 자요. 우리 남편이랑 산 지 19년이나 됐거든요? 이제는 남편의 코 고는 소리를 밤새 들으면서도 아주 잘 자죠."

"제가 싱글인 이유가 또 있군요."

"으흠. 그것도 이유가 되겠네요." 조는 벤이 뒤편에 있는 젊은 승무원에게 눈길을 주는 모습을 보았다.

"그럼, 부기장님은 퇴근하시나요?" 조가 물었다.

"아뇨. 저는 롱비치에 살아요."

"아, 저도 처음 LA로 이사 왔을 때는 거기 살았어요. 코스탈 전에는 어디 다녔어요? 여기에 온 지 한……."

"1월이면 3년이 되네요." 벤이 재빨리 답했다. "그전에는 버펄로 외곽 지역에 살았고요." 그는 추출 버튼이 반짝이는 걸 슬쩍 쳐다봤다.

"거의 다 됐어요." 조가 한 손은 골반에 올리고 다른 한 손으로는 커피 주전자 손잡이를 잡으며 살짝 윙크를 했다. "어디 한번 말해 봐요—"

그때, 등 뒤의 갤리 카운터 위에서 그녀의 휴대폰이 부르르 진동하는 소리가 들렸다.

*

빌의 발이 강박적으로 바닥을 탁탁 때렸다. 조종실 창문 아래 줄지어 늘어선 옥수수밭을 바라보며 1분이 다 되도록 눈을 한 번도 깜빡이지 않았다. 그때, 캐리의 비명이 그의 머릿속을 관통했다. 펄펄 끓는 것과 다름없는 물에 데어 울부짖던 소리. 그런 일이 아이들에게도 벌어질 수 있다는 암담한 생각이 감당할 수 없이 밀려왔다.

"제기랄." 빌이 샘의 마지막 메일을 다시 열며 작게 읊조렸다.

휴대폰을 꺼낸 뒤, 화면을 왼쪽으로 밀어 카메라를 켰다. 동영상 촬영 모드로 바꾼 휴대폰을 뒤집어 화면에 자신의 얼굴이 나타나게 했다. 그다음, 휴대폰을 앞으로 내밀고 그 옆에는 노트북을 프롬프터처럼 둔 채 글을 읽을 준비를 했다. 화면으로 보이는 빌의 얼굴이 흔들렸다. 떨리는 손을 진정시키기 위해 숨을 깊게 들이마신 후 빨간색 녹화 버튼을 눌렀다.

*

조는 머그컵에 커피를 부으며 커피와 크림이 빙글빙글 도는 모습을 지켜보았다. 짙은 색과 밝은색이 섞여 갈색빛을 만들어 냈다. 일상적인 모습에 순간 마음이 놓인 그녀는 벤이 조종실로 복귀하기 위해 인터폰에 손을 뻗는 모습을 하마터면 보지 못할 뻔했다.

그녀는 생각할 겨를도 없이 먼저 행동으로 옮겼다. 손에 커피를 전부 쏟은 뒤 소리를 꽥 내질렀다. 손가락에서 미끄러진 머그컵이 스테인리스 카운터 위로 떨어져 와장창 깨지는 바람에 상판 전체가 커피로 뒤덮였다. 그녀는 커피가 옷에 튀기 전에 얼른 뒤로 물러났다.

"아이쿠!" 벤이 인터폰을 거치대에 도로 내려놓으며 외쳤다. "괜찮으세요?"

조가 얼굴을 찡그리며 웃었다. "창피한 거 빼고는 뭐, 그런 거 같네요." 그녀는 손을 털고 불빛 아래에서 살펴보았다. "흠, 부기장님 커피가 아주 뜨겁고 신선하네요. 그건 확실해요. 종이 타월 좀 줄래요?"

벤이 서둘러 화장실로 들어가자, 조는 재빨리 휴대폰을 내려다봤다. 테오에게서 온 메시지였다. 빌의 집에 거의 도착했다는 내용이었다. 주머니에 휴대폰을 넣고 입술을 깨물었다. 작은 미소가 입가에 번졌다.

"아, 고마워요." 조가 종이 타월을 받으며 말했다. "어서 빨리 저 위를 닦아야겠어요."

*

　빌은 녹화되고 있는 영상에서 1초, 2초, 시간이 흘러가는 걸 보며 목을 가다듬었다.

　"제 이름은 빌 호프만이고, 이 비행기의 기장입니다. 저는 죄를 지었습니다." 카메라를 바라보며 말했다. "학대 및 착취, 조작을 일삼았습니다. 주권과 존엄성만을 추구했던 사람들이 모인 공동체를 탄압했습니다. 저와 아주 밀접했던 동맹국은 단순히 제 요청에 따라 ISIS의 퇴각을 위해 만 천여 명의 군인들을 희생시켰지만, 저는 그 동맹국을 배신하고 버렸습니다. 무고한 시민들을 상대로 화학전을 벌였는데도 저는 모른 척 외면했습니다."

　빌의 볼을 타고 땀방울이 흘렀다. 손으로 땀을 훔쳤다.

　"항공기 416편의 추락과 혼돈, 그로 인한 죽음은 쿠르드인*들이 저 때문에 부당하게 감내해야만 했던 고통의 아주 작은 부

---

* 쿠르드인은 이란, 이라크, 튀르키예, 시리아 등에 뿔뿔이 흩어져 있는 세계 최대의 유랑 민족이다. 2014년부터 미국과 동맹을 맺고 중동 지역에서 미군과 함께 이슬람 국가(IS)와 싸우며 미국이 쿠르드족의 독립을 지원해 줄 거라 기대했지만, 2019년 트럼프 대통령이 미군 철수를 단행한다. 그로 인해 튀르키예가 쿠르드족을 위협했고, 그 과정에서 많은 사람이 목숨을 잃었다.

분에 지나지 않습니다. 오늘 여러분의 폐는 독으로 가득 찰 겁니다. 여러분은 공포에 압도돼 숨이 막히고, 결코 오지 않을 구원을 찾아 헐떡이다 질식할 겁니다. 귀하디귀한 미국인의 피부는 곪아 터져 뼛속까지 썩을 것이고, 부패한 시체의 악취가 여러분의 코를 찌를 겁니다. 원죄가 온몸에 퍼지는 걸 보며 공포와 두려움으로 커진 눈은 붉게 타올라 충혈되고 두개골 밖으로 튀어나올 겁니다. 또한 특권이라는 공허한 약속 때문에 움츠러들고, 자신이 특별하지 않다는 걸 깨달을 겁니다. 여러분 역시 죽을 테니까요. 공포에 잠식된 마지막 순간을 마주하며 먼저 세상을 떠난 아무 죄 없는 쿠르드인들을, 남녀, 아이 할 것 없이 무고하게 희생된 수천 명의 얼굴을 떠올리게 될 것입니다. 그들은 여러분 때문에, 그리고 여러분의 무관심과 차별, 이기심 때문에 고통당하고 목숨을 잃었습니다. 이제는 여러분과 제가 대가를 치러야 합니다.

이 미약한 보상은 쿠르드인들이 마땅히 누렸어야 할 정의에 비할 바가 못 되지만, 그래도 제가 할 수 있는 최선입니다. 그러니 제가—"

빌의 목소리가 떨리기 시작했다.

"제가 미국을…… 그리고 저희 가족을 대표하여…… 제 손에 쿠르드인들의 피를 묻힌 채 여러분 앞에 서서, 416편과 저의 희생을 통해 쿠르드인들에게 용서를 구합니다."

조종실 전체에 인터폰이 울리자, 빌은 빨간 버튼을 눌러 동영상 촬영을 멈췄다. 바로 앞 노트북 화면에 떠오른 빌의 얼굴은 잔뜩 얼어붙어 있었다. 그는 자신의 얼굴을 노려보다가 중앙 콘솔에 있는 버튼을 눌렀다.

"네." 빌의 목소리는 단조로웠다.

"벤입니다." 부조종사였다. "곧 들어갑니다."

"잠깐." 빌이 답했다. "ATC와 교신 중."

휴대폰에서 이메일 앱을 열어 동영상을 메일에 첨부한 다음 캐리의 이메일 주소로 전송했다. 노트북 옆에 휴대폰을 내려놓고 곧 벤이 들어올 테니 노트북 화면을 접으려다 순간 멈추었다.

곰곰이 생각한 뒤 다시 노트북을 열고 이메일 창을 띄웠다. 조금 전 메일이 잘 보내졌는지 확인하기 위해 발신함을 클릭했다. 그런데 아까 화장실에 가기 전, 그러니까 약 20분 전에 보낸 메일이 가장 최근에 보낸 메일이었다.

동영상을 첨부한 메일이 전송되지 않았다.

"이런 제길." 빌은 브라우저를 새로고침 했다.

그러나 이번에도 발신함은 그대로였다.

*

조는 조종실 문 앞을 가로막은 채 손가락으로 손목을 탁탁

치며 기내를 유심히 바라봤다. 아무래도 빌이 계속 시간을 끌고 있는 것 같았다.

기내 뒤쪽에 있는 켈리가 갤리를 지나갔다.

"켈리도 싱글인 것 같아요." 조가 어깨 너머로 벤을 도발할 만한 말을 던졌다. 벤은 문자를 보내느라 바빴다. 그는 누구를 말하는지 전혀 모르겠다는 표정으로 고개를 들었다. "네?"

조가 뒤쪽으로 고갯짓을 했다.

"아! 켈리요?"

"네. 켈리를 불러올 테니까 여기에 잠깐 있을래요?" 조는 부디 자신의 목소리 톤이 의도한 대로 무심했기를 바랐다.

*

빌은 조가 문 앞을 막고 있는 동안 벤이 그 뒤에서 기다리고 있으리란 걸 알았다. 휴식 시간이 꽤 길었다. 조가 최대한 시간을 끌었으니, 곧 문을 열어 주지 않으면 의심을 살 것 같았다. 벤과 다른 누군가가 빌과 조를 눈여겨보고 있을지도 모르는 일이었다. 다시 브라우저를 새로고침 했다. 발신함은 여전히 그대로였다.

*

조는 켈리가 웃으며 머리를 옆으로 넘기는 모습을 바라보았다. 그 젊은 승무원은 잡지를 들고 걸어가서 다른 승무원에게 건넸다. 타이트한 그녀의 유니폼이 그려 내는 곡선은 멀리 떨어진 복도 끝에서 봐도 참 인상적이었다.

벤은 조종실 문을 흘긋 쳐다보고 다시 금발 승무원에게 시선을 돌렸다.

"글쎄요, 모르겠어요. 꽤 오래 있긴 했는데— 아, 기장님. 네, 준비됐습니다."

그는 켈리가 시야에서 사라지자 통로 쪽으로 곁눈질을 하며 인터폰을 내려놓았다.

"다음 휴식 시간에 꼭 그렇게 할게요, 마담뚜 사무장님." 그는 조에게 윙크한 후, 조종실 문이 열리자 앞쪽으로 사라졌다.

*

"밖에서 길이라도 잃었어?" 빌이 말했다.

"조 사무장님이 말이 참 많으시네요."

빌은 노트북을 열었다. 발신함 맨 위에 동영상이 첨부된 이메일이 올라와 있었다.

*

조의 뒤쪽에서 조종실 문이 잠기는 소리가 들렸다. 조는 깊게 숨을 들이마신 후 몸을 돌려 재빨리 인터폰을 들었다. 이제 승무원들에게 상황을 알리고 작업을 개시할 시간이었다. 그녀는 뒤쪽 갤리까지 이어지는 통로를 쭉 훑어봤다.

어떤 젊은 여자만 빼고 전부 자리에 앉아 있었다. 화장실에서 나와 통로를 따라 걸어오던 그 젊은 여자도 곧 자리에 앉아 다른 승객들과 한 무리가 되었다. 마치 양들이 트럭에 빼곡하게 들어찬 것처럼, 가끔 비행기가 움직일 때마다 승객들의 머리가 살살 흔들렸다. 조는 그 낯선 사람들을 바라보면서 어떤 운명의 장난이 그들을 지금 여기로 데리고 왔을까, 하는 의문이 들었다. 사람들은 보통 쓸데없이 돈을 지불하면서까지 자신들의 안전지대를 떠나지 않는다. 모든 탑승객은 저마다 지금 이곳에 있는 이유가 있었다. 누군가는 친구를 만나러 가는 길일 테고, 누군가는 결혼식에 가는 길일 테다. 장례식이나 출장, 휴가, 아니면 집에 가는 사람도 있을 것이다. 조는 궁금했다.

비행기를 납치한 승객이 누구인지도…….

물론 비행기에 탄 144명 전원이 위협적인 존재는 아니었다. 그렇다면 지금 이 사실을 승객들에게 알리지 않고 어둠 속에 가두어 두는 것이 과연 옳은 행동일까? 승객들에게 발설하면 빌의 가족은 당연히 위험에 처할 터였다. 하지만 그렇다고 비행기에 탄 다른 누군가의 가족들이 이 위험을 감수해야 하는 걸까?

또 시작이었다. 머릿속에서 희미한 속삭임이 들렸다. 처음에는 무시했지만 이번에는 더 강해져서 피할 수가 없었다.

조는 빌이 비행기를 충돌시키지 않으리란 걸 잘 알았다. 그를 향한 그녀의 믿음은 바위처럼 단단했다. 그건 문제가 되지 않았다.

문제는, 빌이 그녀를 믿지 못할까 봐 걱정스러웠다.

승객들에게 사실대로 말하면 테러리스트는 빌의 가족을 죽일 것이다. 그건 분명했다.

그런데 승무원으로서 어떻게 이 사실을 승객들에게 비밀로 한단 말인가? 아무 죄 없는 그들이 거대한 위험으로부터 스스로를 보호할 수 있는 방법을 알려 줘야 하지 않을까? 이 문제를 승객들에게 감추는 건 그들의 선택권과 자율성을 빼앗는 것이나 마찬가지였다. 그건 결코 옳은 일이 아니다. 공평하지 않았다.

이제 그만.

조는 거치대에서 인터폰을 들어 올리며 생각을 멈추었다. 승객들을 보호하고 문제를 해결할 방법을 찾아야만 했다. 단, 승객들에게는 비밀로 한 채 말이다. 그녀는 빌을 배신할 수 없었다. 뒤편 갤리에 있는 승무원 둘을 지켜보았다. 음료를 올려 둔 쟁반을 든 켈리는 승객들에게 음료를 주러 나가기 전, 동료의 농담에 웃음 짓고 있었다. 조는 아무것도 모르는 그들이 부러웠다.

조가 버튼을 누르자, 초록 불이 켜지며 차임벨이 울렸다. 그녀는 동료가 갤리로 들어가서 인터폰을 받는 모습을 지켜보았다.

"기내 서비스입니다."

"저기, 대디," 조가 말했다. "우리—"

조가 말을 멈추었다. 인터폰으로 할 얘기가 아니었다. 직접 얼굴을 보고 말해야 했다.

"켈리 데리고 여기로 와. 할 얘기가 있어."

6

자살 폭탄 조끼를 조심하며 캐리는 팔을 얼굴 가까이로 가져갔다.

피부에 물기가 남아 있긴 했지만 상처는 없었다.

샘의 첫 번째 머그컵에 있던 티백이 테이블 위로 쏟아진 찻물 위에 놓여 있었다. 차갑게 식은 차는 캐리의 셔츠와 바지에 스며들었다. 공포로 가득 찬 비명이 머릿속에서 메아리쳤지만, 울부짖어 봤자 아무짝에도 쓸모없다는 생각이 뇌리에서 떠나지 않았다.

샘에게 건넨 머그컵이 너무 뜨거웠기 때문에 샘이 팔을 잡아챘을 때까지만 해도 캐리는 손이 얼얼했다. 컵 안에 든 차가 정말 뜨거웠기에, 그 물이 손목 위로 쏟아지면 엄청난 고통이 덮쳐 올 거라 생각했다. 그래서 차가 피부로 쏟아질 때 그녀의 신경이 격렬하게 날뛰며 뜨거운 물에 대한 충격파를 온몸으로 보냈다. 그러나 그것은 아주 잠깐이었다. 곧 온도를 감지한 뇌는 피부에 닿은 액체의 온도가 뜨겁지 않다는 걸, 아니 오히려 차갑다는 걸 인식했다. 머그컵을 바꾼 샘의 속임수를 알아챘을 때는 이미 빌과의 연결이 끊긴 상태였다. 빌이 마지막으로 본 장면은 아내가 고문을 당하는, 또는 그렇다고 생각할 모습이었다.

빌, 제발 어리석은 짓 하지 마. 난 괜찮아. 마음 단단히 먹어야 해. 시키는 대로 하지 마. 그자는 나를 다치게 하지 않았어. 여보, 제발. 시키는 대로 하면 안 돼.

이건 기도라기보다는 빌이 어떤 식으로든 직감하기를 바라는 애원에 더 가까웠다.

가족 컴퓨터에서 무슨 소리가 들렸다.

"빌이야?" 샘이 주방에서 물었다. 캐리는 화면을 살펴보았다. 메일 수신함에 새로운 메일이 들어왔다. 용량이 큰 첨부 파일과 함께. 그녀가 고개를 끄덕였다.

"역시 똑똑하군." 샘은 가족들 뒤로 걸어갔다. "어디 재미있는 구경 좀 할까?" 이메일을 열고 동영상을 재생시켰다. 남편의 얼굴이 화면을 꽉 채웠고, 그의 목소리가 집의 적막을 뒤덮었다. 캐리는 그의 목소리를 들었다. 차마 고개는 들지 못했다.

대신에 샘을 쳐다봤다.

샘은 그녀가 가져다준 갓 내린 차를 홀짝이더니 얼굴을 찡 그리고 후후 불었다. 그런 다음, 다 우려낸 티백을 빈 머그컵에 툭 던지고 주방으로 가져가 싱크대에 놓았다. 마치 매우 예의 바른 손님처럼.

샘은 행주를 들고 돌아와 아무 말 없이 테이블을 닦은 뒤 창백하고 가느다란 캐리의 팔을 슬며시 잡았다. 그리고 행주를 쥔 손으로 그녀의 팔을 닦아 주었다. 그의 다른 손에는 기폭 장치가 쥐어져 있었다. 그러고는 흠뻑 젖은 그녀의 청바지를 내려다보았다. 눈을 끔뻑이더니 묶여 있는 그녀의 손에 행주를 건네고 몸을 돌렸다. 그는 아래층 화장실로 사라졌다가 얼마 지나지 않아 휴지를 들고 돌아왔다. 스콧은 여동생을 부드럽게 토닥였고, 아기는 기력이 다할 때까지 울다가 마침내 조용해졌다. 스콧의 코에서 나온 콧물이 입에 물고 있는 재갈로 흘렀다. 샘이 캐리의 팔을 낚아챌 때 스콧 역시 엘리스만큼 격렬하게 울고 있었다.

샘이 아이 쪽으로 다가가 코에 휴지를 가져다 댔다.

"풀어." 샘의 말대로 스콧이 코를 풀자 샘은 휴지를 접어 아이의 윗입술을 닦았다.

빌의 목소리는 감정에 북받쳐 있었다. 그도 어쩔 수 없었을 것이다. 캐리가 몸을 돌렸다.

"제가 미국을…… 그리고 저희 가족을 대표하여…… 제 손에 쿠르드인들의 피를 묻힌 채 여러분 앞에 서서, 416편과 저의 희생을 통해 쿠르드인들에게 용서를 구합니다."

영상이 멈춘 뒤, 캐리는 더 이상 움직이지 않는 남편의 얼굴을 잠시간 뚫어지게 바라보았다. 시선을 돌리자 샘이 그녀를 쳐다보고 있었다.

그녀는 그의 눈길을 피하지 않았다. 두 사람이 서로의 생각을 읽어 내려 애쓰는 동안 격앙된 에너지가 둘 사이에서 팽팽하게 대립했다. 캐리가 생각하기에 그녀의 반응은 그가 예상했던 어떤 것이 부족했다. 그러나 그게 좋은 건지 나쁜 건지는 짐작이 가지 않았다. 샘은 캐리와 아이들과 있을 때는 화가 나 있거나 적대적이지 않았다. 그냥…… 궁금해하는 것 같았다. 그녀를 어느 쪽에 최대한 가까이 놓아야 할지 고민하는 것 같았다. 퍼즐처럼, 어느 조각이 어디에 맞는지 천천히 찾아내는 것처럼 그녀에 대해 고민하는 듯했다.

"당신 남편한테 이건 개인적인 원한 때문이 아니라고 한 거, 진심이야."

캐리의 입술이 움직임 없이 재갈을 물었다.

샘은 주방을 거닐었다. 그 공간을 어떤 연구실 정도로 생각하는 것 같았다. 식기 서랍을 열었다 닫더니 조리 도구가 든 서랍도 똑같이 열었다 닫았고, 냉장고 앞에 잠깐 멈춰 서서 고개를 한쪽으로 기울이더니 아이들이 그린 그림과 사진을 바라보기도 했다. 부드러운 눈으로 스콧의 생활기록부를 가만히 살펴보다가 가족 달력을 자세히 보려고 몸을 앞으로 숙였다. 그가 오늘 날짜를 가리켰다.

"흠, 여기 쓰여 있네. '오전 11시 30분, 인터넷 수리.'" 그가 웃었다. "어쨌든 인터넷에는 문제가 없어. 며칠 전, 집 측면에 전파 방해 장치를 설치해 놨거든. 그리고 인터넷 전원을 확실하게 꺼 놨지. 아참, 수리 날짜를 정해 준 사람도 나였어. 전에 당신이랑 통화한 사람이 나라고. 그러니까 이 집 방문 날짜는 공식적으로 회사 시스템에 기록되어 있지 않아. 게다가 오늘 나는 휴무이고, 칼콤에는 내 이름이 '라지'로 되어 있지." 그가 뿌듯해하며 웃었다. "그래서 내가 하고 싶은 말은, 나는 의심받을 이유가 없다, 이거야. 아무도 당신들을 도와주러 오지 않아."

캐리는 반응하지 않았다. 그저 이해했다는 뜻으로 고개만 살짝 끄덕이며 듣고 있었다. 그의 미소가 서서히 걷혔다. 그녀는 샘이 어떤 반응을 기대하는지 알 길이 없었다.

그는 계속해서 주방을 구경했다. 그리고 싱크대 앞에 서서 한동안 창밖을 내다보더니 몸을 돌려 주방 조리대에 등을 기댄 채 팔짱을 꼈다.

"캐리," 그가 입을 열었다. "이탈리아가 어디에 있는지 알아?"

그녀는 바로 대답하지 않았다. 망설이다가 고개를 끄덕였다.

"그럼 호주는?"

캐리는 주저하며 고개를 위아래로 끄덕였다. 샘도 바닥을 내려다보며 고개를 끄덕였다. 그리고 꽤 오랜 시간 동안 그는 아무 말도 하지 않았다. 마침내 그가 고개를 들었다.

"나는 당신과 가족들을 놓아줄 거야. 하늘에 맹세하지." 샘이 말했다. "캐리, 나는 저 현관문으로 나가서 절대 다시 돌아오지 않을 거야. 만약 당신이 지도에서 쿠르디스탄을 가리킬 수만 있다면."

캐리는 무표정한 그의 얼굴 저 아래에 숨어 있는 희망을 느낄 수 있었다. 그러나 그녀가 꼼짝없이 앉아 있는 시간이 길어질수록 그 희망은 옅어졌다. 그는 혀를 끌끌 차며 기폭 장치를 팔에 대고 탁탁 두드렸다.

캐리는 무슨 말을 하려 했지만 재갈 때문에 발음이 뭉개져 알아듣기 어려웠다. 샘은 한동안 생각에 잠겨 있다가 성큼성큼 걸어가 허리를 숙이고 그녀 앞에 얼굴을 들이밀었다.

"두 번은 없어. 알겠지?" 그가 말했다.

그가 재갈을 풀자 침으로 범벅된 천이 그녀의 무릎 위로 툭 떨어졌다. 그녀는 입을 쫙 벌렸다.

"애들이," 드디어 캐리가 입을 열었다. 애써 목을 가다듬고 목소리를 냈다. "애들이 몇이나 돼요?"

샘이 그녀를 응시했다. "뭐?"

캐리는 턱을 올려 스콧을 가리켰다. "아이의 코를 그렇게 닦아 주는 걸 보니 예전에 해 본 적 있는 사람 같아서요."

샘의 얼굴에 순간 미소가 스쳤다. 그는 한참 동안 캐리를 유심히 바라보다가 그의 머그컵이 놓여 있는 싱크대로 가더니 창밖을 내다봤다.

누구도 먼저 말을 꺼내지 않았다. 이윽고 샘은 조심스레 적당한 단어를 찾아 그녀의 질문에 답을 줬다.

"애는 없어. 동생들이 있긴 하지. 여섯 남매 중 내가 첫째야. 막내가 태어났을 때 난 열여덟이었어. 그리고 얼마 뒤에 집을 나올 계획이었지. 난," 그가 말을 멈추었다. "계획이 있었어."

샘이 차를 홀짝 마셨다. 엘리스가 옹알거렸다. 그는 쓸쓸한 눈으로 아기를 바라보았다.

"집을 떠나기 나흘 전에 아버지가 돌아가셨어. 어머니는 장애인이었지만, 많은 일을 하셨지. 그래도 여전히 내 도움은 필요했어. 애는 여섯이고, 아마드는 태어난 지 넉 달밖에 안 되었으니까." 그가 말을 멈추고 고개를 저었다.

아마드. 캐리는 그 이름을 기억해 두었다. 그의 막냇동생이자 가장 아픈 손가락.

"나는 떠날 수 없었어. 그럴 수 없다는 걸 잘 알고 있었지." 샘이 어깨를 들썩였다. "그래서 떠나지 않았어. 집에 머물기로 한 거야. 17년간 엄마를 보살피고 동생들을 자식처럼 키웠지. 동생들은 아버지에 대한 기억이 거의 없어. 내가 동생들의 아버지나 마찬가지였지."

샘이 다른 세계를 주시하듯 컵을 응시했다. 캐리는 방해하지 않았다. 그가 상념에서 깨어나기를 기다렸다. 그의 시선이 다시 현실로 돌아왔을 때 슬픔에 잠긴 그의 목소리는 한결 부드러워져 있었다.

"그러고 나서 집을 나왔어." 그렇게 말하고 그는 말을 더 잇지 않았다.

"무슨 일이—" 캐리가 조심스레 입을 열었다. "동생들한테 무슨 일이 있었어요?"

샘이 머리를 들었다.

"동생들에 대해 과거형으로만 말하고 있잖아요." 캐리가 말했다. "당신이 떠난 뒤 가족들에게 무슨 일이 생겼나요?"

그들에게 무슨 일이 일어났든, 어떤 기억과 모습이 그의 머릿속에 떠올랐든, 그것은 샘이 한 걸음 앞으로 나아가게 만들 만큼의 충격이었으리라. 그가 캐리를 쳐다봤다. 그의 눈에서 눈물이 뚝 떨어졌다.

캐리의 입이 떡 벌어졌고, 그녀는 곧바로 말을 더듬었다. "미, 미안해요. 그, 그러려던 게 아닌데……."

캐리는 선을 넘었다. 그녀는 스콧과 엘리스 쪽을 흘긋하며 그가 화를 낼까 봐 걱정했다.

하지만 샘은 상처 입은 사람처럼 방어적으로 가슴 앞에 팔짱을 낄 뿐이었다. 상황이 달랐다면 캐리는 자애로운 마음으로 그를 위로하고 싶은 충동을 느꼈을지도 몰랐다. 캐리가 보기에 그는 무언가 부당한 일을 당한 듯했다.

"나는—" 그가 힘없이 말을 시작했다.

바로 그때 어떤 차가 집 앞에 끼이익 시끄러운 소리를 내며 멈추었다. 샘은 조리대에서 총을 낚아챈 뒤 현관 쪽 복도를 겨냥했다. 그는 눈을 크게 뜨고 입 밖으로 호흡을 훅 내뱉었다. 조금 전에 잠깐 내비쳤던 부드러움과 연약함이 그의 얼굴에서 순식간에 사라져 버렸다.

샘은 주방 끝으로 걸어가서 거실 컴퓨터 앞에 앉아 있는 캐리의 맞은편에 섰다. "창밖에 뭐 보여?" 그가 물었다.

"저 앞으로 가면 보일 거예요." 그녀가 묶인 손으로 거실 끝을 가리켰다. 그가 그녀에게 앞으로 가라고 손짓했다.

캐리가 거실을 가로지를 때, 묵직한 엔진이 부르릉대며 시동을 거는 소리가 들렸다. 맞은편 벽에 도착해서 머리를 빼꼼 내밀고 거실의 큰 창문 왼편을 보았다. 키 큰 관목들에 가려 잘 보이지 않았지만, 갈색 UPS 트럭의 윗부분이 길 건너 이웃집에서 나와 멀어져 가는 모습은 엿볼 수 있었다.

"택배 트럭이에요." 캐리가 샘에게 몸을 돌리며 말했다. 그가 눈썹을 찡그렸다. 믿지 못하는 눈치였다. 잠시 생각에 잠기더니 아이들에게 총을 겨눴다. 캐리의 숨이 목구멍에 탁 걸렸다.

"커튼 닫아." 그가 거실 쪽으로 고갯짓을 했다. "빨리."

거실로 달려가는데 심장이 미친 듯이 요동쳤다. 커튼을 단단히 치고 나서 어두운 방을 지나 서둘러 주방으로 향했다. 아이들과 떨어진 지 불과 몇 초밖에 되지 않았지만, 아이들이 아무 데도 다치지 않고 제자리에 있다는 사실에 폭풍 같은 안도감이 몰려들었다.

그러나 캐리는 감정을 숨겼다. 저자는 그녀에게서 그 어떤 것도 얻지 못하리란 걸 스스로에게 상기시켰다. 그녀가 컴퓨터 앞으로 돌아가 앉는 모습을 차분히 지켜보던 샘의 눈초리가 점점 더 날카로워졌다. 그의 얼굴은 혼란스러워 보였다. 샘이 한동안 그녀를 쳐다보다가 갈라진 목소리로 말을 꺼냈다. 여전히 총으로 아이들을 겨눈 상태였다.

"이 상황을 다루는 당신의 침착함이 얼마나 내 마음에 들지 나도 잘 모르겠군."

7

조는 다른 승무원들이 앞쪽으로 올 때까지 기다리면서 마음을 진정시켰다. 동료들을 부를 때 최대한 무덤덤해 보이려고 무척 애를 썼다. 가여운 동료들은 앞으로 무슨 일이 닥칠지 전혀 모르고 있었다.

"무슨 일이야? 뭐 부탁할 거 있어? 무슨 일인데?" 빅 대디가 속삭였다. 그의 소곤거림에 조는 움찔했다. 그의 신분증에는 '마이클 로덴버그'라고 적혀 있지만, 코스탈에서는 다들 그를 빅 대디로 불렀다. 그리고 전 직원이 빅 대디를 알았다. 그의 키는 고작 160센티미터에 불과하고 물에 흠뻑 젖어도 몸무게가 52킬로그램 정도밖에 안 나갈 정도로 체격이 왜소했다. 그는 원래 일등석 담당 승무원이었고, 사원번호가 세 자릿수인 몇 안 되는 직원 중 하나였다. 코스탈 에어웨이는 그의 세 번째 항공사였다. 다만 그는 자신이 정확히 언제부터 일했는지 절대 말해 주지 않았다. 그는 오랫동안 승무원들 사이에서 전설적인 인물로 전해져 내려왔고, 아무도 감히 그 진위를 의심하지 않았다. 그를 아는 승객과 승무원 모두 그를 좋아했다. 어쨌든 빅 대디는 살인자와는 거리가 멀었다.

"켈리는?" 조가 물었다.

"오고 있어."

"좋아. 잘 들어 봐. 일이 좀…… 심상치 않아. 켈리가 오면 설명하긴 할 건데, 우리는 일단 경험이 많잖아. 그래서 우리가 중심을 단단히 잡아야 해. 켈리가 어떻게 반응할지 감이 안 잡혀서 말이야."

"뭐에 대한 반응인데요?" 켈리가 갤리 커튼 뒤에서 모습을 드러내지 않은 채 말했다.

"내 말 잘 들어." 빅 대디가 손뼉을 쳤다. "훈련은 끝났어. 이제는 실전이라고. 조가 무슨 말을 하든 이것만 잘 기억해. 비행기는 하나의 엔진으로도 문제없이 비행을 할 수 있고, 이 비행기에 탄 사람의 75퍼센트가 살아서 걸어 나간다? 그 정도면 성공이라고 할 수 있지."

"전혀 도움 안 되거든." 조가 눈썹을 바짝 올렸다. "좋아. 지금 무슨 일이 벌어지려고 하는데…… 그러니까 내가…… 잘 들어. 우리는 지금부터……." 그녀가 한숨을 푹 내쉬었다. "새로운 업무를 시작해야 해."

조는 두 사람의 시선을 모른 체하며 빌이 그랬던 것처럼 빠르고 분명하게 현 상황을 알려 주었다. 두 사람은 눈앞에 닥친 상황에 대해 가만히 들으면서, 눈에 띄는 어떤 반응도 보이지 않았다.

켈리의 커다란 눈이 테니스 경기를 보듯 조와 빅 대디 사이를 왔다 갔다 했고, 오랜 경력의 승무원 둘은 눈썹을 치뜨고 입술을 깨문 채 서로를 노려보기만 했다. 비행 전 브리핑 시간에 조는 켈리에게 일을 시작한 지 얼마나 됐냐고 물었고, 켈리는 이제 한 달이 조금 넘었다고 답했다. 조는 이 어린 아가씨가 기내 응급 처치 경험은커녕 아직 산소마스크 관련 경험도 없겠구나, 하고 생각했었다.

"제가 기내 서비스를 담당할게요. 걱정하지 마세요." 켈리가 제안했다.

남은 두 사람이 그녀를 가만히 쳐다봤다.

"무슨…… 뜻이야?" 조가 물었다.

"두 분이서 위험 요인들을 처리하시는 동안에요. 저는 음식과 음료 주문을 받고 있을게요."

조와 빅 대디는 시선을 주고받았다. 조가 부드럽게 말문을 열었다. "자기야, 잘 들어. 원래 하던 거? 기내 서비스? 웃으면서 음료와 음식을 제공하는 거? 우리가 그러려고 지금 여기

모인 게 아냐, 알잖아? 그치?"

"물론이죠. 하지만 아직 해야 할 일이잖아요." 켈리가 말했다. "그래서 두 분이 그 문제에 집중하실 수 있도록 제가 이쪽 일을 다 맡겠다고 말씀드리는 거예요."

조는 젊은 승무원이 비닐장갑을 끼고 쓰레기 봉지를 흔드는 모습을 지켜보았다.

"제가 쓰레기를 모을게요. 그냥, 아시다시피, 서비스 쪽 일이니까요." 켈리가 말을 이었다. "아무래도 저는 빠지는 게 나을 것 같아요. 전 신입이니까…… 저는…… 그냥 방해가 될 거예요. 분명히요."

조는 자리를 떠나려는 젊은 승무원의 팔뚝을 살며시 감싸 쥐고 뒤로 살짝 당겼다. 켈리의 볼을 타고 주르륵 흘러내린 눈물이 그녀의 빨간 유니폼에 달린 승무원 배지 위로 뚝뚝 떨어졌다.

"켈리," 조가 그녀를 불렀다. "우리 일은 그뿐만이 아니야. 서비스는 우리가 제공하는 일 중 하나일 뿐이야."

조가 처음 훈련을 받은 후 벌써 수십 년이 흘렀지만, 그건 중요하지 않았다. 마치 지난달에 켈리가 받은 훈련에 함께 참여하기라도 한 듯 조의 머릿속에서 당시에 받았던 5주간의 훈련이 생생하게 되살아났다. 그때는 끊임없이 공부해야만 했고 시험이 계속 이어졌었다. 응급 처치와 자기 방어법, 비행기 화재 또는 비상 착륙 발생 시 탑승객 수백 명을 대피시키는 법을 훈련하고 또 훈련했다. 그녀와 동료들은 숨을 헐떡대고 땀을 뻘뻘 흘리며 탑승객의 생존이 확실해질 때까지 목이 쉬도록 지시하고 안내했다. 그들은 다양한 종류의 화재와 여러 가지 대처 방안을 배웠다. 위험 물질과 심장 마비, 납치, 그리고 연방 항공 규정과 연방 항공 보안, 난기류, 테러리스트에 대해서도 배웠다. 이 모든 것이 고도 11,500미터에서 시속 965킬로미터로 비행하는, 여압 상태의 금속 기체 안에서 행해지는 것들이었다. 5주간의 훈련을 받으면서 단 하루 동안만 기내식 또는 음료, 친절한 기내 서비스를 제공하는 법을 배웠다. 조는 숨을 쉬기 위해 애쓰는 후배 승무원을 가만히 바라보았다. 켈리가 비로소 자신의 진정한 업무가 무엇인지 깨달은 순간이었다.

켈리가 항공기 뒤편을 바라보았다. 그녀의 머리가 좌우로 휙휙 돌아갔다. 모든 비상구를 빠르게 확인하는 중이었다. 그녀는 다리 한쪽에 힘을 싣고 서더니 조의 손을 떨쳐 냈다.

"켈리, 어떻게 할래?" 조가 물었다.

켈리는 말없이 항공기 뒤쪽을 응시했다.

빅 대디가 목을 가다듬더니 눈을 감고 콧구멍을 벌름거리며 공기를 깊이 들이마셨다. "좋아." 그가 눈꺼풀을 파르르 떨며 감았던 눈을 크게 떴다. "자, 나 이 말만 할게. 이 문제가 다 해결되고 우리가 JFK에 도착해서 비행기를 걸어 나간다면, 누군가내 가방을 끌어 줘야 할 거야. 왜냐고? 나는 이 녀석을 끌고 가야 하니까." 그러면서 강조하듯이 술 카트를 손가락으로 가리켰다. "비행기에서 내리면 바로 내 호텔 방으로 데리고 간다."

조는 켈리 쪽으로 몸을 돌리고 '어떻게 할래?'라는 표정을 지으며 기다렸다.

"저는 아직 이런 큰일에 준비되어 있지 않아요." 켈리가 속삭였다. "아직 수습 기간도 안 끝났잖아요."

조는 웃음을 꾹 참았다. 이런 순간에도 저 가여운 아가씨는 상사와 문제가 생길까 봐 걱정하고 있었다. "알아, 자기 마음 다 알아. 무척 당황스러울 거야, 그렇지?" 켈리가 고개를 끄덕였다. "그래도 어쩌겠어. 이 직업이 원래 이런 걸."

세 사람은 한동안 아무 말 없이 서 있었다. 켈리는 대디가 건네는 휴지로 눈물을 닦았다. 코를 풀고 입술을 꾹 문지른 다음 목을 가다듬고서 미소를 지으려 노력했다. 두 사람은 떨리는 그녀의 볼을 예의상 못 본 척해 줬다.

"저는 위스키 걸이거든요?" 젊음이 깃든 활기찬 말투에 그녀의 말이 질문처럼 들렸다. "그러니까 제가 잭 앤 진저*를 맡을게요."

"음, 좋아. 그러면," 조가 알겠다는 의미로 고개를 끄덕였

---

* 잭 다니엘스 위스키에 진저에일을 섞은 칵테일

다. "잭 앤 진저는 자기가 맡고, 일등석 샤르도네 한 병은 내가, 그리고 카트에 있는 나머지는 대디가 맡아."

"좋아." 대디가 확실하게 말했다.

"그럼 그 전까지는 어쩌지?" 조가 화제를 돌렸다. "비행 중 독성 물질 공격과 비상 착륙에 대비해 항공기와 승객 144명을 준비시켜야 해. 나한테 지금 좋은 생각이—"

"실례합니다." 뒤쪽에서 낯선 목소리가 끼어들었다. 세 사람은 깜짝 놀라 펄쩍 튀어 올랐다. 좌측 2열에 앉은 남자였다. "혹시 스낵이 어떤 게 있는지—"

"지금은 안 됩니다." 대디가 말했다. "급한 일을 처리하는 중이어서요. 30분 전에 치킨 드셨으니 혈당에는 문제없을 겁니다." 대디는 놀라서 말문이 막힌 남자 앞으로 갤리 커튼을 홱 치고 동료들에게 몸을 돌렸다. "왜, 뭐?" 그는 조의 표정을 보고서야 정신을 차린 것 같았다. 그러고는 눈동자를 굴리며 커튼 밖으로 다시 머리를 내밀었다.

"하하, 농담입니다." 대디가 부끄러운 듯 둘러댔다. "팝콘, 감자칩, 아몬드, 젤리, 초콜릿이 있습니다."

그 승객은 손에 감자칩과 진저에일을 들고 의심스러운 눈초리로 승무원 셋을 쳐다보더니 자리로 돌아갔다. 빅 대디가 커튼을 다시 닫았다.

"좋아. 쓸데없는 소리는 이제 그만하고. 지금 비행기가 통째로 외부와 단절됐어. 조, 좋은 생각이란 게 뭐야?"

조는 그들 앞에 닥친 모든 문제들을 생각해 보았다. 유독 가스 공격. 워싱턴 DC. 빌의 가족. 현재 탑승 중인 스파이. 너무 많은 일이 동시에 일어나고 있었고, 전부 통제 불가능한 상황이었다. 걱정만 하느라 시간과 에너지를 낭비할 여유가 없었다.

"그래. 음, 지금 여러 가지 문제가 동시에 일어나고 있는데, 우리는 여기 기내 공격에 집중해야 해. 어떤 공격인지는 알 수 없으니까 최악의 시나리오를 예상해 보고 거기서부터 계획을 세우자."

"사린 가스." 대디가 입을 열었다. "리신. VX. 탄저균. 청산가리. 이런 세상에, 보툴리누스균이면 어떡해?"

"어휴, 그런 것들은 화학전에서나 쓰는 거잖아. 여기 있는 사람들이 그런 화학물질을 손에 넣었을 리가 없어." 조가 말했다.

"음, 911 테러 이후에도 국내선 항공기를 납치하려던 시도들이 있었어. 내 생각엔 그 어떤 경우도 배제해서는 안 될 것 같은데."

"그러면 하나라도 말해 보세요." 켈리였다. "어떤 일이 일어날 거라 예상할 수 있을까요? 그러니까, 우리한테요. 우리가 화학물질을 들이마신다면요."

"내 말은," 대디가 손동작을 크게 하기 시작했다. "산소 부족이 오지 않을까? 아니면 근육 마비? 복통, 구토, 설사? 의식

불명? 입에 거품을 물든가? 흠, 그러면 마지막은 사망이겠군."

조가 대디의 코를 꼬집었다. "짧게 대답할게. 화학물질을 들이마시고 싶지 않아. 그래서," 그녀가 팔짱을 꼈다. "내 생각은 이래. 승객들에게 깨끗한 산소를—"

"PSU*요!" 켈리가 불쑥 끼어들었다.

"그래! 정확해. 좌석마다 머리 바로 위에 산소마스크가 있잖아. 산소마스크를 일단 다 내려오게 해야 해." 조가 받아쳤다.

조는 그녀의 승무원 좌석 아래에 있는 사물함을 열어 안쪽에 부착된 작은 금속 조각을 빼냈다. 그 수동 작동 도구는 직선으로 쫙 펴지는 클립의 고급 버전이었다. 조가 수동 작동 도구를 들어 올리자, 두 사람의 시선이 바로 그쪽을 향했다. 대부분의 항공기에 있는 비상용 도구 중 가장 작고 하찮은 도구였다. 이것의 유일한 목적은 좌석 위의 마스크가 자동으로 떨어지지 않을 경우, 각 열별로 마스크를 직접 수동으로 떨어트리기 위함이었다. 누구도 그 장치를 사용해 본 적 없었고, 앞으로도 사용할 일이 없을 거라 생각했다.

"아마 착륙 직전에 공격이 시작될 거야. 그러니까 하강하기 바로 전에." 조가 말했다. "그래도 미리 준비해 놔야겠지. 우

---

* Passenger Service Unit, 승객 서비스 장치. 비행기 승객 좌석 위에 설치된 장치로, 독서등, 좌석벨트 표시등, 승무원 호출 버튼 등으로 구성되며 그 안쪽에 산소 마스크가 들어 있다.

리가 할 수 있는 한 최대한 많이, 그리고 빨리. 이 조치에 반대하는 승객이 얼마나 될지 몰라. 그리고 완벽하게 준비하려면 시간도 좀 걸릴 거고. 그 말인즉슨, 이제 곧 산소마스크를 작동시켜야 한다는 뜻이기도 해."

"승객들에게 뭐라고 방송하실 건데요?" 켈리가 물었다.

"방송?"

켈리가 손을 펼쳤다. "왜 마스크를 떨어뜨렸는지 알려야 하지 않을까요? 아니면…… 방송 안 하시려고요?"

"음, 이제 그거에 대한 계획을 세우고 머리를 굴려야 할 때야. 탑승객들에게 무슨 일이 벌어지고 있는지 말해선 안 되니까."

나머지 두 사람이 그녀를 뚫어지게 바라봤다. 대디가 손을 들었다.

"조, 빠르게 질문할게. 빌어먹을, 대체 왜?"

"승객들에게 아무것도 말해선 안 돼. 그러면 테러리스트가 기장님의 가족을 죽일 거야."

"어우, 진짜 끔찍하군. 안타깝고. 그럼 여기 승객들은 어떻게 할 건데? 그 새끼들이 공격할 거란 걸 알면서도 그냥 이렇게 둬야 한다는 거야?"

조가 고개를 저었다. "기장님 가족들만 문제인 게 아냐. 테러리스트한테 백업 계획이 있다던 거 기억해? 그 공범이 우리랑 같이 있다고, 바로 이 안에." 걱정스런 마음에 그녀의 목소리가 한 옥타브 높아졌다. 숨을 들이마시고 커튼 주위를 훑어보며 객실을 살폈다. 두 사람이 뒤쪽에서 화장실 차례를 기다리고 있었다. 한 남자는 통로에 서서 아기를 어르고 있었다. 이상한 낌새는 전혀 없었다.

"잘 들어." 조가 입을 열었다. "침착하게 행동해야 해. 무슨 일이 벌어지고 있는지 아무도 알게 해서는 안 돼."

"네." 켈리가 답했다. "다시 말하면, 산소마스크를 작동시킨 다음 웃으면서 고개를 끄덕이라는 거죠? 원래 우리가 비행 중에 하던 것처럼 똑같이요?"

조는 한숨을 내쉬고 고개를 떨구었다. "알아. 나도 알아. 지금 난 모든 것에 답해 줄 수 없어. 다만 내가 확실히 아는 건 우리가 마스크를 떨어뜨려야 한다는 것. 그게 전부야. 우리는 승객들이 살아남을 수 있도록 필요한 조치를 취해야 해. 자, 해 보자. 알겠지?"

대디는 항복하듯 손을 들어 올렸고, 켈리는 고개를 끄덕였다. 저 뒤쪽, 아기 울음소리 너머로 엔진이 웅웅거렸고, 일등석에서 누군가 머리 위 선반을 닫았다. 승무원 셋은 주변의 은은한 소음 한가운데에 우두커니 서서 바닥을 응시했다.

그 순간, 대디가 짧게 호흡을 헉 내뱉으며 입을 막았다. 유레카! 좋은 생각이 번쩍 떠올랐다. 그의 눈이 반짝 빛났다.

"FAR연방 항공규정!" 그가 외쳤다. "어떻게 연방 항공규정

4.2.7을 잊어버릴 수가 있냐? 분명히 이렇게 나와 있어. 산소 방출 시스템에 문제가 생긴 경우, 승무원은 PSU의 모든 산소 마스크를 수동으로 작동시켜 예상 밖의 감압이 발생한 상황에서 승객들이 산소를 취할 수 있도록 한다."

켈리가 눈을 껌뻑였다. "그런 FAR이 있는 줄 몰랐어요. 그게 우리가 해야 할 일이라면, 당연히―"

"지어낸 거야." 조가 말을 잘랐다.

빅 대디는 장난치듯 남자와 여자가 춤을 추기 전에 인사할 때처럼 한쪽 다리를 뒤로 빼고 무릎을 약간 구부렸다.

"승객들한테 거짓말을 하고 싶은 거예요?" 켈리가 따져 물었다.

"언제나 그렇지." 대디가 받아쳤다. "아직도 신입 훈련 때는 안 가르쳐 주나 보네."

"대디 말이 맞아." 조가 끼어들었다. "네 자신을 속여. 그럼 승객들도 속을 거야. 그리고 나중엔 아마 그들도 우리를 이해할 거야. 일단 우리는 마스크를 꺼내야 해. 먼저 이 일을 해결한 다음에 뭘 해야 할지 생각해 보자."

"좋아요. 그렇게 해 봐요, 우리." 켈리가 말했다. "그런데 저 방송은 못 하겠어요. 두 분이 해 주세요. 방송 잘하시잖아요."

"우리 모두 육성으로 직접 말할 거야." 조였다. "기내 방송은 하지 않아."

"뭐?" 대디가 물었다.

"최대한 은밀하게 행동해야 해. 기억나? 기장님은 아직 화상 전화 중이고, 부기장님은 지금 무슨 일이 벌어지고 있는지 몰라. 부기장님이 이 상황을 알게 해선 안 돼."

"기장님들이 기내 방송을 들을 수 있어요?" 켈리가 물었다.

"어느 정도는. 분명하진 않지만, 우리가 방송을 하면 대개는 오디오 라인을 바꾸고 들을 수 있어. 물론 원한다면 말이야. 그런데 보통은 그렇게 안 해. 그러니까 최대한 관심을 끌지 않도록 하는 게 더 나아. 별일 아닌 것처럼 보여야 해. 여기 기내에 있는 우리뿐만 아니라 기장님의 가족을 위해서도."

조는 캐리를 떠올렸다. 몇 년간 계속 이어진 회사 야유회와 크리스마스 파티는 가족들끼리 자발적으로 모이는 행사로 바뀌었다. 두 사람은 절친한 사이는 아니었지만, 여기저기서 함께 즐거운 시간을 보낸 덕에 연락을 계속 주고받아 왔다. 스콧이 태어났을 때는 조가 그녀의 아들이 입던 옷을 캐리에게 한 아름 물려주기도 했다. 자신의 아들이 가장 아끼던 옷을 입은 스콧의 모습을 보는 것은 참 좋았다.

조는 머릿속으로 밀려드는 추억들을 떨쳐 내려 머리를 흔들었다. 그리고 다시 집중했다.

테오가 빌의 가족을 지켜 줄 것이다.

빌은 비행기를 지켜 줄 것이고.

그러니 우리도 승객들을 지켜야만 한다.

8

테오는 휴대폰을 다리에 탁탁 두드리면서 경찰 차량이 줄지어 지나갈 405번 고속도로의 교통 상황을 지켜보았다. 경찰 마크가 없는 SUV 세 대와 창문이 없는 이동식 지휘소 하나가 최대한 사람들의 눈에 띄지 않게 움직였다.

"고속도로를 나가면 경광등이랑 사이렌 꺼." 리우가 운전요원에게 지시했다. "용의자는 우리가 가고 있는 걸 몰라. 그게 지금 우리의 유일한 이점이야. 자, 여기 보이는 게 호프만의 가족이다."

리우는 몸을 돌리고 태블릿을 들어 올렸다. 소셜미디어에서 가져온 사진이 화면에 떠 있었다. SWAT 팀의 전투 헬멧들이 까딱거렸다. "부인의 이름은 캐리, 아이들의 이름은 스콧과 엘리스. 각각 10살과 10개월이다. 호프만의 부인은 자살 폭탄 조끼를 착용하고 있고 결박된 상태다. 용의자가 무선 기폭 장치를 들고 있으며 용의자 역시 자살 폭탄 조끼를 입고 있다. 용의자는 30대 초반의 남성, 중동인으로 추정된다. 인터넷 회사에서 근무하고 있고, 이름은 'S'로 시작하는 뭔데, 어쨌든 샘이라고 불린다."

테오는 자신을 바라보는 리우의 눈빛이 느껴졌다. 휴대폰을 들여다보며 이모의 새로운 문자나 도움이 될 만한 소식이 왔는지 확인했지만 아무런 연락이 없었다.

"지금은 일단 탐색 임무만 수행한다. 알겠나?" 리우가 계속 말했다. "감시 반경을 설정하고 정찰하고, 기밀 정보는 HRT인질 구조대로 전달한다. 우리는 HRT와 계속 협업하여 일을 처리하고, HRT는 우리가 요청하는 대로 요원들을 배치시킬 준비를 한다. 전술 병력이 필요할 시 다른 선택권이 없는 한 그들을 기다린다."

테오가 방탄조끼를 고쳐 입었다. 그는 지금 이 상황이 어색하게 느껴졌다. 그리고 왠지 HRT가 도착하면 그 느낌이 더 강해질 것만 같았다. 테오는 현장 요원일 뿐이었다. 그는 SWAT 대원도 아니고, HRT 요원은 더더욱 아니었다. HRT는 극도로 위험한 상황에 투입되도록 훈련받은 FBI의 최정예 특수부대였다. 테오가 이 임무에 투입된 이유는 그가 항공기와 지상 간 연락을 주고받을 수 있는 유일한 존재이기 때문이었다. 리우는 테오에게 그 부분을 확실히 인지시켰다.

고속도로를 벗어나자 차량의 사이렌 소리와 경광등 불빛이 사라졌다. 갑자기 찾아온 침묵이 테오와 동료 요원들의 긴장감을 고조시켰다.

"위치 전송해." 리우가 모든 팀과 연결된 무전기를 향해 말했다. 승합차에 있는 누군가가 그녀의 태블릿으로 디지털 지도를 보내 주었고, 그녀는 못마땅한 듯 지도를 살펴보았다.

"위치가 완전 거지 같네." 모든 요원의 이어폰으로 리우의 목소리가 들렸다. "플라야 델 레이 외곽 지역이군. 맨체스터 바로 근처야. 집은 삼거리가 만나는 지점에 있고, 삼면이 모두 이웃집에 둘러싸여 있어. 즉, 우리가 임무를 수행할 수 있는 장소는 아주 작은 뒷마당과 옆 마당뿐이다."

"전면이 너무 개방되어 있어서 모두 다 갈 수는 없다." 리우가 말을 이었다. "알파 팀은 계속 직진해서 83번가로 쭉 올라간다. 브라보와 찰리 팀, 차량을 헤이스팅스가에서 동쪽 82번가로 보내고, 지휘소는 사란가와 만나는 83번가로 간다. 그위치에 도달하면 보고하고 내 지시에 따라 움직인다. 다들 알겠나?"

차량 네 대에 나눠 탄 각 팀이 이어폰 너머로 응답하자 차들이 각자의 위치로 흩어졌다. 리우와 테오, 그리고 알파 팀 요원들은 링컨가를 따라 계속 내려가다 신호등 앞에 멈춰 섰다. 맨체스터가로 진입하기 위해 다른 차들 뒤에서 대기했다.

테오는 창밖을 바라봤다. 한 가족이 레스토랑에서 나오고 있었다. 빛바랜 간판에는 '하시엔다 델 마르'라고 적혀 있었다. 10대로 보이는 소년이 레스토랑 문을 잡고 기다리자, 그 뒤로 소년의 엄마가 포장 음식을 손에 들고 따라 나왔다. 아빠는 이쑤시개로 이를 쑤시고 있었고, 소년의 여동생은 거의 춤을 추듯이 걸으며 가족을 뒤따라갔다. 테오는 호프만 가장도 저기서 외식을 한 적이 있을지 궁금했다. 레스토랑이 그의 집 바로 위쪽 길가에 위치해 있으니, 어쩌면 바로 어제 호프만의 가족도 저기서 행복하게 식사를 하고 나왔을 수도 있었다. 앞으로 닥칠 일은 꿈에도 모른 채.

"브라보 팀, 도착했습니다." 몇 분 뒤 보고가 들어왔다. 곧 찰리 팀과 지휘소도 같은 보고를 했다.

"알파 팀은 지금 버거가로 들어가는 중이다. 스탠바이." 리우가 지시했다. SUV가 속도를 줄이고 길 오른편에 차를 세웠다.

그런데 리우가 갑자기 욕설을 내뱉었다. 고개를 돌려 주위를 살펴본 테오는 그 이유를 바로 알아차렸다.

"제길, 안 보여." 그녀가 말했다. "생각했던 것보다 훨씬 더 가까이 가야 할 것 같은데. 앞마당에 나무 서너 그루랑 관목들이 있어. 요원 두 명 정도만 몸을 숨길 수 있겠군. 잘하면 세 명."

"스탠바이. 브라보 팀, 들어갑니다." 테오와 리우는 보고를 들었다.

브라보 팀은 집의 뒤편인 82번가에서 대기 중이었기에 호프만의 이웃집을 통해 뒷마당으로 접근할 수 있었다. 호프만의 집 마당에는 엄폐물로 쓸 만한 커다란 나무 몇 그루와 작은 창고 같은 건물이 있었다.

"좋아." 리우가 입을 열었다. "몇 명이나 잠복 가능하지?"

"네다섯 정도입니다."

그녀는 고개를 끄덕였다. "브라보 팀, 출동."

"알겠습니다. 이동합니다."

"찰리 팀, 어딘가?"

이어폰에서 숨죽인 목소리가 들려왔다. "저희는 뒤쪽입니다. 걸어서 서쪽으로 이동 중입니다. 민간인 확인 마쳤습니다. 목표 위치에 도달하면 옆쪽 마당으로 접근하겠습니다."

리우는 알겠다고 응답했다. 브라보 팀과 찰리 팀이 정해진 위치로 이동할 때까지 몇 분간 아무도 입을 열지 않았다. 테오는 관목 너머로 집의 앞유리창 윗부분이 보였지만, 유리창에 반사된 햇빛 때문에 커튼이 쳐져 있는지는 분간할 수 없었다. 창문이 가려져 있지 않다면, 적의 시야를 차단한 채 정면으로 접근할 방법이 없기 때문에 직격탄을 맞을 수밖에 없었다. 말 그대로 살상지대였다.

"브라보 팀, 위치했습니다." 숨죽인 목소리가 귀에 들려왔다. "그런데 아무것도 보이지 않습니다. 뒤쪽 창문은 전부 커튼이 쳐져 있습니다."

"알겠다." 리우가 말했다. "그 위치에 그대로 있어. 찰리 팀, 지금—"

"알파 팀, 지휘소입니다." 무전이 그녀의 말을 막았다. "문제가 생겼습니다. 민간인이 동쪽으로 걸어가고 있습니다. 혼자인 걸로 보이고, 집집마다 돌아다니는 것 같습니다."

테오는 몸을 앞으로 기댄 후 좌측을 바라봤다. 클립보드를 든 남자가 호프만의 집에서 아래쪽 방향으로 두 번째 집 대문을 향해 걸어가고 있었다. 노크를 하자 중년 여자가 문을 열었다. 그녀는 그의 방문에 당황한 듯했다. 남자는 코앞에서 문이 닫히기 직전에 간신히 그녀의 손에 전단지를 쥐여 주었지만, 그녀는 고개를 젓더니 문을 닫고 들어가 버렸다. 남자가 집의 진입로를 돌아 내려가다 잠시 멈추더니, 블루투스 이어폰의 볼륨을 높여 누군가와 열띤 통화를 하기 시작했다. 그의 클립보드 아래쪽에는 가방 옆면에 있는 것과 동일한 문구가 파랗고 빨간 글씨로 보기 흉하게 적혀 있었다. *캠벨을 의회로!* 남자는 다시 옆집으로 향했다. 그다음은 호프만의 집이었다.

"이런 미친." 리우가 내뱉었다. "저 남자를 막아야 해."

그녀는 찰리 팀에게 해당 위치에서 대기하라고 지시한 다음, 알파 팀에게 몸을 돌렸다. 테오를 제외한 나머지 대원들은 등에 밝은 노란색 글씨로 'FBI SWAT'이 적힌 작전용 장비를 모두 장착한 상태였다.

"루소." 리우가 입을 뗐다.

"네, 팀장님."

"장비 벗어. 가서 저 남자 막아."

루소 요원이 팀장을 보며 눈을 껌뻑였다. 장비를 벗는 데만 최소 몇 분은 걸릴 터였다. 그는 남자가 걸어가는 방향을 확인하며 미친 듯이 방호복을 벗었다. 조금 전, 남자가 이웃집 문을 두드렸다. 하지만 아무 대답이 없자 그는 허리를 구부려 우편물 투입구에 전단지를 밀어 넣었다.

"그냥 지금 당장 저지해야 합니다." 테오가 유리창에 손을 대고 짓눌렀다. "저 남자, 저기로 가면 안 돼요. 너무 위험합니다."

"우리가 잠복 중인 거 다 까발리고 싶어? 감시 반경 안에 우리 요원이 이미 다섯이나 있어. 지금 저 안의 상황이 정확히 어떤지도 모르고." 리우가 성을 냈다. "루소! 출동해!"

테오는 루소가 치렁치렁 매달린 끈들과 씨름하는 모습을 지켜보았다. 제시간에 해낼 방법이 없었다. 불가능했다. 테오는 장비를 벗어 젖히는 동료를 멍하니 바라보고만 있는 승합차 안의 다른 요원들을 둘러봤다. 도저히 믿을 수 없었다.

저 남자는 루소가 옷을 채 벗기도 전에 호프만의 집 초인종을 누를 기세인데, 이를 인지한 요원이 아무도 없는 것 같았다.

다들 이 상황을 잘 모르고 있거나, 아니면 앉아서 기다리라는 명령 때문에 긴급 상황임에도 제대로 대처하지 못하는 것이리라.

테오는 방탄조끼뿐인 자신의 장비를 내려다봤다.

그리고 벨크로를 뜯어 조끼를 벗어 던진 후, 차 밖으로 뛰쳐나갔다. 리우가 욕설을 퍼부으며 창문을 쾅쾅 두드렸지만 테오는 무시하고 호프만의 집으로 전력 질주했다.

9

조는 마스크를 수동으로 작동시키는 도구를 작은 구멍에 끼워 넣고 위쪽으로 탁 올렸다. 좌석 천장이 벌컥 열리더니 산소마스크 네 개가 잭 인 더 박스*처럼 툭 떨어져 내린 뒤 천장에 매달린 채 대롱대롱 흔들렸다.

"꼭 이래야 하는 이유 좀 다시 설명해 주시겠어요?" 통로에 앉은 여자가 조에게 물었다. 여자의 옆쪽 창가 자리에 앉은 남자는 팔짱을 낀 채 불만스러운 표정을 지었다. 그의 앞에는 다 먹은 진저에일과 감자칩 봉지가 놓여 있었다.

"손님, 저는 규칙을 정하는 사람이 아닙니다. 그저 따를 뿐

---

* 뚜껑을 열면 용수철 달린 인형이 툭 튀어나오는 장난감 상자

이죠." 조가 말했다. "산소마스크가 자동으로 떨어지는 시스템이 제대로 작동하지 않는 것 같다는 알림이 조종실에 울렸나 봐요. 이런 일이 발생할 경우, FAA 프로토콜에 따르면……."

조는 일등석 첫 번째 줄부터, 대디는 날개 쪽부터, 켈리는 열여덟 번째 줄부터 작업을 시작했다. 한 줄씩 차례차례 승객들에게 규정을 설명하고, 산소마스크를 떨어뜨리고, 온갖 질문을 처리하며 신속하게 마무리 짓고 다음 줄에서도 같은 과정을 반복했다.

"침착해. 자신감 있게." 거사를 치르기 직전에 조가 동료들에게 한 말이었다. 승무원들이 먼저 분위기를 잘 잡아야 했다. 만약 승무원들이 이 일을 대수롭지 않게 여기면, 승객들도 정말 그렇게 된다. 이는 승객들을 조종하는 게 아니라 비행기에 가장 이로운 방향으로 사람들의 인식을 미묘하게 바꾸는 거였다.

오랜 경력의 승무원이자 두 아이의 엄마인 조는 '승무원'과 '엄마', 그 두 역할 사이에 큰 차이가 없다는 걸 잘 알고 있었다.

산소마스크를 떨어뜨린다. 이게 가장 중요한, 첫 번째 단계였다. 일단 마스크를 준비해 놓은 뒤, 위기 상황이 발생하면 승객들이 바로 마스크를 쓰고 스스로를 보호할 수 있게끔 한다.

두 번째 단계: 불가피한 혼란과 저항을 수습한다.

세 번째 단계: 첫 번째와 두 번째 단계 이후 갑작스레 일어날

수도 있는 백업 계획을, 그것이 무엇이든 제대로 처리한다.

네 번째 단계: 실제 공격에 대항하고 생존한다.

다섯 번째 단계: 존 에프 케네디 공항에 착륙하자마자 비행기에서 탈출한다.

승무원들은 모든 것을 고려했을 때 그나마 가장 감당하기 쉬울 듯한 첫 번째 단계에 집중하기로 결정했다.

세 승무원이 함께 안정적으로 일을 처리해 나가자, 비행기 안이 천장에 매달린 노란 마스크로 가득 차기 시작했다. 조는 한 줄을 끝마치고 다음 줄로 넘어갈 때마다 기내를 빠르게 쓱 훑어보곤 했다. 무엇을 찾고 있는 건지는 그녀도 잘 몰랐다. 복면을 쓴 누군가가 불쑥 튀어나와 "손 들어!"라고 외치는, 그런 걸 찾는 건 아니었다. 그런데도 여전히 무언가가 갑자기 툭 튀어나올 것만 같았다. 쫓기는 기분이었다. 거짓된 평화가 긴장을 더욱 부추겼다.

각 열의 승객들은 천장 패널이 벌컥 열릴 거라는 사실을 알고 있으면서도 천장이 실제로 벌컥 열릴 때마다 깜짝 놀라곤 했다. 그리고 천장에서 마스크가 떨어지면, 승객들은 마치 조가 자신들 앞에 따뜻한 닭고기 요리를 놓아 주기라도 한 듯 고맙다고 했다. 승객들은 불안하고 당혹스러워했다. 당연했다.

그러나 결국에는 승무원들의 지시를 따랐다.

조는 이렇게 되리라 예상했었다. 어쨌든, 비행기에 탄 승객들도 전형적인 종 모양의 인구 분포를 따를 수밖에 없었다. 물론 개중에는 얼간이나 모범생도 몇몇 있겠지만, 결국 대부분은 순한 양 떼와 같았다.

조는 이륙할 때면 항상 승무원 좌석에 앉아 비행기에 탑승한 승객들을 가만히 지켜보곤 했다. 위급 상황 시 승무원을 도와줄 만큼 건장한 사람이 있는지 살폈다. 그리고 이륙하기 전부터 벌써 규정을 따르지 않는 승객이 누군지 찾아내기도 했다. 그러나 다음과 같은 질문에 속 시원한 답을 찾지 못하고 헤맨 적도 있었다. *무슨 일이 생기면 누가 모두를 안심시키려 할까? 누가 호들갑을 떨까? 방해꾼은 누구일까? 영웅은? 겁쟁이는?*

"저럴 줄 알았지." 어떤 여자가 복도로 뛰쳐나오는 모습을 보며 조가 혼잣말을 했다. 여자의 남편은 버둥대는 아기를 안고 아내의 뒤에 서 있었다.

"여기 아기가 있다고요." 여자는 어딘가 모르게 비난하는 말투로 조에게 쏘아붙였다.

조는 여자의 어깨 너머를 흘긋 보았다. "정말 사랑스러운 남자 아기네요. 축하드려요."

"웃자고 하는 얘기 아니거든요." 여자가 씩씩거렸다. "온 사방에 매달린, 이…… 이것들 때문에," 그녀가 마스크를 가리켰다. "우리 아기한테 정신적 트라우마가 생겨서 평생 상처로 남으면 어쩔 거예요?"

조는 그 여자의 아이와 비슷한 또래의 아이를 안고 있는 다른 젊은 부부를 쳐다보지 않으려 애썼다. "고객님, 속상하신 부분은 충분히 이해합니다. 그렇지만 규정에 따라서—"

"규정 따위 상관없거든요?"

"음, FAA 지시여서요. 아이의 안전을 위한 겁니다."

"내 아기의 안전에 대해서는 내가 결정해요." 여자가 조의 명찰을 자세히 보기 위해 앞쪽으로 몸을 기울였다. "이름이 조 뭐예요?"

"네?"

"성이 뭐냐고요. 컴플레인 걸게요."

조는 한쪽 다리에 체중을 실으며 자세를 고쳤다. "고객님, 제가 제대로 이해했는지 한번 확인하겠습니다. 승무원이 FAA와 항공사의 규정을 잘 숙지하고 있고, 규정대로 업무를 수행했다는 사실을 알리기 위해 항공사에 컴플레인하시겠다는 건가요?" 조가 말을 멈췄다. "왓킨스입니다. W-A-T-K-I-N-S. 제 상사의 이메일 주소도 필요하신가요? 도움이 된다면 전부 적어 드리겠습니다. 컴플레인 내용이 제대로 전달되기를 진심으로 바랄게요."

여자가 입술을 일그러뜨렸다. "어떻게 감히—"

"거, 좀 그만하시죠." 젊은 부부의 옆 창가에 앉은 남자가 말했다. "승무원은 할 일을 하고 있을 뿐이잖습니까."

"그렇게 말하지 마세—"

"당신 애는 아직 기저귀도 못 뗐습니다. 자기 코가 어디에 있는지도 모른다고요."

"우리 애는—"

"고객님," 빅 대디가 그 여자와 좌석들 사이를 미끄러지듯 빠져나왔다. "고객님의 아기는 저 뒤에서 엄마가 왜 이리 사람들에게 소리치고 있는지 궁금해하고 있을 겁니다. 그러니 얼른 자리로 돌아가 아기에게 이 좋은 소식을 전해 주시길 바랍니다. 코스탈 에어웨이가 고객님께 엄청난 무료 마일리지를 지급할 거라고요. 지금 고객님께서만 아주 끔찍한 트라우마를 겪고 계신 듯해서 말이죠."

"저는—"

"아 참," 대디가 손바닥을 올렸다. "한마디만 덧붙이자면, 정부 당국이 현재 저희 항공기와 교신 중이랍니다."

"그렇지만—"

"카렌 씨, 맹세하건대 정말입니다." 그가 말했다.

"제 이름은 제니스거든요?"

대디가 코를 찡긋했다. "아, 그렇습니까?"

여자는 눈을 가늘게 뜨더니 돌아갔고, 그녀가 다시 자리에 앉았을 때 아기 아빠는 겁에 질린 얼굴을 하고 있었다.

"걱정하지 마세요." 빅 대디가 근처에 앉아 있는 승객들에게 충분히 들리도록 일부러 더 크게 말했다. "저희는 이번 일에 그 어떠한 보상도 할 필요가 없을 겁니다. 저 승객분의 아이는 그저 반항심 가득한 여느 사춘기 10대처럼 평범하게 자랄 테니까요. 왓킨스 사무장님, 우리 비행기는 FAA의 규정을 준수합니다." 대디가 거수경례를 했다.

"완벽해. 고마워." 조가 허리를 숙이기 전에 낮은 목소리로 말했다. "의심 가는 사람 있어?"

"저 남자가 약간." 대디가 중얼대듯 속삭였다. "비행기 오른쪽 통로 좌석. 내 뒤로 두 번째 줄. 까까머리."

조는 태연하게 자세를 바꾸고 빅 대디의 주변을 둘러봤다. 잽싸게 그 남자를 확인했다.

"키 큰 남자?"

"키가 커?" 대디가 물었다. "하긴 화장실에 갈 때 머리를 숙이더라고."

"어떤 점이 의심스러운데?"

빅 대디가 고개를 저었다. "그냥 짐작일 뿐이야. 사실, 켈리하고 나는 이 일이 시작되기 전부터 저 남자가 어딘가 좀 이상하다는 이야기를 나눴었어."

조가 고개를 끄덕였다. "그럼 계속 저 남자를 주시해 보자. 켈리 올려 보내 줘. 탑승 명단을 정확하게 확인해 보고 켈리한테 구글에서 찾아보라고 할게. 그러면 뭔가 나오겠지."

조가 남은 좌석 몇 줄을 순조롭게 처리하는 동안 대디는 뒤편으로 향했다. 켈리가 조의 뒤에 도착했을 때, 조는 마지막 줄의 마스크를 작동시키는 중이었다.

"릭 라이언이 일등석에 있는지 몰랐어요." 켈리가 비행기 앞쪽에 시선을 고정한 채 말했다.

조가 켈리의 어깨 너머로 보니, 2열 창가 자리에 앉은 웬 어린 남자아이가 화장실 문에 몸을 기댄 채 휴대폰 화면을 스크롤하고 있었다. 사실 그 남자는 아이가 아니었다. 한 20대 중반 정도 되는 듯했다. 그러나 비니와 후드티, 문신이 어딘가 묘하게 그를 더 어려 보이게 만들었다. 조는 힙하고 패셔너블한 것을 잘 아는 사람이라면 그를 보고 힙하다고 말할지도 모르겠다고 생각했다.

"저 사람이 누군지 내가 알아야 해?" 조가 물었다.

"저 사람 인스타그램 팔로워 수가 천만이나 돼요." 켈리가 답했다.

"왜?"

켈리가 어깨를 으쓱했다.

"뭐 때문에 유명한데? 뭐 하는 사람이야?"

"저도 잘 몰라요. 저 사람은 그냥 저 사람이라서 유명할걸요?"

승무원 둘이 그를 쳐다보고 있으니 그가 손을 흔들었다.

"사인해 달라고 하지 마." 켈리와 걸어가며 조가 단호하게 속삭였다. "라이언 씨, 뭐 필요한 거 있으세요?"

"네, 이것 좀 설명해 주실래요?" 그가 휴대폰을 들어 보이자, 침침한 기내의 조명보다 훨씬 밝은 휴대폰 화면 때문에 두 여자가 눈을 찡그렸다. 산소마스크를 쓰고 있는 그의 셀카였다. 켈리가 더 자세히 들여다보기 위해 몸을 앞으로 내밀었다. '좋아요' 수가 1,200개에 댓글이 243개였다. 불과 6분 전에 올린 사진이었다.

"이런." 켈리가 입속으로 중얼거렸다.

"뭘 설명하죠?" 조가 물었다. "죄송합니다. 무슨 말씀이신지 잘 모르겠네요."

"인스타그램에 이 사진을 포스팅했어요. 무슨 일이 벌어지고 있는지도 썼고요. 그런데 다들 '그런 게 어딨어, 그건 가짜야'라고 하는데요?"

조가 뚫어지게 바라봤다. "뭐가 가짜란 거죠?"

"FAR 어쩌고 한 거요." 그가 말했다. "사람들이 가짜라는데요? 그것도 항공사 직원들이요."

조는 심장이 뚝 떨어지는 것 같았다. 그러고는 아무런 할 말이 없어 보이는 켈리를 힐끗 쳐다봤다.

"라이언 씨," 조는 무슨 말을 해야 할지 몰랐지만 일단 입을 열었다. 그때 갑자기 차임벨이 기내에 울려 퍼졌다. 10열에서 누른 콜이었다.

"죄송합니다, 라이언 씨. 일단 저쪽에 가 봐야 해서요. 곧바로 돌아와서 설명드릴게요."

"어떡해요?" 두 사람이 라이언을 앞쪽에 두고 자리를 뜨자마자, 켈리가 조에게 속삭였다. "하, 망했네요. 망했어."

"진정해." 조 역시 목소리를 낮추었다. "어쨌든 승객들한테 무슨 말이라도 해 줘야 할 거야. 그게 뭐일지 일단 좀 생각해 보고 적절한 이유를 만들어 내자. 괜찮을 거야. 시간이 좀 필요할 뿐이지." 조의 목소리는 완전히 진정된 것처럼 들렸지만, 10열의 차임벨을 끄려고 몸을 돌린 그녀의 손은 덜덜 떨리고 있었다. "무엇을 도와드릴까요, 손님?" 그녀가 중간 자리에 앉은 남자에게 물었다.

"네," 남자가 그의 앞에 달린 화면을 가리켰다. "지금 이게 무슨 일인지 알고 싶군요."

조는 화면을 보려고 고개를 비스듬히 기울였다. 남자는 뉴스를 보는 중이었는데, 화면에는 현재 화제가 되고 있는 듯한 릭 라이언의 사진이 나와 있었다. 고개를 들어 주위를 둘러보니 산소마스크를 쓴 그의 얼굴이 여러 화면에 잡혀 있었다. 다른 승객들의 화면도 점차 하나둘 그 채널로 바뀌었다. 삽시간에 그의 얼굴이 온 사방에 뿌려졌다. 의심과 불만을 품은 사람들의 중얼거림이 서서히 기내를 메우기 시작했고, 분위기가 싸늘하게 굳어 갔다.

"이게 뭡니까? 저희에게 말하지 않은 사실이 있나요? 대체 무슨 일이 벌어지고 있는 겁니까?" 남자가 화면을 가리키며 물었다.

남자에게 동조하는 웅성거림이 복도를 타고 퍼졌다.

조는 고개를 돌려 켈리를 바라보았다. 켈리도 뒤에서 조를 가만히 보고 있었다. 그 순간 두 사람은 확신했다. 완전히, 완벽하게, 그리고 아주 호되게 망했다는 걸.

조는 무슨 말이라도 하려고 입을 열었다. 뭐라고 해야 할지 알아서가 아니라, 뭐라도 말을 해야 할 것 같아서.

"자, 여러분, 제 얘기를—"

그런데 그때, 갑자기 높고 낮은 삼중 음의 차임벨이 사방에서 울려 퍼졌다. 그 바람에 조는 입을 닫아야 했다. 고개를 홱 돌린 조와 켈리는 기체 왼편의 화장실 위쪽에서 황색 등이 번쩍이는 걸 보았다.

화재 경보 알람이었다. 화장실에 불이 난 듯했다.

10

테오가 교차로에 도착하기도 전에, 선거 운동 중이던 그 남자는 이미 호프만의 집 진입로를 절반 정도 지나고 있었다. 남자에게 휘파람을 불어 보았지만, 그는 블루투스 이어폰에 대고 계속 뭔가를 지껄이며 자신만의 세계에 빠져 있었다.

하지만 그렇다고 뒤에서 무작정 돌진할 수는 없는 노릇이었다. 그렇게 하면 그 남자가 놀라 자빠질 거고 그다음에는 보나 마나 시끄러운 광경이 뒤따를 터였다. 게다가 만약 남자 앞에서 현관문이 열림과 동시에 테오가 그 집으로 달려드는 모습을 들키면 작전 전체가 위태로워질 것이었다.

남자는 시야에서 빠져나가 앞마당의 키 큰 관목 뒤로 사라졌다. 테오는 쏜살같이 길을 건너 호프만네의 오른쪽 옆집 잔디밭으로 빠르게 달려갔다. 높이가 낮은 하얀 울타리가 정원을 가로지르고 있었다. 테오는 낮은 허들을 가뿐하게 뛰어넘었다. 고등학교 때 운동회에서 육상 경기를 한 뒤로 허들을 뛰어넘은 건 처음이었다. 집의 앞마당으로 폴짝 뛰어 들어가 보니 거실 창의 커튼이 활짝 열려 있었다. 제발 이 집에 아무도 없기를 기도했다.

테오는 정원 테라스에 있던 의자 하나를 잡아채 울타리 쪽으로 달려갔다. 그때 남자가 호프만의 집 현관문에 노크를 했다. 의자를 밟고 올라선 테오의 머리와 어깨가 울타리 위로 빼꼼 튀어나왔다.

남자는 테오를 등진 채 고개를 숙이고 있었다. 휴대폰을 보는 중인 듯했다. 테오가 계속해서 팔을 흔들어 봤지만 소용없었다. 호프만의 집 안에서 어떤 움직임이 있는지 살폈으나 창문이 전부 가려져 있어 아무것도 보이지 않았다.

"알겠습니다. 다음에 다시 얘기하죠." 남자가 이어폰에 대고 말한 뒤 문을 등지고 돌아서자, 테오가 드디어 그의 시선이 닿을 수 있는 범위 안에 들어갔다. 테오는 더 열렬히 손을 흔들었다. 하지만 호프만의 집에 너무 가까워졌기 때문에 어떠한 소리도 내지 않으려 조심한 탓인지, 남자는 아직도 테오의 존재를 알아채지 못했다. 가방에서 무언가를 꺼내느라 분주하던 남자는 클립보드가 가방끈에 걸리는 바람에 전단지 한 묶음을 모두 땅바닥에 떨어뜨려 버렸다.

테오는 의자 위에서 몸을 돌려 가며 정원을 유심히 살폈다. 그때, 왼편 울타리 아래쪽에 놓여 있는 커다란 바구니가 눈에 들어왔다. 바구니 안은 물놀이용 장난감으로 가득했고, 장난감 더미 맨 위에 기다란 핫핑크색 아쿠아 봉이 올려져 있었다. 완벽했다. 테오는 그 봉을 손에 넣기 위해 달렸다.

봉을 손에 넣은 테오는 호프만의 집 정원 쪽으로 다시 달려와 그 핫핑크색 봉을 마구 흔들었다. 떨어져 흐트러진 전단지를 전부 주운 남자는 호프만네 현관문의 우편물 투입구 뚜껑을 들어 올리고 있었다. 우편물 투입구는 그가 허리를 숙인 상태의 눈높이에 있었다. 순간, 흔들리는 밝은색의 무언가가 남자의 시야에 들어왔다. 남자는 그 색깔에 시선을 사로잡혀 고개를 오른쪽으로 휙 돌렸다가 울타리 반대편에 있는 테오를 보고 그대로 얼어붙었다.

테오는 FBI 신분증을 높이 쳐들고 손으로 가리키며 입 모양으로 F-B-I를 반복했다. 드디어 남자가 천천히 고개를 끄덕였다. 그는 여전히 허리를 숙인 채 꼼짝도 못 하고 있었다. 그의 손에 들린 전단지가 펄럭대기 시작했다. 테오가 조용히 하라는 의미로 입술에 손가락을 갖다 댔다. 떡 벌어진 남자의 턱이 다물어졌다. 테오는 남자에게 손짓으로 이 집을 벗어나라고 한 다음, 부디 그가 알아들었기를 바라며 손가락을 다시 입술 앞에 갖다 댔다. 남자가 고개를 끄덕이며 그렇게 하겠다는 뜻을 내비쳤다.

그리고 남자는 굽혔던 허리를 천천히 펴고 지금까지 그랬던 것처럼 전단지를 집 안으로 밀어 넣었다. 남자가 우편물 투입구의 뚜껑을 들고 있던 손을 내리자 뚜껑이 철컥 소리를 내며 문에 부딪혔다.

쾅! 그 순간, 엄청난 충격이 테오를 강타했다. 하늘로 솟구치는 주황빛 불꽃은 테오의 발이 머리 위로 넘어갈 때 그가 마지막으로 본 장면이었다. 그는 이웃집 벽면에 쾅 부닥친 뒤, 그대로 땅에 고꾸라졌다.

11

일단 산소마스크는 잊자. 유독 가스 공격도 잊고. 만약 불이 난 거면, 무슨 짓을 하든 이 비행기는 결국 추락할 테니까.

조는 사방에서 손을 뻗으며 질문하는 승객들을 애써 무시한 채 서둘러 뒤쪽으로 향했다. 이제 조를 두렵게 만드는 것은 단 하나, 바로 통제 불가능한 화재였다. 뭐, 적어도 오늘까지는. 그런데 문득 이런 생각이 머리를 스쳤다. *혹시 이게 테러리스트의 백업 계획인가?*

그녀는 속도를 높였다.

화장실 밖의 표시등에 초록색 불이 들어와 있었다. 화장실이 비어 있거나 최소한 잠겨 있지는 않다는 뜻이었다. 조금 더 가까이 다가가 어스름한 조명 아래에서 눈을 찡그리고 화장실 문을 자세히 살폈다. 문 아래쪽 틈새나 위쪽 환기구 밖으로 새어 나오는 연기가 없는지 찾아보려고 눈을 부릅떴다. 아무것도 없었다. 조는 타는 냄새가 갑자기 덮쳐 올까 봐 마음의 준비를 하고 코로 깊게 숨을 들이마셔 봤다. 하지만 아무 냄새도 나지 않았다.

이제 조는 마음속으로 마지막 단계에 돌입해 응급 장비의 위치를 확인했다. 할론 소화기 한 대와 방화용 장갑이 화장실 바로 옆 승무원용 좌석 L2 밑에 있었다. 그리고 기체 오른편의 승무원용 좌석 R2 밑에도 소화기가 추가로 한 대 더 있었다.

만약 소화기 두 대로 부족하다면 그땐 신이 도와주겠지.

화장실 문으로 가까이 다가가 몸을 살짝 기댄 채 가만히 귀를 기울였다. 침묵뿐이었다. 평소 잘 쓰지 않는 왼팔을 뻗어 조심스레 손등을 문에 댔다. 차가웠다. 조금 더 아래쪽에 손등을 다시 대 보았으나 마찬가지였다. 세 번에 걸쳐 문 위쪽까지 확인해 봤지만 만지는 곳마다 전부 차가웠다.

문 안쪽에서 무슨 일이 일어나고 있는지 두 눈으로 직접 확인하는 것은 최후의 수단이었다.

조는 크게 심호흡을 한 다음, 눈을 몇 차례 깜빡였다. 그리고 최악의 상황에 대비해 마음을 강하게 먹었다.

가능한 한 적은 양의 산소만 화장실 안으로 유입되도록, 손잡이를 비틀어 문을 아주 살짝 열었다. 한껏 용기를 짜내 최대한 문 가까이 몸을 기울여 안을 들여다봤다.

문을 홱 열어젖혔다. 아무것도 없었다. 바닥에 휴지가 조금 떨어져 있을 뿐 이상한 점은 없었다. 휴지통 덮개를 열고 안을 들여다보며 깊게 숨을 들이마셨다. 다시 발걸음을 옮기려고 하는데 그녀의 이름을 부르는 소리가 들렸다.

뒤를 돌아보니 켈리와 빅 대디가 무슨 일인지 구경하려는 승객들의 시야를 막고 있었다. 켈리가 잔뜩 화난 얼굴을 하고 있었다. 조가 화장실에서 나오자 대디가 자그마한 금속 캔을 흔들며 그녀에게 건넸다.

"화장실에서 나온 걸 환영해. 제발 날 때리지만 마." 그가 말했다.

조는 그의 손에서 드라이 샴푸 캔을 낚아챘다.

"뭐야, 이거 때문에 화재경보기가 울린 거야?"

"내가 너희 둘을 성난 군중들에게서 구출해 준 건데, 뭘."

"대디, 내가—"

그때 차임벨이 울리고 머리 위에서 빨간 불이 번쩍거렸다.

조가 벽에 있는 전화기를 잽싸게 빼냈다. 그녀의 눈은 빅 대디를 뚫어 버릴 기세로 불타오르고 있었지만, 조종사와 통화하는 목소리만큼은 낭랑했다.

"경보기 오작동이에요."

*

빌의 머리끝에 쏠린 피가 안도감에 빠르게 아래쪽으로 퍼져 나가자 두피가 얼얼한 기분이었다. 화재경보기가 쉴 새 없이 울려 댔고, 조종석 패널 위로는 '화재·화장실·화재' 글자와 적색 버튼이 미친 듯이 깜빡거렸다. 두 조종사는 허리를 꼿꼿하게 세워 방어 자세를 취했다. 사실상 경추가 손상될 수도 있는 자세였다. 벤의 저녁 식사는 아직 손도 대지 않은 채 그의 발아래에 놓여 있었다.

빌은 테러리스트의 백업 계획일 거라 생각했다. 뒤쪽에서 공격이 발생한 줄 알았다. 사실은 자리를 박차고 일어나 당장 기내로 뛰쳐나갈 생각에 좌석벨트도 풀고 있었다. 벤은 좌석벨트를 매지 않은 빌의 모습을 보고 의아한 표정을 지으면서도, 응급상황 프로토콜과 체크리스트를 계속 확인했다. 빌이 해야 할 일을 벤이 하고 있었다.

"무슨 일이 발생한 겁니까?" 빌은 떨리는 목소리를 감추려 목을 가다듬고서 마이크에 대고 물었다.

"어떤 여자 승객이 드라이 샴푸 스프레이를 뿌렸어요." 조가 조종사들에게 말했다. 벤이 눈알을 굴리며 두 손으로 머리를 감쌌다.

"그 승객한테 여기 조종사들 다 정신이 번쩍 들었다고 좀 전해 주세요."

"저희도 마찬가지예요." 조가 말했다. "걱정 끼쳐 드려서 죄송해요. 뭐 필요한 거 있으세요?"

빌이 벤을 바라보자 벤은 고개를 저었다. "아뇨, 괜찮습니다."

"조, 고마워. 기내 승무원들은 뭐 필요한 거 없어?"

"아뇨, 저희도 괜찮아요. 객실 쪽은 전달 사항 더 없습니다. 이상입니다." 조의 말에는 다른 의미가 담겨 있었다. 아무도 그녀의 목소리 톤이 바뀐 걸 눈치채지 못했지만 빌은 알아챘다.

그는 입술을 깨물었다. 당장 마이크에 대고 조카에게 연락해 보라고 소리치고 싶었다. 샘이 연결을 끊은 후 가족과도 연락이 닿지 않았다. 계속해서 아무런 소식이 없으니 머릿속이 점점 끔찍한 생각들로 가득 찼다.

빌은 사무장인 조에게 고맙다고 전하며 연결을 끊었다. 그러고선 자기도 모르게 부조종사에게 이렇게 말했다. "내가 제어 및 통신 장치, 그리고 ECAM*을 맡는다." 그런 다음, 절차에 따라 앞에 있는 대시보드 위의 버튼들을 눌러 번쩍대는 경보 문구들을 없애고 계기판을 깔끔하게 정리했다. 오랜 훈련으로 내재된 습관이 절차대로 일을 처리하게 만들었다. 비행기는 자동조종 상태였지만, 그는 여전히 조종을 책임지고 있었다. 간신히.

---

* 에어버스 항공기에 탑재되는 전자식 중앙 집중 항공기 모니터링 시스템으로, 기체의 정보를 모아 처리하여 조종사에게 보여 준다.

"더 이상 시간을 끌어선 안 돼." 조는 두 승무원을 승객들에게서 벗어나게끔 갤리 안으로 깊숙이 끌어당겼다. 그들은 진실을 감추려고 거짓말을 보태다가 빌어먹을 화재경보기까지 울리게 만들었다. 이제는 진짜 계획이 필요했다.

"지금 기내에 마스크 천지야." 조가 말했다. "하지만 이런 귀엽고 영악한 방법만으로는 살아남지 못할 거야. 이제는 이 일을 어떻게 처리할지, 승객들에게 뭐라고 말할지 정해야 해."

"동의해." 대디가 말했다. "내 생각엔, 진실을 알려야 할 것 같아."

"절대 안 돼." 조의 머릿속에 끔찍한 장면이 번뜩 떠올랐다. 자신의 아들이 좋아했던 우주복을 입은 채 두려움에 떨고 있는 스콧의 모습.

대디는 기도하듯 깍지 낀 양손을 턱 아래에 괴었다. 어쩌면 조를 한 대 때리고 싶은데 참고 있는 걸지도 몰랐다. 사실, 그러고 싶은 것처럼 보이긴 했다.

"조," 대디가 이를 악물었다. "네 머릿속에서 이 일이 대체 어떻게 돌아가고 있는지 설명 좀 해 줄래? 내 머릿속에 그려지는 결말은 썩 좋지 않거든. 이 상황을 전혀 모르는 144명의 승객은 결국 배드 엔딩을 맞을 뿐이야. 그러니 말해 봐. 지금 내 눈에는 분노한 한 무리의 승객들이 보여. 그 무리가 우리를 공격하고 조종실로 뛰쳐 가는 모습이 보인다고."

조는 비행기 앞쪽에 있는, 굳게 잠긴 케블라 재질의 방탄 조종실 문을 가리켰다.

"누구도 저 문을 부술 수 없다는 거 알잖아." 조가 말했다.

"너하고 나는 알지." 대디가 받아쳤다. "하지만 승객들은 몰라. 그러니 어떻게든 저 문을 부수려 할 거야. 승객들을 계속 암흑 속에 가둬 놓고 정체 모를 무언가의 공격을 받게 한다면, 정말이지 우리 중 누구도 끝이 좋지 못할 거야."

"그렇지만 비행기 안에 백업 계획이 있다잖아. 우리가 안다는 걸 그들이 눈치채면—"

"우리가 안다는 걸 그들이 눈치채면?" 대디가 목소리를 높여 조의 말을 반복했다. "조, 지금 비행기 안이 마스크로 꽉 차 있어. 우리는 승객들의 질문을 피하고 있고, TV와 인터넷에도 사진이 다 퍼졌어. 이미 탄로 나고도 남았다니까."

"그러면 기장님 가족은—"

대디가 갤리 카운터를 쾅 내리치는 바람에 두 여자는 화들짝 놀랐다. "대체 우리가 여기서 뭐 때문에 비행을 하고 있는 건데? 어? 화물 때문에? 이 비행기에는 수많은 사람이 타고 있어, 조. 그 사람들도 누군가의 가족이야. 빌의 가족만 중요하고, 다른 사람들은 중요하지 않다고 할 순 없잖아!"

대디의 분노 뒤 찾아온 아득한 침묵 속에서 조의 입술이 파르르 떨렸다. 대디가 옳다는 걸 그녀도 안다. 아니, 이미 내내 알고 있었다. 그녀 안에서 두려움이 꿈틀댔다. 사실 이렇게 될 줄 알았다. 아니, 이렇게 될 수밖에 없었다. 이건 모두 그녀의 책임이다. 승객들에게 진실을 말하면, 빌의 입장에서는, 조가 그렇게 선택한 것처럼 보일 수 있었다. 마치 그녀가 빌의 가족이 아닌 비행기를 선택한 것처럼 말이다. 그로 인한 배신의 무게는 빌뿐 아니라 캐리와 아이들까지 짓누를 터였다. 그러면 조는 그들의 죽음이 자신 때문이라는 죄책감에 빠져 허우적대며 여생을 살아갈 것이다. 그녀는 목구멍이 조여 오는 감각을 어찌하지 못하고 힘겹게 숨을 쉬었다.

"기장님의 가족은……." 옅어지는 확신에 조의 목소리 또한 점점 작아졌다.

"하지만 조, 잘 생각해 봐. 기장님이 너한테 얘기했잖아." 대디가 말을 이었다. "그럼 우리한테도 말한 거나 다름없어. 기장님도 그러면 안 된다는 걸 알면서 그렇게 할 수밖에 없었다고. 우리가 알아야 한다고 생각한 거야. 위험하긴 하지만 미리 계산된 위험이지. 승객들한테 말하는 것도 똑같을 거야. 어쨌든 알려야 해. 다른 방법이 없어. 기장님의 의무는 기체를 책임지는 거고, 우리의 의무는 승객을 책임지는 거야."

빌의 지시가 조의 머릿속을 떠다녔다.

이 기내는 이제 당신 소관이야.

"맞아, 이 기내는 우리 거야." 조가 부드럽게 말했다.

대디가 고개를 끄덕였다.

잠시 동안 아무도 입을 열지 않았다. 침묵 속에서 조는 그들이 무언의 합의에 도달했다는 걸 알았다. 그들은 무슨 일이 벌어지고 있는지 승객들에게 알릴 작정이었다.

조는 손 안에 얼굴을 파묻고 몇 차례 호흡을 하다가 마지막으로 숨을 크게 들이마셨다.

"워싱턴 DC에 대해서는 알릴 필요 없어."

대디가 그녀의 어깨에 손을 올리고 살짝 힘을 주었다. "동의해."

"그럼 이건 어떻게 해요?" 마침내 켈리가 대화에 끼어들었다. "산소마스크가 12분간만 버틸 수 있다는 사실 말이에요. 알려야 할까요, 말아야 할까요?"

조와 빅 대디는 단호하게 고개를 저었다.

"승객들이 스스로 통제할 수 없는 문제는 괜히 입 밖에 꺼내지 마." 대디가 나섰다. "워싱턴 DC와 관련된 것도, 산소가 떨어지는 것도 말하면 안 돼."

조의 마음이 무언가에 연결되었다. "맞아, 대디. 정확해. 방금 말했듯 승객들이 통제할 수 없는 것들 말이야. 승객들은 그걸 알아야 해. 말 그대로 자신들이 할 수 있는 게 아무것도 없다는 걸 알 필요가 있어."

웅웅대는 엔진 소리가 조의 의견에 힘을 실어 주었다. 그리고 그들이 지금 어디에 있는지, 현 상황은 정확히 어떠한지, 굳건하게 그리고 끊임없이 상기시켜 주었다. 승객들은 비행기를 타는 것과 동시에 자신들의 목숨을 빌의 손에 맡겼다. 일단 비행이 시작되면 다시 되돌아갈 수 없다. 빌은 앞으로 비행기 안에서 일어날 모든 일을 결정할 거고, 이는 그들도 동의한 거나 마찬가지였다. 그래서 승객들이 지금 할 수 있는 건 기장이 약속을 충실히 지키고 비행기를 온전하게 착륙시키리라 믿는 것뿐이었다.

"승객들이 정말 조종실로 쳐들어가면?" 조가 물었다. "쳐들어간다 한들 뭘 어쩔 건데? 비행기를 조종할 수 있는 사람이 있기나 하냐고."

그녀는 또 다른 반론을 떠올렸다.

"그럼 테러리스트를 끌어내는 건? 잘 들어. 테러리스트는 여기 없어!" 조는 자신들이 통제할 수 있는 게 얼마나 적은지 절실히 깨달으며 입가를 훔쳤다. "살아남기 위한 최고의 방법은 빌을 믿는 거야. 승객들은 그걸 알아야만 해. 빌어먹을, 온 세상이 다 알아야 한다고. 대디, 네 말이 맞아. 그래서 이러는 거야. 이제 더는 우리만의 문제가 아냐. 인터넷에 떠도는 사진 때문에 테러리스트뿐만 아니라 백업 계획을 들고 있는 자식까지 지금 무슨 일이 벌어지고 있는지 다 알게 됐어. 온 세상이 다 알게 됐다고. 그러니 빌을 믿는 것만이 유일한 살길이라는 걸 모두에게 알려야 해."

빅 대디와 켈리가 고개를 끄덕였다. 그들은 모두 한배를 탔다. 승객들에게 뭐라고 전해야 할지 세 명 모두 알고 있었다.

하지만 아직 한 가지 문제가 남았다. 대체 어떤 방법으로 전달한단 말인가?

기내 방송을 할 수는 없었다. 비행기가 너무 크기 때문에 기내 한가운데에 서서 외칠 수도 없는 노릇이었다. 좌석을 한 줄씩 지나가며 알리면 잘못된 정보와 혼란만 퍼질 뿐, 체계적이지 못한 소통이 오히려 공포심을 더 키울 수도 있었다. 현상황에 대한 승객들의 반응이 하나로 모아지길 바란다면, 메시지를 분명하고 간결하게 전달해야만 했다. 그러나 조는 어떻게 하면 좋을지 도무지 뾰족한 수가 떠오르지 않았다.

그때 갑자기 켈리가 작게 헉하더니 이상한 외마디 소리를 내뱉었다. 그러나 그녀가 말을 잇지 않고 멈춰 있자 빅 대디가 그녀의 얼굴 앞에서 손가락 두 개를 탁 부딪쳤다. "이봐 젊은 아가씨, 뭐 할 말 있어?"

켈리는 바닥을 뚫어져라 노려봤다. 그러더니 갑자기 고개를 들어 대디를 올려다봤다. 어쩐지 얼떨떨하면서도 흥분한 듯 보이는 그녀의 어린아이 같은 얼굴이 곧 환해졌다. "있어요. 어떤 식으로 말하면 좋을지 정확히 알겠어요."

12

테오의 머릿속에서 날카로운 트럼펫 소리가 옥타브를 넘나들며 시끄럽게 울려 댔다. 소리가 커질수록 온몸의 통증도 더 커졌다. 경적이 울렸다. 무언가 번쩍이는 듯한 느낌과 함께, 눈 안쪽이 심하게 욱신거렸다.

정신이 혼미한 테오는 축축한 흙냄새를 맡고 나서야 자신의 얼굴이 땅에 처박혀 있다는 걸 알았다. 입을 슬며시 벌리자 차가운 잔디가 입술을 간지럽혔다. 숨이 안 쉬어졌다. 테오는 숨을 쉴 수 있길 바라며 입을 살짝 열었다.

대체 왜 이렇게 아픈 거고, 지금 여기는 어디지? 여기가 어디든 간에 내가 어떻게 이곳까지 온 거지? 수천 가지 질문이 떠올랐지만 지금 중요한 건 이게 아닌 것 같았다. 그냥 가만히 누워 있는 것만으로는 충분하지 않은 걸까? 머릿속의 질문이 모두 사라질 때까지 그저 고통의 안갯속으로 빠져드는 것,—그래, 맞아—그것만이 지금 이 순간 그가 해야 할 일 같았다.

테오.

누군가 자신의 이름을 부르는 소리가 들렸다. 그 소리의 정체가 궁금했다. 테오. 무슨 뜻일까? 이번에는 이름을 부르는 소리가 더 가까이서 들렸다. 그 소리는 무언가를 생각나게 만들었다. 왠지 그 질문에 대한 답을 알아야만 할 것 같은 느낌이 들었다.

테오는 눈을 떴다가 재빨리 감았다. 쏟아져 들어오는 밝은 빛에 눈과 머리가 갈가리 찢길 것만 같았다.

자리에 누운 상태로, 감은 두 눈의 암흑 속에서 무엇이 보이는지 가만히 살폈다. 잠깐 눈을 떴던 찰나에 본 바깥세상의 윤곽이 홀로그램처럼 번졌다. 사람들이 그를 향해 달려오고 있었다. 커다란 소방차가 길게 호스를 뻗었고, 불타는 나무에 매달려 있는 그네가 흔들렸다.

시끄러운 소음은 사이렌 소리였다. 소방차가 저 집 때문에 이곳으로 출동한 거였다. 폭발. 어떤 남자. 가족. 조 이모…….모든 기억이 한꺼번에 물밀듯이 쏟아져 들어왔다.

순간, 통증이 감쪽같이 사라졌다. 마치 아픈 적이 아예 없었던 것처럼.

"움직이지 마세요." SWAT 요원의 말에도 불구하고 그는 옆으로 몸을 돌렸다. 그러나 혼자서 몸을 일으키기란 불가능했다. 팔이 움직이지 않았다.

"큰일 날 뻔했어요. 구급대원이 상태를 좀 봐야 해요. 이런 세상에." 그 요원이 테오의 왼팔을 흘긋 보더니 중얼거렸다. 왼팔이 비뚜름하게 매달려 있었다. 볼 것도 없이 탈구된 상태였다.

"괜찮아요. 무슨 일이죠? 우리 요원들은—"

"테오 요원이 움직인 뒤에 리우 팀장님이 나머지 요원들을 붙잡았습니다. 다른 요원들은 괜찮습니다."

"그럼 그 남자는요? 잘 빠져나갔습니까?"

천천히 고개를 젓는 요원의 모습이 테오가 알아야 할 모든 것을 말해 주었다.

테오는 상태가 괜찮은 팔로 머리를 감쌌다. 임무 중 누군가를 잃은 건 처음이었다. 지금까지 용의자도, 지나가는 구경꾼도, 동료 요원도 잃어 본 적 없었다. 그래서일까. 이름도 모르는 한 남자의 사망은 그에게 매우 큰 충격으로 다가왔다. 리우 팀장이 다른 요원들을 저지하지 않았다면 어떻게 됐을까? 요원들이 테오를 지원하려고 뒤따라왔다면? 임무가 비극으로 바뀐 건 이번이 처음이었다. 게다가 하마터면 상황이 더 나빠질 수도 있었다.

테오는 비탄에 빠졌다. 요원들은 훈련을 받을 때 항상 이런 심리적 반응을 주의하라고 배웠다. 그리고 감정에 동화되지 않도록 임무와 감정을 분리하는 법을 교육받곤 했다. 마치 인간적인 면을 담당하는 뇌의 한 부분을 간단히 껐다 켰다 할 수 있는 스위치가 있기라도 한 듯이.

"우리 정말 최대한 빠르게 출동한 거잖아." 다른 요원이 그를 위로했다. "그리고 넌 그 남자와 기장의 가족들을 지키려고 누구보다 최선을 다했어. 네 잘못이 아냐. 알지? 테오? 테오."

테오가 고개를 들고 끄덕였다. 동의의 뜻이 아니라, 그저 임무를 계속 수행하기 위함이었다. "나 좀 일으켜 줘."

구급차 끝부분에 걸터앉아 있는데 구급대원들이 웅성거리는 소리가 들려왔다. 하지만 테오는 그 소리에 귀를 기울이지 않았다. 그는 호프만의 집에서 거세게 타오르는 불길을 잡으려 애쓰는 소방관들의 모습을 지켜보았다. 호프만의 가족이 도란도란 모여 저녁 식사를 하고 영화를 봤을 그 집. 그리고 아기가 곤히 낮잠을 잤을 그 집이 불타고 있었다.

"통증이 매우 심할 겁니다. 정말로 약 필요 없으세요?"

테오가 고개를 끄덕였다.

핼러윈 데이에는 아이들이 사탕을 받으러 저 현관 앞에 모여들었을 것이다. 크리스마스에는 화려한 조명으로 집을 장식했겠지.

"자, 하나 둘 셋 하면 할게요. 하나, 둘—" 테오는 극심한 통증에 이를 악물었다. 구급대원이 빠진 팔을 다시 어깨에 끼우는데도 소리 한 번 내지 않았다. 그저 눈을 크게 뜨고 불길에 휩싸인 집을 바라보기만 했다.

이건 더 이상 집이 아니었다. 무덤이었다. 그들은 죽었다. 캐리, 스콧, 엘리스. 잘못된 시간에 잘못된 장소에 있었던, 아무 죄 없는 사람들이 그냥 다 죽어 버렸다. 전부.

테오는 그들을 구하려 했다. 그러나 실패했다.

리우가 구급차로 다가왔다. 테오는 그녀의 얼굴에 걱정스러운 표정이 떠올랐다가 순식간에 사라지는 것을 보았다.

"살아났다니 진짜 운 좋네." 그녀가 그를 위아래로 훑으며 말했다. 그러고는 구급대원에게 고개를 돌리고 물었다. "괜찮나요?"

구급대원이 고개를 끄덕였다. "근데 뇌진탕이 왔을 겁니다. 팔은 엑스레이 촬영을 하는 게 좋을 듯하고요. 그것 말고는 부상이 심하지 않아요."

"잘됐네요. 잠깐 자리 좀 피해 주시겠어요?" 리우가 구급대원에게 부탁했다. 그는 고개를 끄덕인 뒤 종종걸음으로 사라졌다.

"네가 맞았어." 리우의 목소리는 차갑고 단조로웠다. "하지만 너는 이 임무와 우리 모두를 위험에 빠뜨렸다."

테오는 그녀와 눈을 마주친 채 아무런 대답을 하지 않았다.

"집으로 가."

테오가 발에 힘을 탁 주었다. "아닙니다. 저는—"

"절대 안 돼." 급히 말을 내뱉은 리우가 테오를 다시 자리에 앉히려고 앞으로 한 발짝 다가갔다. "처음부터 넌 살얼음판 위에 있었어. 이 임무를 계속하기에는 인질들과 너무 가까운 사이야. 감정적으로도 위태로운 상태여서 그게 널 무모하게 만들 거야. 위험하다고. 그러니까 병원에 들렀다 집으로 가. 넌 할 만큼 했다."

테오는 리우가 사건에 대해 이야기하는 건지, 그의 경력에 대해 말하는 건지 알 수 없었다. 어느 쪽이든 그는 아무 말도 하지 않았다.

한 요원이 다가오자 리우는 짜증스러운 얼굴로 그를 쏘아 봤다. 그는 휴대폰을 들고 있었다. 리우가 앞으로 몸을 기울였다.

"이런 젠장." 그녀는 더 자세히 보기 위해 그의 손에서 휴대폰을 낚아챘다. "어디까지 퍼진 거야?"

"인터넷에 돌아다니는 사진입니다. 이미 방송국 손에도 다 들어갔어요." 요원이 답했다.

"가족에 대한 언급은?"

FAA 규정과 산소마스크가 내려온 진짜 이유에 대한 추측들이 소셜미디어 여기저기에 떠다니는 모양이었다. 하지만 워싱턴 DC, 호프만 가족, 기내 유독 가스 공격에 대한 이야기는 없었다.

리우는 테오 쪽으로 휴대폰을 내밀었다. 휴대폰의 밝은 빛 때문에 그는 미간을 찌푸렸다. 뇌진탕 때문에 아직도 머리가 어질어질했다. 꽤나 유명한 인플루언서인 릭 라이언이 비행기에서 산소마스크를 쓰고 있는 사진이었다.

"제기랄, 네 이모는 도대체 무슨 생각인 거야?" 리우가 물었다.

"흠, 물어보면 되긴 하는데, 저 이 사건에서 손 떼라면서요."

리우가 눈을 가느다랗게 떴다. "이런 식으로 나온다 이거지, 어?"

테오는 눈 하나 깜빡이지 않고 그녀를 응시했다. 이 임무에 남기 위해 이모와의 연락 수단을 권력처럼 쥐고 흔드는 행위는, 사실 그의 경력을 대가로 내줘야 할 만큼 위험한 행동이었다. 하지만 무얼 하든 어차피 테오의 경력은 이미 끝장났다는 걸 알고 있었고, 무엇보다도, 지금은 그런 걸 신경 쓸 겨를이 없었다. 조 이모를 도와야 한다는 생각뿐이었다.

두 사람은 각자 자신의 발아래를 응시했다. 천천히, 리우는 몸을 숙여 그녀의 얼굴을 테오의 얼굴 바로 앞까지 가져갔다. "만약 한 번만 더 규칙을 어기면, 그리고 단 하나라도 지시에 불복종했다가는," 그녀가 속삭이듯 말을 이었다. "이 사건이 끝난 후에 네 FBI 신분증을 반납하게 될 거야. 약속하지, 테오. 이번 일만 잘 처리하면 다시는 법 집행 관련 일을 하지 않아도 되게끔 할게." 리우가 고개를 서서히 기울였다. "알아들었어?"

테오가 고개를 끄덕였다. "네, 팀장님."

팀장은 눈을 거칠게 비빈 후 걸음을 재촉했다. 몇몇 요원들이 도착했으나, 테오는 손가락을 들어 올려 그들이 가까이 오지 못하게 했다. 리우는 그들을 무시한 채 한숨을 쉬며 불타는 집 쪽으로 몸을 돌렸다. 그리고 깍지 낀 손으로 머리를 감쌌다.

"자기 가족이 죽었다는 걸 기장이 아는지 알아봐야 해." 마침내 리우가 입을 열었다. "이 사실을 알면 모든 게 바뀔 거야."

그리고는 재빨리 몸을 돌려 요원들에게 물었다.

"언론에서 취재 나왔나?"

"네, 팀장님." 한 요원이 답했다. "그런데 언론과 인터뷰를 진행한 건 아직 없습니다."

"좋아. 공식적인 내용은 이거야. 현재 수사가 진행 중이고, 가스 누출로 인한 폭발이었다."

요원들이 고개를 끄덕였다.

"코스탈 에어웨이가 마스크 사진 관련해서 입장 낸 거 있어? 아니면 항공기에 어떤 문제가 있다고 인정하거나?"

"아니요."

FBI는 항공사와 FAA, ATC에 현 상황을 알렸지만, 그들은 공항과 영공을 폐쇄하고 비행기들의 이착륙을 금지시킬 때까지 기다려 달라고 했다. 대중들이 이런 위협을 알게 되면 엄청난 공황에 빠지겠지만, 만일 FBI가 호프만 가족의 신변을 안전하게 확보했다면 이 모든 걸 피할 수 있을 터였다. 워싱턴 경찰과 정부 기관도 즉시 대피 및 방어 프로토콜을 가동할 준비가 되어 있었으나, 일단 로스앤젤레스 FBI가 기장의 가족을 찾을 수 있도록 시간을 주는 것이 가장 신중한 선택이라는 데에 동의했다.

　"그런데 우리가 기장의 가족을 보호하지 못했지. 보호는커녕 죽어 버렸지. 지금 협박을 받고 있는 기장의 정신 상태가 어떤지는 추측만 가능할 뿐이고. 게다가 이 사건과 전혀 관련 없는 무고한 시민도 죽었어. 그 사람 신원 확인했어? 가족에게 연락은 했고?"

　한 요원이 바로 연락하겠다며 서둘러 움직였다. 리우는 한숨을 내쉬며 손으로 얼굴을 문질렀다.

　"테오, 이모한테 연락해 봐. 비행기에서 무슨 일이 벌어지고 있는지 알아야겠어. 호프만 기장이 가족들 소식을 들었는지도 궁금하고. 또, 이 시점에서 기장은 어떤 행동을 하려고 하는지 알아야 해."

　테오가 휴대폰을 꺼내며 고개를 끄덕였다.

"브라보와 찰리, 지휘소는 여기서 나간다." 리우가 말을 이었다. "우리가 여기 있으면 수상해 보일 거야. 언론사랑 마주치는 것도 피해야 하니까, 멀지 않은 곳으로 이동해 집합한다. 카메라는 최대한 피한다."

그녀가 잠시 말을 멈추고 집을 바라보았다.

"호프만의 가족이 사망했다. 앞으로 무엇을 찾아야 할지 우리도 모른다. 이 사건은 이제 우리보다는 FAA, 국토안보부, ATC, 동부 해안 FBI 쪽으로 넘어간 듯하다. 그래도 아직 우리가 수습해야 할 사항이 많고, 확실히 아는 건 아무것도 없다."

이어서 리우가 그녀의 휴대폰을 꺼냈다. 테오는 리우를 곁눈질로 흘긋 쳐다봤다. 번호를 누르는 그녀의 손이 주춤거렸다. 테오는 그녀가 동부 지부에 전화하려 한다는 걸 눈치챘다. 자신이 실패했다는 사실을 그들에게 알리려는 거였다. 호프만의 가족은 사망했고, 테러 위협 또한 그대로다. 전화를 마치고 나면 미국의 가장 중요하고 상징적인 기관들은 대대적으로 대피를 시작할 것이다. 권력을 가진 사람들은 안전하게 보호받을 테고, 무고한 시민들은 강제로 피난을 떠나야 할 테다. 한 나라의 수도 안에 대혼란과 테러가 걷잡을 수 없이 퍼져 나갈 것이다. 리우는 그런 중요한 통화를 해야만 하는 사람이었다.

이제야 테오는 그녀가 사무실에서 왜 그토록 화가 나 보였는지 이해됐다. 심지어 상황이 나빠져 그녀를 더욱 옥죄었다.

그때, 소방관 팀장이 리우와 요원들에게 다가왔다. 리우는 전화번호를 누르던 손을 멈춘 후, 주머니에 휴대폰을 밀어 넣었다. 그녀의 어깨에서 긴장감이 약간 가신 것 같았다.

소방관이 모자를 벗고 팔로 이마를 훔쳤다. 땀방울이 도르르 떨어져 소방복에 안착했다.

"1시간 안에 불길이 잡힐 겁니다."

리우는 그에게 감사를 전하며 물었다. "집 안은 언제 수색하러 들어갈 수 있을까요?"

그가 고개를 갸웃했다. "수색이요?"

"시신 수색 말이에요. 신원 확인을 위한 시신 수색은 언제쯤 가능할까요?" 혼란스러운 듯 소방관의 미간이 좁아졌다. "희생자는 현관 앞에 있던 남자뿐입니다. 다른 사람은 없어요. 집은 비어 있었습니다."

13

동쪽 수평선이 짙은 사파이어 빛깔로 반짝였다. 태양이 비행기 뒤편으로 점점 사라져 감에 따라 수평선의 진한 푸른색도 점점 옅어져 갔다. 조종실에서 보이는 바다의 모습은 호수처럼 잔잔했다. 별들이 저 밑의 도시 불빛에 반사되어 반짝였다.

빌은 세상의 모든 것과 단절된 듯한 느낌이 들었다. 아무 소리도 나지 않는 이어폰에 계속해서 귀를 기울였다. 하지만 적막만 가득했다.

벤이 의아한 표정으로 조종실을 둘러보았다. "이 딸깍거리는 소리는 어디서 나는 겁니까?"

빌이 귀에서 이어폰을 뺐다. 두 남자는 조용한 조종실에서 서로를 가만히 바라봤다.

"이런, 미안." 빌이 펜을 들어 보이며 말했다. 자신도 모르게 펜을 딸깍거리고 있었다. "신경과민성 습관이야. 우리 와이프도 이것 때문에 아주 미치려고 하지."

벤이 빙긋 웃으며 태블릿으로 고개를 돌렸다.

빌은 노트북을 확인하고 곧바로 휴대폰을 보았다. 벌써 몇 번째인지 셀 수조차 없었다. 아직 가족들에게서는 아무 소식이 없었다. 그때, 휴대폰 화면이 켜지더니 문자가 떴다.

발신자: 개리 로빈슨

빌은 깊게 숨을 내쉬며 어깨에 힘을 뺐다. 지금은 이웃까지 신경 쓸 겨를이 없어 문자를 무시해 버렸다.

그리고 손목시계를 확인한 뒤, 캐리와 자신만 아는 놀이를 했다.

캐리와 빌이 처음 연애를 시작했을 때 그녀가 생각해 낸 놀이였다. 아직 시카고에 살던 때인데, 캐리는 빌과 함께 있을 때면 온 세상이 숭고하게 느껴진다고 말했다. 하지만 그가 비행을 떠나 혼자 남겨질 때면 비참한 기분이 들었고, 또 얼마나 다양한 시차가 두 사람을 갈라놓을지에 대해 생각하는 자신을 발견할 때마다 왠지 빌이 더 멀리 떨어져 있는 것처럼 느껴진다고 했다. 그래서 캐리는 빌이 있는 곳은 지금 몇 시일지를 생각하는 게 아니라, 그는 지금 어디에서 무엇을 하고 있을지 상상하는 놀이를 만들었다. 시계가 저녁 여덟 시를 가리키면, 문자 그대로의 '시간'을 떠올리는 대신 '저녁 시간이네, 빌은 지금쯤 로키산맥 위 어딘가에 있겠지? 오늘은 보름달이 떴으니까 산꼭대기의 눈이 달빛을 받아 반짝거릴 거야.'라고 생각했다. 그러면 왠지 그가 조금 더 가까이 있는 것처럼 느껴진다고 했다.

빌은 바보 같은 놀이라고 생각했다. 캐리는 우뇌형 인간인 데 반해, 그는 완벽한 좌뇌형 인간이었다. 기존에 있던 무언가를 말랑말랑 유연하게 변화시켜 재구성하는 것은 빌에게 있을 수 없는 일이었다. 그러나 고독은 사람을 전혀 예상치 못한 방식으로 변하게 만들었다. 어느 늦은 밤, 호놀룰루에 홀로 있던 빌은 쉽게 잠들지 못하고 있었다. 캐리는 시차가 4시간 나는 곳에 떨어져 있었다. 그녀가 있는 곳은 현재 아침 7시. 그는 그녀가 전날 밤 입고 잔 티셔츠 차림으로 침대에서 일어나 스트레칭하는 모습을 상상해 보았다. 그녀의 허름한 오버사이즈 티셔츠에는 IWU 야구팀의 로고가 새겨져 있었다. 캐리는 일어나자마자 커피를 내리고 NPR* 라디오를 튼다는 것도 잊지 않았다. 그런 다음, 에펠탑 그림 아래 동글동글한 글씨로 '울랄라'라고 적힌 분홍색 머그컵을 꺼낼 터였다.

---

* 미국 공영 라디오 방송

그녀가 가장 좋아하는 머그컵이니까. 설탕은 넣지 않고 크림만 넣겠지.

빌은 베개 밑에 팔을 넣고 캐리를 상상하다가 잠이 들었다.

그 후로 줄곧 그 놀이를 해 왔다.

시계를 보았다. LA는 현재 오후 5시 37분이었다. 지금 이 시간이면 캐리는 아마……

텅 빈 종이를 보고 있는 느낌이었다. 캐리가 무얼 하고 있을지 가늠할 수가 없었다. 상상하면 할수록 캐리가 집에서 그 남자에게 고문을 당하며 고통으로 울부짖는 장면만 떠올랐다. 눈을 감고 이 모든 일이 일어나지 않았을 세상을 찾아 헤맸다. 그가 비행을 거절한 세상. 조종사보다는 아빠와 남편으로 있기를 결심한 세상. 가족들이 함께 잔잔한 일상을 보내는 세상.

그런 나날을 떠올리자 목이 메었다.

LA는 현재 5시 37분. 원래는 지금쯤이면 스콧의 야구 경기를 보고 있어야 했다.

휴대폰 화면이 또 켜졌다. **발신자: 팻 버케트.** 빌은 이마를 찌푸렸다. 또 이웃이었다. 대체 왜 자꾸—.

서둘러 문자를 확인했다.

어이, 친구. 비행 중이야? 아니면 집? 도움이 필요하면 언제든 말해.

빌, 팻이야. 오늘 아침에 차 타고 나가는 걸 보긴 했는데, 비행 간 거 맞지? 캐리와 아이들은 어디 있어? 다들 괜찮은 거지? 이건 진짜 말도 안 돼. 미쳤어. 확인 좀 해 봐. 스티브랑 내가 항상 곁에 있을 테니까 필요한 거 있으면 말하고. 우리가 뭘 어떻게 도우면 좋을지 꼭 알려 줘.

도와준다니, 뭘? 대체 무슨 소리를 하는 거지? 갑자기 뜨거운 공포가 혈관 속으로 치밀어 올랐다. 휴대폰 화면 속에서 커서가 깜빡이며 대기하고 있었다. 엄지손가락이 작은 자판 위를 서성였다. 신중히 행동해야 했다.

개리, 나 지금 비행 중이야. 무슨 일이야?

개리라면 진실을 알려 줄 테다. 팻은 쓸데없는 소리를 늘어놓을 것 같았다. 개리가 문자를 확인하고서 바로 답장을 쓰고 있는지, 화면에는 메시지 입력 중임을 알리는 점 세 개가 나타나 깜박였다. 회신이 빨랐다.

세상에. 이럴 수는 없어. 너희 집 얘기는 들었지?

개리에게 그게 무슨 뜻이냐고 물어보는데 손가락에 감각이 느껴지지 않았다.

집이 폭발했어. 가스 누출 때문이라던데. 캐리랑 애들은 어디에 있어?

빌은 한동안 미동도 없이 문자 메시지만 뚫어지게 쳐다봤다. 화면이 어두워졌다. 휴대폰이 손에서 미끄러져 무릎 위로 툭 떨어졌다. 그는 돌처럼 굳었다.

캐리. 스콧. 엘리스. 그의 전부가 모두 사라져 버렸다. 마음속으로 집의 내부를 떠올렸다. 주방에 있는 식탁, 스콧이 라이스 크리스피*를 오도독오도독 먹는 동안 빌은 신문을 읽던 그 식탁. 엘리스를 흔들흔들 어르고 달래 다시 재우던 놀이방. 다 함께 크리스마스트리를 꾸미던 거실. 밤이면 캐리와 한 몸이 되었던 부부 침실. 빌은 마음속으로 그 세상을 불태워 산산조각 내려고 했다. 그의 세상에서 가족들을 희미하게 지워 보려고 했다. 그러나 마음이 이를 허락하지 않았다. 방법이 없었다. 그냥 그럴 수가 없었다.

캐리는 자살 폭탄 조끼를 입고 있었다. 입에 재갈이 물린 상태였고, 품에는 엘리스를 안고 있었다. 스콧은 그녀 옆에 있었다.

그것이 앞으로 빌이 떠올릴 수 있는 가족의 마지막 모습이라는 사실을 깨닫자 욕지기가 치밀어 올랐다. 사랑과 즐거움

---

* 쌀로 만든 시리얼을 버터, 마시멜로와 섞어 만든 과자

이 가득했던 삶. 그는 자신이 남은 평생을 그 마지막 장면에 집착하며 살리라는 것을 알았다. 그의 잘못이었다. 빌은 남편으로서도, 아빠로서도, 보호자로서도 실패했다.

속을 게워 내고 싶었다. 쓰레기봉투를 움켜잡는데 그 순간 노트북 화면에 아내의 사진이 튀어나왔다. "캐리로부터 온 페이스타임"이라는 말과 함께. 빌은 도무지 믿을 수 없어 화면을 가만히 쳐다만 보다가 초록색 버튼을 눌렀다.

전화가 연결되기를 바라며 눈으로 화면 이곳저곳을 살폈다. *제발 살아 있기를. 신이시여, 제발. 제 가족을 보여 주세요.* 전화가 연결되자 그의 얼굴을 비춘 화면이 옆으로 스르륵 밀려났다. 화면 가운데에 가족이 나타났다. 세 명 모두 살아 있었다. 그는 터져 나오는 울음을 참으려 허벅지를 세게 꼬집었다.

캐리와 스콧은 여전히 결박되어 있었지만 재갈을 물고 있지는 않았다. 샘이 기폭 장치를 손에 쥐고 그들 옆에 있었다. 샘과 캐리의 몸에는 아직도 폭탄이 둘러진 상태였다. 캐리가 엘리스를 안고 있어서 뜨거운 물에 덴 팔의 상태가 어떤지 확인할 수 없었지만 아내는 괜찮아 보였다.

가족들이 살아 있었다. 빌은 안도감에 머리가 멍했다. 그래도 온 힘을 다해 정신을 집중했다.

어디에 있는 걸까? 주변이 무척이나 어두웠다. 불빛이라고는 화면 밖 그들의 왼편에 있는 부드러운 조명과 얼굴에 반사된 휴대폰 불빛이 전부였다. 공간 역시 협소했다. 그들은 바싹 붙어 앉아 있었다. 빌은 그 모습을 보고 그들이 의자가 아닌 바닥에 앉아 있으리라 추측했다.

"쯧쯧." 샘의 목소리가 빌의 왼쪽 이어폰을 통해 들려왔다. 목소리가 전보다 가깝게 느껴졌다. 자동차처럼 밀폐된 공간에 있어서인지 목소리가 울리는 듯했다. "그러지 말았어야지, 빌."

빌은 미친 듯이 타자를 쳤다. **뭐를? 동영상 봤어? 당신이 원하는 대로 했잖아.**

샘이 낄낄거리며 메일을 읽었다. "아, 아니지. 동영상은 봤는데, 그게 아니라," 그가 말을 이었다. "내가 분명히 다른 사람한테 말하지 말라고 했을 텐데."

빌은 심장이 쿵 떨어지는 것 같았지만 애써 포커페이스를 유지하며 샘의 말을 곱씹었다. 승무원한테 얘기한 걸 어떻게 알았을까? 그 말은 조의 조카와 FBI의 관계에 대해 알고 있다는 뜻인가? 그래서 집을 나간 걸까? 대체 왜 집을 폭파시켰을까?

샘의 목소리는 자신감이 넘쳤다. "당신이 영상을 보낸 뒤로 무언가 시작됐어. 느낌이 좋지 않아. 그리고 충분히……."

샘은 휴대폰 화면을 휙휙 넘기더니 카메라를 향해 휴대폰을 들어 보였다. 빌은 눈을 가늘게 뜨고 무엇이 보이는지 살폈다. 코스탈 에어웨이 비행기의 일등석에 앉아 있는 승객의 사진이었다. 크림색 가죽 시트와 분홍빛 무드등에 대조되는,

보는 사람을 당황하게 만드는 노란색 산소마스크가 그 승객의 얼굴에 씌워져 있었다.

빌은 눈을 감고 흩어진 조각들을 끼워 맞췄다. 승무원들이 수동 작동 도구를 이용해 산소마스크를 꺼낸 것일 테다. 대단했다. 하지만 승객들이 인터넷을 사용하리란 생각까지는 미처 하지 못한 듯했다.

가슴이 철렁 내려앉으며 사전에 인터넷 연결을 끊었어야 했다는 생각이 들었지만, 가족과 연락을 유지하려면 그럴 수 없었다. 그런데 이 행동이 빌의 주변 사람뿐만 아니라 결국 모든 것을 파괴시키고 말았다.

"나는 당신이 건방진 행동을 할 거라고 예상했어." 샘이 입을 열었다. "그래서 당신 가족과 함께 가벼운 드라이브를 나왔지."

드라이브.

그렇다면 지금 차에 있다는 거군. 빌은 그날 아침 공항으로 떠날 때 집 밖에 주차된 낯선 차나 인터넷 업체의 밴이 있었는지 떠올리려 했다. 그러나 기억이 나지 않았다. 아니면 캐리의 차를 타고 이동했을 가능성도 있었다. 작년에 캐리와 빌은 아이를 가진 걸 알게 된 뒤 큰 SUV를 구입했다. 뒷좌석 두 줄이 납작하게 접히기 때문에 온 가족이 타고도 공간이 남았다.

"내 말은," 샘이 계속했다. "나도 당신 승무원들 외에 누가 또 이 상황을 아는지는 모른단 말이지. 하지만 당신이 집으로 보낸 사람이 누구든, 당신이 그 사람을 너무 아끼지 않았기를 바라. 그거 알아? 여기에, 기다려 봐."

샘이 캐리에게 휴대폰을 건네자 화면이 흔들렸다. 그는 남은 손으로 자신의 휴대폰 화면을 두드렸다. 캐리는 그의 휴대폰 화면을 내려다보며 그가 무엇을 검색하는지 전부 지켜보았다. 곧 휴대폰에서 어떤 목소리가 나오기 시작했다. 캐리는 숨을 헉 들이마셨다.

"……저는 사고가 발생한 집 앞에 나와 있습니다. 보시다시피 폭발로 인해 집이 완전히 파괴된 상황입니다. 당국은 가스누출로 인한 사고로 보고 있으며, 폭발 당시 집 내부에 사람이 있었는지는 아직 밝히지 않고 있습니다. 다행히 이 집 한 채만 폭발된……."

샘은 빌이 영상을 볼 수 있도록 휴대폰을 높이 들었다. 빌은 손으로 입을 틀어막고 싶은 충동에 휩싸였다. 기자는 빌의 집 앞으로 난 길에 서 있었고, 뒤에는 노란색 접근금지 테이프가 쳐져 있었다. 테이프 너머에 그의 집이 있었다. 다 타 버린 집이.

빌은 폭삭 무너진 집의 잔해를 응시하다가 새로운 깨달음에 등골이 서늘해졌다.

샘이 허세를 부리고 있을 가능성은 완전히 사라졌다. 그는 자신이 무슨 일을 벌이고 있는지 정확히 알고 있었고, 빌이 그의 말을 따르지 않으면 가족을 죽일 터였다. 이제 의심의 여지가 없었다.

캐리가 울기 시작했다. 크게 울부짖는 건 아니었지만 흐느끼는 것도 아니었다.

"뭐야? 왜 이래?" 샘이 그녀를 다그쳤다. "당신 강하잖아. 놀라울 정도로 강하잖아. 그깟 집이랑 몇몇 사람 때문에 이렇게 무너진다고?" 그가 고개를 흔들었다. "비행기에 탄 사람들이 전부 죽고 나면 어떡하려고 그래? 이래 가지고 앞으로 네 새끼들이랑 잘 살아가겠어?"

캐리가 고개를 들어 천장을 바라보자 눈물이 볼을 타고 주르륵 흘렀다.

샘이 낄낄 웃었다. "물론 이건 빌이 비행기 말고 너희를 선택했을 때 이야기지만." 그가 어깨를 으쓱했다. "아닐 수도 있으니, 어디 한번 확인해 보자고. 어이, 기장님 결정하셨나?"

빌이 거칠게 타자를 쳤다. 메일을 확인한 샘이 눈동자를 이리저리 굴렸다.

"나는 비행기를 충돌시키지 않을 거다, 너는 우리 가족을 죽이지 못할 거다, 어쩌고저쩌고." 샘이 비아냥댔다. "아니, 미국 남자 새끼들은 정말 하나같이 다 왜 그래? 맨날 자기들이 영웅인 줄 알지? 왜 일을 어렵게 만드냐고." 그가 한숨을 내쉬었다. "좋아. 마음대로 해."

샘이 손가락과 휴대폰 사이에 기폭 장치를 켠 채 휴대폰 화면을 두드렸다. 캐리가 고개를 들어 빌을 바라봤다. 그녀도 빌만큼 겁에 질려 있었다.

"빌," 샘이 여전히 휴대폰으로 무언가를 하며 입을 열었다. "내가 말했지? 당신은 둘 중 하나를 선택해야만 한다고. 당신의 선택을 돕기 위한 장치들도 이미 기내에 다 준비돼 있다고. 그리고 누구에게도 이 사실을 발설해선 안 된다고. 단단히 일러뒀잖아. 자, 이제 협박은 충분히 한 것 같고……. 어쨌든 당신도 참 오만하고 멍청하네. 자신이 원하는 건 무엇이든 손에 넣고 달아날 수 있다고 생각하니까 말야. 역시 내 생각이 맞았어. 그래서 이제 솔직하게 다 말하려고. 일단 지금 당장은 당신 가족을 죽이지 않을 거야. 좀 쓸데가 있거든. 그러니 최종 선택은 아직 당신한테 달렸어. 그런데 당신이 약속을 어기긴 했으니까. 행동에는 결과가 따르는 법이잖아. 집으로 정부 관계자를 보냈길래 그냥 확 폭파시켜 버렸어. 게다가 기내 승무원한테도 다 말했지." 그가 휴대폰에서 눈을 떼고 손가락을 멈추더니 카메라를 응시했다. "자, 그럼 이제 어떻게 될지 보자고."

빌의 팔에 소름이 쫙 끼쳤다. 차디찬 얼음이 뒷덜미를 감싼 듯 오싹해졌다.

샘은 다시 손가락을 움직였고, 이윽고 하려던 일을 다 마쳤는지 의기양양하게 웃으며 휴대폰을 내려놓았다. "협조를 안 하겠다니까 어쩔 수 없지 뭐. 플랜 B를 시작하는 수밖에."

빌의 목구멍에서 심장 박동이 느껴졌다. 기내 쪽에서 무슨 소리가 나는지 확인하려 안간힘을 다해 집중했다. 비명이나 폭발음. 공포와 혼돈에 빠진 승객들의 소리. 또는 다른 어떤 소음이라도 들으려고.

그러나 들리는 건 웅웅대는 엔진 소리뿐이었다.

철컥. 그때 무슨 소리가 났다.

그 소리가 너무 커서 뒤로 나자빠질 뻔했다.

틀림없이 싱글 액션* 소리였다.

빌은 천천히 부기장 쪽으로 고개를 돌렸다.

"미안하게 됐습니다, 기장님." 벤이 총을 겨누며 말했다.

---

* 수동으로 총의 해머를 뒤로 젖혀 장전시킨 뒤 방아쇠를 당기는 총기 작동 방식

14

테오와 다른 요원들은 호프만의 집 건너편에 서 있었다. 집은 검게 그을린 잔해 더미로 변해 버렸고, 집이 있던 자리에는 철근 구조물이 여기저기 솟아나 있었다. 조금 남은 잔불이 다 타 버린 목재 속에서 차츰 스러져 갔다. 늦가을, 저녁 시간의 안갯속에서 그 집은 오묘한 생기를 띠었다. 마치 상처 입고 쓰러진 짐승이 마지막 숨을 내뱉는 것처럼, 집에서 피어오른 시커먼 연기가 대기 중으로 흩어졌다.

잔해 더미 어딘가에서 묵직하게 쩌억 갈라지는 소리가 났다. 모두 고개를 돌려 집이 변해 가는 모습을, 새카맣게 탄 벽이 땅으로 허물어지는 모습을 지켜보았다. 리우는 움직이지 않았다.

"차는 어떻게 됐죠?" 그녀가 소방 팀장에게 물었다.

"차고는 비어 있었어요."

리우는 볼 안쪽을 잘근잘근 씹었다. "이 집은 차 두 대를 소유하고 있어요. 한 대는 빌이 직장에 가지고 갔고, 나머지 하나는……." 그녀가 손가락 관절을 꺾어 우두둑 소리를 냈다. "호프만 기장네 차량을 찾을 수 있게 데이터베이스 확인하고 도시 전체에 경보 발령해. 미니밴이든 SUV든 가족용 차량으로 보이는 것들을 우선적으로 찾아."

테오 옆에 있던 요원이 고개를 끄덕인 후, 바로 전화번호를 눌렀다.

"인터넷 케이블에서 뭐 알아낸 거 있어요?" 리우가 소방관에게 몸을 돌리고 물었다. "아니면 가정집에 어울리지 않는 거라든가."

소방 팀장이 집을 바라보더니 다시 고개를 돌렸다. "이번 화재는 재앙적인 수준입니다. 무슨 말씀을 드려야 될지 모르겠군요. 저 집은 아무것도 손쓸 수 없는 상태입니다."

리우가 고맙다는 의미로 고개를 끄덕이자 그는 자리를 떠났다.

"팀장님?" 테오의 이어폰으로 어떤 목소리가 들렸다. "칼콤에서 연락이 왔습니다. 오늘 호프만 기장의 집을 방문한 서비스 기록이 없답니다. 그리고 이름이 S로 시작하는 남자 직원도 없다고 하고요. 회사의 서비스 차량은 전부 위치가 확인된 상태랍니다."

테오는 리우가 어금니를 꽉 깨무는 걸 보며 다른 요원들도 지금 그녀에게서 한 발짝 물러나고 싶은 충동을 느끼는지 궁금했다.

"뭐 알아낸 거 있으면 빨리 말해." 리우가 그녀 쪽으로 걸어오고 있는 요원 둘에게 말했다.

"아무것도 없습니다." 한 요원이 대답했다. "이웃 두 명이 비디오 감시카메라를 설치해 두긴 했는데 호프만의 집을 찍은 카메라는 하나도 없습니다."

"그러니까 지금 용의자의 이름도, 위치도, 특징도 모른다는 거지?"

누구도 입을 열지 못했다.

"만약 용의자가 집을 폭파시킬 거란 걸 기장이 알았다면, 그랬다면 기장이 어떻게 했을지 추측해 보자. 기장은 겁을 먹었겠지. 그 사람은 두려움을 이겨 내지 못했을 거다. 내 말은 ······." 그녀가 집을 가리켰다가 다시 요원들에게 몸을 돌리고 말했다. "기장에 대해 더 알아야겠어. 그가 어떤 사람인지, 우리가 왜 그를 믿어야 하는지. 그래도 일단 최우선 순위는 가족이야. 가족을 먼저 찾아야 해. 물론 많은 승객이 타 있는 비행기도 신경 써야 하고. 워싱턴 DC는 말할 것도 없지."

리우는 길 아래쪽에 기자들이 모여 있는 곳을 흘긋 보았다.

모든 장비를 완벽하게 장착하고 있는 SWAT 요원들을 둘러보던 그녀의 시선이 테오에게 멈췄다. 테오는 곧 자신이 어디로 가야 할지 깨달았다. 가슴이 철렁 내려앉았다.

"너," 리우가 기자들 쪽으로 고갯짓을 하며 테오를 불렀다. "저 기자들 책임져."

노란색 테이프가 둘러진 사고 구역의 맞은편 길가에 언론사 승합차량 다섯 대가 줄지어 서 있었다. 승합차 천장에 달린 위성 안테나는 전부 같은 방향으로 기울어져 있고, 열린 옆문으로는 비슷하게 생긴 제어판들이 노출되어 있었다.

테오가 수사 대변인 역할을 맡은 건 이번이 처음이 아니었다. 그러나 거짓말을 해야 하는 건 처음이었다.

"가스 누출이라고요?" 기자 한 명이 회의적으로 물었다. "그러면 인근 주민들은 왜 대피시키지 않았죠?"

"OG&E* 측에서 집집마다 가스관이 분리되어 있다고 확인했습니다." 테오는 어떻게든 눈을 가늘게 뜨지 않으려 애썼다. 뇌진탕 때문에 밝은 카메라 조명을 감당하기가 어려웠다.

또 다른 기자는 발언권을 얻을 때까지 기다리지 않았다. "그렇지만 FBI는 폭발이 일어나기 전에 이미 현장에 와 있었

---

* 미국의 가스·전력 회사

어요. 왜입니까?"

"인터넷 업체 직원이 실수로 가스 라인을 자른 것 같다는 신고를 받았습니다. 저희는 만약을 대비해서 이곳에 있었습니다."

"그러면 SWAT는요? 그리고—" 기자가 테오의 다친 팔을 가리켰다. 삼각건으로 싸맨 그의 팔이 몸에 고정돼 있었다.

"저는 정말 운이 좋았습니다." 테오가 어깨 너머로 집을 흘긋 바라보았다.

"부상당한 사람이 또 있나요? 폭발 당시 집 안에 사람이 있었나요?"

선거 운동을 하던 남자가 머릿속에 번뜩 떠올랐다.

"수사가 아직 진행 중이고 저는 그 부분에 관해서는 말씀드릴 수 없습니다." 최대한 목소리에 감정이 배어나지 않도록 유지했다. 이어서 또 다른 질문이 치고 들어오기 전에 서둘러 덧붙였다. "여러분, 정말 감사합니다. 현재 드릴 수 있는 말씀이 많지 않습니다. 죄송합니다. 새로운 소식이 들어오면 말씀드리겠습니다." 그는 뒤로 돌아 노란색 테이프 아래로 머리를 숙였다.

"볼드윈 요원님?"

기자 한 명이 옆쪽으로 다가왔다. 다른 기자들은 이미 승합차로 돌아가고 있었다. 테오는 기자의 관심을 끌지 않으려 노력하며 무심하게 걸어갔다. 테오는 그 기자를 알고 있었다. CNB 방송사의 바네사 페레스. 그는 그녀가 단순히 텔레비전에 얼굴을 비추고 싶어 하는 사람이 아니라 언제나 성실하게 뉴스를 전하는 전문가라는 인상을 받았었다.

"가스 누출이라고요?" 그녀가 물었다.

테오는 어떠한 반응도 보이지 않았다.

"가스 누출이라……." 그녀가 고개를 끄덕이며 같은 말을 되풀이했다. "그렇겠죠. 그래도,"

바네사가 두 손가락 사이에 끼운 명함을 내밀었다. "변동 사항 있으면 연락 주세요."

테오는 명함을 보지도 않은 채 주머니에 넣고 말 한마디 없이 걸어갔다.

"리우 팀장님이 너 찾아." FBI 요원 루소가 테오에게 다가왔다.

"오늘 하루에만 날 두 번이나 해고하려고 그러시나?" 그렇게 중얼거리며 테오는 팀장을 찾아 주위를 둘러봤다. 리우는 길 아래에서 혼자 통화 중이었다. 그는 휴대폰을 확인하며 그쪽으로 향했다. 리우가 워싱턴에 전화해서 대피하라고 말하기 전에, 그리고 테오가 조 이모에게 연락해서 기장의 가족이 죽었다고 전하기 전에, 소방 팀장이 집 내부가 비어 있었다는 사실을 알려 줘서 천만다행이었다. 그런 잘못된 정보는 더 처참한 재앙을 야기할 수도 있었다. 이모에게서 새로 온 연락은 없었다. 그는 문자 메시지함을 열어 자기가 보낸 메시지가 전부 '전송됨'이라고 표시된 걸 확인했다. 기다릴 수밖에 없었다. 아마도 조는 유독 가스 공격에 대비하느라 바쁠 터였다. 돌연 등골이 오싹해졌다.

자신이 겪고 있는 상황도 이미 충분히 비현실적인데, 이모는 훨씬 더 심한 정신적 충격을 받을 만한 상황에 놓여 있던 것이다. 조는 일평생 비행기를 탔다. 지난 수년간 그녀가 해 준 이야기를 들으며 테오는 비행기 안에서 일어난 별의별 사건을 알게 되었다. 그러나 이번 일은? 여태까지 이 사건과 조금이라도 비슷한 이야기를 들어 본 적은 단 한 번도 없었다.

테오가 여섯 살 때, 어느 날 밤 엄마는 그와 여동생 둘을 차에 태웠다. 그렇게 테오는 그가 아는 유일한 집과 아빠를 떠났다. 당시엔 무슨 일인지 이해하지 못했지만, 왠지 다시는 돌아오지 않을 것 같다는 느낌이 들었다. 그리고 지금까지도 그는 텍사스로 돌아가지 않고 있다. 그날 밤, 엄마는 여동생인 조 이모가 사는 캘리포니아로 밤새 운전해 갔다. 그때 이모는 웨이드를 배 속에 품고 있었고, 2년 후에 데번이 태어났다. 그날 이후로 테오와 가족들은 조 이모의 집에서 네 집 떨어진 곳에 정착했다. 테오의 새로운 세계는, 절대 잠긴 적 없고 끊임없이 열고 닫히는 두 개의 뒷문으로 이루어지게 되었다. 다섯 명의 사촌 형제들 중 테오의 나이가 가장 많았고, 아빠가 없었기 때문에 직접 아빠 역할을 맡기도 했다. 조 이모의 남편인 마이크 이모부는 테오를 아이가 아닌 어른처럼 대했다.

매일 저녁 테오의 집 또는 이모네 집 주방은 북적이는 식구들 소리로 가득했다. 가스레인지에서 요리가 뜨겁게 지글지글 끓는 소리, 엄마의 허락이 떨어지자마자 탄산음료 뚜껑이 뻥 열리는 소리, 그날 학교나 직장에서 무슨 일이 있었는지 이야기보따리를 풀어놓는 소리로 채워졌다. 최고의 이야기는 언제나 조 이모의 이야기였다. 그녀는 타고난 이야기꾼이라 장면 묘사를 맛깔나게 하는 법을 잘 알았다. 이모의 이야기는 항상 별거 아닌 것처럼 시작했지만, 2분이 채 지나기도 전에 모두가 이야기에 푹 빠져 밥 먹는 것도 까맣게 잊을 정도였다.

테오는 이모와 함께 오늘의 이야기를 가족들에게 어떻게 전하면 좋을지 무척 기대가 되었다. 오늘 일은 앞으로 평생 동안 계속 반복되고 반복될 것이다. 두 사람은 각자의 관점에서 경험한 것을 공유하며 영웅담처럼 이야기를 풀어놓을 터였다. 그것도 아주 전설적인 영웅담처럼.

테오는 행복한 미래를 확신하며 고개를 끄덕였다.

"테오!"

한 요원이 그에게 달려왔다. LA 경찰청에서 멀리 떨어지지 않은 텅 빈 쇼핑몰에서 호프만의 SUV 차량을 발견했다는 소식이었다.

테오는 성한 팔로 주먹을 불끈 쥐었다. "팀장님 모셔올게."

리우는 등 뒤에 테오가 왔다는 걸 알아채지 못했다. 그는 이 반가운 소식을 한시라도 빨리 전해야 했기 때문에 그녀가 통화를 마칠 때까지 기다리지 않을 생각이었다. 너무도 중요한 일이니 그녀 역시 방해받아도 괜찮아할 거다. 가까이 다가가니 통화 내용이 들리기 시작했다.

"네." 그녀가 잠깐 말을 멈췄다. "저 역시 이해하고 동의합니다. 그렇지만 워싱턴 DC입니다. 백악관이 될 가능성이 있습니다. 저희는 미국 대통령의 안전에 대해 이야기하는 것입니다. 차선책을 매우 신중하게 생각할 필요가 있습니다."

테오는 발걸음을 멈추었다.

이런 상황에서 만일의 사태에 대한 차선책은 하나밖에 없었다.

FBI가 빌의 가족을 구하지 못하면, 비행기를 격추한다.

15

후텁지근한 여름 공기 속에서 벤의 두 발이 갈색 먼지를 풀풀 일으켰다. 윗옷 소매로 이마의 땀을 문질러 닦았다. 그는 전력으로 달리면서 찡그린 눈으로 저물어 가는 태양을 바라보았다. 생각했던 것보다 일이 더 늦게 끝났다. 저녁 먹을 시간도 없었다. 재빨리 뛰는 중에 배가 꼬르륵거렸지만 신경 쓰지 않았다. 늦었다. 부디 너무 늦지 않았기를 간절히 바랐다.

오늘은 그가 지나쳐 온 가게들이 대부분 일찍 문을 닫았다. 가게 위에 있는 집들도 마찬가지로 불이 꺼진 채 깜깜했다. 길거리에 차가 한 대도 없어서 도로 한가운데로 달렸다. 길거리에 나와 있는 사람도 없었다. 시리아 북동부의 마을 사람들 모두 이미 그 카페에 가 있었다. 벤은 속도를 더 올렸다.

모퉁이를 돌자 땅거미가 내려앉은 어둑어둑한 골목 위로

카페의 조명이 쏟아지고 있었다. 카페 내부에 자리를 잡지 못한 손님들이 골목을 서성였다. 카페 안은 사람들로 발 디딜 틈이 없었고 모두들 흥분해서 재잘거리는 중이었다. 이 작은 마을에는 평소와 다른 특별한 일이 일어나는 경우가 드물기 때문에 다들 기대에 부풀어 있었다.

벤은 허겁지겁 사람들 사이를 뚫고 카페로 뛰어 들어갔다. 그의 뒤통수를 후려치는 사리아 고모의 손바닥조차 그의 속도를 늦추진 못했다. 옆면에 설치된 대형 선풍기 하나가 사람들로 꽉 찬 실내 앞뒤로 바람을 불어 넣어 주고 있었다. 군중 사이로 샘이 보였다. 샘은 손가락을 쫙 펼치고 팔을 뻗어 텔레비전 앞을 가로막고 있었다. 아홉 살밖에 안 된 샘이 혼신을 다해 마을 어른들과 논쟁을 벌이면서 이발사 아저씨에게 벤이 도착할 때까지 영화를 시작하지 말아 달라고 부탁하고 있었다. 누군가 캐슈너트를 던져 샘의 얼굴에 맞혔다. 샘을 포함한 모두가 낄낄 웃었다. 샘이 캐슈너트를 도로 집어서 군중들에게 던지려고 하던 바로 그때 벤이 그의 눈에 들어왔다. 샘은 신이 나서 소리를 지르고 방방 뛰며 이제 영화를 시작해도 된다고 모두에게 공표했다. 그러자 이번에는 더 많은 캐슈너트가 샘을 향해 날아들었다.

하지만 이발사가 비디오테이프를 플레이어에 밀어 넣자 군중들이 쉿 하며 흥분을 가라앉혔다. 샘과 벤은 다른 아이들과 함께 양반다리를 하고 바닥에 앉았다. 그들은 한마디도 하지 않고 멍하니 입만 벌리고 있었다. 벤은 아직 거친 숨을 고르는 중이었다.

불이 꺼지자, 텔레비전에서 나오는 불빛이 마을 전체의 유일한 빛이 되었다. 아무도 알아들을 수 없는 영어 단어들이 화면을 가득 채웠고, 이국적이고 독특한 80년대 타악기 음악이 흘러나왔다. 그러다 두 단어가 화면에 딱 나타났다.

탑 건(TOP GUN).

다들 신이 나서 환호성을 질렀다.

그 뒤 두 시간 동안 아무도 움직이지 않았다. 텔레비전에 나오는 기묘한 세상을 보고 그들은 완전히 숨이 멎어 버렸다. 야자나무와 태양, 오토바이와 아름다운 금발의 여자들, 제복을 입은 남자들, 파일럿 선글라스와 배구.

그리고 비행기.

영화가 끝나자 모두 흩어져서 흥분을 감추지 못하고 수다를 떨었다. 다들 식당으로 또는 집으로 발걸음을 옮겨서 앞으로도 한참을 영화에 대해 토론할 터였다.

그렇게 주위의 모두가 이리저리 움직이는 동안, 샘과 벤은 툭 튀어나온 두 눈을 텔레비전에 고정하고서 그 자리에 꼼짝 않고 앉아 있었다. 두 사람은 엔딩 크레디트가 전부 올라갈 때까지도 서로를 바라보지 않았다.

둘은 이해할 수 없다는 표정을 주고받았다. 하지만 몇 시간 후, 해가 떠오르고 모든 계획이 눈앞에 펼쳐지면 이해하게 될 것이다. 아침이 되면 모든 것을 알게 되리라.

두 사람은 돈을 모아야 했다. 영어도 배워야 했고, 반드시 미국으로 가야만 했다. 그런 다음 비행기 조종사가 될 계획이 었다. 어떻게 해야 할지는 몰랐지만 크게 문제 될 건 없었다. 차차 알아 가면 될 테니까. 둘은 그것이 자신들의 운명이라는 걸 확실히 깨달았다. 미국으로 가는 것. 편안하고, 평화롭고, 행복해지는 것. 캘리포니아 해변을 즐기며 아름다운 여자와 데이트하는 것. 그리고 비행기를 조종하는 것.

그러나 카페 주인이 그들을 내쫓을 때까지도 아직 무엇 하나 제대로 아는 것이 없었다. 그저 앞으로 모든 게 바뀔 거라는 확신만 있었다.

"코스탈 416, 속도 마하 7.5로 감속." 416편의 수천 미터 아래에 있는 관제사가 앞에 놓인 레이더 위에 점으로 표시된 선로를 주시했다. 그의 목소리는 평소와 같이 무덤덤했다.

벤은 총을 왼손으로 옮기고 남은 손을 마이크로 뻗었다.

"알겠다. 마하 7.5로 낮춘다, 코스탈 416." 벤의 목소리는 관제사만큼이나 차분했다. "ATC는 정말 대단하군." 그가 빌에게 말했다. "지금 이 정도 연기력이면 오스카상을 받고도 남겠어. 당신이 FBI를 집으로 보냈으니 FAA도 무슨 일이 생겼다는 걸 분명 알고 있을 텐데." 벤이 비웃더니 비행기 속도 조절을 마쳤다. 그리고 빌에게 노트북에서 이어폰을 뽑고 화면 보호 필름을 떼라고 지시했다.

빌에게도 관제사의 목소리가 들렸지만 그저 소음처럼 느껴졌다. 벤이 뭐라고 한 말도 특별한 의미로 다가오지 않았다. 전부 조종실 안을 떠도는 소음과 같을 뿐이었다. 빌은 더 이상 아무것도 알 수 없었다. 오직 총구만 보였다. 그는 한 발짝도 움직이지 않았다.

벤이 눈알을 굴리며 손을 앞으로 뻗어 시계 반대 방향으로 다이얼을 돌렸다. 그러자 계기판의 노란색 숫자들이 떨어지기 시작했다. ATC가 지시한 숫자에 도달하자 그는 조종기를 위로 당겼고 비행기의 컴퓨터가 새로운 속도로 설정되었다. "ATC랑 교신해. 비행기 조종하고. 그리고 추락시켜. 설마 오늘 이거 전부 다 내가 해야겠어? 어? 여기는 당신 비행 구간이 잖아, 안 그래?"

빌은 여전히 총을 응시하고 있었다. 그는 몇 시간 전 공항에서 승무원용 보안검색대를 가볍게 통과하던 순간을 떠올렸다. 얼마 지나지 않아 벤도 보안검색대에서 같은 직원을 마주쳤으리라. 하지만 부조종사가 시스템을 악용한 것은 빌이 지금 겪고 있는 일 중 가장 작은 부분에 지나지 않았다.

빌은 노트북을 쳐다봤다. 캐리의 표정에서 이상한 무력함이 감돌았다. 형체가 없는 무언가를 응시하는 듯했다. 눈의 초점이 흐려져 있었다. 그러더니 그녀가 한숨을 푹 내쉰 후 빌에게 시선을 고정했다. 순간 뒷덜미가 서늘해지더니 소름이 돋았다.

분명 그녀 안의 무언가가 변했다.

빌이 화면 보호 필름을 떼어내 이어폰과 함께 메신저 가방 위로 던졌다. 엘리스의 훌쩍임이 조종실 안에 울려 퍼졌다.

"두 사람은 서로 어떻게 아는 거죠?" 캐리가 샘에게 물었다.

샘을 대하는 그녀의 말투가 너무도 친근했다. 빌은 가족들과 연락이 끊겼을 때 둘 사이에 무슨 일이 있었는지 알 길이 없다는 사실에 갑자기 극도의 불쾌감이 들었다. 질투와 소유욕을 밑바탕에 둔, 수컷 우두머리로서 느끼는 완전히 새로운 차원의 경계심이었다. 비이성적이고 동물적인 감각이었지만, 그것은 빌을 다시 상황에 집중하게 만들었다.

빌은 캐리와 스콧이 그들 앞에 있는 무언가를 흘긋 올려다보았다가 시선을 떨어뜨리는 모습을 지켜보았다.

"벤은 내 형제지." 샘이 말했다. "아니, 거의 형제와 같지." 그리고 그는 카메라를 가리키며 캐리도, 빌도 이해하지 못하는 언어로 말했다. 벤도 킥킥 웃으며 같은 언어로 답했다. 그들이 나누는 재회의 기쁨이 불공평하게 느껴졌다. 마치 패배한 팀에게 리본과 컨페티를 뿌리는 것 같았다.

"벤은 내 형제이기도 해." 빌의 목소리가 떨렸다. 그는 부조종사의 셔츠에 수놓아진 날개를 노려보다가 뒤쪽에 있는 조종실 문을 가리켰다. "저 승객들은 우리를 굳게 믿고 이 비행기에 탔어. 우리 손에 자신들의 목숨을 맡겼다고. 그에 대한 책임을 다하는 것 또한 우리의 의무야."

샘이 말하려고 입을 뗐지만 벤이 먼저 손을 올려 그의 말을 막았다.

"이유가 뭐야?" 빌이 목소리를 높였다. "그냥 날 쏴 버리고 비행기를 충돌시키면 되지, 왜 이러냐고! 네가 원하는 게 그거면 내 가족까지 끌어들일 필요 없잖아!"

"그건 우리가 원하는 게 아니니까." 벤이 말했다.

"그럼 대체 뭘 원하는 거지?" 빌이 간청했다. "무엇 때문에 이러는지 이해를 못 하겠어. 왜 이런 짓을 하는지 도통 모르겠다고."

벤이 앞쪽 유리창을 내다보며 총을 쥔 손을 아래로 살짝 떨어뜨렸다. 그리고 빌의 질문에 대한 답을 잠시 고민했다.

"우리 고향에 이런 말이 있어. '산 말고는 믿을 사람 하나 없다.' 우리의 운명은 항상 배신과 변절로 점철된다는 뜻이지. 우리는 그저 각각의 개인일 뿐이야. 자기 자신 외에는 그 누구도 신경 쓰지 마. 그저 우리 자신만 믿어야 한다고."

벤이 샘을 바라보았다. 황량한 미소를 띤 얼굴에 촉촉한 눈물이 맺혀 있었다.

"우리는 그 말을 믿지 않으려 노력했어." 부조종사가 말을 이었다. "우리는 다를 거라고, 달라질 거라고 믿었고, 그러길 간절히 바랐어. 그리고 희망을 믿었고, 아메리칸드림을 믿었지. 자유, 희망, 소유. 이 모든 걸 원했어. 우리 자신을 위해, 그리고 우리 가족을 위해. 말해 봐, 그게 잘못된 거야? 우리는 그런 삶을 바라면 안 돼? 우리 삶에는 그런 존엄성이 있으면 안 돼? 대체 왜 우리는 그럴 자격이 없는 거냐고. 우리는 당신들 규칙대로, 당신들이 원하는 대로 움직였어. 당신들이 시키는 모든 걸 했지. 그런데 배신당했어! 아까 당신이 물었지? 어떻게 승객들의 믿음을 배신하고 우리의 책임을 저버릴 수 있냐고? 글쎄, 그러는 당신들은 어째서 그저 제대로 된 삶을 살고자 했던 수백만 명을 배신할 수 있었던 거지?"

빌은 적절한 답을 찾아내려 노력했지만 헛수고였다. 아무 것도 떠오르지 않았다. 사실 벤이 하는 말을 정확히 이해할 수 없었다. 마침내 그가 입을 뗐다. "대체 그 일이 이 비행기에 탄 승객이나 내 가족하고 정확히 무슨 연관이 있는 거지?"

벤이 팔을 활짝 펴고 웃었다.

"어디 계속해 봐. 내가 예상했던 그대로 반응해 보라고. 바로 그거야! 그것 때문에 우리가 이런 행동을 하는 거라고! 당신 같은 사람들은 이 모든 게 자신들과 전혀 관련이 없다고 생각하겠지. 온 지구상에 거지 같은 일이 끊임없이 벌어지는데도! 계속해 봐. 어차피 당신하고 상관없는 일이니까. 강요당하지 않는 한 그 일에는 절대 신경도 안 쓸 거잖아, 안 그래?" 그가 조종석 주위를 가리켰다. "자, 이제 때가 됐어. 드디어 진실을 마주할 시간이야."

"무슨 진실?"

"사람들은 이 세상이 허락하는 만큼만 선하다는 진실. 당신이 날 때부터 선한 인간이 아니었던 것처럼, 나도 태생적으로 악한 인간은 아니었어. 우리는 그저 각자의 삶에 주어진 카드를 쥐고서 상황을 헤쳐 나갈 뿐이야. 그러니까 지금 같은 상황에서 당신은 당신에게 주어진 카드를 쓰게 되는 거고. 그럼 좋은 사람이라면 이런 상황에서 어떻게 행동할까? 빌, 이건 비행기 추락의 문제가 아니야. 선택의 문제지. 착한 사람이 사실은 나쁜 사람과 다를 바 없다는 걸 깨닫는 문제라고." 빌을 향하던 벤의 시선이 캐리에게로 옮겨 갔다. "당신들은 그저 항상 좋은 사람이 되기로 선택할 수 있는 사치를 누려 온 것뿐이야."

빌의 얼굴이 확 달아올랐다. 벤이 하는 이야기를 완벽하게 이해할 순 없었지만, 부조종사의 눈에서 타오르는 분노는 알아볼 수 있었다. 아무 도움도 받지 못하고 억류되어 있는 가족을 볼 때마다 온몸을 타고 흐르는 그의 격렬한 분노와 같은 것이었다.

"그러면 선택권이 없는 사람들은?" 빌이 물었다. "비행기에 탄 승객들, 워싱턴 DC에 있는 사람들. 그들의 무고한 죽음이 당신의 주장을 어떻게 증명한다는 거지?"

"그렇다면, 내 동족의 무고한 죽음은? 그들 역시 아무 선택권이 없었어." 벤이 같은 말을 내뱉었다. "왜 우리의 목숨은 당신들 목숨보다 덜 소중하고, 우리의 죽음은 덜 비극적이지? 우리가 끔찍한 죽음을 맞이할 때 그 누구도 신경 쓰지 않았어. 그러니 이젠 당신들도 똑같이 경험해 봐. 우리가 일평생 애통해했던 것처럼 미국도 애통해 봐야 한다고."

"그런 복수는 정의롭지 않아." 빌이 말했다.

벤이 그를 쳐다봤다. "아무런 행동을 하지 않는 것도 정의롭지는 않지. 아무것도 하지 않으면, 변하는 건 정말 단 하나도 없으니까."

"이런다고 바뀌는 건 없어. 미국은 테러리스트에게 절대 굴복하지 않아."

"우리는 당신들이 굴복하길 바란 적 없어! 그저 우리를 봐 주길 바랐을 뿐이야!"

벤은 울분을 토하며 숨을 헐떡였고 그에 맞춰 손에 든 총도 흔들렸다. 빌은 의자에 앉은 채 앞 유리창을 내다봤다. 벤도 고개를 돌려 창밖을 봤다. 비좁은 공간에서 헐떡이는 숨과 떨리는 몸을 가라앉히려 노력하는 것이 안타까웠다.

빌은 패배감에 손을 옆으로 툭 떨어뜨렸다. 뭘 어떻게 해야 할지 알 수 없었다. 절망적이었다. 가족들을 바라보았다. 그리고 마음으로나마 가족들을 이 광기 속에서 꺼내 주었다. 어젯밤까지만 해도 그들의 삶이 얼마나 평범했는지 떠올려 보았다.

빌은 그릴에 햄버거를 구웠다. 텔레비전 소리를 낮추고 그 앞에 앉아 햄버거를 먹으며 야구 경기를 봤다. 1점을 땄을 때 스콧이 우유를 엎질렀다. 엘리스가 울음을 터뜨리는 바람에 캐리는 아기가 울음을 멈출 때까지 어르느라 일어서서 고구마 튀김을 먹어야 했다. 빌은 우유를 닦은 휴지를 휴지통에 던지면서 쓰레기봉투를 밖에 내놔야겠다고 생각했다. 그리고 오늘 아침 집을 나서기 전에 쓰레기봉투를 버리려 했는데, 깜빡했다.

그때, 빌의 조종사용 헤드셋에서 아득한 소리가 들려왔다. 빌은 평범하지만 더없이 행복한 기억 속에서 길을 잃어 그 소리를 알아채지 못했다. 그러나 희미하고 불규칙한 소리가 결국 그를 몽상에서 끄집어냈다. 그는 숨까지 참고 이게 무슨 소리인지 들으려 안간힘을 썼다. 그런데 그 순간, 딸각 소리가 들렸다.

하지만 다시 침묵뿐이었다. 마치 누군가가 그의 머릿속에서 장난을 치는 것 같았다.

빌은 벤을 바라보았다. 벤은 그 딸깍 소리를 듣지 못한 것 같았다. 만약 정말 무슨 소리가 났다면, 빌의 이어폰에만 연결된 백업 주파수를 통해 난 소리일 것이다. 어쨌거나 지금 벤은 그만의 세계에 빠져 있었다. 엄지손가락으로 총의 손잡이를 만지작대며 총을 살펴보는 중이었다.

갑자기 무슨 소리가 들렸다. 빌의 눈이 휘둥그레졌다. 분명히 소리가 났다.

망상이 아니었다. 그의 말을 들은 누군가가 대답하고 있었다.

16

"준비 다 됐어?" 조가 물었다.

빅 대디는 거의 비어 있다시피 한 코스탈 에어웨이의 싸구려 헤드폰 가방을 앞쪽 갤리 카운터 위로 툭 던졌다.

"다 됐어." 그가 답했다.

"승객들 전부?"

"한 명도 빠짐없이 다."

"텔레비전 틀어 줬어? 뉴스 채널로 바꿔 주고?"

"응."

"별문제 없었어? 다들 잘 받아들여?"

대디는 무덤덤한 얼굴로 그녀를 뚫어지게 쳐다봤다.

갤리로 돌아온 켈리가 두 사람 사이를 지나가며 대디의 헤드론 가방 위에—마찬가지로 거의 비어 있는—그녀의 헤드폰 가방을 슬쩍 던졌다.

"자, 이제 승객들이 저희를 싫어할 일만 남았네요." 켈리가 눈을 크게 뜨고 말했다. "세상에, 다들 잔뜩 화나 있다고요."

대디도 그녀의 말에 동의하며 고개를 끄덕였다. "기장님이 지금 하고 계신 일이 서둘러 마무리돼야 해. 그게 뭐가 됐든 말야. 승객들에게 무슨 정보라도 줘야 할 거 아니야."

승무원들은 갤리 맞은편에서 쉴 새 없이 휴대폰 화면을 올렸다 두드렸다 하는 릭 라이언을 바라보았다.

조가 말했다. "라이언 씨가 일을 마치면 바로 시작하자. 도와줘서 고마워요, 라이언 씨. 일단 그동안 우리가 특별히 신경 써야 할 승객에 대해 이야기해 보자." 조가 대디에게 승객 명단을 건네자, 켈리가 대디의 어깨 너머로 명단을 들여다봤다. "천만다행으로 그리 많지는 않아. 유아 둘에, 휠체어 하나야. 보호자가 없는 미성년자가 없어서 진짜 다행이다. 그래도 외국어 좀 할 줄 알아야 해. 성이 곤잘레스니까 스페인어권 사람이겠지? 스페인어 하는 사람 있어?"

켈리가 고개를 저었다.

"운 포키토*." 대디가 승객 명단을 자세히 살폈다. "브리핑

---

* 스페인어로 '조금'을 의미한다.

이 아주 재밌겠네."

"켈리, 대디가 브리핑하는 동안 그쪽 갤리를 맡아. 마지막 하강을 안전하게 하려면 지금 해야 돼. 나중에는 시간이 없을 거야."

켈리가 고개를 끄덕였다.

"잠시만요." 릭 라이언이었다. "거의 다 했어요."

승무원들은 잠자코 기다렸다. 어떤 상황이 닥쳐도 승객들이 잘 대처할 수 있도록 준비해야 할 일이 수천 가지나 됐다. 하지만 아직은 아무것도 할 수 없었다. *신속히 준비하고 대기하라.* 항공업계에서 쓰이는 비공식적 모토인데, 이런 위기 상황에도 잘 들어맞았다.

"기억해?" 대디가 침묵을 깼다. "예전에 비행기가 납치되면 어떻게 하라고 배웠는지?"

조가 미소 지었다. 그 내용은 매우 독특했다. "납치범들에게 이야기해라. 감정에 호소하라. 솔직하게 터놓아라. 그들이 원하는 것을 주어라. 이게 근본적으로 무슨 말이냐 하면, 비행기를 안전하게 착륙시킬 수 있다면 뭐든 하라는 거야."

당시의 전략은 납치범의 공감을 얻는 거였다. 항공사는 승무원들에게 항시 가족과 아이들의 사진을 가지고 다니라고 지시했다. 그래서 조는 사원증 케이스에 어린 아들들의 사진을 끼워서 다녔고, 그녀가 기억하기로 빅 대디는 고양이 사진을 가지고 다녔다. 언젠가 그는 그녀에게 고양이 사진으로 납치범의 주의를 딴 데로 돌릴 거라고 장담한 적이 있었다.

"911 테러가 발생하고 나서," 대디가 말끝을 늘어뜨리며 조의 좌석에 몸을 기댔다. "모든 게 바뀌었지." 조종실이 바로 앞에 있었다. 대디는 손가락으로 조종실 문을 훑었다. "예전에는 우리가 이것저것 뭔가 할 게 있었잖아, 알지? 나쁜 놈들도, 이 세상도, 다들 적어도 말은 통했어. 어느 정도 합당한 동기나 요구사항도 있었지. 그런데 지금은……." 그가 머리를 저었다.

"됐다, 됐다." 마침내 릭 라이언이 말했다. "이제 진짜 다 했어요. 몇 분만 기다리면 돼요."

조는 전화기를 들고 조카에게 메시지를 보냈다.

테오의 주머니에서 진동이 느껴졌다. 안전벨트를 맨 상태였기 때문에 휴대폰을 꺼내려고 몸을 마구 비틀었다. 겨우겨우 휴대폰을 꺼내서 열자마자 미간에 주름이 잡혔다.

"뭐야?" 리우가 물었다.

"이모가 뉴스를 보래요."

리우가 태블릿에서 CNB 웹사이트를 열었다. 로딩이 될 때까지 기다리며 파티션 위로 몸을 기댔다. "출발한 지 얼마나 됐지?"

"6분 정도 됐습니다." 운전 요원이 답했다.

붉은 바다가 화면을 뒤덮었다. "이게 무슨……." 리우가 중얼거렸다.

뉴스는 완전히 속보 분위기로, 여기저기에 크고 진한 대문자들이 날아다니며 모두의 이목을 집중시키고 있었다. 뉴스 앵커가 아래위로 시선을 옮기며 대본과 카메라를 번갈아 보았다. 현재 상황이 프롬프터에 빠른 속도로 올라오는 중이었다. 리우가 볼륨을 키웠다.

"……지금 말씀드리는 순간에도 새로운 소식이 계속 들어오고 있습니다. 현재까지 확인된 사실은 로스앤젤레스에서 뉴욕으로 향하는 코스탈 에어웨이 항공기에 납치 또는 테러 사건이 발생했다는 겁니다. 유명 인플루언서인 릭 라이언 씨가 자신이 현재 그 항공기에 탑승 중이며, 조만간 이와 관련된 사안을 언론에 발표할 예정이라고 알렸습니다. 저희는 계속 기다리면서……."

화면에 트위터* 특유의 네모난 메시지 상자가 나타났다.

> @RickRyanyaboi
> 코스탈 416 납치됨.
> 곧 기내 승무원들의 라이브 방송이 있을 예정.
> 저희를 위해 기도해 주세요!!

---

* 2023년부터 명칭이 'X'로 변경되었다.

모든 방송사의 뉴스와 FBI, 국토안보부, 심지어 백악관까지 태그한 그 트윗은 3분도 채 안 되어서 1만 2천 번이나 공유되었다.

"……기종은 에어버스 A320이며, 탑승 인원은 승객과 승무원을 전부 합해 150명에 달하는 것으로……."

뉴스 앵커가 이어폰을 지그시 눌렀다.

"네, 그럼 항공기에서 전송된 라이브 스트리밍을 함께 보시겠습니다."

뉴스 스튜디오의 모습이 사라지고 비행기 내부 영상이 나타났다. 연결이 불안정한 듯 영상은 계속 중간중간 멈췄다. 승무원 유니폼을 입은 중년 여자의 얼굴이 화면을 가득 채웠다.

테오는 숨이 턱 막혔다. 조 이모였다.

"여러분," 버퍼링 때문에 그녀의 목소리가 뚝뚝 끊겼다. "지금쯤이면 저희가 어떤 상황에 처했는지 다들 알고 계실 겁니다."

리우는 진지하게 테오를 바라보며 물었다.

"네 이모 진짜 미친 거 아니야?"

조는 켈리의 휴대폰 뒷면에 있는 작은 카메라 렌즈를 응시했다. 켈리는 맞은편에 서서 휴대폰 화면에 온 정신을 집중하고 조를 찍었다. 이따금 휴대폰을 위아래로 조정해 조의 얼굴이 프레임 한가운데에 오도록 했다.

"지금 아마 전 세계에서 이 라이브 방송을 보고 계실 겁니다. 그러나 제가 이 방송을 꼭 봤으면 하는 분들은 따로 있습니다." 조가 카메라를 응시했다. "바로 저희 항공기의 승객분들입니다. 저는 저희 코스탈 416기에 탑승한 승객 여러분께 전해드릴 말이 있어 이 방송을 켜게 됐습니다. 지금 굉장히 혼란스럽고 화나신 상태라는 거 잘 압니다. 제가 여러분이었어도 분명 그랬을 겁니다. 하지만 저희 입장에서 이 상황을 보시면, 상황이 조금은 다르게 보일 겁니다. 여러분은 지금 무슨 일이 일어나고 있는지 아셔야 합니다. 여러분도 저희 승무원들이 알고 있는 사실을 아셔야 할 자격이 있으니까요."

기내는 엔진 소리만 들릴 정도로 조용했다. 승객들은 전부 자신의 이어폰이나 승무원이 나눠 준 항공사의 헤드폰을 끼고 있었다. 다들 뉴스에서 눈을 떼지 못했다.

"모든 것을 솔직히 말씀드리겠습니다." 조가 계속해서 말을 이었다. "저희 기장님의 가족이 납치됐습니다. 기장님의 아내와 10살짜리 아들, 10개월 된 딸이 LA 어딘가에 인질로 붙잡혀 있습니다. 납치범은 기장님이 비행기를 추락시키지 않으면 가족들을 모두 죽이겠다고 협박했습니다."

일등석에 앉은 여자가 크게 헉 소리를 냈고, 그 소리에 켈리가 깜짝 놀랐다. 대디는 가슴 앞에 팔짱을 끼고 서서 승객들을 지켜봤다. 조가 이야기를 전하는 동안 시시각각으로 변하는 기내 분위기를 살피고, 승객들 중 조금이라도 공범으로 보이는 사람이 있는지 주시했다. 대디는 안절부절못하거나 의심스러워 보이는 자는 없는지 둘러보았다. 그러고는 조를 바라보며 괜찮다는 의미로 고개를 끄덕였다.

"저는 20년 이상 호프만 기장님과 함께 일했습니다. 그만큼 기장님을 잘 알죠. 정말 잘 압니다. 그래서 기장님이 비행기를 추락시킬 가능성은 정말이지 단 1퍼센트도 없다고 단언할 수 있습니다. 더는 이에 대해 할 말이 없기 때문에 이 정도로만 말씀드리겠습니다."

"다만, 계속 설명을 이어 가기에 앞서 먼저 드리고 싶은 말씀이 있습니다." 조가 자세를 바꾼 뒤 눈을 가늘게 뜨고 단호한 어조로 말했다. "이 망할 개자식아, 너는 네가 이 사건에서 빠져나갈 수 있을 것 같지? 천만에. 지금 누가 널 쫓고 있는지 꿈에도 생각 못 할걸! 그들이 조만간 널 찾아낼 거야. 내가 장담해. 그리고 하나 더 약속하지."

조가 스카프를 정돈했다.

"네가 인질로 잡고 있는 기장님의 가족들? 모두 살아 돌아올 거야. 비행기? 절대 추락하지 않을 거고."

켈리가 허리를 조금 더 곧게 세웠다. 대디는 어깨를 쫙 펴며 이를 악물었다.

"자, 그럼 이제 산소마스크에 대해 말씀드리겠습니다. 마스크를 왜 꺼냈냐면, 우리 모두 스스로를 보호하기 위해서입니다. 네, 여러분, 어느 미친놈이 지금 우리를 쓰레기 같은 계획에 끌어들였습니다."

조는 그녀의 심장 박동이 미친 듯이 빨라지는 것을 느꼈다. 마치 고백하기 직전에 너무 겁이 나서 도망치거나 물러서고 싶지만 그럴 수 없다는 걸 깨달았을 때 같았다.

"비행기가 착륙하기 전에, 그 납치범은 기장님이 조종실에서 객실로 유독 가스 공격을 하게 만들 겁니다. 무슨 가스냐고요? 그건 저희도 모릅니다. 다만 상당히 치명적인 독성 물질일 것으로 추정되기 때문에, 저희도 그에 맞서 전방위적인 대응에 나설 겁니다."

"자," 그녀가 말을 이었다. "그게 무엇이든 간에 저희는 당연히 그 독가스를 들이마시길 원치 않습니다. 그래서 산소마스크를 준비한 겁니다. 이제 방송이 끝나면 승무원들이 여러분에게 브리핑을 하고, 앞으로 벌어질 상황에 여러분을 대비시킬 겁니다. 하지만 지금 이 순간부터 뉴욕에 도착할 때까지 여러분이 기억하셔야 할 가장 중요한 점은 바로 이겁니다."

조가 앞으로 나섰다.

"저희는 이 상황을 극복할 겁니다. 모두 함께 헤쳐 나갈 겁니다. 서로를 지켜 낼 겁니다. 그리고 이 비행기의 승객 여러분, 저희 승무원, 그리고 조종사가 모두 함께 그 미치광이에게 반드시 보여 줄 겁니다. 우리는 짓밟히지도, 협박에 굴하지도, 무너지지도 않을 거라고요."

조가 잠시 말을 멈췄다. 지금 이 말들이 대체 어디서 쏟아져 나온 건지 그녀도 몰랐다. 그저 굳은 의지를 다진 뒤 입을 열고 말을 내뱉었을 뿐이다. 머릿속이 복잡해졌다. 빠뜨린 이야기는 없나? 사실은 자신이 방금 전에 뭐라고 말했는지도 정확히 기억나지 않았다.

"제가 어렸을 때, 저희 아버지가 이런 말씀을 해 주셨습니다. '깊숙이 앉아 있다가 때가 되면 박차를 가하라.' 여러분, 지금 우리에게 주어진 선택지는 하나뿐입니다. 서로를 믿고 하나가 되는 것입니다. 여러분과 함께하게 되어 영광입니다. 그리고 여러분을 모시게 되어 영광입니다. 깊숙이 앉아 계시다가 때가 되면 함께 박차를 가해 주십시오. 그럼 이제 시작하겠습니다."

켈리가 빨간 버튼을 눌렀다. 부드러운 핑 소리와 함께 영상이 끝났다.

테오는 리우가 태블릿을 무릎 위에 놓는 모습을 보았다. 승합차 창밖으로 풍경이 어지럽게 지나갔다.

"범인을 미친놈으로 만들고," 그녀가 말했다. "기장을 희생자이자 영웅으로 만들었군. 게다가 공공의 적에 맞서도록 사

람들을 단결시켜서, 죽을 수도 있다는 공포를 잊게 할 생각이
야. 사람들의 투쟁 정신을 부추겨서 행동에 나서도록 말이지."
리우가 테오에게 몸을 돌렸다. "권위는 묵살하고 절차는 엿 먹
여야 직성이 풀리는 네 녀석이랑 똑같네? 집안 내력인가 봐?"

테오는 가슴속에 차오르는 자부심을 애써 숨기려 숨을 크
게 들이마셨다.

"그럼요, 팀장님." 그는 작은 미소를 숨기지 못했다.

"조가 워싱턴 DC 얘기를 했던가?"

"아니요." 다른 요원이 말했다.

리우가 고개를 저었다.

조 이모는 수천 킬로미터 떨어져 있으면서도 리우의 성미
를 건드렸다. 테오는 그게 너무 좋았다.

"팀장님? 도착했습니다." 운전 요원이 황량한 쇼핑몰로 들
어가며 말했다. 오래되어 글자가 희미해진 간판을 단 텅 빈
가게들이 광장에 가득했다. 작은 화분에는 잡초가 무성했고
바싹 마른 나무들이 주차장을 가득 메우고 있었다. 그리고 그
속에서 고동색 세단 한 대를 발견했다. 바람 빠진 타이어에,
먼지가 두껍게 내려앉은 전면 유리까지, 딱 봐도 오래전에 버
려진 차였다.

그때, 주차장 저 끝에서 무언가를 발견했다. 이곳에서 찾은
유일한 사람의 흔적이었다. 불 꺼진 가로등 아래로, 어둠에

가려진 커다란 은색 SUV 한 대가 보였다. SUV에서 나오는 두 개의 불빛이 주위를 밝히고 있었다. 늦가을은 해가 짧아 이미 어스름이 내린 상태였는데, 유리창에 햇빛 가리개가 쳐져 있어 차 내부가 보이지 않았다.

"저 뒤에 주차해." 리우가 화단의 꽤 큰 나무를 가리켰다.

차가 뒤로 움직이면서 서서히 속도를 줄여 자리를 잡았다.

"좋아. 어이, 미친놈," 리우가 말했다. "우리 다시 한번 해 보자고."

17

캐리는 샘의 볼을 타고 미끄러지는 땀방울을 보았다. 턱 끝에 매달려 있던 땀방울이 그의 소매로 떨어져 회색 칼콤 유니폼에 짙은 얼룩을 남겼다.

이 비좁은 공간은 무척이나 더웠다. 엘리스를 안고 있는 부분의 티셔츠가 축축해져 몸에 딱 달라붙었다. 땀에 젖은 스콧의 머리카락도 이마에 착 붙어 있었다.

샘이 휴대폰을 내려놓고 소매에 있는 단추를 풀기 시작했다. 기폭 장치를 손에 쥔 채 하려니 간단한 일이 뜻대로 되지 않았다. 캐리는 그의 손가락이 자그마한 단추 주변에서 자꾸 미끄러지는 걸 바라보며, 더위 때문에 그의 짜증이 점점 극에 달하고 있으리라 생각했다.

캐리가 그의 팔 쪽으로 손을 뻗었다. 샘이 뒤로 물러났다.

휴대폰 카메라가 천장으로 기울어져 있어서 조종실에서는 아무것도 볼 수 없을 터였다. 그 순간만큼은 두 사람만 있는 것 같았다. 불안하고 방어적인 그와, 차분하고 온정적인 그녀. 샘이 의심하며 눈살을 찌푸렸지만, 캐리는 물러서지 않았다. 웃거나 말하지도 않았다. 함정이 아니라는 걸 증명하려 노력하지도 않았다. 그저 손을 뻗었다.

그러자 샘이 천천히 팔을 내밀었다. 손이 묶인 탓에 캐리의 손놀림은 다소 어색했지만, 그래도 샘보다는 능숙하게 단추를 풀어 나갔다. 탁 하며 단추가 풀림과 동시에 소맷동이 느슨해졌다.

캐리는 소매를 팔뚝까지 걷어 올려 주었다. 그녀에게는 더러운 기저귀를 싸거나 넥타이를 바로 매는 것만큼이나 자연스러운 일이었다. 밴 안은 어두웠다. 그러나 그 와중에도 샘의 팔 안쪽 아랫부분에 세로로 가늘게 난 상처가 캐리의 눈에 들어왔다. 그는 서둘러 팔을 돌려 손을 뒤로 뺐지만, 캐리는 분명히 상처를 보았다.

"나도 어렸을 때 아버지를 잃었어요." 캐리가 말했다. "교통사고로요. 음주 운전이었죠. 아버지는 만취 상태였어요." 손을 멈추고 덧붙였다. "아버지는 항상 술에 절어 있었어요."

그녀는 샘의 반대쪽 소매도 접어 주려 몸을 돌렸다. 아무렇지도 않게. 당연히 그래야 하는 것처럼.

캐리는 친구들 사이에서 고민을 상담해 주는 사람이었다. 그렇다. 그녀는 통찰력 있고 사람의 마음을 잘 다독여 주었다. 또한 상대의 내면을 파고드는 능력이 뛰어났으며, 친구들이 진정으로 화가 난 이유와 문제점을 딱 집어내곤 했다. 그래서 친구들은 그런 그녀를 '스팍*'이라고 부르기도 했다. 캐리는 어려운 일에 직면할 때마다 상황을 냉정하게 들여다볼 줄 알았다. 마치 환한 불빛이 비추는 수술대 위에 문제를 펼쳐 놓고, 논리와 이성을 흐리는 감정을 칼로 도려내는 것 같았다. 그리고 너무 깊이 생각하지 않았다. 그저 뇌와 가슴이 시키는 대로 할 뿐이었다. 추측하건대, 안락하고 행복해야 할 어린 시절 내내 술에 취해 불안정했던 아버지의 존재가 캐리를 이렇게 만든 것 같았다.

"아버지가 나무를 들이박은 걸 신께 감사드렸어요." 캐리가 말했다. "차도를 벗어났거든요. 사람을 치지 않은 게 기적이었죠."

샘은 신이라는 말에 고개를 바로 세웠다.

"아버지가 신앙심이 깊었나 보지?" 그가 물었다.

"아뇨. 우리 가족은 전혀 독실하지 않았어요. 크리스마스

---

* 영화 〈스타 트렉〉에 나오는 등장인물 중 하나로, 차분하고 이성적이며 상대방의 생각을 읽어 내는 능력을 지녔다.

나 부활절을 즐기는 정도의 기독교인이었죠. 아버지는 교회도 나가지 않았어요." 캐리는 미간을 찌푸리고 샘을 바라봤다. 그러나 그녀의 시선은 더 먼 곳을 향했다. "솔직히 말하면, 아버지랑 그런 얘기를 나눠 본 적 없어요. 신에 관해서 말이에요. 아버지가 무슨 생각이었는지 사실 잘 몰라요."

"알지? 자기가 나 좀 도와줘야 해." 캐리가 말했다.

빌은 텔레비전에서 눈을 떼지 않고 채널을 돌리며 싱긋 미소를 지었다.

"나는 신이랑 거리가 먼 사람이야." 빌이 말했다. "어디서부터 시작해야 할지도 모른다고."

"나라고 뭐 알겠어?" 캐리가 소파에서 다리를 꼬고 무릎 위의 성경책을 넘겼다. 결혼식은 일주일 뒤였고, 목사는 두 사람에게 결혼식에 사용할 성경 구절을 적어도 두 개는 골라야 한다고 했다.

"보통 결혼식에서 쓰는 일반적인 성경 구절 같은 거 없나?"

"당연히 있지." 캐리가 말했다. "그런데 목사님은 우리에게 의미가 있는 구절을 원하셔."

"교회에 다니지도 않는 우리한테?" 빌은 야구 재방송을 보며 캐리의 무릎에 있는 성경책을 가리켰다. "자기는 그거 어디서 찾았어?"

캐리가 미소 지었다. "내 옷장 구석에 있는 상자에서. 어릴 때 갖고 있던 거야. 어른용 성경은 한 번도 산 적 없어. 난 이렇게 쉽게 쓰인 문장이 좋더라."

그녀는 뒤쪽에 있는 색인을 펴고 주제에 맞게 정리된 구절이 있는지 살폈다. '사랑'이라는 주제 아래에 꽤 여러 가지 항목이 있는 걸 확인한 뒤 하나를 골랐다. 그리고 앞쪽의 '전도서' 부분으로 다시 돌아가 얇은 책장을 넘기다가 손 글씨로 된 메모를 발견했다. 휘갈겨 쓴 아버지의 독특한 글씨체를 가만히 보고 있는데 갑자기 맥박이 빨라졌다. 빌이 뭐라 말했지만 그녀는 못 들은 척했다. 그가 리모컨으로 다리를 쿡 찔렀을 때에야 그녀는 고개를 들었다. 그는 그녀의 얼굴을 보고 미소를 지어 보였다. 캐리는 빌에게 자신이 무엇을 찾았는지 말해 주었다.

"자기 아버지?" 빌이 텔레비전 소리를 음소거로 바꾸고 자세를 고쳐 앉았다. "아버지가 독실하셨다는 말은 한 적 없잖아."

"응. 아버지는 신앙심이 깊지 않았어." 캐리는 성경책을 응시했다. "그런데 왜 내 성경책 안에 이런 글을 적어 놓으셨을까? 대체 언제?"

빌은 답하지 않았다. "아버지인지 자기가 어떻게 알아?" 그가 물었다.

"맞아. 분명히 아버지 글씨체야."

"음, 뭐라고 쓰셨는데?"

캐리는 이마를 찌푸리고 글을 해독하려 노력했지만 도무지 이해가 가지 않았다. 아버지는 전도서 9장 3절에 동그라미 표시를 해 놓았다. ㅡ"모든 사람이 다 같은 운명에 떨어진다는 것은 악한 일이다. 이로 인해 사람의 마음은 악으로 가득하고, 사는 동안 미친 짓을 생각하다 결국은 죽고 만다." 그리고 그 옆에 한 단어를 대문자로 진하게 쓰고 밑줄까지 쳐 놓았다. "YES." 캐리는 빌이 볼 수 있게끔 성경을 돌렸다.

빌은 책을 들고 한참 동안 그 페이지를 주시하다가 다시 돌려주었다. 그도 그녀만큼 혼란스러워 보였다.

"그러니까…… 다들 죽는다. 그리고 그건 공평하지 않다는 뜻이지?" 캐리는 아버지의 흔적을 내려다보았다.

"응."

캐리는 샘의 반대쪽 소매 단추를 끌러 주었다. "나는 아버지와의 관계를 크게 후회하지 않아요. 그렇지만 아버지가 신을 어떻게 생각했는지 한 번도 묻지 않은 건 후회돼요. 아버지는 신에 대해 아무 말도 하지 않을 거라고 여겼거든요. 별관심이 없어 보였으니까요. 그런데 나이가 들수록, 아버지의 인생이 더 많이 보일수록, 아버지가 정말 할 말이 별로 없었을까, 궁금해지더라고요."

"아버지가 돌아가셨을 때 넌 몇 살이었는데?"

"열아홉이요. 대학에 막 입학했을 때였어요. 부모님 집 주방에서 마지막으로 아버지를 봤어요. 저녁을 먹으러 들렀다가 식사를 마치고 막 집을 나서려던 참이었죠. 저는 이미 손에 가방을 든 채로 엄마와 대화를 거의 마무리하는 중이었는데, 아버지가 한 손에 맥주병을 쥐고 주방으로 들어와서는 무슨 얘기를 하고 있었냐고 물었죠. 나는 아버지에게 전공을 정하려 한다고 했어요. 그랬더니 아버지가 어깨를 으쓱하며 이렇게 말하더군요. 네가 어떤 선택을 하든, 살기 위해서는 선택해야만 한다고요."

샘은 혼란스러운지 눈살을 찌푸렸다.

"맞아요." 캐리가 말을 이었다. "아버지는 항상 포춘 쿠키에 들어 있는 허튼소리 같은 말만 했어요. 그게 날 미치게 만들었죠. 아버지가 그 말을 했을 때, 나는 언제나 그랬던 것처럼 시선을 피했죠. 그렇지만 절대 잊지 못할 거예요. 아니, 절대 잊지 않을 거예요. 아버지가 나한테 한 마지막 말이었거든요. 아버지가 내 행동에 기분 나빠했을 것 같아요? 아뇨. 아버지는 불쾌해하지 않았어요. 상처를 받았죠. 아버지는 상처받은 것 같았어요. 그리고 이런 말을 했죠. '너도 모든 사람이 정말로 인생을 살아가고 있다고 생각하진 않을 거다. 사람들은 대부분 그냥 존재하며 정처 없이 떠돌 뿐이란다. 진짜로 살기

위해서는, 선택을 해야 하는 거야라고요."

캐리는 샘의 소매를 다 걷어 주었다. 그녀의 말이 깊은 적막 속으로 떨어졌고, 시선은 기폭 장치로 내려앉았다. 오래전 아버지가 했던 말이 파도처럼 밀려와 그녀의 몸을 휘감았다. 그 말을 이제야 이해하게 됐다.

하지만 샘이 휴대폰을 집어 들었고, 두 사람은 다시 현 상황으로 돌아왔다. "솔직히 네 아버지의 말, 어느 정도는 이해가 간다."

캐리는 어둠 속에서 그를 응시했다. 그리고 고개를 끄덕였다.

밖에서 무슨 소리가 들렸다.

샘은 눈을 크게 뜨고 캐리를 보았다.

그리고 입에 손가락을 댔다. 침묵.

그의 엄지가 기폭 장치의 빨간 버튼 위로 움직였다. 그는 복종하지 않으면 무슨 일이 벌어질지 캐리에게 다시 한번 상기시켰다.

18

조는 켈리와 함께 갤리 커튼 안쪽에 서서 객실 쪽으로 귀를 기울였다. 영상이 끝난 직후, 대디를 포함한 셋은 모두 숨을 죽이고 승객들 사이에서 터져 나올 반응을 기다렸다. 사람들이 비명을 지르겠지? 아수라장이 되겠지? 하지만 1분 정도가 지났는데도 별다른 반응이 없었다.

"지금까지는 괜찮네." 대디가 객실에서 눈을 떼지 못한 채 말했다. "독성 물질을 날리는 사람도 없고, 그자들보고 악당이라고 하는 사람도 없어. 승무원 호출 버튼을 누르는 사람도 없어. 놀랍군. 솔직히 난리가 날 줄 알았는데……."

그가 갑자기 말을 끊더니 급히 갤리에서 빠져나갔다.

조도 커튼을 열어젖히고 대디를 따라갔다. 그는 복도를 빠르게 지나 기체 앞으로 진격하고 있는 남자를 쫓아갔다. 두 남자는 막 벌크헤드*를 지나치려던 순간에 만났다.

"궁금해서요." 남자가 탑승객 절반이 들을 수 있을 정도로 크게 말했다. "저 빌어먹을 문 안으로 들어갈 수 있는지 말입니다."

빅 대디는 자신의 얼굴을 가리키고 있는 그의 손가락을 보며 눈썹을 올렸다. "어떤 문 말씀입니까?" 그가 물었다.

"저거요." 남자가 턱을 홱 들어 조종실을 가리켰다.

"아," 대디가 받아쳤다. "불행히도 그런 일은 일어나지 않을 겁니다."

남자가 헛기침을 하며 숨을 내뱉었다. 그의 볼이 더 붉으락푸르락해졌다. 원래 피부색 자체가 불그스름하긴 했지만, 떡 벌어진 가슴팍과 두툼한 술배를 보니 몇 미터 되지도 않는 거리를 서둘러 달려왔다고 해서 얼굴이 붉어진 건 아닌 듯했다. 솔직히 조는 아까부터 이 남자 때문에 불안했다. 그녀는 이런 부류의 남자들을 잘 알았다. 자존심만 강하고 관용은 적은, 그런 남자들.

"고객님," 대디가 입을 열었다. "저 문에는 다중 잠금장치가 설치되어 있습니다. 전부 조종실 내부에서 작동시키고요. 열쇠도 없습니다. 만에 하나 저희가 문을 열 수 있다고 해도, 물

---

* 비행기에서 좌석 클래스를 구분하는 격벽

론 그럴 수 없지만, 조종실 내부에는 그 행동을 중단시키는 매뉴얼도 존재한답니다."

남자는 조종실 문을 여는 게 불가능하다는 생각을 전혀 하지 못했는지 눈만 껌뻑였다. 조는 빅 대디의 어깨에 손을 올려 자기가 뒤에 있다는 걸 알리며 진정하라는 무언의 메시지를 전했다.

"그러면 문을 부숴 버리면 되겠네!" 남자가 침을 튀기며 악을 썼다.

몇 줄 뒤에 있던 누군가가 툴툴대며 그의 말에 동조했다. 몇몇이 고개를 끄덕였다.

"저 문은," 조가 목소리를 깔고 단호하게 말했다. "케블라 소재로 만들어진 방탄 문입니다. 고의로 부수는 건 불가능해요."

"조종사들은 911 사건도 막지 못했잖습니까!"

"저 문이 바로 911 사건 때문에 생긴 거예요." 조가 말했다. "그날 이후, 그 누구도 조종실을 침입하지 못한 게 단순히 운이 좋아서였다고 생각하시나요?"

남자는 대답하지 못하고 그저 고개만 저으며 콧구멍을 벌름거렸다. 하지만 남자의 과한 자신감에서 힘을 얻은 몇몇 승객들이 그와 함께 돌아서기 시작했다.

"저 안으로 들어가야 한다고요!" 어디선가 여자가 고함을 쳤다. 조는 그게 누구였는지 알아낼 수조차 없었다.

"좋습니다." 조가 말했다. "저 문을 부순다고 해 보죠. 물론 그럴 수도 없지만요. 그냥 말만이라도 해 보죠. 저 안에 들어가서 뭘 하시려고요?"

남자가 또 눈을 끔뻑였다. 역시나 아직 그것까지는 생각해 본 적이 없는 것 같았다.

"우리가 해치울 겁니다!"

"누구를요?" 빅 대디가 물었다.

"테러리스트죠!"

몇몇 사람들이 함성을 내질렀다.

"조종실에는," 조가 차분하게 입을 뗐다. "이 비행기를 조종하고 있는 조종사 둘뿐입니다. 우리가 살아남기 위해 반드시 필요한 존재들이죠. 여러분이 그토록 원하는 테러리스트는 LA 지상에 있습니다. 조종실에 쳐들어가 봤자 얻을 수 있는 건 아무것도 없습니다. 우리 모두를 더 큰 위험에 빠지게 할 뿐이고요."

누구도 입을 열지 못했다.

"여러분, 만일 악당들이 저 안에 있다면, 저 또한 바로 여러분과 같이 움직였을 겁니다. 하지만 여러분, 저 조종실 안에는 선량한 사람뿐입니다." 조가 강조했다. 그러나 기내에 공범이 있을 수도 있다는 말은 차마 입 밖에 내지 못했다.

통로에 앉은 어떤 남자가 입을 열었다. "그런데 조종실에서 기내로 유독 가스 공격을 할 거라고 했잖습니까?"

"맞아요." 조는 한숨을 내쉬었다. "우리 조종사들에게 문제가 좀 생겼어요. 일단 그들은 우리의 도움이 절실합니다. 물론 유독 가스 공격이 발생할 수도 있어요. 왜냐하면 그렇게 하지 않으면 아무 죄 없는 한 가족이 죽게 되거든요."

조는 그 발언이 한동안 허공에 머물도록 잠시 기다렸다.

"지금 FBI가 그 가족을 찾고 있기 때문에 조종사들은 FBI에게 시간을 벌어 주어야 합니다. 저희 비행기의 빌 기장님은 기내의 승무원과 탑승객들이 이에 잘 대비할 거라 믿고 있어요. 우리 스스로를 지켜내기 위한 대비 말이에요. 실제로 우리가 할 수 있는 일이기도 하고요. 이게 바로 우리가 싸우는 방법이고, 테러리스트를 이길 방법입니다. 모두 함께해야 합니다. 서로를 믿어야 살아남을 수 있어요."

조는 탑승객들을 둘러보았다. 다들 생각에 잠긴 얼굴이었다.

"우리는 맞서 싸워야 해요. 하지만 이건 그들에게 큰 타격을 가할 정도로 우리가 강해져야 가능한 일이에요. 단순히 작은 타격을 주는 걸로는 부족해요."

아무도 답하지 않았다. 조는 좋은 신호라고 생각했다. 가장 공격적이던 남자는 어느 쪽으로 방향을 틀어야 할지 확신하지 못하는 것 같았다. 자기주장을 밀어붙여야 할지, 비행기에 집중해야 할지 모르는 듯했다. 그가 조를 쏘아보더니 크게 숨을 내쉬었다. 그러나 입은 꾹 다물고 있었다. 조는 그녀의 아들들이 어렸을 때가 떠올랐다. 아이들은 그녀와 맞설 때면 이 남자와 같은 표정을 짓곤 했다. 당시 조는 이런 힘겨루기의 결과가 절대 좋지 않다는 걸 금세 알아차렸고, 그래서 아이들의 불만을 해소시키는 나름의 방법을 터득했다. 바로, 아이들의 에너지를 다른 곳으로 돌리는 것. 조는 아이들에게 권한을 주면서 영향력과 의무감을 심어 주었다. 그 결과, 아이들은 장난감을 고를 때만 그녀를 필요로 했다. 어쨌든 전략은 잘 먹혔다.

그녀는 빅 대디 앞으로 걸어가서 남자와 얼굴을 마주했다.

"성함이 어떻게 되시죠?" 조가 물었다.

"데이브요."

"데이브, 저희는 당신의 도움이 필요합니다. 당신을 믿어도 될까요?"

그가 가슴을 앞으로 쭉 내밀었다.

"일단 승객들 자리를 다시 배치해야 해요." 조는 그가 너무 깊이 생각하기 전에, 솔직히 말해서 그녀 자신이 깊게 생각하기 전에 서둘러 말을 뱉었다. 누가 그들과 함께할지, 아니면 대척할지 알 수가 없었다. 그냥 눈 딱 감고 도와줄 사람을 뽑았다. "일등석에는 좌석이 여덟 개예요. 두 자리를 뺀 나머지 여섯 자리에 저를 도와 함께 싸워 줄 분이 앉으면 좋겠어요. 일등석에 젊은 남자 두 분이 있는데, 그분들은 저를 도와줄 것 같거든요. 그리고 데이브," 그녀가 데이브를 보고 미소 지었다. "당신까지 셋이요. 그러니까 사람을 더 모아 주세요. 그 다음에 일등석 자리를 다시 배치할 거예요. 공격은 저 앞쪽에서 시작할 테니까 우리는—"

"여자와 아이는 뒤로 보냅시다." 데이브가 끼어들었다.

근처 창가에 앉아 있던 어떤 여자가 피식 웃었다. "맙소사, 타이타닉이야 뭐야?" 그녀가 일어서서 의자에 무릎을 얹고 팔을 앞좌석에 걸쳤다. "흠, 저와 제 아내도 도울게요." 중간 자리에서 그녀의 아내가 진지하게 고개를 끄덕였다.

데이브가 비웃었다. "숙녀분들은 빠지시는 게 나을 것—"

"다시 말씀드리죠." 그 여자가 말했다. 그녀는 차분한 목소리로 자신은 해병대 출신으로 지금까지 전쟁에 여섯 번 참전했고, 현재 LA 소방대에 있으며, 배우자는 주짓수 검은 띠를 소유한 구급대원이라고 설명했다. 데이브는 할 말이 없었다.

"아주 좋습니다." 조가 빠르게 답했다. "그러면 총 다섯 명이에요. 한 명만 더 있으면 돼요."

사위가 조용해지면서 웅웅거리는 엔진 소리만 점점 더 커졌다. 아무도 움직이지 않았고, 아무도 말을 꺼내지 않았다. 초등학생스러운 행동이었다. 계속 가만히 있으면 선생님이 발표를 시키지 않으리라.

찰칵. 좌석벨트를 푸는 소리가 났다. 모두의 시선이 앞쪽에 소리가 난 곳으로 이동했다. 앞에서 세 번째 줄 통로의 오른쪽 좌석에서 한 남자가 일어섰다.

모두의 시선이 그를 따라 올라갔다. 그리고 계속 올라갔다.

"고맙지만 사양하겠습니다, 라고 말해도 되나?" 빅 대디가 숨죽여 켈리에게 속삭였다.

남자는 덩치가 거대했다. 키가 족히 2미터는 되어 보였다. 그보다 더 큰 것 같기도 했다. 그는 고개를 돌려 사람들을 마주 보았고, 사람들은 고개를 뒤로 젖혀 그를 올려다보았다. 반신반의하는 기색이 사람들 사이를 스쳐 지나갔다. 남자의 짧고 검은 머리칼은 두피에 바짝 붙어 있었다. 어스름한 조명이 남자의 짙은 눈동자로 그림자를 드리웠다. 앙상하고 창백한 얼굴에서 툭 불거져 나온 눈이 사람들을 빤히 내려다봤다. 조는 조금 전에 빅 대디가 왜 그 남자의 본질을 딱 꼬집어서 반대하지 못했는지 곧바로 이해했다. 그에게는 뭐라 말할 수 없는 신비함과 그늘이 드리워져 있었다.

승무원들이 눈빛을 주고받았다.

"제가 돕겠습니다." 그의 목소리는 가장 낮은 음역대를 긁어내는 듯했다. 말투에 외국 억양이 약간 섞여 있었지만 확 드러나지는 않았다. 그의 목소리에는 감정이 전혀 담겨 있지 않았다.

조가 억지로 웃음을 지었다. "감사합니다. 그럼 여섯 명이네요."

19

테오는 브라보 팀이 쇼핑몰 건너편의 24시 부리토 음식점 주차장으로 들어가는 걸 지켜보았다. 그들은 호프만 가족의 차에서 꽤 멀리 떨어져 있긴 했지만, 직선거리에 있어서 시야 확보가 가능했다. 모두 브라보 팀의 보고를 기다렸다.

"없습니다." 마침내 이어폰으로 보고가 흘러나왔다. 차의 라이트는 꺼져 있고 아무도 보이지 않았다. 하지만 차창에 선팅이 너무 진하게 되어 있어서 확실하지는 않았다.

테오가 쇼핑몰에서 유일하게 불이 켜져 있는 가게를 주시하는 동안, 리우는 손톱을 깨물고 있었다. 1분 뒤, 사복 차림의 요원이 문밖으로 걸어 나왔다. 잠시 후, 그녀의 목소리가 요원들의 귓속을 채웠다.

"이 쇼핑몰의 전체 가게 중 이 가게랑 다른 가게 한 곳만 영업 중이에요." 그녀가 말했다. "그중 한 곳에 감시 시스템이 있긴 한데, 몇 달째 작동을 하지 않았다고 합니다."

테오는 고개를 떨구었다.

만약 호프만 가족이 SUV에 없다면 즉시 다른 곳으로 이동해야 했다. 경찰은 가뜩이나 시간도 부족한 마당에 여기 앉아서 그나마도 없는 시간을 낭비하고 있었다.

용의자는 첫 번째 장소에서 위험을 무릅쓰고 폭발을 일으켰다. 이런 상황에서 FBI 프로토콜은 두 번째 장소에서 위험한 일이 추가로 발생하지 않도록 정확하게 확인하는 과정을 중요시했다. 폭탄 처리반은 요원들이 해당 차량에 다가가기 전에 완벽하게 주변을 수색해야 했다.

그러나 FBI 프로토콜이 비행기의 도착 예정시간을 고려했을 리 없었다. 매 순간 비행기는 목적지에 가까워지고 있었기에 일분일초가 소중했다. 테오는 리우와 동시에 손목시계를 확인했다.

두 사람의 눈이 마주쳤다. 테오는 둘이 같은 생각을 하고 있다는 걸 깨달았다.

"지휘소, 폭탄 처리반이 여기까지 오는 데 얼마나 걸리지?" 리우가 무전에 대고 물었다.

"7분 정도 걸립니다."

"그러면 처리반이 와서 준비하고 수색하고 승인받는 데는 얼마나 걸려?"

"한 30분쯤 걸릴 겁니다."

요원들은 서로를 쳐다보았다.

"얼마나 남았어?" 리우가 테오에게 물었다. 비행기가 착륙하기까지 남은 시간을 묻는 거였다.

그가 다시 시계를 들여다봤다. "1시간 20분 정도입니다. 그렇지만 그전에 기장이 기내에 가스 공격을 할 겁니다."

리우는 호프만의 SUV를 응시하면서 그의 말을 곱씹는 것 같았다. 물어뜯은 손톱 조각을 뱉더니 다른 손톱으로 넘어갔다.

"만약 승인을 기다리는 중에 가족들이 차 안에 없다는 게 확실해지면요?" 테오가 물었다. "어쨌든 우리는 그들을 찾아야 해요." 이럴 시간이 없다는 말이 차마 입 밖으로 나오지 못한 채 맴돌았다.

테오는 자신의 생각이 옳다는 걸 알았다. 다른 요원들도 마찬가지였다. 그리고 리우도 테오의 말이 맞다는 걸 알고 있다고 테오는 확신했다.

그녀가 헬멧을 움켜잡았다.

"내가 지시할 때까지는 아무도 따라오지 마, 알았나?" 리우는 턱 밑에서 헬멧의 버클을 잠갔다. "내 결정에 따라 임무를 수행했다고 기록되어야 한다. 무슨 일이 일어나든 전부 내가 책임질 거고."

두려움이 테오를 감쌌다. 그를 무모하게 만드는 한 가지가 있었다. 바로 다른 이의 목숨. 자신을 믿고 고개를 끄덕였지만 결국 죽고 만 남자가 문득 떠올랐다.

폭발 이후, 부상당한 왼팔에서 밀려오는 극심한 통증이 쉴 새 없이 온몸으로 퍼져 나갔다. 고통을 떨쳐 내고 마음을 다스리라는 훈련 코치들의 가르침을 기반으로 수년간 열심히 갈고닦은 강인한 정신력을 끌어모았다. 그러나 보호 장구를 갖춘 리우가 일어서는 모습을 보자 통증이 더 격렬하게 요동치는 것 같았다. 마치 경고 신호를 보내는 것처럼. 평소에는 이러지 않았는데, 테오의 마음속 어딘가에 의구심이 스멀스멀 자리를 잡기 시작했다.

"팀장님이 전에 저한테 그런 행동은 나쁘다고 하셨던 것 같습니다만." 테오가 삼각건에 감싸인 팔을 들며 말했다.

"그랬지." 리우가 권총집에서 총을 꺼냈다.

그녀는 총을 장전한 다음, 차 문을 열고 밖으로 뛰어내렸다.

리우가 공격에 그대로 노출된 채 총을 들고 주차장을 잽싸게 가로질러 갔다. 다들 놀란 표정으로 그 모습을 지켜보았다. 그녀와 호프만의 차 사이에는 아스팔트 길 말고는 아무것도 없었다. 그나마 전면 유리에 쳐진 햇빛 가림막 때문에 차 내부에서는 그녀가 돌진하는 모습이 보이지 않을 터였다.

차 근처에 다다르자 그녀는 속도를 늦추고 쪼그려 앉았다. 차는 여전히 아무런 움직임도 없이 어둠에 둘러싸여 있었다. 리우가 차 가까이에 귀를 살짝 대고 있던 그때, 테오의 귀에 멀리서 다가오는 차량의 소리가 들려왔다. 마치 그의 몸이 리우 대신 지휘권을 떠맡은 것 같았다.

리우는 손과 무릎으로 땅을 짚고 차 아래를 유심히 살펴더니, 잠시 후 차의 하부가 깨끗한 걸 확인하고서는 만족스러운 듯 몸을 살짝 일으켰다.

그리고 손바닥을 턴 뒤 쪼그리고 앉아 이번에는 정수리가 창문 위로 올라가지 않게끔 천천히 운전석 쪽으로 돌아갔다. 각 문의 손잡이를 점검하며 트립 와이어*가 있는지 살폈다. 테오는 멈추지 않고 점검을 이어 나가는 리우를 보고 손잡이에도 별문제가 없으리라 추측했다. 그녀가 뒤쪽 범퍼를 돌면서 시야에서 사라졌다.

"알파 팀의 시야를 벗어났다." 운전석에 앉은 요원이 말했다.

"여기서 보인다." 테오의 귀로 다른 요원의 목소리가 들렸다. 그는 저격수들이 유리한 지점 세 군데에서 상황을 주시하고 있으며, 방아쇠를 당길 준비도 마쳤다는 걸 알고 있었다.

승합차 안의 기대감은 점점 뚜렷해져 갔고, 밀폐된 공기는

---

* 보행자나 차량이 철사를 건드리면 기폭 장치가 작동되는 수동식 폭파 기법

후덥지근해졌다. 테오는 피가 날 정도로 입술을 깨물었다.

"스탠바이……." 리우를 보고 있는 요원의 말이 이어폰으로 전달되었다. 바로 그때 무언가를 긁는 듯한 소리가 나더니 뒤이어 분노에 찬 욕설이 쩌렁쩌렁하게 울렸다.

"끝!" 리우였다. "폭탄 처리반이 수색할 때까지 아무도 차량에 손대지 마. 가족은 여기에 없다." 그녀가 차 뒤편에서 모습을 드러내더니 권총집에 총을 세게 밀어 넣고 시간을 확인했다.

테오도 시계를 봤다. 이제 그들은 증거를 찾기 전에 기술자들이 차를 안전하게 확보하기를 기다려야 했지만, 사실 용의자가 지문이나 DNA 같은 유용한 정보를 남겨 놓고 갔을 확률은 희박했다. 용의자가 그렇게 부주의할 리 없었다. 어차피 그럴 시간도 없었을 테다.

테오는 테러리스트가 가족을 어디로 데리고 갔을지 궁금해하며 차에서 내렸다. 대체 어디에 있는 걸까? 쇼핑몰 길거리의 조명 주위는 날벌레들로 바글바글했다. 리우가 조명 너머로 밤하늘을 올려다보았다. 테오도 고개를 들었다. 저 멀리서 비행기가 보였다. 비행기는 하늘을 날아가며 계속 불빛을 깜빡였다.

리우는 한동안 손바닥으로 눈을 지그시 누르고 있다가 테오에게 들릴 정도로 크게 한숨을 내쉬었다. 그러더니 주머니로 손을 뻗어 휴대폰을 꺼냈다.

테오는 지저분한 주차장의 아스팔트 길을 성큼성큼 걸어갔다. 그러면서 한 걸음 한 걸음마다 집중하라고 자신을 일깨웠다. 검토할 만한 증거를 제시하고 단서를 모으면 돼.

그러나 이내 상황을 파악하고 큰 충격을 받았다.

증거가 없었다. 그 어떤 단서도 없었다.

"네, 리우입니다." 테오가 리우에게 다가가자 곧바로 그녀가 전화를 받았다. 그녀는 목을 가다듬었다. "두 번째 장소는 가망이 없습니다. 워싱턴 DC는 1단계 대피를 시작해야 합니다."

20

JFK 공항 활주로 위 높은 곳에 자리 잡은 조지 패터슨은 자신의 통제 밖에 있는 여러 가지 상황들을 받아들이는 일에 익숙했다.

그런데 오늘은 달랐다.

책상을 어지럽힌 서류 더미 위에 팔꿈치를 올리고 깍지 낀 두 손으로 이마를 받치고 있었다. 비행 경로, 날씨 보고, 응급 프로토콜. 온갖 부호와 코드, 머리글자가 알아보기 힘든 글씨체로 서류에 빼곡히 적혀 있었다.

누군가 조지에게 직업이 무엇이냐고 물어보면, 그는 "전 조류 관찰자입니다"라고 말하곤 했다. 우스갯소리로 하는 말이었지만, 그는 비행기가 하늘로 날아오를 때마다 금속 날개에 햇빛과 달빛이 반사되는 모습을 27년째 지켜봐 왔다. JFK 공항 항공교통 관제탑 책임자보다는 조류 관찰자라는 말이 사람들을 이해시키기 더 쉬웠다.

날씨, 기술적 결함, 시간, 물리적인 법칙. 이런 요소들과 함께 조지는 자신의 위치에 안온하게 머무르고 있었다. 이러한 요소들은 그 존재 자체를 그대로 받아들여야 하지, 통제할 수 있는 게 아니었다. 주어진 상태를 받아들이고 통제 가능한 일만 처리하라. 통제 불가능한 일에 시간을 낭비하지 마라. 이것이 그가 관제탑을 운영하는 방식이자 책임자 자리에 있는 이유이기도 했다.

그러나 언제나 침착하던 그의 마음속에서 절망감이 점점 커지고 있었다. 지금껏 일을 해 오면서 이런 적이 딱 한 번 있었는데, 마치 그때와 같았다. *이렇게까지 할 필요는 없잖아.* 그가 생각했다. 9월 11일, 그날 하루를 마무리하던 때도, 부인과 자식들의 눈을 피해 욕조 끝에 걸터앉아 눈물을 흘릴 때도 같은 생각을 했었다. 그의 직업은 통제 불가능한 요소가 지천에 깔린 환경에서 균형을 잘 유지시키는 게 전부였다. 그런네 조금 전 TV 화면 앞에 서서 승무원의 영상을 지켜보다가 또다시 절망에 빠지고 말았다. 지금 직면한 문제는 우연이 아니었기 때문에. 누군가 일부러 그렇게 만든 것이었기에.

조지는 사무실 창가를 서성이며, 근무 중인 관제사들을 보았다. 빈자리 하나 없이 모든 관제사들이 몸을 앞으로 기울이고 앉아 헤드셋에 대고 급박하게 무언가를 말하고 있었다. 다이얼을 돌리고 모니터 화면을 바꾸는 그들의 손이 분주했다. 전국의 무수히 많은 공항 관제탑과 지역 관제소에도 지금 JFK 공항이 받은 것과 똑같은 긴급 항공 정보가 전달된 상태였다.

CA416*부기장은 기장이 처한 곤경을 모르는 것으로 보인다. 외부에서 그 상황에 대해 논의하지 말아야 한다. 모든 조종실은 다른 주파수로 브리핑할 것을 지시한다.

JFK 관할 구역으로 들어오는 모든 항공기는 다른 곳으로 우회하도록 하고, CA416이 접근하면 이곳은 비행 금지 구역으로 규정한다.

CA416과의 교신은 그대로 유지해야 한다. 다른 비행기들은 우회시키고, CA416은 주변의 영향을 받지 않고 비행하도록 하는 것이 우리의 목표이자 최선의 희망이다.

미국 전역의 모든 항공기 기장과 부기장은 서로를 바라보며 왜 새로운 주파수 채널에서 지시가 내려오는지 의아해했다. 그러나 기계적인 프로토콜이 각 항공기에 연달아 반복적으로 전달되면 이러한 호기심은 저절로 사라질 터였다. 거의

---

* 코스탈 에어웨이 416의 항공편명

기적에 가까운 속도로 하늘을 가로지르는 통신망의 속도 덕분에, 그날 근무하는 모든 조종사가 현재 당면한 상황을 그 즉시 인지하고 훈련받은 대로 대응할 수 있었다.

워싱턴 덜레스 국제공항, 로널드 레이건 워싱턴 국립 공항, 볼티모어-워싱턴 국제공항 등 워싱턴 DC에 있는 공항들도 뉴욕 JFK 공항과 마찬가지로 이 상황에 대한 대비책을 준비 중이었다. 다만 이 사실은 일부 사람만 알고 있었기에, 막상 준비를 하고 있는 당사자들도 무엇 때문에 대비하는지는 몰랐다. 워싱턴 DC의 공항들은 원래 416편을 관리할 필요가 없었다. 그곳으로 착륙할 항공기가 아니었으니까. 만약 기장이 결국 테러리스트의 목표물에 비행기를 충돌시키는 상황이 되어도, 워싱턴의 DC 공항들은 416편의 경로를 신경 쓸 필요가 없었다. 그럼에도 그들은 만반의 준비를 해야만 했다. 발생할 수 있는 모든 일에 대비해야 했다.

반면 뉴욕에서는 관제사들이 뉴스에서 그 영상을 보자마자, 그리고 비행기의 목적지가 JFK라는 걸 알게 되자마자 묻고 따질 새도 없이 바로 업무에 착수했다. 어떤 관제사는 잠옷 차림이었고, 어떤 관제사는 신고 있던 하이힐을 벗어 책상 아래로 밀어 넣었다. 아마도 그녀의 첫 데이트는 잘 풀리지 않았으리라. 다른 관제사는 헬스장에서 바로 온 참이라 티셔츠가 땀에 흠뻑 젖어 있었다. 조지는 그런 그들의 모습을 지켜보았다.

세상에. 조지는 뿌듯했다. 각자의 업무에 헌신하는 그들이 무척 자랑스러웠다. 그들은 등대처럼 안정적인 희망과 안도감을 주었다. 그들은 폭풍의 혼돈 속에서 예측 불가능한 상황을 예측 가능하게 하고, 그 항공기의 안전 운행을 유도하는 등불이 될 것이다. 그리고 이는 비단 조지의 관제소뿐 아니라, 다른 모든 관제소에도 해당되는 일이었다. 416편을 맞닥뜨릴 수도 있는 모든 관제사와 관제소의 목적은 단 하나였다. 그 항공기를 올바르게 안내하는 것.

하루 24시간, 주 7일, 1년 365일, 관제소는 그들에게 그저 그런 사무실이나 작업실이 아니었다. 바로 그들의 성이었다. 휴일과 주말, 늦은 밤과 이른 아침을 보내는 곳이었다. 모두 함께. 관제소는 그들에게 제2의 집이었다.

하지만 조지는 알고 있었다. 지금 당장이라도 군 관계자들이 몰려오면 이곳은 삽시간에 전쟁 상황실로 바뀔 거라는 사실을.

"소장님?"

조지는 출입구에 서 있는 남자를 바라보았다. 색이 바랜 뉴욕 메츠 야구 모자 아래로 그의 금발 머리가 어깨까지 흘러나와 있었다. 주름 잡힌 하와이안 셔츠가 불룩한 배를 타고 말려 올라가 배꼽이 살짝 드러났다. 남성미가 물씬 풍기는 그 남자는 조지의 최고참 관제사이자 이 관제소에서 가장 명석한 인물이었다. 나는 관제사가 안 됐더라면 아마 지금쯤 폭풍을 쫓아다니며 연구하고 있었을 거야. 더스티 니콜은 항공교통 관제사가 되기로 한 그의 결심을 이야기할 때마다 꼭 이 말을 하곤 했다. 더스티가 생각하기에 넥타이나 정기적인 목욕을 요구하지 않는 직업은 그 두 개뿐이었다.

"무슨 일이야?" 조지가 물었다.

"시카고 관제소에서 연락이 왔습니다. 416편 기장과 소통 중이라는데, 구두 교신이 아니랍니다."

조지는 머리를 갸웃했다. "그럼⋯⋯."

더스티는 모자를 고쳐 쓰며 한쪽 발에 무게를 실었다. "나 참, 기가 막혀서. 기장이 핸드 마이크를 쳐서 모스 부호를 보내고 있답니다."

21

모스 부호를 듣고 옮기는 작업이 예전 같지 않았다. 초반에 모스 부호를 전송할 때는 아무도 듣고 있는 것 같지 않았다. 오래전에 습득한 지식이 빠르게 되살아나고 있었지만, 고도로 집중한 나머지 손바닥에서 한 줄기 땀이 배어났다. 모스는 그 자체만으로도 충분히 어려웠다. 더군다나 상대방과의 대화 중에 교묘하게 속여 가며 기술적으로 모스 부호를 전송하기란 여간 힘든 일이 아니었다.

보통 웬만한 조종사들은 모스 부호를 알지 못했다. 공군 출신 선임자들 몇몇은 알 수도 있지만, 어쨌거나 조종사들에게 모스 부호는 죽은 언어였다. 그건 지금도 사실이고, 30년 전 빌이 그의 첫 비행 사수와 같은 논쟁을 벌였을 때도 마찬가지였다. 하지만 2차 세계대전 참전 용사였던 그의 사수는 그 사실을 인정하지 않았다. 그는 빌이 모스 부호를 어렵고 지루하게 느끼든, 쓸데없는 시간 낭비라 여기든 전혀 신경 쓰지 않았다. 그에게 모스 부호는 연장통에 넣어야 할 하나의 필수 연장이었다. 그는 빌이 모스를 무척 빨리 배울 거라면서 그렇게 되면 정말 수월하게 조종 능력을 갖출 수 있을 거라 말했다. 그리고 모스를 다 배웠을 때, 혹은 다 배우게 되면, 스스로 본인의 연장통을 최대한 가득 채우고 싶은 욕구가 생길 거라 말했다.

자신의 생각이 틀렸다는 것이 이렇게 천만다행인 적은 없었다.

화면 맞은편에서 캐리가 그를 뚫어지게 바라보고 있었다. 두 사람의 삶 깊은 곳으로 들어가 보면, 솔직히 빌은 자기 자신보다 아내가 그를 더 잘 안다고 믿었다. 캐리의 표정을 보니 그녀는 빌의 마음이 다른 곳에 가 있다는 걸 이미 눈치챈 것 같았다. 그는 그녀에게 자신의 마음이 어디에 가 있는지 말해 주고 싶었다.

조금만 더 기다려, 여보. 내가 해결할게.

샘이 휴대폰을 확인했다. "결정의 시간이 다가왔군. 빌, 이제 당신의 선택이 필요해."

빌의 심장이 너무 세차게 뛰어 목구멍까지 튀어나올 것 같았다. 빌은 의자에서 자세를 고쳐 앉고 시간을 끌기 위해 일부러 말을 더듬었다. 하지만 샘이 그의 말을 잘랐다. "빨리, 빌. 뭘 선택할 건데?" 샘이 비웃었다. 빌은 곁눈질로 권총이 그의 머리 쪽으로 다가오는 모습을 보았다.

"제발요." 목소리가 들렸다. "절 데려가세요. 저만요."

남자아이의 작고 순진한 목소리가 빌의 심장을 갈기갈기 찢어 놓았다. 스콧의 아랫입술이 파르르 떨렸다. 아이의 부탁은 모든 것을 알고도 기꺼이 운명을 받아들이는 성인 남자의 흥정과는 달랐다. 상황에 대한 이해 없이 오로지 순수함으로만 무장된 어린아이의 간청이었다. 아이는 그저 영화 속 영웅이나 자기 아빠가 하리라 생각한 행동을 흉내 내고 있었다.

장난감 기차가 작은 엔진에서 칙칙폭폭 소리를 내며 돌자 스콧이 즐거워하며 눈을 크게 떴다. 기차가 종이 터널 속으로 사라지더니 플라스틱 장난감 말들이 풀을 뜯고 있는 곳 근처에서 튀어나왔다. 아이는 두 손으로 유리 벽을 짚었다. 아이의 따뜻한 숨결이 유리 벽에 번졌다.

빌이 손목시계를 들여다봤다. 45분이 지났는데도 아무 소식이 없었다. 고개를 돌려 간호사들이 커피가 든 종이컵을 들고 걸어가는 모습을 슬쩍 보았다.

계획에 없던 임신은 빌과 캐리에게 한마디로 충격 그 자체였다. 충격은 곧 흥분으로 바뀌었지만, 마흔둘 여성의 임신은 의학적으로나 통계적으로나 쉽지 않은 일이었기 때문에 아홉 달 내내 불안감을 떨칠 수 없었다. 빌은 의사에게 온 연락이 있나 휴대폰을 다시 확인했다. 여전히 아무 연락이 없었다.

"아빠, 아기가 기차를 좋아할까요?" 스콧이 물었다.

빌이 미소 지었다. "그럼, 물론이지. 네가 동생한테 전부 가르쳐 주면 되겠다."

스콧은 빙빙 도는 장난감 기차에서 단 한 번도 눈을 떼지 않았다. "아기는 어디에서 자요?"

빌은 곰곰이 생각했다. "음, 놀이방에서 잘 거야. 거기가 아기 방이거든." 일주일 전에 빌은 그 방을 밝은 노란색 페인트로 칠했다. 스콧에게 도와주겠냐고 물었지만 아이가 별다른 말 없이 거절해 빌은 더 물어보지 않았다.

"그러니까 예전 놀이방 말하는 거죠?"

빌이 망설였다. "음…… 그래, 예전에 네가 쓰던 놀이방. 이제 넌 거실에서 놀 수 있잖아. 그리고 아기가 더 크면 함께 놀 수 있지."

스콧은 숨죽여 투덜댔다. 빌은 모른 척 그냥 넘어가려 했지만 아이가 눈물을 참고 있는 걸 눈치챘다. 무릎을 낮추고 아이와 눈높이를 맞췄다.

"아기가 야구를 좋아할까요?" 스콧이 속삭였다. 눈물이 볼을 타고 주르륵 흘렀다.

"글쎄. 우리 조금 더 기다렸다가 같이 알아보자. 동생이 야구를 좋아할 것 같니?"

스콧이 고개를 저었다.

"그래." 빌은 스콧의 웅얼거림을 제대로 알아들을 수 없었다.

"우리는 야구를 좋아하잖아요."

아, 그거였구나. 빌은 그제야 아들을 이해했다.

10년 전, 캐리는 빌에게 두 줄이 선명한 임신 테스트기를 건넸다. 그때 빌은 지금 스콧이 겪는 감정을 경험했었다. 빌은 아직 아빠가 될 준비가 안 되어 있었다. 결혼한 지 이제 막 1년이 된 시점이었다. 둘은 여행도 가고, 알람을 맞춰 놓지 않고 늦게까지 잠을 자기도 하고, 원할 때마다 와인을 마시기도 했다. 캐리는 대학원 졸업을 앞두고 있었고, 두 사람은 구석진 LA의 형편없는 원룸에 살았다. 당시 빌은 항공학교 학자금 대출을 갚기도 힘든 상황이었다.

그러나 무엇보다도 이기적인 것은, 자신이 캐리의 세계에서 중심이 되길 바랐다는 점이다. 평생을 함께할 사랑을 찾았으니 그녀의 모든 것을 원했다. 그리고 그녀가 사랑하는 유일한 사람이 자신이길 바랐다. 임신 테스트기를 처음 마주했을 땐 가장 먼저 분노와 비슷한 감정이 들었다. 빌은 그때 그런 생각을 한 자신이 미웠다. 그래서 수년이 지난 지금, 빌은 스콧이 어떠한 감정을 느끼고 있을지 누구보다 잘 알았다. 스콧은 엄마 아빠 세계의 중심이 되고 싶고, 엄마 아빠가 자기에게만 집중하길 바랐을 테다. 그들이 사랑하는 유일한 사람이 자신이었으면 하는 마음일 것이다.

빌의 휴대폰에 지이잉 진동이 울렸다. 문자 메시지가 왔다.

"이리 와, 이제 가야 해." 빌이 말했다. "아기가 나왔대."

세 개 층을 올라간 후 빌은 조심스레 문을 두드린 뒤 스콧이 먼저 들어가게 했다. 캐리는 침대에 누워 꿈틀대는 분홍색 담요를 부드럽게 감싸안고 있었다. 두 사람이 들어서자 통통부은 그녀의 얼굴이 환해졌다. 행복하게 짓는 함박웃음에 두 눈이 보이지 않을 정도였다.

"우리 집 남자들 왔네." 캐리가 기운 없는 목소리로 말했다. "이제 난 괜찮아."

빌은 온 힘을 다해 딸에게 달려가고 싶은 마음을 억누르고 부드럽게 아기를 안았다. 캐리는 분만 시간이 길어지면서 난산을 겪었다. 아기의 혈압이 떨어져 캐리가 수술실로 옮겨질 때 빌은 병실 밖으로 나가야만 했다. 의사들이 캐리의 침대를 끌고 뛰어가면서 다른 통로로 사라질 때, 빌은 그 모습을 그저 하염없이 바라봐야만 했다. 아무것도 하지 못하고 혼자 남겨졌지만, 스콧을 위로하며 캐리를 기다렸다.

"정말 대단해." 그가 캐리에게 속삭였다. "당신이 해냈어,

캐리. 봐 봐."

갓 태어난 아기 엘리스의 분홍빛 얼굴은 너무나 아름다웠다. 엘리스가 팔을 버둥거리고 하품을 하며 아주 작은 소리를 냈는데, 그 소리는 마치 아기 고양이가 오므린 입 밖으로 야옹 소리를 내는 것 같았다.

스콧은 눈을 크게 뜨고 새로 태어난 아기를 뚫어지게 바라보다가 빌과 함께 기념품 가게에서 산 동물 인형을 바닥에 툭 떨어뜨렸다. 그리고 몽땅한 손가락을 내밀어 아기의 볼에 댔다.

"진짜 작아요." 스콧이 속삭였다.

빌은 스콧이 엄마 옆에 앉도록 도와줬고, 캐리는 스콧에게 엘리스를 부드럽게 건네주었다. 아이는 두 손으로 아기의 머리를 받쳤다. 그리고 여동생의 눈을 가만히 바라보았다. 둘 사이에 무언의 대화가 이루어진 듯했다. 빌은 그 내용을 알 수 없었지만, 자신이 처음 스콧을 팔에 안았을 때 느꼈던 것과 같은 메시지가 전달되었으리라 생각했다.

그 순간 이전도, 이후도 전부 그런 식이었다. 패러다임의 전환은 초자연적인 현상이었다.

"오빠가 기차에 대해 전부 알려 줄게." 스콧이 아기 여동생에게 속삭였다. "야구도."

"아들," 빌의 볼이 떨렸다. "아빠가 들은 말 중에 가장 용감한 말이었어." 그는 아들의 반만큼이라도 용감해지려고 이를 꽉 물고 죽어라 울음을 참았다. "엘리스 옆에 있어 줘, 알았지? 지금 엘리스에게는 오빠가 필요해. 일단 네 동생을 잘 보살펴야 해, 알겠지?"

빌은 캐리가 허리를 숙여 아들의 머리에 입 맞추는 모습을 보았다. 푹 떨궈진 고개 밑으로 아이의 눈물이 뚝뚝 떨어졌다. 그리고 캐리와 스콧은 전에 그랬던 것처럼 동시에 위쪽을 흘긋하며 앞에 있는 무언가를 바라보았다.

순간, 빌의 입이 떡 벌어졌다. 그는 서둘러 입을 다물었다.

그리고 노트북 앞에 팔꿈치를 댄 뒤 손바닥으로 머리를 감쌌다. 패배한 한 남자가 절망에 빠진 모습이었다. 그러나 스피커가 귀에 더 가까워진 자세이기도 했다. 눈을 감고 적막만이 흐르는 기계에 귀를 기울였다. 그의 추측이 맞는지 확인하기 위해 아주 작은 소리도 놓치지 않으려 집중했다.

거기다! 그곳이었다. 배경 소리가 아주 미세하게 변했다. 아득히 저 멀리서 비행기 엔진 소리가 드문드문 희미하게 들렸다.

지금 비행기가 이륙하는 걸 보고 있어. 공항 근처에 있는 게 분명해.

그때 벤이 참을성 없이 총을 대시 보드에 대고 두드렸다. 그 소리에 화들짝 놀란 빌은 몸을 크게 움찔했지만, 동시에 재빠르게 손을 밑으로 내려 숨겼다. 그리고 핸드 마이크 버튼을 최대한 빠르게 두드리며 모스 부호를 쳤다.

하지만 벤이 빌의 집중력을 흩트렸다. "원통 용기를 던질 시간이야." 그가 말했다.

"나는 아무것도 던지지—"

샘이 기폭 장치를 들어 올렸다. "아, 그럼 그게 당신 선택이야? 비행기를 살리시겠다?"

"아니," 빌은 재빨리 노트북으로 손을 뻗었다. 마치 가족을 만질 수라도 있는 것처럼. "아니야. 내 선택은 그게 아니야."

"만약 원통 용기를 던지지 않으면, 그게 당신 선택이 될 거야." 샘이 말했다. 빌은 입을 다물지 못한 채 자신이 해야 할 말 외의 다른 말은 없는지 찾아내려 애썼다.

벤이 총을 내밀었다. 샘은 기폭 장치를 고쳐 잡았다.

"알겠어." 빌이 말했다. "그렇게 하지."

22

조는 비행기 앞쪽에 서서 자원자들을 쭉 훑어봤다.

키 큰 남자는 눈을 감은 채 의자에 머리를 대고 비스듬히 누워 있었다. 이런 상황에서 어떻게 잠들 수 있는지 조는 의아했다. 그의 모든 것이 수상했다. 승객 명단에 따르면 그의 이름은 요시프 구룰리였는데, 켈리가 인터넷에서 그 이름을 검색해 봐도 아무것도 나오지 않았다. 뭔가 느낌이 안 좋은 것 외에는 그를 믿지 못할 이유가 딱히 없었다. 하지만 오늘은 누군가를 믿는 것의 무게가 더 무겁게 다가왔다.

그녀는 대디가 날개 쪽 비상구 옆 좌석에 앉은 승객들에게 비행기 문이 어떻게 작동하는지, 대피 시 그들이 어디에 위치해야 하는지 설명하는 모습을 지켜보았다. 그는 명확한 손짓으로 자신감 있게 지휘하며 승객들에게 각자의 역할을 할당

해 주었다. "당신과 당신은 미끄럼틀 아래쪽에서 사람들이 내려오는 것을 도와주세요. 그리고 당신은 비행기에서 벗어나 사람들에게 연락하세요." 모두들 고개를 위아래로 끄덕였다.

조는 작은 물병들을 카트에 담고서는 갤리 밖으로 끌고 나와 여섯 명의 자원자들에게 건네주었다. 그때 한 젊은 여자 승객이 빅 대디의 옆을 비집고 빠져나가 비행기 뒤쪽으로 향하는 모습을 보았다. *저 여자는 지금 어딜 가는 거지?* 조는 비행기에 탄 사람 모두 결백이 입증되기 전까지는 일단 누구든 의심해야 한다는 생각에 회의감이 들어 고개를 저었다. 사람을 대하는 그녀의 가치관에 어긋나는 행동이었다.

"넥타이 풀어 주세요." 조가 지금은 1열 통로 쪽 좌석에 앉아 있는 젊은 비즈니스맨 둘을 지나가며 말했다. "질식할 위험이 있습니다." 젊은 남자 둘은 시키는 대로 했다.

조는 물을 전부 나눠 준 뒤 빈 카트를 다시 단단히 고정시켰다. 그리고 갤리 커튼 뒤로 들어가 휴대폰을 확인했다. 테오에게서는 아직 연락이 없었다. 주머니에 휴대폰을 집어넣고 보급품을 움켜쥔 다음 갤리 밖으로 나가 자원자들에게 또 한 번 나눠 주었다.

"좋습니다, 여러분." 조가 말했다. "그럼 시작합니다."

자원자들이 조를 필두로 하여 한 곳에 모였다. 그들은 팔짱을 끼고 집중한 채 싸울 준비를 했다. 조가 지휘관이었다. 아무도, 심지어 데이브마저도 그녀를 가로막지 않았다.

"우리의 장비는 제한적입니다." 그녀가 말했다. "기내에 있는 도구들로만 싸워야 하니까요. 하지만 우리는 철저한 준비와 협동으로 이 제약을 극복할 겁니다. 아시겠죠?"

여섯 모두 고개를 끄덕였다.

"첫 번째 목표는 억제입니다. 공기 중에 독성 물질이 최대한 퍼지지 않도록 막아야 합니다."

조는 이 말을 하면서 죄책감에 속이 뒤틀렸다. 유독 가스를 억제하는 게 왜 중요한지 따로 설명할 필요는 없었지만, 마스크에서 산소가 나오기 시작한 후 12분이 지나면 산소 공급이 중단된다는 사실 또한 말하지 않았다. 그렇기 때문에 어떻게든 공기 중에 독성 물질이 떠다니지 않게 해야 했다. 아무 짝에도 쓸모없이 째깍거리기만 하는 시계가 그들에게 불필요한 스트레스를 가중시켰다.

조가 팔을 벌렸다. 튼튼한 회색 쓰레기봉투가 팔에 걸려 있었다.

"이게 우리가 가진 최선입니다." 그녀는 자원자들에게 쓰레기봉투를 하나씩 나눠 주며 활용 방법을 설명했다.

6명 모두 산소마스크를 착용하고 자리에 착석할 예정이었다. 조는 휴대용 산소통을 메고 무리의 맨 앞에 서기로 했다. 조종실 문 바로 앞쪽의 격벽에 서서 조종실 문이 열리길 기다릴 계획이었다. 원형 용기가 날아들면, 휴대용 산소통을 갖고 있는 조가 곧바로 달려가서 용기를 손에 넣고 누구든 그녀와 가장 가까이 있는 사람의 봉투에 던져 넣는 것이다. 그러면 그 사람이 최대한 빨리 봉투를 틀어막아서 묶고, 바로 근처에 있는 봉투에 또 한 번 용기를 넣는다. 그 뒤 조가 봉투 두 겹에 싸인 용기를 들고 화장실로 뛰어가 변기에 넣고 뚜껑을 닫은 다음, 화장실 문도 닫고 나오는 계획이었다.

다들 고개를 끄덕였다.

"반드시 마스크 쓰고 계세요. 아셨죠? 만일 예기치 못한 일로 마스크를 벗어야 한다면, 숨을 참으세요. 그리고 빨리 다시 써야 합니다. 우리는 한 팀이에요. 그 누구도 독성 물질에 장시간 노출돼선 안 돼요."

자원자들은 동의하는 말을 중얼거리고서는 다음 계획을 준비하기 위해 몸을 앞으로 기울였다. 모두들 열심히 돕기로 마음먹은 것 같았다. 하지만 만약 저들 중에 테러리스트의 공범이 있으면 어쩌지? 그자에게 내 패를 다 보여 주고 있는 거면? 조는 자원자들을 바라보다가 깨달았다. 그자들이 숨겨 놓은 흉계에 대한 대비책이 없다는 것을.

"질문 있나요?"

23

테오의 이어폰에서 치직치직 소리가 났다.

"믿을 수 없겠지만," 지휘소에서 들어온 무전이었다. "호프만 기장이 ATC와 교신 중이라는 내용을 전달받았습니다. 아주 비밀스럽게 모스 부호로 전달한다고 합니다."

빌은 모스 부호로 자신의 가족이 주차된 차량 안에 납치돼 있다고 전했다. 차 뒤쪽에 그들이 앉을 만한 충분한 공간이 있다는 말도 덧붙였다. 정확한 위치는 모르지만 LAX* 근처인 걸로 보인다고 했다.

"그리고 가족들이 차량의 창밖으로 비행기를 보고 있다고

---

* 로스앤젤레스 국제공항의 코드명

전했습니다."

조는 자원자들에게 브리핑을 마친 뒤 아직 일등석에 놓여 있는 마지막 유리컵들을 모았다. 그리고 뒤로 돌아 객실을 쓱 훑어본 다음 갤리로 들어갔다. 켈리와 빅 대디는 첫 번째 규정 준수를 위한 안내를 거의 다 마친 상태였다. 조는 자원자들에게 설명을 하는 동안에도 곁눈질로 켈리와 빅 대디의 모습을 계속 지켜보았는데, 안내가 생각보다 금세 끝나서 흠칫 놀랐다.

보통은 승객들이 기내 규정을 준수하도록 하는 데 어려움을 겪곤 했다. 승객들은 기본적으로 승무원들이 이래라저래라 하는 걸 달가워하지 않았지만, 오늘은 켈리와 빅 대디가 바로잡아 주어야 할 사람이 단 한 명도 없었다. 수십 년간 비행기 승무원으로 일해 온 조는 가방을 집어넣으라거나 등받이를 바로 해 달라는 별것 아닌 요청을 승객들이 왜 그렇게 싫어하는지, 안전 교육 영상을 왜 그렇게 무시하는지 드디어 알게 됐다. 그 사소한 요청들이 승객들에게는 하고 싶은 말을 하고, 하고 싶은 행동을 하고, 되고 싶은 사람이 되는 것을 막는 요인과도 같았을 것이다. 규정은 내일 준수하면 될 일이었다. 아니면 그다음에 언젠가. 나중에. 하지만 지금의 승객들은 결코 내일이 보장되지 않는다는 걸 깨닫게 되었다. 너무 늦었지만 말이다. 이제 그들은 기꺼이, 심지어 필사적으로, 살 수 있는 시간을 조금이라도 더 벌기 위해 할 수 있는 모든 것을 하고 있었다.

조는 음료 카트의 수납 바구니에 유리컵을 내려놓았다. 마스크는 전부 객실에 꺼내져 있었고, 자원자들은 자신들이 해야 할 일을 안내받았다. 객실에서는 모두 규정을 준수하고 있었고, 갤리도 정리가 끝났다. 준비가 거의 끝나 갈 무렵, 뭔가 놓친 건 없을까 걱정하며, 서로 가까워진 승객들을 훑어보던 조는 난데없이 울고 싶은 충동이 솟구쳤다.

아무래도 시간이 얼마 남지 않아서 그런 모양이었다. 아니면 어떤 남자 승객이 시키지도 않았는데 옆자리에 앉은 노부인에게 대피할 때가 되면 노부인을 혼자 두고 떠나지 않겠다고 일러두는 걸 봐서 그랬을 수도 있다. 아니면 한 10대 소년이, 보호자를 동반하지 않은 아이라기엔 나이가 너무 많았지만, 어쨌든 처음으로 혼자 여행에 떠난 그 10대 소년이 통로 맞은편에 있는 가족들에게 다 괜찮을 거라고 위로받는 모습을 봤기 때문일 수도 있다. 그 10대 소년이 지닌 사춘기 특유의 자존심은 어머니만이 줄 수 있는 안정감 앞에서 저절로 녹아내렸다. 그리고 또 낯선 타인들이 두 손을 맞잡고 함께 기도하는 모습을 봐서 울고 싶은 걸 수도 있었다.

이 비행기에 탑승한 '영혼'들Souls on board은 하나의 가족이 되어 가고 있었다. 불완전한 만큼 완전하게. 그들의 짧은 인생은 끝을 향해 가고 있었고, 그들은 다 함께 죽음을 마주하고 있었다.

조는 이 416편을 장난감 비행기처럼 손에 올려 부드럽게 입을 맞춘 다음 높은 선반 위에 안전하게 내려놓고 싶었다. 그녀는 이 사람들과 함께여서 자랑스러웠고, 이 이야기에 자신의 목소리도 더해졌다는 사실이 무척 뿌듯했다. 그녀와 동료 승무원들의 역할이 나머지 사람들과는 조금 달랐을지 몰라도, 그래도 모두 이 상황을 함께하고 있었다.

차임벨이 울리고 머리 위에서 초록 불이 커졌다. 조는 인터폰을 꽉 잡았다.

"다 마무리했어?" 조가 물었다.

"응." 인터폰에서 대디의 대답이 들렸다.

"브리핑 다 완료됐고?"

대디는 명확하게 그렇다고 대답했다. "너 나한테 5달러 빚졌다."

"농담하지 말고. 왜, 누구 때문에?"

"13열에 앉은 부부. 통로 쪽 봐 봐."

조는 돌아서서 웃음을 참았다. 아니나 다를까 중년 부부가 통로에 서서 부풀어 오른 구명조끼를 벗으려 아등바등하고 있었다. "오, 부디 저 부부의 심장에 무리가 가지 않기를." 조

273

는 그렇게 말하고 웃었지만 사실 그리 놀랄 일은 아니었다.

　비행기가 살짝 아래쪽으로 기울었다. 위협이 임박했음을 느꼈다. "좋아," 조가 말했다. "먼저 산소마스크부터 쓰고 바로 승객들한테 가. 나는 너와 켈리가 계속 뒤쪽에 있으면 좋겠어. 둘 다 승무원 좌석에 앉아서 착륙 준비를 해. 알겠지?"

　"그렇지만—"

　"착륙이 쉽지는 않을 거야." 그녀가 그의 말을 잘랐다. "마지막 순간에 너희 둘은 승객들을 도와야 해. 여기 앞쪽에 두 사람씩이나 필요하진 않으니까. 자원자들하고 내가 처리하면 돼. 너희는 그 누구보다 이 비행기에 대해 잘 알고, 비상 상황에 어떻게 대처해야 하는지도 정확히 숙지하고 있잖아. 승객들이 살아남으려면 마지막 순간까지 두 사람이 꼭 필요해. 알겠지?"

　대디가 한숨을 내쉬었다. "알겠어. 근데 분명히 말하는데, 나는 네가 혼자 그 사람이랑 있는 게 썩 내키지 않아."

　조는 요시프를 바라봤다. *그가 마음에 안 들기는 그녀 역시 마찬가지였다.* 요시프는 조보다 키가 최소 60센티미터 정도는 더 커 보였다.

　"난 혼자가 아니야." 조는 일부러 확고한 목소리로 말했다. "그 사람이 무슨 짓을 한다 해도, 나도 다 방법이 있어. 날 도와줄 사람들이랑 같이 있잖아, 알지?"

대디가 꿍얼대며 동의했지만, 완전하게 납득하지는 않았다. 그건 조 역시 마찬가지였다. 하지만 두 사람은 이 방법 말고는 다른 선택지가 없다는 걸 잘 알았다.

전화를 끊은 뒤, 조는 기체 왼쪽의 첫 번째 짐칸을 열고 휴대용 산소통을 꺼냈다. 머리 위로 끈을 넘겨 산소통을 어깨에 사선으로 맸다. 파우치에서 노란 마스크를 꺼내고, 산소통의 목 부분에 달린 작은 계기판에 숫자 4가 나타날 때까지 밸브를 시계 반대 방향으로 돌렸다. 마스크 안에 손가락을 넣어 공기의 흐름을 감지한 다음 숨을 들이마셨다. 아무 냄새도 나지 않았다. 마스크를 착용하고 느슨한 끈을 단단하게 조이자 노란색 플라스틱 마스크가 콧날에 딱 들어맞았다. 그러고서 산소통이 등에 제대로 자리를 잡을 때까지 계속 뒤로 돌렸다. 비행기 꼬리 쪽을 슬쩍 봤더니 켈리와 대디도 같은 작업을 마무리하는 중이었다.

조는 일등석을 걸어가면서 자원자들이 마스크 쓰는 것을 도와주었다. 튜브를 아래로 당겨 마스크 안으로 산소가 들어가도록 했다. 꽤 차분한, 심지어 익숙한 손놀림이었다. 그러나 비행기 앞쪽으로 돌아가 고개를 돌려 다시 승객들을 바라보니 분위기가 바뀌어 있었다.

이제 사람들의 눈만 보였다.

모두의 얼굴에 마스크가 씌워져 있었다. 누가 웃고, 누가 인상을 쓰는지 알 수 없었다. 누가 코를 찡긋하는지, 혀를 내미는지도 보이지 않았다. 그녀에게 질문을 하고 싶은 얼굴인지, 조심하라고 소리치고 싶은 표정인지도 알 수 없었다. 모든 행동과 의도, 감정이 눈을 통해서만 전달되었다.

그럼에도 조는 마지막으로 서로의 다짐을 확인할 수 있었다. 이쪽 승객은 고개를 끄덕이고, 저쪽 승객은 엄지를 치켜세웠다. 조가 맡은 객실은 준비를 마쳤고, 켈리와 빅 대디의 메인 객실도 거의 마무리되었다. 조는 통로 중간쯤에 있는 빅 대디에게 고개를 끄덕였다. 그도 고갯짓을 하며 자리에 앉기 위해 꼬리 쪽 갤리로 물러났다. 조가 벌크헤드에서 몸을 돌리는데, 무언가 그녀의 주의를 끌었다.

플라스틱으로 된 조종사 날개 한 쌍에 빛이 반사돼 반짝였다. 비행 시작 전, 빌과 벤의 조종실을 방문했던 남자아이가 받은 배지의 날개였다.

아이의 아빠는 아이를 보호하기 위해 손을 꽉 붙잡고 있었다. 좌석 끄트머리에서 대롱대롱 흔들리는 아이의 발에 작은 신발이 신겨져 있었다. 그 발이 바닥에 닿으려면 꽤 오랜 시간이 흘러야 할 터였다. 아이의 진지한 초록빛 눈은 아름답게 반짝였지만, 때 묻지 않은 자그마한 얼굴은 노란 마스크에 집어삼켜져 있었다.

아이의 아빠는 아이에게 매어진 좌석벨트를 다시 한번 확인했다. 아마 열 번째는 되었으리라. 그가 머릿속으로 대피를 준비하는 모습이 조의 눈에도 보였다. 비상구로 이동해야 할 순간이 오면 좌석벨트를 풀고 아이를 팔에 꽉 끌어안고서 안전하게 미끄러져 내려간다. 지금 아이의 아빠는 미래로 가 있었지만, 아이는 미래 속 아빠의 곁에 있지 않았다.

아이는 아직 비행기 안에 있었다. 여전히 바로 여기, 현재 상황에 머물러 있었다. 대롱대롱 매달린 마스크와 반짝이는 불빛을 보고 있었다. 조는 마스크 속에 숨겨진 아이의 천사 같은 입술이 감탄으로 벌어져 있는 모습을 상상했다. 아이는 두려움에 떨지 않았다. 그저 감탄을 금치 못할 뿐이었다.

그 모습을 보며 조는 지금 이 순간 그녀를 짓누르는 중압감이 무지막지하지만, 그 무게를 짊어지고 괴로워할 필요는 없다는 것을 깨달았다.

초록 불이 켜지면서 기내에 차임벨이 울렸다. 조는 빅 대디가 왜 또 콜을 했는지 의아해하며 인터폰을 받으러 걸어가는 중에 뒤쪽을 흘긋 쳐다봤다.

"별문제 없지?"

"어." 빅 대디가 답했다.

그녀는 그가 말을 꺼내길 기다렸다.

"너희들도 산소통 잘 착용했고?" 하지만 그가 대답을 하지 않아서 그녀가 먼저 입을 열었다. 등에 불편하게 매달려 있는 산소통을 다시 고쳐 멨다.

"어. 어깨에 메고 등 뒤에 사선으로 잘 고정시켰지. 너는?"

"나도." 조는 켈리가 뒤쪽에서 산소통 끈을 조이는 모습과 대디가 그 옆에서 인터폰으로 통화하는 모습을 지켜보았다. "그건 그렇고." 그녀가 기내 조명을 한 단계 더 밝게 올리며 말했다. "여긴 준비 다 된 거 같아." 요시프를 보며 목소리를 낮췄다. "새로 보고할 사항도 없어."

다시 조는 빅 대디가 무언가 말하기를 기다렸다. 하지만 그는 아무 말도 하지 않았다. 이제 조는 집중할 시간이었다.

"좋아. 나 이제 가야 해. 지상에서 꼭 다시 만나자, 대디."

"조!" 그녀가 인터폰을 내려놓으려는데 그가 간신히 말을 꺼냈다.

빅 대디와 오랜 시간 알고 지냈지만, 그가 이렇게 우물쭈물하며 말을 꺼내지 못하는 건 처음이었다. 조는 뒤쪽을 바라보았다. 그가 볼을 훔치고 있었다.

"조," 빅 대디가 속삭였다. "나 지금 전화할 사람이 아무도 없어." 결국 울음이 터진 그는 한 손으로 얼굴을 감쌌다. 그리고 얼굴을 가린 채 눈물을 흘리며 같은 말을 되뇌었다.

조의 목소리가 떨렸다. "대디, 지금 나한테 전화했잖아. 그리고 내가 받았고."

그는 새어 나오는 울음을 어떻게든 붙잡으려 했지만, 그녀의 귓가는 이미 그의 억눌린 흐느낌으로 가득 차 있었다. 조역시 어떻게든 참아 보려 했지만 눈물이 차올랐다. 켈리가 화장실에서 휴지를 가져와 빅 대디에게 건네는 모습이 보였다. 그는 휴지를 받아 들고 손가락으로 켈리를 가리켰다.

"이봐, 젊은 아가씨. 나 운 거 다른 사람한테 말하면 FBI한테 네가 테러리스트랑 한통속이라고 말해 버릴 거야."

조는 켈리가 웃는 소리를 들었다. "걱정 마, 대디." 조가 말했다. "네 비밀은 우리가 지켜 줄게."

조는 인터폰을 내려놓고 휴대폰을 꺼내 테오와 주고받던 문자 메시지함을 열었다. 그리고 타이핑을 시작했다.

빌은 메신저 가방에서 독성 물질이 든 용기를 꺼내 조심스럽게 대시 보드 위에 올렸다. 가방 속 아래쪽에 그보다 더 작은 유리병이 있었다.

"너를 죽이는 데 쓰라던 가루는 뭐지?" 빌이 벤에게 물었다.

샘과 벤이 웃음을 터뜨렸다.

"프렌치토스트에 넣는 거." 벤이 말했다. "슈가 파우더."

빌은 어찌나 이를 꽉 물었는지 뒤쪽 치아가 다 깨지는 것 같았다.

"그렇지만 저건," 벤이 기장 앞에 있는 은색 용기를 가리켰다. "절대 설탕이 아니지. 잘 들어. 나는 어차피 그때 죽을 수가 없었어. 당신이 제대로 결정을 내렸는지 확인할 목적으로 누군가 여기 조종실에 있어야 했거든. 당신이 순순히 시키는 대로 했다면, 난 정체를 드러내지 않았을 거야. 그러면 당신이 나한테 저 가루를 먹였을 테고, 나는 죽은 척을 했겠지. 당신이 비행기를 추락시키는지 확인하려면 내가 살아 있어야 하거든."

빌은 도무지 이해가 가지 않아 고개를 저었다. "그렇지만 내가 비행기를 선택했다면? 너한테 독극물을 먹이지 않고 안전하게 착륙했다면, 우리 가족은……." 빌은 생각을 더 이어나가지 못했다.

"그건 당신 선택이지." 벤이 말했다. "우리는 별일 없이 착륙을 했을 테고, 나는 오늘 밤 내 머리에 총을 쏘았겠지."

벤은 샘에게 머리를 숙이고 영어가 아닌 말로 뭐라 지껄였다. 샘 역시 머리를 숙이고 똑같은 구절을 반복했다.

"보다시피 우리는 오늘 죽을 거야. 샘과 나도. 이미 그렇게 정해져 있었어. 하지만 이제 우리가 죽으면, 우리의 복숨으로 목적이 달성되겠지."

빌이 역겹다는 듯 머리를 흔들었다. "순교는 겁쟁이들의 죽음일 뿐이야."

그러자 샘이 곧바로 휴대폰에 얼굴을 가까이 들이밀었다. 평정심을 유지하려 애쓰는지 그의 볼이 덜덜 떨렸다.

"이건 종교와 아무런 관련이 없어." 그가 말했다. "겁쟁이는 당신 같은 인간들이지. 평화와 특권을 지켜 내기 위해 자신들이 무엇을 희생시켜 왔는지, 그 진실을 마주하기는 두려워하는 인간들."

빌은 그의 말을 듣지 않았다.

다만 눈을 가늘게 뜨며 샘의 어깨 너머에 집중했다. 카메라 각도가 바뀌자 조명 덕분에 뒤쪽이 더 잘 보였다. 조명을 받고 있는 저건⋯⋯ 나무 선반?

머릿속에서 전구가 탁 켜졌다. 빌은 숨이 막혔다.

몇 년 전, 캐리가 시카고에서 로스앤젤레스로 이사할 때, 이사 업체인 유홀U-Haul의 밴을 빌렸었다. 캐리가 이미 짐을 대부분 처분한 상태여서 큰 트럭이 필요하지 않았기 때문이다. 이사 업체에서 제공하는 좌석 없는 16인승 밴 정도면 충분했다. 빌은 그 밴 안을 수백 번도 더 들락날락했다. 그때 차량 내부에 있던 나무 선반을 잡고 차에 올라탔는데, 그날 이후 일주일 동안 손에 나무 가시가 박혀 있었다.

그랬다. 빌의 가족은 이사 업체의 밴에 있었다.

24

테오는 쇼핑몰 위를 지나는 헬리콥터의 프로펠러 소리에
하늘을 바라봤다. 헬리콥터의 서치라이트가 LA의 남서쪽 길
을 비추며 건초 더미에서 바늘을 찾듯 계속 왔다 갔다 했다.

"반경 5킬로미터 이내로 할까요?"

한 요원이 지도를 꺼내자 지휘소 차량 내부의 화면이 밝아
졌다. 화면에 로스앤젤레스 국제공항 주변의 항공 사진과 길
거리 사진이 나타났다.

"아니, 일단 반경 3킬로미터만." 리우가 지시했다.

테오는 승합차 밖에서 리우 옆에 팔짱을 끼고 서 있었다.
버튼을 누를 때마다 움직였다가 다시 초점을 맞추는 지도의
이미지를 훑어봤다. 반경 3킬로미터인데도 LAX의 하늘을 지
켜보고 있을 만한 장소를 찾는 데만 꼬박 며칠이 걸릴 것 같

았다. 인근 상가, 호텔, 쇼핑몰, 주차장까지 복잡해도 너무 복잡했다. 빌의 가족이 있을 만한 곳이 차고 넘쳤다. 그나마 다행인 점은 공항의 서쪽에는 바다가 붙어 있으니 일단 삼면만 수색하면 된다는 것이었다.

"우리 팀이 LAX 북쪽, 동쪽, 남쪽을 맡아야겠어." 리우가 말했다. "최대한 감시 반경 가까이에서 수색 시작해. 모든 도로를 샅샅이 훑고 계속 앞으로 나가. 공항 경찰한테 차고지 수색하라고 하고, 테이프 검토도 요청해."

테오와 다른 요원들이 고개를 끄덕이고선 무전을 보내고 휴대폰을 두드리기 시작했다.

리우가 헬리콥터를 슬쩍 올려다봤다. "공수부대가 조감도를 확보할 테니까 우리는 뒤로 물러서서 퍼즐을 맞추면 돼." 그녀가 말했다.

폭탄물 처리반은 아직도 호프만의 SUV 차량에서 작업 중이었다.

"뭐 좀 찾은 거 있나?" 리우가 무전에 대고 말했다.

테오는 주차장으로 시선을 돌렸다. SUV 근처에 있던 요원이 돌아서서 리우에게 엄지손가락을 아래로 내렸다.

다시 리우의 휴대폰이 울렸다. 그녀는 문자 메시지를 확인하고 바로 팀에 공유했다. "워싱턴은 1단계 대피가 거의 완료된 상황이다." 그 말인즉슨 고위직 정부 인사들이 대피를 마쳤고 승계권이 확보되었으며, 비밀검찰국은 즉시 대통령을 백악관 벙커로 이동시킬 준비를 마쳤다는 의미였다.

아무도 입을 열지 않았다. 테오는 작전 수행 계획에 대해 생각했다. 사태가 점점 커지면서 이 일로 영향을 받는 사람들의 수가 맹렬한 속도로 늘어나고 있었다.

"일반 시민들은…… 어떻게 한답니까?" 테오가 물었다. "대중들도 알고 있어요? 공식 발표 했어요?"

리우가 고개를 저었다. "공식 발표는 없을 거야. 우리가 기장의 가족을 찾아내면."

그때 갑자기 시끄러운 소음이 고막을 때렸다.

"이사 업체 밴입니다! 모스 부호가 또 왔는데, 가족들이 이사 업체의 밴 안에 있다고 합니다!"

새로운 희망에 솟구쳐 오른 아드레날린이 다친 팔의 신경 말단까지 뻗어 갔다. 손가락이 찌릿찌릿했다. 리우가 테오에게 몸을 돌렸다. "이 지역의 모든 이사 업체에 전화 걸어. 뭘 찾아낼 수 있을지 한번 보자고."

테오는 요원들에게서 벗어나 재빨리 시간을 계산했다. 비행기가 최종 목적지에 도착하기까지 한 시간도 채 남지 않았다.

곧 유독 가스 공격이 시작될 것이었다.

빌의 심장은 새로운 희망으로 쿵쿵 뛰었다. 가족의 정확한 위치를 알아낸 건 아니었지만, 범위는 좁혀졌다. FBI가 서두른다면, 이사 업체의 밴을 찾아낸다면, 빌은 기내로 독성 물질을 던지지 않아도 될 터였다. 물론 총이 그의 머리를 겨냥하고 있긴 했지만, 일단은 가족의 안전이 먼저였다. 나머지는 그다음에 생각하면 될 일이었다.

가족들 쪽으로 시선을 돌렸다가 그냥 눈을 감아 버렸다. 아내가 결박된 손으로 칭얼대는 10개월짜리 아기를 안고 허둥대는 모습을 도저히 견딜 수가 없었다. 눈을 감고 엘리스가 쉴 새 없이 울어 젖히는 소리를 들었다. 울음소리가 점점 더 심해졌다. 그의 딸, 아무런 방어도 할 수 없는 작은 아기가 끊임없이 울어댔다. 엘리스는 무슨 일이 벌어지고 있는지 전혀 짐작도 못 할 터였다. 아기에게는 불공평한 일일 수도 있겠지만, 차라리 모르는 게 축복이기도 했다. 빌은 기저귀를 갈아 줘야 하는 것 아닌가 생각했다.

캐리가 큰 소리로 쉿이라고 했을 때, 빌이 눈을 떴다. 그녀는 불안함에 이마를 찌푸리며 아기를 어르고 달래 봤지만 바뀌는 건 없었다. 스콧이 여동생의 발에 손을 올리고 살짝 간지럼을 태우거나 혀를 쭉 내밀어 보기도 했다. 엘리스가 눈을 질끈 감았다. 그러자 굵은 눈물이 볼을 타고 흘러내렸다.

"괜찮아, 리지." 스콧은 자기가 엘리스에게 지어 준 별명으로 동생을 달랬다. 스콧이 목소리 톤을 높이며 아기 말투로 말했다. "쉬이잇, 괜찮아. 어? 이게 무슨 냄새지? 캠프파이어 냄새인가? 우리 캠핑 온 거라고 생각하자. 아빠랑 같이 온 거야. 숲속에."

빌은 순간 숨을 쉴 수 없었다.

"우리 간식 먹고 별도 보자." 스콧이 말했다. "리지, 지금 캠핑 왔다고 생각해 봐. 와, 우리 여기 캠핑 왔네."

빌은 천천히 왼팔을 떨어뜨렸다. 핸드 마이크를 꽉 쥐고 벤이 볼 수 없도록 의자 아래로 내렸다. 그다음, 체계적으로 톡톡 두드리기 시작했다.

엘리스가 더 크게 울었다.

샘이 아기를 잡았다. 캐리가 숨을 삼키며 아기를 그녀 쪽으로 바짝 당겼다. 그러나 샘의 손길은 부드러웠다. 위협적이지 않았다. 아기는 엄마에게서 떨어져 남자 쪽으로 옮겨 갔다. 캐리는 마지못해 아이를 놓아주었다.

그자의 품에 안겨 있는 딸의 모습에 빌은 치가 떨렸다. 아기의 볼이 자살 폭탄 조끼에 눌렸다. 엘리스가 울음 때문에 숨이 차서 헐떡이자 샘은 메트로놈처럼 일정한 박자로 아기를 좌우로 흔들었다. 또 작은 원을 그리며 등을 어루만져 주기도 했다. 그러는 사이, 기폭 장치의 선이 그의 손가락에 얽혔다.

샘은 노래를 흥얼거렸다. 잔잔한 멜로디였다. 구슬프지만 달콤했다. 가사는 외국어였지만 아기에게 노랫말은 중요하지 않았다.

벤도 노래를 따라 불렀다. 빌에게도 들릴 정도로 크게 불렀으나 귀에 들어오지 않았다.

엘리스의 비명이 서서히 흐느낌으로 바뀌더니 얼마 지나지 않아 훌쩍임이 되었다. 진저리를 치던 아기의 작은 몸이 점차 진정되며 편안해졌다. 샘이 노래를 끝마칠 때쯤엔 아무도 움직이지 않았다. 오로지 샘만 아기를 흔들어 주고 있었다.

묘하게 평화로운 그 순간, 입을 여는 사람은 아무도 없었다.

빌은 저자들이 자신들의 선택을 후회하는지 알고 싶었다. 아기와 어린 소년, 그리고 한 여자를 그 자리에 데려다 놓은 걸 후회하는지 궁금했다. 어쩌면 너무 늦지 않았을 수도 있었다. 일은 이미 벌어졌지만, 그래도 빌은 그들을 설득할 방법을 찾을 수 있을 것 같았다. 그 순간을 기회로 삼으려던 찰나에 벤이 먼저 나섰다.

"어이 빌, 시간 다 됐어."

테오는 빨간 버튼을 눌러 통화를 종료했다. 일곱 번째 이사 업체와의 통화였다. 일곱 번째 막다른 길이었다.

주차장을 훑어보는데 리우와 다른 요원들이 어디론가 이동하고 있었다. 급한 일 같지는 않았다. 폭발물 처리반이 거의 작업을 마쳤기에, 요원들은 호프만의 차량에 달린 문을 전부 활짝 열어 놓고 탐색을 시작했다. 테오는 두 팀이 작업하는 모습을 지켜보다가 그들 역시 자신처럼 별 성과가 없다는 걸 알아챘다.

손을 꼭 쥐자 휴대폰이 진동했다.

여기 하늘에서는 공격이 시작되려 해. 이모는 네가 얼마나 자랑스러운지 몰라. 꼭 말해 주고 싶었어. 테오, 다 잘될 거야. 사랑해.

테오는 평정심을 유지하고 싶지 않았다. 이 사건의 일부가 되고 싶지 않았다. 더는 자신을 다 큰 남자라고 떼쓰는 어린애이고 싶지 않았다. 어른들은 그 어떤 상황도 곧잘 대처하고 문제를 바로잡는다. 테오는 엄마가 한밤중에 그를 집에서 데리고 나온 그때부터 어른처럼 행동하려 노력해 왔다. 그러나 이제 더는 하고 싶지 않았다.

잘 해낼 거예요, 이모. 우리는 여기 지상에서 잘할게요. 이모는 그곳을 책임져 주세요. 저도 사랑해요.

갑자기 이런 생각이 불쑥 떠올랐다. 기장이 그의 가족을 희생시키는 선택을 하면 좋을 텐데. 테오는 밀려오는 부끄러움과 죄책감에 고개를 툭 떨구었다.

그때, 리우와 요원들이 주차장을 가로지르며 질주했다. 무슨 일이 일어난 게 분명했다. 테오도 미친 듯이 뛰어갔다. 그쪽으로 도착했을 때 팀은 출동 준비를 거의 마친 상태였다.

"……반경 2킬로미터 안에 캠프파이어가 가능한 곳 어디든 찾아봐. 공원이나 아니면……."

"무슨 일이야?" 테오가 루소에게 물었다.

다른 모스 부호가 또 전송되었다. 조종사는 가족들이 연기 냄새를 맡고 있는 것 같다고 전했다. 캠프파이어 같은.

테오는 머리를 굴려 공항 주변을 떠올려 보았다. 동쪽 센추리 대로에 호텔들이 줄지어 있었다. 그중에 불을 피울 수 있는 정원이나 뜰이 있었나? 남쪽은 대개 주거지역이었다. 그리고 활주로에서 꽤 많이 떨어져 있었다. 북쪽에는 주거지역이랑 또—.

"독웨일러!" 테오는 그곳이 떠오르자마자 소리쳤다. 가장 가까이에 있는 차량으로 뛰어갔지만 아무도 따라오지 않아 멈춰 섰다.

"독웨일러 뭐?" 리우가 지휘소 차량의 화면에 시선을 고정한 채 물었다.

"해변이요." 테오가 서둘러 말했다. "활주로 끝자락에 있어요. 보세요. 가는 길에 설명할게요. 지금 당장 가야 합니다."

요원들이 출동 준비를 마쳤지만, 리우가 손을 들어 막았다.

화면 앞에서 작업 중인 요원에게 그 해변에 관해 찾을 수 있는 정보를 전부 화면에 띄우라고 지시한 뒤 테오 쪽으로 몸을 돌렸다.

"어디 한번 보자고. 자," 리우가 화면에 나타난 기본 정보를 가리켰다. "지금 보고 있긴 한데, 네가 예상한 지역 전체에 요원들을 투입할 만큼 인력이 충분하지 않아."

"그렇지만 당장 시간이 없—"

"그럴 시간이 없다는 건 착각이야. 알겠어?" 리우의 목소리는 확고했다. 그녀는 다시 승합차로 몸을 돌렸다.

테오는 믿을 수 없다는 표정으로 입을 떡 벌리고 리우를 바라보았다. 호프만 기장의 가족은 분명 그곳에 있었다. 독웨일러는 LAX의 활주로 끝 서쪽에 위치한, 누구나 들어갈 수 있는 해변이었다. 그곳은 비행기가 사람들의 머리 바로 위로 이륙했고, 불을 피울 수 있는 구덩이도 있었다. 테오는 리우가 온 동네를 다 뒤져서 정답을 찾아내리란 걸 알고 있었다. 그리고 그와 똑같은 결론에 이르리란 것도 알고 있었다. 결국 두 사람은 같은 방향으로 향할 것이다. 하지만 그 해변에 도착하더라도, 리우는 일단 정찰부터 한 뒤에 그 지역을 에워싸고 수색 반경을 정할 터였다.

그렇게 하면 무조건 늦는다.

마음을 진정시키고 침착하게 입을 열었다. "팀장님, 저는 정말로—"

어떤 요원이 테오 앞으로 나왔다. "이봐," 그가 목소리를 낮게 깔았다. "나도 알아. 근데 냉정해져야지. 팀장님이 알아서 하게 그냥 좀 두라고."

테오는 순간 당황해서 그를 바라보다가 주위를 힐끗 둘러보았다. 다른 요원들이 그를 주시하고 있었다. 그들은 리우처럼 이 일을 책임지고 있는 것도 아니었고, 자신처럼 이 사건에 개인적으로 연관되어 있지도 않았다. 상사의 뜻대로만 움직이면 쉽게 갈 수 있는데 굳이 무모한 짓을 할 이유가 없었다. 그들에게는 상사의 지시를 따르는 편이 더 안전했다.

"테오."

자신의 이름을 부르는 소리에 테오가 고개를 돌렸다. 루소였다. 루소는 테오의 손을 슬쩍 내려다봤다. 휴대폰을 꼭 움켜쥔 손이 떨리고 있었다.

"미안." 테오가 말했다. "너도 알잖아, 우리 이모 일인 거."

요원들은 이해한다고 중얼거렸고, 테오는 힘없이 무리에서 빠져나왔다. 잠시 뒤 그는 어깨 너머를 흘긋했다. 아무도 그를 보고 있지 않았다. 다들 각자 할 일로 돌아갔다.

이를 악물고 SUV 근처로 터벅터벅 걸어갔다. 아무도 그를 멈춰 세우지 않았다. 어떤 누구도 그가 하려는 일을 상상조차 하지 못했으니까. 운전석에 앉아 시동을 거니 그나마 남아 있던 망설임마저 사라졌다. 다른 부서로 옮기고 통제를 벗어나고자 했던 욕망이 전부 사라졌다. 자신의 경력이 끝날 거라는 것도 잘 알았다. 하지만 아무런 행동도 하지 않고 비겁하게 있는 것은, 어찌 됐든 그가 원하던 일은 아니었다.

테오는 뒤도 돌아보지 않고 주차장을 빠져나갔다.

25

조는 테오의 문자를 보고 미소 지었다.

휴대폰을 다시 주머니에 넣은 그녀의 뒤로 모든 사람들이 자리에 앉아 있었다. 오로지 그녀만 홀로 조종실 바로 앞에서 두 다리에 단단히 힘을 주고 서 있었다. 조카와 빌의 가족, 지상의 구조대를 위해 작게나마 기도를 했다.

굳게 닫힌 조종실 문 가까이에서 무슨 소리가 들렸다. 조종사의 산소마스크가 케이스에서 분리될 때 슈욱 하고 나는 공기 소리였다.

빌도 기내 승무원들처럼 독성 물질로부터 스스로를 지키기 위해 뭔가 조치를 취하는 것 같았다. 조종사의 산소마스크는 군사용 마스크였다. 얼굴 전체를 덮는 밀폐형으로 되어 있어 외부 물질을 완벽히 차단하고 산소를 끊임없이 폐로 공급

할 수 있었다. 지금 승객들의 얼굴을 감싸고 있는 마스크와는 차원이 달랐다. 싸구려 플라스틱 컵과 고무 밴드로 대량 생산된 승객들의 산소마스크. 왠지 그 차별이 부당하게 느껴졌다.

공기 소리가 또다시 들려왔다. 조는 빌이 이제 마스크를 안전하게 착용했을 거라 추측했다. 때가 되었다. 금방이라도 공격이 시작될 것이다.

빌은 얼굴에 맞게 산소마스크를 조정한 다음, 몸을 돌려 벤이 머리 위로 마스크를 쓰는 모습을 지켜보았다. 벤은 그의 얼굴에 딱 들어맞도록 마스크 끈을 조절한 뒤 마우스피스 옆에 있는 핀치를 풀고 있었다. 얼굴 전체를 밀폐한 마스크가 그의 눈과 코, 입을 완벽히 보호했다.

빌은 원통 용기를 흔들었다. 안에서 내용물을 섞어 주는 블렌더 볼이 위아래로 흔들리며 철컥철컥 소리를 냈다. 용기 내부의 압력이 높아지면서 그 안에 갇힌 괴물이 금방이라도 뛰쳐나오고 싶어 하는 것이 느껴졌다.

벤이 마스크 착용을 끝마치자 빌은 용기를 흔들던 손을 멈추었다. 마치 작전의 시작을 알리는 신호 같았다.

부조종사가 엄지를 치켜세웠다.

저 철컥거리는 소리는 뭐지? 조의 눈이 조종실 문을 훑었다. 하지만 소리에 대한 어떠한 단서도 찾을 수 없었다. 내 추측이 틀려서 쓰레기봉투가 소용없어지면 어떡하지? 이 문제를 제대로 헤쳐 나가지 못하면 어쩌지? 유독 가스 때문에 곧바로 무력해져서 아무것도 못 하면? 그대로 그냥 무너져서 맞서 싸우지 못하면? 승객들 속에 숨어 있는 공범이 가스 공격에 성공하면, 그땐 정말 어떻게 해야 할까?

조는 어깨 너머로 자원자 여섯을 흘긋 바라봤다. 그러고는 그들에게 엄지를 들어 올려 보였다. 승객들도 똑같이 엄지를 들어 올리자 조의 입가에 미소가 번졌다. 그녀는 혼자가 아니었다.

일등석 맨 뒷자리에 끼어 앉은 요시프도 그녀를 뚫어지게 바라봤다. 그는 천천히 턱을 들었다. 연대의 신호였다. 또는 위협이거나. 조는 어느 쪽이 맞는지 확신하지 못했다. 그래서 그녀도 똑같이 턱을 들어 답했다. 연대 혹은 위협, 두 가지 의미를 모두 담아.

그리고 이 기내는 내 구역이야, 라고 속으로 한 번 더 되뇌었다. 지휘권은 그녀에게 있었다.

조는 조종실 문 쪽으로 다시 돌아서서 숨을 푹 내쉬었다. 플라스틱 컵에 갇힌 축축하고 뜨뜻한 숨결 때문에 짜증이 났다. 그래도 그 감정은 그녀에게 자신이 아직 인간이라는 사실을 상기시켰다. 그녀는 조금 더 인간으로 살아가고 싶었다.

격전의 마지막 순간까지 꼭 인간으로 남으리라 결심했다.

허리를 조금 더 꼿꼿하게 세우고 눈을 감았다. 행동 개시 직전, 정적이 흘렀다. 조는 감은 눈의 초점을 암흑 속의 한 점으로 모았다. 그리고 자신의 DNA 속에 존재하는 여신들과 전사들, 생존자들 모두에게 마음속으로 인사를 건넸다. 이제는 자신도 정말 그들 사이에 속해 있다는 것을 깨달았다.

철커덕. 금속이 부딪히는 소리가 또다시 났다.

조의 눈이 슬며시 떠졌다.

그때 조종실 문이 안쪽으로 벌컥 열렸다. 번쩍거리는 버튼들이 뿜어내는 빛줄기가 천장에서 바닥으로 폭포처럼 쏟아졌고, 조종실 창밖으로 어둠을 가르는 수평선이 보였다. 호프만 기장이 의자에 앉은 채 몸을 뒤쪽으로 비틀었다. 객실의 보랏빛 조명이 그의 마스크 표면에 반사되었다. 안쪽에서 어떤 움직임이 포착됐다. 무언가가 공중으로 휙 날아들었다.

원통 용기가 빌의 손을 떠나던 찰나에 조는 그 물체를 자세히 볼 수 있었다. 손에 딱 들어가는 작은 크기의 은색 용기였다. 그 안에서 하얀 물질이 뿜어져 나오더니 멀리 흩어졌다.

조는 이를 악물고 손을 뻗어 원통 용기를 잡아채려 했다. 원통 용기에서 눈을 떼지 않고 용기가 손아귀 쪽으로 날아드는 모습을 지켜보았다. 그런데 그녀의 손이 날아온 용기에 맞은 순간, 무언가가 뒤에서 그녀를 들이받았다. 바닥으로 나가 떨어진 조는 손이 닿지 않는 곳으로 떨어져 버린 용기를 보며 비명을 질렀다. 벌크헤드에 부딪힌 용기는 갤리 맞은편으로 굴러가더니 카트 밑으로 들어갔다.

빌은 마스크를 끼고 있다는 걸 잊은 채 두 손을 급하게 입으로 가져가다가 마스크를 퍽 때리고 말았다.

조!

그녀의 비명이 빌의 머릿속에서 계속 메아리쳤다. 아무 죄 없는 사람이 테러를 당하고 고통받고 격노하는 소리가 그의 양심을 갈기갈기 찢었다.

네가 그랬어, 빌. 네가 조와 승객들에게 고통을 주었다고.

그들의 모습이 머릿속에 떠올랐다. 조는 약속한 대로 준비했다. 예측하고, 대비하고, 무장했다. 그런데 기습을 당했다.

조는 그 남자가 다가오는 걸 보지 못했고, 빌은 조심하라고 외치지 못했다. 조종실 문은 이미 닫혀 버렸고, 문 반대편에서는 광기와 혼란의 소리가 터져 나왔다.

빌은 몸을 앞으로 기대고 창밖을 바라보는 벤을 쳐다봤다. 부조종사도 빌만큼 심하게 숨을 헐떡였다.

"저 남자는 누구야!" 빌이 소리쳤다.

부조종사는 아무 말도 하지 않았다. 샘도 마찬가지였다.

모든 일이 순식간에 벌어졌다. 슬로우 모션처럼 보이기는 했지만.

습격자가 조종실 문을 향해 돌진하자 조도 재빨리 문 쪽으로 고개를 돌렸다.

그는 절대 열 수 없는 문을 재차 어깨로 들이받고, 발로 차고, 손끝으로 긁으며 소리를 질러 댔다. 무의미한 안간힘을 쓰고 있었다. 문은 이미 잠겼다. 조종실은 당연히 뚫리지 않았다. 섬광처럼 번쩍이는 안도감이 조의 온몸에 퍼졌다. 그런데 문 앞에 있던 남자가 돌연 조에게 몸을 돌리더니 그녀의 유니폼을 움켜잡고 자신의 얼굴 높이까지 들어 올렸다.

"안 돼! 가스요!" 조가 첫 번째 자원자인 비즈니스맨에게 외쳤다. 1열에 앉아 있던 그는 그녀를 도우러 오다가 원통 용기를 찾으러 갤리로 달려갔다.

데이브가 두 손으로 조의 목을 꽉 졸랐다. 그녀가 그를 오판했다. 그를 자기편으로, 팀의 일부로 끌어들였다고 생각했는데. 틀렸다.

조는 툭 불거진 눈으로 비즈니스맨이 갤리 안을 돌아다니며 미친 듯이 용기를 찾는 모습을 지켜보았다. 그에게 정확한 위치를 알려 주려 했지만 데이브가 난폭하게 그녀를 후려쳤다. 산소 부족으로 몸이 서서히 떨려 오기 시작했다. 그러나 비즈니스맨의 몸도 흔들리기 시작하는 걸 보자 유독 가스 때문일지도 모른다는 의심이 들었다.

"당장 저 안으로 들여보내 달라고!"

데이브는 입가에 허연 거품을 물고서 조의 얼굴에 대고 고래고래 소리쳤다. 땀범벅이 된 그의 턱 아래로 거품이 질질 흘렀다. 불타는 듯 핏발이 선 눈을 깜박이자 그의 눈가가 촉촉하게 젖었다. 조는 그가 서서히 유독 가스에 굴복해 가는 모습을 지켜보았다. 그의 목을 가로지르며 고동치는 정맥 옆에 작은 수포들이 볼록볼록 올라오기 시작했다.

"절대 안 돼!" 그가 그녀에게 소리쳤다. "내가 있는 한 절대 안 된다고!"

결국 용기를 찾는 데 실패한 비즈니스맨이 산소마스크 쪽으로 몸을 움츠리자 다른 젊은 비즈니스맨이 그를 구하러 앞으로 뛰어왔다. 하지만 그는 무릎을 꿇고 엉뚱한 카트 아래를 찾기 시작했다.

조는 용기가 굴러 들어간 카트를 정확하게 가리키려 했지만 눈앞에서 별이 번쩍이며 춤을 춰 댔다. 뇌가 손 쪽으로 메시지를 전달하지 못하고 있었다. 앞이 보였다 안 보였다, 암흑 속으로 녹아들었다가 다시 되돌아오기를 반복했다. 조종실 문이 닫힌 지 10초도 되지 않았는데 이미 열 번은 죽었다 살아난 느낌이었다.

데이브는 계속 고성을 질러 댔지만 그의 손아귀 힘은 서서히 약해져 갔다. 유독 가스가 그를 집어삼키고 있었다. 그때,

난데없이 뭉툭한 물체가 그의 얼굴을 내려쳤다. 조는 그 틈을 타 데이브의 손아귀에서 빠져나왔다. 조가 바닥으로 넘어지려던 순간 어떤 손길이 그녀를 붙잡았다. 데이브는 조의 발아래로 풀썩 쓰러졌다.

조가 고개를 들어 위를 보니 요시프가 자신을 팔에 안고 있었다. 돌돌 만 잡지를 그의 손에 움켜쥔 채로. 요시프가 잡지를 곤봉처럼 거칠게 두 번 휘두르자, 그 타격으로 데이브는 의식을 잃었다.

조는 겨우겨우 힘을 발휘해 가까스로 그의 팔에서 몸을 일으켰다. 요시프는 그녀에게 아직 그런 힘이 남아 있을 거라고는 예상하지 못한 듯했다. 조는 비틀거리며 걸어갔다. 그리고 숨을 들이마시고 있는 젊은 비즈니스맨을 지나쳐 마지막 카트로 다가갔다. 풋 브레이크를 풀고 카트를 앞으로 당겨서 보조 잠금장치를 탁 밀었다. 그러다가 중심을 잃고 벌크헤드에 부딪혀 뒤로 넘어졌다. 손에서 놓친 카트가 원래 자리로 미끄러져 돌아갔다. 여전히 카트 밑에 끼어 있는 용기에서는 하얀 유독 가스가 유령처럼 흘러나오고 있었다.

요시프가 조의 의도를 눈치채고 보조 잠금장치를 풀었다. 그리고 그의 거대한 손을 그녀의 손 위에 포개어 카트를 당기자, 원통 용기가 부연 유독 가스를 뿜어내며 굴러 나왔다.

요시프가 용기를 발로 찼다. 갤리의 중앙 통로 맨 끝에서 전직 해군이 무릎을 꿇고 대기 중이었다. 그녀는 쓰레기봉투 안으로 용기를 집어넣고 온 힘을 다해 봉투 입구를 꽉 졸라맸다. 조는 그녀의 손아귀 힘 때문에 봉투가 찢어지지 않기를 바랐다. 전직 해군은 돌아서서, 다음 쓰레기봉투를 들고 기다리고 있는 그녀의 아내이자 파트너인 구급대원에게 갔다. 구급대원이 들고 있던 봉투 안에 원통 용기가 든 쓰레기봉투를 넣자, 그녀 역시 입구를 세게 묶고 한 번 더 묶었다.

요시프는 데이브의 몸을 갤리 앞으로 끌고 가 화장실로 이어지는 통로에 놓았다. 조는 앞으로 걸어가서 구급대원에게 봉투를 받아 듦과 동시에 손으로 그녀의 좌석을 가리켰다. 구급대원이 고개를 끄덕이며 비틀비틀 뒤로 가자, 그녀의 파트너가 산소마스크를 내밀었다. 전직 해군은 아내의 얼굴에 마스크를 단단하게 고정시켜 착용을 도와준 뒤 그녀와 함께 헐떡대며 신선한 공기를 들이마셨다.

요시프가 화장실 문을 열어젖혔고, 조는 그에게 쓰레기봉투를 건넸다. 그가 변기에 봉투를 넣고 뚜껑을 쾅 닫은 다음 화장실 문을 잠갔다. 조는 화장실 문 앞에서 요시프를 밀쳐내고 곧바로 그 자리에 무릎을 꿇고 앉았다. 그러고는 화장실 문 아래 틈에 축축하게 젖은 일등석 담요를 쑤셔 넣었다. 이것이 방어 작전의 마지막 단계였다.

그녀는 무릎을 꿇고 작업에 열중하느라 산소통이 몸통 아래로 흘러내린 것도 알아채지 못했다. 어느새 마스크는 옆으로 돌아간 채 그녀의 왼쪽 귀를 덮고 있었고, 고무 밴드는 얼굴을 가로지르고 있었다. 조는 최대한 빠르게 움직이려 했지만, 왠지 손이 스테이플러로 찍혀 바닥에 고정된 듯한 느낌이 들었다. 내가 제대로 하고 있나? 솔직히 감각이 없었다. 가스의 독성 물질이 스멀스멀 그녀의 정신을 감싸는 중이란 걸 그녀 내면의 무언가가 말해 주었다. 결국 그녀는 쿵 하고 조종실 문에 부딪히더니 바닥으로 쓰러졌다.

요시프가 그녀를 와락 낚아채 위로 들어 올렸다. 그리고 옆으로 돌아간 그녀의 마스크를 코와 입에 단단히 고정시킨 다음 숨을 깊게 들이마시는 동작을 취했다. 조는 그를 따라 했다. 마스크에서 시원한 공기가 얼굴을 때리듯 뿜어져 나왔다.

하지만 이번에는 요시프의 얼굴에 수상쩍은 붉은 기운이 감돌면서 눈에 핏발이 서기 시작했다. 조는 크게 숨을 들이마신 뒤 마스크를 벗어 요시프의 얼굴에 세게 눌렀다. 그는 마스크 안에서 숨을 헐떡이며 최대한 많은 산소를 흡입했다. 그의 눈에서 눈물이 흘러나왔다. 요시프가 조를 보며 고개를 끄덕였다.

조가 그의 팔을 잡고 좌석을 가리키자 그가 자리에서 일어나 조도 일으켜 줬다. 요시프는 그녀에게 마스크를 돌려주기 전에 숨을 한 번 더 깊게 들이마신 뒤 고개를 끄덕였다. 그리고 데이브를 봉제 인형 다루듯 들어 올려 비어 있는 그의 이전 자리로 던졌다.

조는 마스크를 고쳐 쓰며 요시프를 바라봤다. 사람을 완전히 잘못 봤다는 게 이리도 감격스러울 일인지, 조는 미안함과 고마움이 한데 섞여 울고 싶어졌다.

이제야 겨우 주변을 둘러볼 수 있었다. 맨 처음 움직였던 비즈니스맨은 봉투에 얼굴을 박은 채 토하고 있었다. 그의 셔츠 앞부분은 이미 토로 범벅이 돼 있었다. 젊은 비즈니스맨은 어디가 많이 아픈지 몸 전체가 울긋불긋하고 땀으로 뒤덮여 있었다. 그는 뒷자리에 앉은 전직 해군처럼 팔걸이를 붙잡고 부들부들 떨기도 했다. 전직 해군의 아내인 구급대원은 해군의 수축된 동공을 확인하며 맥박을 쟀다. 요시프는 통로 맞은편에 앉아 손과 팔에 생긴 수포와 발진을 살피면서 힘겹게 숨을 쉬었다. 그 옆에 있는 데이브는 여전히 의식이 없는 채로 구부정하게 쓰러져 있었지만, 그래도 요시프 덕분에 마스크는 착용한 상태였다.

객실 칸막이 너머의 나머지 승객들은 마스크를 쓰고 자리에 앉아 있었다. 대부분 목을 길게 빼고 무슨 일이 일어난 건지 궁금해했다. 몸을 앞으로 기울인 채 눈을 감고 두 손을 모으고 있는 이들도 많았다.

승객들은 서로를 붙들고 하염없이 눈물을 흘렸다. 뒤쪽 어딘가에서 누군가 신음 소리를 내기도 했다.

켈리와 빅 대디가 약속한 대로 뒤쪽 승무원석에 좌석벨트를 매고 앉아 있는 모습이 조의 눈에 들어왔다. 둘은 기체 반대편에서 최대한 몸을 앞으로 내밀고 중앙 통로에 있는 조를 바라보고 있었다. 두 사람은 정말 간절하게 그녀를 돕고 싶었다.

조가 부들대는 팔을 들어 올려 엄지를 치켜세웠다.

반짝이는 별들이 눈앞에서 십자 무늬를 만들었다. 얼굴에 아무 감각이 느껴지지 않았다. 혈액 순환을 위해 코와 입을 움찔거려 보았다. 그러자 마스크 밖으로 땀이 뚝뚝 떨어지며 턱 아래로 흘러내렸다. 땀 맞겠지? 침이면 어쩌지? 입에 거품을 문 거면? 얼굴을 직접 만질 수가 없어서 어느 정도로 서서히 마비가 진행되고 있는지 가늠할 수조차 없었다.

테러리스트의 백업 계획이 아직 남아 있다는 사실이 그녀를 여전히 괴롭혔다. 그러나 다른 한편으로는 자신이 살아남았다는 사실에, 모두가 아직은 살아 있다는 사실에 조금이나마 안도감이 들었다.

유독 가스 공격은 끝났다.

조금 전의 소동이 너무 정신없이 흘러갔기 때문에 가스 공격을 방어하는 동안 산소를 얼마나 소모했을지는 알 길이 없었다. 12분간 버틸 수 있는 산소가 얼마나 남았을까……. 거의 다 소진됐을 가능성이 컸다. 아직 공기 중에 남아 있는 유독 가스는 마스크가 무용지물이 되기 전에, 최대한 인체에 해를 입히지 않는 수준으로 소멸되어야만 했다. 그러고 나면 비행기가 곧 착륙할 것이고, 방호복을 입은 구급대원들이 비행기를 처리하고 승객들을 돕기 위해 기다리고 있을 것이다.

다 잘될 거야.

조가 고개를 끄덕였다.

이제 끝났어.

26

캐리의 몸이 마구 흔들렸다.

처음에는 작은 떨림으로 시작한 것이, 빌이 원통 용기를 던진 후에는 좀 더 동물적이면서 통제 불가능한 떨림으로 커졌다.

캐리의 눈물이 엘리스의 얼굴로 떨어지자 아기가 다시 울부짖었다. 스콧은 엄마의 무릎에 얼굴을 파묻었다. 그러나 가스 공격이 끝나자 허리를 꼿꼿이 세웠다. 캐리는 아이의 몸을 다시 낮추려 어깨를 지그시 눌렀다. 그녀의 힘에 아이가 몸을 부르르 떨었고, 결국 스콧도 여동생을 따라 울음을 터뜨렸다. 캐리가 숨을 들이마셨다.

샘이 아이들에게 조용히 하라고 했지만, 오히려 울음이 커지면서 비좁은 공간이 더욱 혼란스러워졌다. 아이들은 이미 너무 지쳐 있었다.

스콧은 자신을 진정시키려는 엄마의 힘없는 손을 밀어내고 자리에서 일어났다. 시끄러운 울음소리 가운데 잠시 소음이 멈추었다. 스콧이 "엄마"라고 부르는 소리가 들릴 만큼 긴 침묵이었다.

스콧은 엄마의 다리 부분을 뚫어지게 쳐다봤다. 캐리의 허벅지가 젖어 바지 색이 진해져 있었다. 아이는 어리둥절한 얼굴로 고개를 들었다. 엄마들은 바지에 쉬를 하지 않는데…….

캐리는 아이의 얼굴에서 묻어나는 연민과 당혹감을 느꼈다. 아이에게 들켰다는 사실을 참을 수 없어 고개를 반대로 돌렸다. 그러나 곧바로 샘의 시선과 맞닥뜨렸다.

"화장실 좀 가야겠어요." 캐리는 애원할 힘도 없었다. "엄마로서의 존엄은 지키게 해 줘요." 그녀의 목소리가 낮아졌다. "아이들 앞에서 이런 모습 보이고 싶지 않아요. 제발……."

아이들의 흐느낌에 그녀는 잠시 말을 멈췄다. 샘의 시선이 축축하게 젖어 얼룩진 그녀의 바지에서, 코 아래로 뚝뚝 떨어지는 콧물로 옮겨 갔다. 캐리는 자기가 말아 올려 준 그의 소매에 손을 올렸다. 그는 그녀의 손을 밀쳐 내지 않았다. 그녀의 목소리는 이제 속삭임에 가까웠다.

"샘, 제발."

샘은 시선을 올려 캐리와 눈을 마주쳤으나 아주 잠시뿐이었다. 그녀가 순종적으로 눈을 내리깔았기 때문이다.

"좋아, 네가 동생을 데리고 있어." 샘이 스콧에게 말했다. 스콧은 불편한 자세로 아기를 안았다. 샘은 밴 내부를 둘러보다가 구석에서 끈 하나를 찾아냈다. "저쪽으로 가. 여기 이거 잡고."

스콧이 재빨리 금속 재질의 바닥에 앉아 동생을 무릎 위에 올리는 동안 샘은 캐리에게 휴대폰을 건넸다. 두 아이는 차량 뒷문 쪽에서 다른 한쪽 구석으로 움직였다. 샘은 밴 내부에 설치된 금속 기둥에 끈 한쪽을 묶고 스콧의 호리호리한 허리에 반대쪽 끝을 묶었다. 그러는 동안 스콧은 온 힘을 다해 엘리스를 안아 들고 있었다.

샘이 끈을 몇 번 더 잡아당겼다. 매듭이 더욱 단단하게 조여졌다.

"이 차는 잠겨 있을 거야. 그러니까 쓸데없는 영웅 흉내 따위 낼 생각 말아라." 샘이 스콧의 얼굴에 손가락을 대며 차분하게 말했다. "만약 그런 짓을 하면 네 엄마 머리에 총알이 박힐 거다."

아이의 얼굴에서 핏기가 확 사라졌다.

이 모든 일이 벌어지는 동안 캐리는 뒤에 서서 휴대폰 카메라를 응시하고 있었다. 그리고 남편에게 하고 싶은 말을, 큰 소리로 전할 수 없는 그 말을 어떻게 전해야 할지 고민 중이었다. 하지만 화면 속 빌의 시선은 캐리가 아닌 그녀의 어깨 너머에서 아이들을 결박하고 있는 납치범에게 고정돼 있었다.

어떤 기억이 캐리의 어깨를 톡톡 두드렸다.

결혼 전. 소파. 오래된 성경책. 아빠의 손 글씨.

그러니까…… 다들 죽는다. 그리고 그건 공평하지 않다는 뜻이지?

응.

"빌," 샘이 아이들을 다 묶어 갈 때쯤 그녀가 입을 열었다. 금방이라도 울 것처럼 목소리가 자꾸 목에 걸렸지만, 그녀의 눈은 건조했다. "자기가 나한테 결혼하자고 한다면 말야. 바로 지금, 이런 상황이더라도. 그래도 난 응, 이라고 대답할 거야. 응. 밑줄 치고. 모두 또박또박 대문자로 진하게."

빌이 고개를 살짝 기울이며 눈을 찌푸렸다.

그가 그녀의 메시지들을 하나로 모으려 노력하는 모습을 보고 있는 와중에 캐리의 머릿속에 또 다른 기억들이 떠올랐다. 둘이 나란히 앉아 영화를 보던 중 그녀의 손이 우연히 그의 손을 스쳤던 기억. 그가 파티장 저편에서 그녀를 몰래 훔쳐보고 있다가 들켰던 기억. 그녀를 처음으로 애인이라고 불렀던 기억. 이내 화면 속 빌의 얼굴이 창백해졌고, 캐리는 자신의 결정에 평온함을 느끼며 홀로 미소 지었다. 빌은 마침내 이해했다.

빌이 노트북 옆면을 움켜잡자 카메라가 흔들렸다.

"캐리, 나는…… 나는…… 젠장……." 빌이 말을 더듬었다.

직접적으로 그 말을 하지 않으면서 어떻게 표현할 수 있을지 고민했다. 그러고는 손으로 머리를 쓸어 넘기며 조종실을 둘러보더니 돌연 모든 행동을 멈추고 멍한 눈으로 카메라를 응시했다. 그런 다음 바로 앉아 턱을 앞으로 내밀고 단호한 어조로 확고하게 말했다.

"캐리, 나와 다시 결혼해 줘. 예전과 똑같이 물어볼게. 나랑 결혼해 줄래? 그런데 '응'이라고 답하지는 마. 밑줄 긋고, 모두 대문자로, 진한 글씨로. 아직 아냐. *기다려 줘.* 조금만 더 참아. 내가 자기와 함께할 가치가 있는 사람이란 걸 보여 줄게. 약속할게, 캐리. 약속할게. 그러니 내가 자기와 함께할 자격이 있다고 믿기 전까지는 '응'이라고 말하지 마."

캐리가 슬픈 미소를 지었다. "자기는 늘—"

"됐어, 가." 샘이 끼어들었다.

그는 캐리의 손에서 휴대폰을 뺏은 뒤 차 바닥에 내려놓았다. 카메라는 천장을 향한 채 움직이지 않았다. 아무것도 비추지 않았다.

빌은 눈도 깜빡이지 않고 아무것도 없는 흐릿하고 진한 회색 화면을 주시했다. 스콧의 거친 숨소리만이 전화가 아직 연결되어 있다는 걸 알려 주었다. 열쇠가 구멍에 끼워진 다음 돌아가는 소리가 났다.

아이들은 끈에 묶인 채 자기들끼리 차 안에 갇혀 있었고, 미친놈 손에 붙들린 캐리의 모습은 보이지 않았다. 아이들의 아빠이자 캐리의 남편인 빌은 지금도 수백 킬로미터 떨어진 곳에 있었다. 게다가 매 순간 점점 더 멀어져만 갔다.

캐리한테 무슨 생각이 있는 것 같아. 빌은 생각했다.

분명 뭔가를 하려는 거야.

27

테오는 세풀베다 대로를 따라 공항으로 향하고 있었다. 테오의 차에서 요란하게 울리는 사이렌과 번쩍이는 경광등 때문에 차들이 옆으로 갈라지며 자리를 내주었지만, LAX 주변이 너무 혼잡하여 길을 빠져나가기란 거의 불가능했다. LAX 주변은 교통 정체가 없는 날이 단 하루도 없었다. 공항의 형편없는 위치와 구조가 사람을 미치게 만들기 딱 좋았다. 테오는 불안한 듯 핸들을 두드리며 울화가 치밀어 오르는 것을 애써 가라앉혔다. 이렇게 계속 차가 막히면, 오늘은 단순히 비행기를 놓치는 것보다 훨씬 더 위험한 상황이 발생할 터였다.

휴대폰이 울렸다. **리우 팀장**. 테오는 수신 거부를 하고 화면을 껐다.

몇 분이 흘렀다. 괜스레 목적지까지 얼마나 남았는지 계산

하며 일부러 정신을 다른 데로 돌렸지만, 아직 센추리 대로에
도 들어서지 못했다는 사실을 깨닫자 욕이 튀어나왔다. 이 경
로로 쭉 가면, 활주로의 동쪽 끝부분 밑으로 뚫린 터널을 통
과해 임페리얼 고속도로를 타게 될 터였다. 그러면 거기서부
터 공항 정문까지 가기 위해 더 먼 길을 돌아 내려가야 했다.

이런 멍청이. 머릿속으로 경로를 그려 보다가 이 길로 들어
선 자신을 타박했다.

테오는 신호를 확인하지도 않고 핸들을 홱 틀어 유턴했다.
그러자 반대편에서 달려오던 차가 황급히 방향을 바꿨고, 또
다른 차도 그 차를 가까스로 피하느라 요란하게 경적을 울려
댔다.

액셀을 밟자 테오가 탄 SUV의 타이어가 끼이익 소리를 내
며 쏜살같이 공항에서 멀어졌다.

차들이 다시 길을 비켜 주자 테오는 그대로 앞으로 질주했
다. 계속 달리다 보니 반대 방향에서 오는 차량들 사이로 경
광등을 켠 채 꼼짝없이 갇혀 있는 검은색 SUV가 보였다.

"지금 장난해, 리우 팀장?" 테오는 속도를 낮추고 경광등과
사이렌을 끄며 중얼거렸다.

그들이 자신을 알아보지 않기를 바랐다. 검은 SUV를 지나
칠 때 재빨리 훑어보니, 동료 둘이서 목을 길게 빼고 우회할
수 있는 도로를 찾는 중이었다. 그들은 테오의 존재를 전혀

눈치채지 못했다.

혹시 지원 병력일까? 아니면 리우가 요원 둘에게 자신을 찾아내서 끌고 오라고 한 걸까? 여럿의 목숨이 걸린 긴박한 작전 도중, 굳이 인력을 낭비하면서까지? 일부러 차를 세우고 상황을 파악할 만큼 리우를 신뢰하지는 않았다. 테오는 그냥 액셀을 더 세게 밟으며 요원들을 뒤로하고 떠났다.

넓게 펼쳐진 바다에서 시원하고 상쾌한 바람이 불어왔다. 답답하던 차량 내부의 공기와는 극명하게 대조되었다. 캐리는 칠흑 같은 태평양을 바라보았다. 파도는 끊임없이 해안가에 부딪치며 무심하게 부서졌다. 내일도 바닷물은 밀려 나갔다 다시 밀려 들어올 터였다. 전날과 똑같이. 그리고 그다음 날에도. 무슨 일이 생겨도 세상은 결국 아무 일도 없던 것처럼 계속 돌아가리라는 사실이 캐리에게 안도감을 주었다.

저 멀리 해변가에서 모닥불 불꽃이 기분 좋은 타닥타닥 소리를 내며 별들을 향해 튀어 오르고 있었다. 불길 너머로 한 커플이 회색 콘크리트 화덕에 발을 올리고 비스듬히 누워 있었다. 캐리는 향수에 젖어 연기 냄새를 깊이 들이마셨다. 그러나 그 즉시 차가운 총구가 뒷목에 닿는 것을 느꼈다.

"소리 지르지 않을 거예요." 캐리가 말했다. "그냥 좀…… 이 순간을 만끽하는 중이었어요."

"빨리 끝내." 샘은 그녀의 팔을 다른 방향으로 끌었다.

두 사람은 밴에서 주차장의 반대편 끝으로 걸어갔다. 그곳은 가로등의 불이 나가 있었다. 아무렇게나 버려진 건설 장비와 모래 더미 위로 드리워진 달빛이 음산한 그림자를 만들어냈다. 가로등 꼭대기에 앉아 있는 갈매기가 머리를 이쪽저쪽으로 돌리며 두 사람이 지나가는 모습을 지켜보았다. 새가 보는 두 사람의 모습은 어떨까. 폭탄 조끼를 입고 어둠 속에서 조용히 움직이는 두 사람. 짭짤한 바람이 그녀의 얼굴을 지나쳐 머리칼 속을 파고들었다. 캐리는 몸을 부르르 떨었다.

"고향 얘기 다시 해 봐요. 계획이 있었다고 했잖아요." 캐리가 말을 꺼냈다. "그때 아버지가 돌아가신 거죠?"

샘이 고개를 끄덕였다. "벤과 나는 전부 다 준비해 놨었어. 서류와 비자도 마무리된 상태였고. 돈도 우리가 10년 동안 모은 거였어. 비행기도 예약했지. 그런데 떠나기 나흘 전에 아버지가 돌아가셨어."

"그래서 당신은 남고 벤만 혼자 떠난 건가요?"

샘은 또 고개를 끄덕였다. 두 사람의 발밑에서 모래가 사각사각 밟혔다. 그가 그녀보다 앞서 걸었다. 그의 등 쪽 허리춤 위로 삐쭉 올라와 있는 총 손잡이가 보였다.

"그 사람한테 화나진 않았어요?"

샘이 고개를 돌렸다. "누구, 벤?"

"네. 그가 당신만 두고 떠났을 때요."

두 사람은 주차장 끝, 버려진 폐기물이 쌓인 곳에 거의 다다랐다.

"아니, 전혀. 내가 벤을 보낸 거였어. 벤은 머물고 싶어 했지. 공평하지 않다고 생각했거든. 전혀 그렇지 않은데도 말야." 그는 어깨를 으쓱했다. "내가 벤한테 가라고 했어. 내 돈도 전부 가져가고. 그래야 벤이 좀 더 편하게 살 테니까. 나보다 먼저 가서 자리를 잡아 놔야 나중에 내가 갈 때 함께할 수 있을 거라고 말했어. 그리고 17년 뒤 나는 그렇게 했고. 어쨌든 그때 당시에는 집을 떠날 수가 없었어."

"가족들은요? 무슨 일이 있었던 거죠? 아마드에게 무슨 일이 있었어요?"

샘의 아픈 손가락인 막냇동생의 이름이 캐리의 입 밖으로 나와 허공을 맴돌았다. 그녀는 예상했던 대로 그 이름이 샘에게 곧바로 영향을 미쳤다는 걸 알아챘다. 그리고 마음을 다잡았다.

샘이 그녀 쪽으로 고개를 돌렸다. 그의 목에 핏대가 잔뜩 서 있었다. 순간 그가 팔을 들어 그녀를 때리려다가 멈추었다. 캐리는 움찔하며 도망가려 했지만 그가 그녀의 턱을 움켜잡고 자신 쪽으로 끌어당겼다. 그러더니 가까이 다가와 그녀의 고개를 옆으로 돌리고 귓가에 입을 가져다 댔다. 볼에서 축축하고 뜨거운 샘의 숨결이 느껴졌다. 턱을 움켜쥔 그의 손가락이 살갗을 파고들자 그녀는 자신도 모르게 소리를 꽥 질렀다.

"그 이름, 입에 올리지 마." 샘이 그녀의 귓가에 속삭였다.

그를 자극하지 말자. 자극하지 마. 자극하지 말라고. 캐리는 필사적으로 본능을 무시하려 노력했다. 눈을 감고 파도가 부서지는 소리에 가만히 집중했다.

그가 손에서 서서히 힘을 풀더니 그녀를 완전히 놓아줬다. 캐리는 숨을 깊이 들이마시며 비틀비틀 뒤로 물러났다. 허리를 숙여 손으로 무릎을 짚고 눈을 돌렸다.

샘이 폐기물 더미 쪽을 가리켰다.

"빨리 해."

신호등이 노란색으로 바뀌었다. 하지만 테오는 가속 페달을 더욱 세게 밟았다. 뒤늦게 생각이 나 양쪽 도로를 좌우로 살폈다. 테오가 교차로에 다다르기도 전에 신호등은 이미 빨간색으로 바뀌었지만, 그는 신경 쓰지 않고 질주했다.

왼편에서 비행기가 LAX의 북쪽 활주로를 가르며 이륙을 준비하고 있었다. 테오는 속도를 확인했다. 시속 120킬로미터. 도로의 제한속도는 시속 55킬로미터였다. 비행기 바퀴가 땅에서 떨어지는 모습을 흘긋 보며 액셀을 더 세게 밟았다. 속도계의 바늘이 130을 넘어갔다.

공항과 나란히 나 있는 웨스트체스터 파크웨이를 달렸다. 교통량도 적고, 차들이 대체로 저속으로 얌전히 달리는 중이었다. 그들은 사이렌 소리와 함께 경광등이 번쩍이자 바로바로 길 오른쪽으로 빠져 주었다. 테오는 눈을 부릅뜨고 주변을 둘러보며 기억 속에서 누락된 시각적인 단서가 있는지 살폈다. 수년 전에 이 길을 와 본 적이 있었지만, 테오가 기억하던 것과는 많이 달라진 모습이었다.

어린 시절, 가족과 함께 해변에 갈 때 주로 토스 비치에 가곤 했다. 토스 비치는 60년대까지 서핑의 메카였지만 해변의 침식을 막기 위해 방파제가 설치된 후로는 서퍼들의 발길이 뚝 끊겨 버렸다. 그래서 지금은 잔잔한 파도와 자전거 도로만 남은, 지역 주민들만 주로 이용하는 해변이 되어 있었다.

테오는 좌절감에 대시 보드를 주먹으로 내리쳤다. 그 충격으로 다친 팔 전체에 고통이 밀려왔다. 하지만 테오는 이 고통이 달가웠다. 멍청할 뿐 아니라 상황 판단도 빠릿빠릿하게 하지 못하는 자신은 이런 대섭을 받아도 싸다고 생각했다.

분명 토스는 독웨일러로 이어져.

길 끝에서 또 신호에 걸렸다. 속도를 낮추고 반대편에서 차가 오는지 살폈다. 한 대도 없었다. 다시 속도를 높여 빨간불에 우회전을 하기 시작했다. 커브를 돌면서 슬쩍 눈을 위로 들어 도로명을 확인했다. 퍼싱. 이 길이 어쩌면—

그때 브레이크 소리가 나면서 갑자기 차 한 대가 눈앞에 나타났다.

타이어가 끼이익 찢어지는 마찰음을 내더니, 1초 뒤에 그 차가 전속력으로 달려와 테오의 SUV 운전석 문 뒤편을 들이박았다. 그 차는 제어 불능 상태가 되어 사정없이 빙글빙글 돌다가 커다란 금속 물체에 부딪혔다. 테오의 SUV 또한 반대 방향으로 돌다가 간신히 멈췄다. 귀청이 떨어질 만큼 큰 소리가 펑 하고 나더니 갑자기 테오의 몸과 머리 위로 유리 파편이 쏟아졌다. 뒤이어 차가운 공기가 불어닥쳤다.

순간, 주변의 모든 것이 멈췄다. 시원하고 고요한 공기. 움직일 수가 없었다.

테오는 피가 철철 나는 손으로 안전벨트를 풀고 차의 문손잡이를 잡았다. 문은 꼼짝도 하지 않았다. 차 안에 갇혀 버렸다. 테오의 생각에는 차가 상대방의 차 밑에 깔린 듯했다. 박살 난 창문으로 새어 들어오는 연기 때문에 기침이 계속 터져 나왔다.

뒷자리로 기어가려고 하자 몸 전체에 고통이 느껴졌다. 그래도 일단 계속 움직였다. 뒷문을 열어 보려 했으나 열리지 않았다.

차의 후면 유리에 거미줄 모양으로 금이 가 있길래 뒷좌석 위로 기어올라 갔다. 거기에, 다리를 모아 몸을 구부릴 수 있는 정도의 아주 좁은 공간이 있었다. 테오는 성한 팔로 몸을 끌어안은 다음 왼다리를 뒤로 뻗으면서 유리창을 발로 퍽 찼다. 세 번의 시도 끝에 창문이 와장창 깨지면서 다리 주변으로 유리 파편이 쏟아져 내렸다. 힘겹게 차 뒤쪽으로 기어 나간 테오는 숨을 깊게 마시며 신선한 공기를 들이켰다.

낯선 남자가 그에게 달려왔다. "괜찮으세요? 움직이시면 안 됩니다. 구급차가 지금 오고 있어요."

분명히 소리는 들렸지만, 눈앞의 장면은 전혀 눈에 들어오지 않았다. 차량 세 대. 한 대는 뒤집어졌다. 오토바이. 난장판. 산산조각 난 유리와 뒤틀린 금속들이 사방에 흩어져 있었다. 사람 대여섯이 바닥에 누워 앓는 소리를 냈다. 구경꾼들은 무력하게 차 옆에 서 있었다.

무력하게.

호프만의 가족들.

테오는 계속 가야 했다.

그를 도우려는 남자의 손을 뿌리치고 뒤집힌 차로 향했다. 젊은 부부가 바닥에 무릎을 꿇고 앉아 한 여자 운전자에게 말을 걸고 있었다. 아직 안전벨트도 풀지 못한 상태로 차 안에 갇힌 여자 운전자의 모습이 보였다. 의식은 있지만 온몸이 피로 뒤덮인 듯했다. 그들은 그녀에게 움직이지 말라고 했다.

"저분은 괜찮습니까?" 테오가 물었다.

젊은 부부가 고개를 끄덕였다. "그런 것 같습니다." 남편이 말했다. 멀리서 사이렌 소리가 들렸다. "잠깐만 기다리세요. 구조대가 오고 있어요. 구조대가 여기서 꺼내 줄 겁니다, 아시겠죠?" 그가 운전사에게 말했다.

사이렌 소리가 점점 커졌다. 구급차일 터였다. 아니면 FBI 이거나. 테오도 여길 빠져나가야 했다. 이 아수라장 속에서 그는 바닥에 쓰러져 있는 오토바이로 걸어갔다. 아직 열쇠가 꽂혀 있었다.

누가 멈춰 세우기 전에 오토바이를 바로 일으킨 다음, 양쪽으로 다리를 걸치며 올라탔다. 기어를 중립에 놓고, 킬 스위치를 켜고, 클러치를 당긴 후에 시동 버튼을 눌렀다. 기적적으로 엔진이 떨리더니 마침내 그르렁그르렁 소리를 냈다. 클러치를 풀며 엔진에 기름을 주입하자 오토바이가 그대로 출발했다.

신입 시절, 룸메이트의 낡고 지저분한 오토바이로 타는 법을 처음 배운 후로는 한 번도 오토바이를 타 본 적이 없었지만, 그때 배운 기억이 금방 되살아났다. 눈을 가늘게 뜨고 도로 위를 질주했다. 오토바이가 휙휙 움직이며 차 사이를 이리저리 빠져나가자 다른 차들이 경적을 울렸다. 그러나 전부 무시했다.

하지만 팔의 통증은 점점 더 무시하기 힘들어졌다. 두 손으로 오토바이를 몰아야 했지만, 삼각건에서 빼낸 왼팔을 뻗을 때 느껴지는 통증이 극심해서 핸들을 제어하지 못할 뻔했다. 오른손으로 스로틀과 앞바퀴 브레이크를 조정했다. 오른팔을 다치지 않아서 다행이라는 생각이 들었다. 핸들을 꽉 잡지 못하는 왼손이 덜덜 떨리면서도 안정적인 자세를 유지하려고 애를 썼다. 앞바퀴가 위태롭게 흔들렸다.

테오는 전방을 살피며 다음 교차로에서 좌회전을 해야 한다고 확신했다. 앞에 차 한 대가 있었는데, 그 미니밴은 조깅하는 사람이 교차로를 지나가길 기다리는 중이었다. 테오는 엔진에 기름을 먹이며 기어를 올렸다. 그리고 미니밴 안쪽으로 파고들자 마침 좌회전을 하려던 미니밴이 깜짝 놀라 끼익 소리를 내며 급히 오른쪽으로 방향을 틀었다. 조깅하는 사람도 도로 경계석으로 폴짝 뛰어올라 아슬아슬하게 도로를 벗어났다. 순간적으로 오토바이가 중심을 잃고 흔들렸지만 속도를 올리자 다시 균형을 잡고 주거 지역으로 이어지는 길을 따라 달렸다.

그 근처의 구불구불 언덕진 길은 테오의 기억과 정확히 일치했다. 오토바이를 타고 해안으로 향하는 미로 같은 길을 따라갔다. 한 번 더 좌회전을 했다가 우회전을 하면 해변의 진입로로 연결될 터였다. 해변과 수평으로 나 있는 진입로를 따라 끝까지 가면 독웨일러의 주차장으로 이어졌다.

테오는 올바른 길을 찾아야만 했다.

속도를 늦추고 양쪽 도로를 살피며 가파른 언덕이 시작됨을 알리는 멈춤 표지판을 휙 지나쳤다. 더는 조심스럽게 운전할 여유가 없었다. 물론 안전벨트도, 헬멧도 없는 자신의 현 상태 또한 충분히 인지하고 있었다.

언덕 반대편으로 내려가면서 앞에 보이는 두 번째 길에 정신을 집중했다. 두 번째 길이 맞을 거라 확신하고 첫 번째 길을 지나가던 바로 그 순간, 머릿속에서 어떤 흐릿한 기억이 아지랑이처럼 피어올랐다.

첫 번째 길이다. 저거야. 방금 지나친 그 길이라고.

테오는 핸들을 조여 브레이크를 꽉 잡았다. 오토바이가 방향을 돌리면서 뒷바퀴가 바닥에 검은색 반원 모양의 타이어 자국을 남겼다. 그리고 다시 속도를 높여 올바른 방향을 향해 언덕을 올라가기 시작했다.

그때, 맞은편에서 불쑥 헤드라이트 불빛이 나타났다. 강한 빛에 테오는 눈을 찡그림과 동시에 급히 오른쪽으로 핸들을 돌렸다. 마주 오던 차도 뒤늦게 오토바이를 발견하고 서둘러 브레이크를 밟으며 반대 방향으로 핸들을 꺾었다. 간신히 오토바이를 피한 차는 도로 경계석으로 튀어 올라 그대로 소화전을 들이받았다. 쾅 하는 폭발음이 났다. 휘청이는 오토바이 위에서 테오는 넘어지지 않기 위해 필사적으로 발을 내리고 오토바이를 멈춰 세웠다. 만신창이가 된 차 앞에서 물줄기가 하늘로 뿜어져 나왔고, 차 안에서는 운전자가 에어백과 씨름을 하고 있었다.

테오는 어깨 너머로 운전자를 흘긋 본 뒤 계속 앞으로 달렸다.

오토바이는 수백만 달러에 달하는 주택들이 줄지어 있는 길을 쌩 지나갔다. 저 맞은편에 바다가 있다는 걸 테오는 알고 있었다. 모래가 바람에 실려 길 위를 날아다니는 모습이 보였다. 근처에 있는 전봇대가 도로 중턱의 파란 표지판을 비추었다. 표지판에는 화살표와 함께 '해변'이 적혀 있었다. 테오는 액셀을 당겼다.

거의 다 왔다. 일단 진입로로 들어가면 거기서부터는 일직선으로 가면 된다. 이제 몇 분 후면 호프만의 가족을 찾는다.

그들이 그곳에 있다면.

FBI 팀을 떠난 뒤에 일어났던 일들을 되돌아보니 불현듯 의구심이 들었다. 내가 틀렸으면 어쩌지? 호프만 가족이 거기에 없으면? 테오는 고개를 흔들었다. 아니야. 그들은 거기 있어야 해. 꼭 있어야 해.

이제 다 왔다. 하지만 테오는 속도를 올리자마자 그 즉시 브레이크를 꽉 잡아야 했다. 급제동하는 바람에 하마터면 몸이 핸들을 넘어 앞으로 날아갈 뻔했다. 진입로의 입구에 바리케이드가 쳐져 있었다. 허리 높이까지 오는 철제 기둥 사이의 간격이 너무 좁아 오토바이가 지나갈 수 없었다. 막다른 길이었다.

"안 돼!" 테오가 소리를 질렀다. 그러나 테오의 외침은 해변에 부딪치는 파도 소리에 먹혀 들리지 않았다. 테오는 자리에서 일어나 오토바이에 다리를 걸쳤다. 통증을 애써 무시하며 숨을 헐떡이고 있는데, 갑자기 오전에 집이 폭발했던 기억이 머릿속으로 밀려들었다. 그러더니 뒤이어 호프만 가족의 사진이 떠올랐다.

테오는 오토바이에 앉아 핸들을 바로잡고 다시 출발했다.

주변을 돌면서 다른 방법을 찾았다. 독웨일러까지 걸어서 가기엔 거리가 너무 멀었다. 진입로로 가려면 오토바이를 가져가야 했다.

그때 저 앞에 있는 공사장의 커다란 쓰레기통 앞에 주차된 포클레인이 보였다. 테오는 혹시나 하는 희망을 품고 속도를 높였다. 상황을 파악하기 위해 눈을 가늘게 뜨고 다가갔더니 목재와 철제 버팀대가 콘크리트 바닥 위로 솟아 있었다. 그러나 그보다 더 중요한 건, 공사장 너머로 보이는 저곳이 바로 그 해변의 진입로라는 거였다.

테오는 더 생각할 것도 없이 오토바이를 탄 채 도로의 연석 위로 뛰어올랐다. 그리고 작업자들이 합판을 깔아서 만들어 놓은 임시 경사로를 올라갔다. 바닥 위로 튀어나온 철제 파이프를 피하기 위해, 오토바이의 속도를 낮추고 핸들을 오른쪽 왼쪽으로 틀어 가며 길고 좁은 길을 조심스럽게 통과했다. 뒤편에 설치된 철제 비계* 위에 여분의 파이프가 놓여 있었다. 오토바이로 그 비계 기둥 사이를 지나가기에는 아슬아슬하다는 판단에 테오는 눈을 크게 떴다.

최대한 머리를 숙이고 신중하게 파이프 밑을 지나갔다. 그런데 기둥 사이를 힘겹게 통과하던 순간, 집중력이 흐트러지는 바람에 발이 기둥 끝에 부딪히고 말았다. 오토바이가 옆으로 휙 돌면서 테오의 몸이 근처에 있던 모래 더미 위로 나가떨어졌다. 철제 비계와 파이프들이 천둥소리 같은 굉음을 내며 무너지기 시작했다. 테오는 재빨리 뒤로 물러나 오토바이를 질질 끌고 그 부지를 벗어났다.

오토바이를 끌고 해변의 진입로로 들어섰더니 신발이 자꾸 모래 속으로 빠졌다. "제발 이러지 말라고." 오토바이 엔진까지 털털거리기 시작하자 테오가 투덜댔다. 오토바이에 걸터앉았더니 오토바이가 항의하듯 앓는 소리를 냈다. 앞바퀴에는 못도 박혀 있었다. 그럼에도 다시 시동을 걸었다. 오토바이가 덜덜거리며 움직였다.

핸들을 붙잡았다. 두 팔이 모두 심하게 떨렸고 왼쪽 팔은

---

* 높은 곳에서 공사를 할 수 있도록 임시로 설치한 가설물

아예 감각이 없었다. 그는 잡생각을 전부 머릿속에서 끄집어 냈다. 부상당한 몸. 끝나 버린 FBI 경력. 그가 파괴해 버린 모든 것. 집이 폭발하기 직전 그를 믿고 고개를 끄덕였던 남자의 모습. 테오는 억지로 그 모든 생각을 차단했다. 지금은 호프만의 가족과 그들을 도울 수 있는 방법에 집중해야 했다. 오직 그것뿐이었다.

오토바이 앞바퀴는 이제 완전히 납작해졌고, 철제 프레임은 콘크리트에 엉망으로 긁힌 상태였다. 차체는 불규칙하게 휘청거렸고, 엔진에서는 꿀렁꿀렁 소리가 나면서 가느다란 연기가 피어오르고 있었다. 결국 엔진이 비통한 숨을 내쉬며 꺼졌고, 오토바이는 남아 있는 추진력만으로 움직였다.

테오가 절망적으로 고개를 들었다. 그런데 저 앞 멀지 않은 곳에 어떤 건물이 보였다. 시에서 관리하는, 그런 종류의 건물 같았고 그 바로 너머에 독웨일러 해변이 있었다.

테오는 모랫바닥에 오토바이를 쓰러뜨리고 권총집에서 총을 뺀 뒤 달리기 시작했다. 가까이 다가갈수록 건물은 더 분명하게 모습을 드러냈다. 바다 쪽으로는 단단한 벽이, 건물 뒤쪽으로는 공터가 있었다. 자치구의 정비 차량과 장비들이 공터에 주차돼 있는 모습이 보였다. 진입로가 건물 뒤쪽으로 이어졌다. 건물 바로 너머 그곳이 독웨일러 해변의 첫 번째 주차장 끝이었다.

테오는 총을 들고 방어 자세를 취한 채 몸을 숨기면서 건물 뒤를 지나갔다. 뒤쪽에는 트럭 몇 대와 모래 긁는 갈퀴가 달린 큰 트랙터 말고는 아무것도 없었다. 불빛도, 돌아다니는 사람도 없었다.

벽에 등을 대고 서서 건물 끝까지 천천히 걸어갔다. 조심스레 모퉁이 밖을 두리번거리며 이사 업체의 밴이 있나 주변을 살펴보았다. 그런데 그때 무언가가 눈에 들어왔다. 테오는 그대로 얼어 버렸다. 주차장 가장자리에 어떤 여자와 그 옆을 지키고 선 남자 하나가 있었다. 여자는 무릎에 손을 올리고 허리를 구부린 자세였다. 거리가 꽤 멀었는데도 테오는 두 사람이 자살 폭탄 조끼를 입었다는 걸 한눈에 알아보았다.

주차장을 좀 더 살피자 저 멀리 주차된 밴이 보였다. 숨이 막혔다. 그런데 캐리랑 저 납치범은 뭘 하는 걸까? 캐리가 자리에서 일어서자 남자가 공사장 폐기물이 쌓여 있는 쪽으로 움직였다. 그녀도 그곳으로 갔다.

테오는 모퉁이를 돌아 트럭 뒤로 몸을 숨겼다.

캐리는 폐기물 더미로 걸어간 뒤 청바지의 단추를 끌르려고 했지만 손이 묶여 있어 불가능했다. 손가락이 덜덜 떨려서 그 각도에서는 단추를 비틀 수가 없었다. 다시 샘에게 돌아갔다.

"저기, 좀 도와줄래요?" 캐리가 온순한 목소리로 물었다.

샘은 그녀를 도우러 다가갔다가 축축하게 젖은 바지와 단추를 보고 당황한 것 같았다. 아니면, 마음이 흔들리는 것 같기도 했다. 그가 그녀의 허리에 손을 댔을 때 캐리는 고개를 돌려 버렸다.

샘이 바지 단추를 더듬거렸다. 손에 기폭 장치를 쥐고 있다 보니 손가락이 뜻대로 움직이지 않았다. 샘은 결국 기폭 장치를 주머니에 집어넣은 뒤 작은 금속 단추를 잡았다. 그리고 단추를 구멍 밖으로 빼내던 순간, 캐리가 무릎으로 그의 사타구니를 가격했다. 샘의 눈이 툭 불거지면서 입 밖으로 신음 소리가 새어 나왔다. 끔찍한 고통에 허리가 반절로 접혔다. 캐리는 그에게 달려들어 재빨리 주머니에서 기폭 장치를 꺼냈다. 그런 다음, 그의 손을 피해 서둘러 뒤로 물러났다.

둘은 힘겹게 숨을 몰아쉬면서 눈을 크게 뜨고 서로를 노려봤다. 캐리는 결박된 손바닥 사이에 있는 기폭 장치를 손가락으로 꽉 움켜쥐었다. 샘이 자신의 턱을 움켜잡았던 것처럼. 지금 샘의 표정은 이렇게 말하고 있는 듯했다. 모든 걸 철저히 분석하고 계획했는데, 끊임없이 고민하다가 백업 계획까지 만들어 놨는데, 이런 일이 벌어질 줄은 꿈에도 몰랐네, 라고.

일단 캐리가 기폭 장치의 버튼을 누르면 아이들은 무사할 터였다. 또 비행기도 착륙할 수 있을 거고 빌은 죄를 면하게 될 것이다. 그렇게 되어야만 했다. 그게 유일한 방법이었다.

"아마드한테 무슨 일이 있었던 거죠?" 캐리가 물었다.

그가 고통스러운 패배감에 빠진 얼굴로 눈썹을 살짝 들어 올렸다. 샘에게는 마음속에 누군가를 들이는 일이, 어떤 가족을 납치하고 비행기를 충돌시키는 것보다 더 어려운 일인 것 같았다.

"2019년 9월에 로스앤젤레스에 도착했어." 샘이 음울하고 씁쓸한 목소리로 말했다. "천국 같았지. 태양과 바다. 정말 모든 게, 전부 다, 빌어먹을, 깨끗했어. 나는 잘 지내고 있었어. 우리는 잘 지내고 있었다고. 다 좋았어. 한마디로 인생이 그냥…… 끝내줬지.

그런데 한 달 뒤, 너희 대통령이 북시리아에 주둔한 미군을 철수시키라는 명령을 내렸어. 우리 작은 마을은 그 고원지대에 있었지. 그 말은 튀르키예군이 그곳을 공격하도록 허가하는 거나 다름없었어. 며칠 지나지 않아 튀르키예군이 마을에 들이닥쳤지." 그가 고개를 저으며 암울하게 웃었다. "또 속았지. 또 버려졌고. 우리는 미국을 도와 ISIS를 파멸시키기 위해 미국 편에 서서 싸우며 수많은 희생을 했어. 미국을 위해 ISIS에 맞서느라 우리 YPG* 대원 만 천여 명을 잃었다고. 만 천 명이나. 그런데도 너희는 그딴 식으로 행동했지. 그따위로 우리

---

* 인민수호부대. 시리아의 쿠르드족 민병대로, 시리아 내전에서 ISIS를 상대로 싸웠다.

를 속였다고. 벤과 나는 그 뉴스를 보자마자 우리 마을에 계속 연락했지만 아무 소식도 들을 수 없었어. 사흘이 지나고 나서야 마을 사람과 겨우 연락이 닿았지. 그때 우리 가족이 얼마나 죽었는지 알기나 해?"

캐리는 대답하지 못했다.

"전부 다. 한 명도 빠짐없이 전부. 시신을 확인하라며 우리에게 사진이 왔어. 퉁퉁 부어 썩어 가던 얼굴이 내가 본 엄마의 마지막 모습이야. 입술은 전부 부르튼 상태였고 피부도 다 타 버렸어. 막냇동생 아마드는…… 엄마의 시신 위에 엎어져 있었어. 입에 거품을 문 채로. 화학 물질로 인한 노란 고름도 여기저기 즐비했어. 내 동생이 마지막으로 한 일은 엄마를 지키려 애쓴 거였다고!"

샘의 눈에 눈물이 가득 고였다. 두 사람의 거리가 가까워졌다. 캐리는 기폭 장치를 꽉 쥐었다.

"넌 미군이 철수했다는 거 알고 있었어?" 그가 물었다. "그일 때문에 그런 공격이 발생했다는 걸 알고 있었냐고!"

캐리의 볼에 부끄러움이 번졌다. 그녀는 머리를 흔들었다.

샘이 몇 번 고개를 끄덕이더니 팔짱을 꼈다. "그래, 바빴겠지. 마감일이 얼마 남지 않은 무슨 업무가 있었겠지. 스콧의 야구 연습이 있었거나. 지인들을 저녁 식사에 초대했을 수도 있고, 아니면 뉴스에서 그 소식을 듣고도 별생각이 없었을 수도 있어. 그 나라는 그냥, 지지리도 못사는 어떤 가난한 나라일 뿐이니까. 불쌍한 사람들일 뿐이니까. 그런 나라에서는 그런 개 같은 살상이 종종 일어나니까. 원래 그런 것처럼."

그의 목소리가 커지기 시작했다.

"내 두 눈으로 직접 봤기 때문에 네가 어떻게 반응했을지 안 봐도 뻔해! 나는 여기에 있었어. 벤도 마찬가지였고. 우리는 무사했어. 우리는 그런 공격 따위는 절대 벌어지지 않는 나라에 있었으니까. 벤과 내 주변에 있는 미국인 모두가 그 난리 통에도 그런 스무디를 마시고, 헬스장으로 향하는 모습을 내 두 눈으로 똑똑히 봤다고. 셀카를 찍고 휴가를 떠나는 것도. 그런데 얼마 뒤, 어떤 여자가 거의 발작할 정도로 통곡하는 걸 봤어. 알고 보니까 개새끼 한 마리가 차에 치인 걸 보고 놀라서 난리법석을 떠는 거더라고. 그 순간, 파괴된 우리 마을의 기사를 휙 넘겨 버리는 그 여자의 얼굴이, 산만하고 지루한 표정이 번지는 그 여자의 얼굴이 떠올랐어. 그게 바로 너희들의 특권이야!"

샘은 '특권'에 힘을 주어 말하며 으르렁댔다. 캐리는 반박할 수 없었다. 몸이 움츠러들었다. 기폭 장치는 두 사람 사이에 있었다.

"지난 몇 년간 내가 분노를 누그러뜨리지 못한 이유는 아마드 때문이야. 아마드는 내 인생에서 가장 소중한 사람이었어.

그런데 그런 내 동생을 앗아 갔어. 그 아이가, 우리 마을 사람들이, 이 빌어먹을 나라가 보기에는 별로 중요하지 않다는 이유로! 단물만 쏙 빼먹고 버렸지. 자기들이 하라는 건 무엇이든 해 주던 불쌍한 사람들을."

파도가 밀려 들어오고 또 들어왔다.

"샘," 캐리가 확고하면서도 다정한 목소리로 말했다. "당신이 왜 이런 짓을 하는지 이제 알겠어요. 하지만 그렇다고 당신의 행동이 정당화되진 않아요."

샘은 대답하지 않았다. 그녀를 보고 눈만 깜박거릴 뿐이었다.

"샘, 당신에게는 마음대로 화낼 권리가 있어요. 나도 마찬가지고요. 그렇지만 당신의 죄는—"

"내 죄라고?" 그가 소리쳤다. "내 죄? 그러면 네 죄는? 너와 네가 했던 무시, 무관심은? 이놈의 나라와 네 생각이—"

"하지만 샘! 당신은 지금 우리와 함께 이 나라에서 살고 있잖아요!"

이 말을 내뱉은 즉시 캐리는 자신의 실수를 알아차렸다. 샘은 자신이 가족을 두고 떠났다는 것과 가족을 지켜 주지 못하고 버렸다는 것, 가족이 고통받는 동안 자신은 이 나라에서 혼자 편하게 살고 있었다는 것 때문에 매 순간 스스로를 원망하던 사람이었다. 그 모든 게 그의 얼굴에 스쳐 지나갔다. 생존자의 죄책감이 캐리의 눈앞에서 마구 분출되었다.

그가 할 수 있는 일은 고개를 끄덕이는 것뿐이었다. 그의 마음속에서 무언가 변화가 일었다. "네 말이 맞아." 드디어 그가 입을 열었다. "네가 옳아. 하지만 그런다고 내 마음이 바뀔까?" 그가 웃으며 주변을 둘러보았다. 머리가 격렬하게 흔들렸다. 미치광이처럼. 그가 기폭 장치를 가리켰다. "귀여운 속임수였어. 심리전도 나름 귀여웠고. 하지만 깜빡했나 본데 칼자루는 아직 내가 쥐고 있어. 애들이 아직 내 손안에 있다고."

캐리의 몸이 얼음장처럼 차가워졌다.

"그 말은, 난 네가 없어도 된다는 뜻이야."

샘은 그녀보다 더 빠르게 손을 뒤로 뻗어 총을 꺼낸 후 그녀의 머리에 겨누었다.

캐리는 더 생각하지도 않고 기폭 장치의 덮개를 손가락으로 튕겨 올리고 엄지손가락을 버튼 위로 올렸다.

총이 발사됐다. 갈매기들이 밤하늘로 푸드덕 날아올랐다.

샘이 고꾸라졌다. 왼쪽 허벅지를 관통한 총상 위로 피가 솟구쳐 흘렀다. 샘이 비명을 지르며 무릎을 부여잡고 쓰러졌다. 총이 옆으로 떨어졌다.

캐리가 총을 발로 찼다. 모래가 덮인 아스팔트로 총이 미끄러졌다. 몸을 돌렸더니 방탄조끼를 입은 젊은 남자가 언덕에서 그들 쪽으로 달려오고 있었다.

"FBI다!" 그가 외쳤다.

이어서 귀가 찢어질 듯한 타이어 마찰음이 그곳을 덮쳤다. 캐리는 이리저리 정신없이 고개를 돌리다가 검은 SUV 두 대가 이사 업체 밴이 있는 주차장으로 돌진하는 모습을 보았다.

샘은 자리에서 일어나 해변을 따라 엉거주춤하게 뛰었다. 그가 발을 딛는 곳마다 핏방울이 떨어졌다.

"제가 잡겠습니다." FBI 요원이 해변을 따라 미친 듯이 뛰어가며 캐리에게 소리쳤다. "가세요!"

캐리는 조끼의 벨크로를 뜯으며 이사 업체의 밴으로 전력 질주했다. 자유의 몸이 된 그녀는 아스팔트 위에 조끼를 조심스레 내려놓고 그 옆에 기폭 장치를 두었다. 그러고는 두 팔을 올리고 밴 주위로 쏟아져 나오는 무장 요원들에게 자신은 위험한 존재가 아님을 밝혔다.

"저분을 도와주세요!" 캐리가 소리쳤다. "다른 사람도 있어요. 해변 아래요. 어서요!"

28

화면 속 저편에서 들리는 총소리가 조종실 허공에 울렸다.
절박감에 휩싸인 빌과 벤은 누가 먼저랄 것도 없이 몸을 앞으
로 내밀었다.

"엄마!"

빌은 숨을 내뱉으며 산소마스크를 뜯어냈다. 그에게 해를
입힐 정도의 유독 가스가 문틈으로 새어 들어올 가능성은 아
주 적었다. 무엇보다도, 그 순간만큼은 아무래도 상관없었다.
빌은 노트북 옆면을 꽉 붙들었다. "아들, 괜찮아. 아빠 여기
있어." 그가 다급하게 말했다.

아이의 흐느낌이 조종실을 가득 메웠다. "엄마, 엄마, 제발."

무언가가 밴에 쾅 부딪혔다. 아이들은 비명을 질렀고 두 조
종사는 벌떡 일어났다.

"스콧! 엄마 여기 있어." 캐리의 기진맥진한 목소리가 들렸다. "얘들아, 엄마 여기에 있어."

밴 밖에서 금속끼리 부딪치는 소리가 났고, 충격이 가해질 때마다 화면이 지지직거렸다. 캐리와 스콧 두 사람은, 차 문이 벌컥 열리고 차량 안으로 노란 불빛이 쏟아져 들어올 때까지 마구 소리를 질러 댔다. 흐릿한 형체가 밴 안으로 뛰어 들어와 휴대폰을 걷어찼고, 그 바람에 카메라 시야가 가려졌다.

"괜찮아." 캐리가 눈물을 흘리며 말하고 또 말했다. "이제 다 괜찮아질 거야."

용의자가 먼저 도주를 시도했지만 부상을 입은 상태였다. 게다가 테오는 용의자보다 달리기가 더 빨랐다.

테오는 총을 권총집에 넣었다. 어차피 크게 문제 될 상황은 아니었다. 두 사람 모두 뛰고 있는 상황에서는 총을 쏠 수 없을 테니까. 용의자는 폭탄을 몸에 감고 있었다. 테오는 해변을 따라 내려가며 용의자가 손에 잡힐 때까지 점점 더 가까이 다가가 막판 스퍼트를 올렸다. 그리고 용의자의 등 위로 뛰어올랐다. 무게를 이기지 못한 용의자가 넘어지면서 둘은 땅으로 나뒹굴었다. 두 남자 모두 각각 신체적 제약이 있었지만 애써 통증을 억눌렀다. 그사이, 공중에 날아오른 하얀 모래가 피부에 달라붙었다. 팔다리에 난 상처에서 출혈이 심해졌고 통증이 마구 요동쳤다.

용의자는 주먹을 날리기 위해 배를 드러낸 채 테오 쪽으로 굴러갔다. 테오는 순간을 노려 팔꿈치로 상대의 갈비뼈 바로 아래쪽을 세차게 가격했다. 용의자가 앓는 소리를 내며 허리를 반으로 접었다.

테오의 시선 끝에 저 멀리서 지원팀 요원들이 달려오는 모습이 보였다. 요원들의 헬멧에 달린 헤드램프가 해변 전체를 밝히고 있었다.

테오는 바닥에 등을 대고 굴러 자기 위로 남자를 끌어당긴 다음, 왼쪽 다리로 그의 허리를 꽉 조였다. 그리고 남자의 오른쪽 무릎 아래로 왼발을 밀어 넣어 용의자의 몸을 더욱 강하게 가두고, 팔로 8자 모양을 만들어 목을 졸랐다. 용의자는 무슨 일이 벌어지고 있는지 깨닫기도 전에 무방비 상태로 목이 졸리고 말았다. 그는 테오의 팔을 철썩 때려 보기도 했지만 그 이상은 무리였다. 도무지 움직일 수가 없었다.

테오는 격렬한 몸싸움으로 삼각건이 완전히 벗겨진 것도 알아채지 못했다. 하루 종일 끊임없이 욱신대던 통증이 이제는 전혀 느껴지지 않았기에, 테오는 자신이 지금 아드레날린이 폭발한 쇼크 상태인 것 같다고 추측했다.

지원팀 요원들이 점점 더 가까워지자, 테오의 눈에 가장 먼저 들어온 것은 그들의 손에 들린 총이었다.

"쏘지 마!" 테오가 소리쳤다.

끄덕거리는 헤드램프 조명에 테오가 눈을 가늘게 떴다.

순간 정신이 흐트러진 테오는 용의자가 모래를 움켜쥐는 걸 보지 못했다. 용의자는 모래를 한 움큼 쥐고서 곧바로 테오의 얼굴에 흩뿌렸다. 앞이 보이지 않았다. 맹렬히 눈을 깜빡이고 팔을 휘두르며 어떻게든 용의자를 놓치지 않으려 격전을 벌였다.

"바닥에 엎드린다! 바닥에 엎드려!"

다른 요원들의 외침이 더 가까이에서 울려 퍼졌다.

"멈춰!" 어떤 요원이 다른 요원들에게 외쳤다. 그 순간 테오는 드디어 그들이 바로 옆까지 도착했음을 알 수 있었다. 하지만 지원팀도 도착했고 용의자가 절대적으로 불리한 상황인데도, 그 요원의 목소리에는 공포가 담겨 있었다. 그 목소리는 지금 돌아가는 상황이 뭔가 잘못됐다는 걸 테오에게 말해 주고 있었다.

모래 때문에 눈에서 눈물이 멈추지 않았지만, 서서히 시야가 다시 확보되고 있었다. 테오는 허리춤을 잡아당겨 빼낸 서츠로 눈을 깨끗이 닦았다. 손이 권총집을 가볍게 스쳤다.

비어 있었다.

시야가 또렷해지자, 테오도 대치 상황을 직접 목격하게 됐다. 그를 제외한 FBI 요원 다섯이 용의자 앞에 총을 겨누고 서 있었다. 용의자는 그들을 바라보며 테오의 총을 자신의 자살 폭탄 조끼에 들이대고 있었다.

테오의 심장이 쿵 떨어졌다. 용의자가 방아쇠를 당기면 전부 죽을 터였다.

"총 내려. 아무 피해 없이 데려가겠다." 테오가 말했다. 목소리는 생각보다 훨씬 안정적이었다.

"피해 없이." 용의자가 입가에 희미한 미소를 지으며 테오의 말을 따라 했다.

"그래." 테오가 다시 말했다. "날 믿어."

그가 낄낄 웃었다. 점점 웃음소리에 광기가 서렸고, 그의 입술 사이로 피로 물든 치아가 드러났다. 용의자는 체중을 오른쪽 다리에 실으면서, 테오의 총에 맞은 왼쪽 다리의 힘을 뺐다. 그러고는 바다로 고개를 돌려 깊고 차분하게 호흡하며 별을 쳐다봤다. "네 약속⋯⋯." 그가 입을 열었다. "내가 살던 곳에 이런 말이 있지. '산 말고는 믿을 사람 하나 없다.' 무슨 뜻인지 알아?"

"무슨 뜻인지 몰라." 테오가 천천히 말했다. "그러니까 총 내려놓고 우리 이야기 좀 나누면 어때?"

그가 웃었다. 그러고는 뭐라고 숨죽여 중얼댔다.

"뭐라고?" 테오가 물었다.

갑자기 용의자가 격렬하게 분노를 폭발하면서 소리를 지

르기 시작했다. "당신이 왜 이런 짓을 하는지 이제 알겠어! 하지만 그렇다고 당신의 행동이 정당화되진 않는다고!" 그는 목이 쉴 때까지 캐리가 했던 말을 반복하고 또 반복해 외쳤다. 그의 눈에 차오른 눈물이 얼굴 위로 흐르기 시작했다.

테오는 그 어떤 말도 하지 못했다. 아무도 입을 열지 못했다.

용의자는 요원들을 둘러보더니 자신이 입고 있는 조끼와 손에 든 총을 내려다봤다. 그제야 처음으로 지금 무슨 일이 벌어졌는지, 자신이 어디에 있는지 깨달은 듯했다. 잠시였지만 그의 얼굴에 후회가 스쳐 지나갔다. 만감이 교차하는 것 같았다. 그러다 어떤 생각이 번쩍 떠오른 듯 그가 다시 웃었다. 조금 전의 광기를 띤 웃음은 아니었다. 부드럽지만, 믿을 수 없다는 듯한 미소였다.

"나도 선택을 해야 하는 거였군."

지금 상황에 대해 곰곰이 생각해 보던 그가 미간을 찌푸렸다. 잠시 후, 재밌다는 듯 한숨을 훅 내쉬더니 고개를 들어 하늘의 별에 눈을 고정했다. 그런 다음, 조심스레 턱 밑에 총구를 대고 방아쇠를 당겼다.

29

두 조종사는 휴대폰 카메라가 계속 천장을 향하고 있어서
아무것도 볼 수 없었다. 휴대폰 너머 밴에서 벌어진 소동과
혼란을 소리로만 전해 듣고 있었다.

"어디 다치신 데는 없나요? 아이들은 괜찮아요?" 어떤 목소
리가 들렸다. 누군가의 몸이 카메라 위를 덮었다.

"모두 괜찮아요." 캐리가 말했다. "문제없어요."

밴 밖에 있던 누군가가 드디어 휴대폰을 바닥에서 집어 들
자, 화면이 마구 흔들리면서 밝아지더니 어떤 여자가 나타났
다. 그녀의 차가우면서도 의기양양한 미소가 화면을 가득 채
웠다.

"호프만 기장님? 저는 FBI 미셸 리우라고 합니다. 기장님의
가족은—"

한 발의 총소리가 멀리서 희미하게 울려 퍼졌다. 빌은 움찔했고, 그녀는 말을 멈추었다.

리우가 무슨 일인지 확인하려고 재빨리 움직이자 카메라 각도가 아래로 떨어졌다. 혼란과 소동이 반복됐다. 빠르게 달리는 발소리가 들렸다. 헐떡이는 목소리가 무전기 너머로 흐릿하게 들렸다. "용의자가 사망했다." 그가 보고했다. "자해 총상으로 사망."

휴대폰이 움직였고, 여자의 얼굴은 승리감 넘치는 표정으로 바뀌었다.

"정식으로 알리죠! 용의자를 잡았습니다. 끝났어요."

그녀는 뿌듯함에 숨을 깊게 들이마시고서는 조종실을 자세히 들여다보기 위해 눈을 가늘게 떴다. 얼굴에서 미소가 점점 사라졌다.

"그거, 총입니까?" 그녀가 물었다.

"연결 끊어." 벤이 소리를 꽥 질렀다. "연결 끊으라고!"

빌이 노트북을 쾅 닫는 순간, 캐리가 비명을 지르듯 그의 이름을 부르는 소리가 들렸다. 연결이 끊어졌다.

빌은 꼼짝도 할 수 없었다. 총이 머리 근처로 다가왔다. 그러나 그 위협은 그리 두렵지 않았다. 온몸에 온기가 퍼졌다.

그의 가족은 안전했다.

천천히 고개를 돌려 벤을 바라봤다.

그 청년의 멍한 표정에서는 아무 감정도 느껴지지 않았다. 닫힌 노트북을 응시하며 허공을 헤매는 그의 눈에서 눈물이 흘렀다. 형제와도 같은 친구가 죽었다. 그는 이제 세상에 혼자 남겨졌다. 벤은 이전의 자신에게서 한 걸음 떨어져 나와 완전히 새로운 무언가로 변한 것 같았다. 규칙이 바뀌었다. 빌은 이것이 무엇을 의미할지 두려워졌다.

빌은 먼저 말을 꺼내고 싶지 않았다. 그리고 신중히 생각해야 했다. 이제 가족은 안전해졌지만, 그를 겨누고 있는 총구가 지금 이곳은 높디높은 상공임을 상기시켜 주었다. 어떻게든 비행기를 지상에 착륙시켜야 했다.

벤이 노트북에 시선을 고정한 채 마침내 입을 열었다.

"행동에는 결과가 따르는 법이지, 빌. 내가 말했잖아……."

그리고 말을 끝맺지 않고 그의 자리에서 오른쪽으로 몸을 돌렸다. 지이익 지퍼가 열리는 소리가 들렸다. 벤은 한동안 숄더백을 뒤지더니 다시 기장에게로 몸을 돌렸다.

빌은 그의 손을 내려다보았다. 그 즉시 날카로운 냄새가 코를 찔러 빌의 콧구멍이 벌름거렸다. 또다른 원통 용기였다.

빌은 말문이 막혔다. 겨우 한마디를 내뱉었다. "안 돼."

벤이 상체를 구부렸다. 총이 빌의 머리에 닿기 직전이었다.

"안 돼?" 벤이 말했다. "이제 '안 돼'는 더 이상 선택지가 아닌 것 같은데."

"승객들에게 가스 공격을 또 할 순 없어. 이건 약속과 다르잖아."

"승무원들이나 당국에 발설하는 것도, 그리고 내 친구를 죽이는 것도 약속과는 달랐거든?" 젖어 있던 그의 눈에 또다시 눈물이 차오르기 시작했다. "내가 말했지? 행동에는 결과가 따른다고. 이거 가져가. 당신 실수에 대한 대가야."

빌은 뒤로 물러나 원통 용기와 총에서 멀어졌다. 그리고 두 손을 들어 올렸다.

"나는 절대로 그렇게 하지 않을—"

벤이 좌석벨트를 풀고 중앙 콘솔을 넘어가 기장의 이마에 총구를 댔다. 총이 흔들렸다.

들어 올린 빌의 팔 역시 떨리기 시작했다. 말 그대로 벤이 더 유리한 상황이었다. 총을 가지고 있으니 당연했다. 그리고 벤은 그냥 비행기를 추락시키면 됐지만, 빌은 어떻게든 반드시 살아남아야 했다.

"좋아," 빌이 숨죽여 말했다. "알겠어."

그리고 천천히 움직이며 원통 용기를 잡으려 손을 뻗었다.

그러자 벤이 뒤로 물러났고 빌의 이마에서 총이 떨어졌다.

그때 갑자기 빌이 총을 쥔 벤의 손목을 낚아채 위로 확 들어 올렸다. 그러고는 손을 최대한 세게 비틀었지만, 앉은 자세여서 힘이 제대로 받쳐 주지 않았다. 벤은 안간힘을 썼다.

그러나 총을 쥔 손이 서서히 힘을 잃어 갔고, 방아쇠에 건 손가락도 점점 빠져나왔다. 그래도 아직은 어떻게든 겨우겨우 손에 총을 쥐고 있었다.

빌은 벤의 손목을 꽉 쥔 상태로 한 번 더 거칠게 꺾어 버렸다.

그러자 벤이 다른 손으로 빌의 머리를 힘껏 밀쳐 내고선 곧바로 원통 용기를 와락 움켜잡았다. 벤이 원통 용기를 꽉 쥔 손으로 빌을 내려칠 때마다 용기 안에 든 블렌더 볼이 쨍그랑거렸다. 구타에 구타가 이어지는 소리, 금속끼리 부딪히는 소리, 서로 치고받는 소리가 조종실을 가득 메웠다.

그래도 총을 쥔 벤의 손아귀 힘이 점점 풀려 가는 게 느껴졌다. 빌은 그의 손목을 잡은 자신의 손을 힘주어 아래로 내렸다가 더 세게 밀어 올렸다. 한 번 더—.

그때 갑자기 벤이 금속 용기로 빌의 관자놀이를 강하게 내려쳤다.

순간적인 통증에 눈앞이 흐릿해졌지만 그럴수록 빌은 벤의 손목을 더 단단히 쥐었다.

벤이 금속 용기를 같은 위치에 또 한 번 내려쳤다.

이번에는 앞이 깜깜해졌다. 머리가 멍해지면서 감각이 흐려졌고, 본능적으로 머리를 보호하려 손을 올렸다. 빌의 손아귀에서 벗어난 벤은 비틀대며 뒤로 물러났다.

빌은 욕을 퍼부으며 어떻게든 벤을 잡으려 팔을 휘저었다.

시야에 빛과 그림자가 서서히 돌아왔지만 전부 흐리멍덩해 보였다.

블렌더 볼이 쩔렁거렸다. 원통 용기에서 쉬익 하며 뚜껑이 열리는 소리가 들렸다. 그리고 곧장 조종실 문이 열렸다. 벤은 홉 하고 짧은 숨을 내쉰 뒤 조종실 밖으로 독성 물질을 던졌다. 그와 동시에 독성 물질이 아직 남아 있는 기내의 공기가 조종실 안으로 흘러들어 왔다.

30

캐리는 잔뜩 흥분한 상태의 리우 팀장이 밴 안쪽으로 질문을 퍼붓는 모습을 지켜보고 있었다.

"부기장이 계속 이 일에 관여하고 있었다는 게 무슨 뜻이죠?" 리우가 다그쳤다.

루소 요원이 스콧을 묶고 있던 끈을 잘랐다. 아이는 곧장 캐리의 품에 파고들어 팔로 엄마를 감쌌고 엘리스는 둘 사이에 안겨 훌쩍였다. 스콧이 엄마를 더 꽉 껴안았다.

"진정하렴." 캐리가 말했다. "괜찮아, 아가. 우린 안전해."

"당장 알아야겠다고—"

"팀장님," 루소가 부드럽게 말했다. "시간을 좀 주시죠."

"시간 없어!" 리우가 소리를 질렀다.

"팀장님 말이 맞아요." 캐리가 엘리스를 안고 엉거주춤 밴 밖으로 내려오며 말했다. 몸을 돌려 스콧의 손을 잡자 아이가 뛰어내렸다. "뭘 아셔야 하죠?"

"부기장은—"

"샘과 친구 사이예요." 캐리가 해변 쪽을 가리켰다. 그리고 어떻게 말하면 더 좋을지 진지하게 고심했다. 숨을 내쉬며 엘리스에게 입을 맞추고 루소에게 아기를 내밀었다. "부탁 좀 드려도 될까요? 아이들이 오늘 너무 많은 일을 겪었거든요." 그러고는 허리를 숙여 아들과 눈높이를 맞췄다. "우린 이제 안전해. 그렇지만 엄마는 아직 아빠를 더 도와줘야 해. 그러니까 동생이랑 같이 경찰 아저씨한테 가 있어, 알겠지?" 캐리는 스콧의 정수리에 입을 맞추고 아이들이 멀지 않은 곳으로 걸어가는 걸 지켜보다가 리우에게 돌아섰다. 손바닥으로 얼굴을 슥슥 문지르는데 갑자기 힘이 쭉 빠졌다. "부기장의 이름은 벤이에요. 시리아 사람이고요. 아니면 쿠르드인이거나 ...." 확실하지 않다는 것에 당황한 그녀의 목소리가 차츰 잦아들었다. "그리고 그 사람은 총을 가지고 있어요."

"그런데 그자가 왜 직접 비행기를 추락시키지 않는 거죠?" 리우가 물었다.

캐리는 고개를 흔들었다. "비행기를 추락시키는 게 다가 아니니까요. 그 사람들은 빌이 선택하기를 원했어요. 우리냐, 비행기냐, 둘 중 하나를요."

"이제는 선택이랄 게 없지 않나요? 그자가 아직도 빌이 비행기를 추락시키게 할까요?"

캐리는 해변을 내려다보았다. 저 멀리서 요원들이 샘의 시신 주변에 둥그렇게 모여 사진을 찍거나 뭔가를 표시하며 기록하고 있었다.

"모르겠어요." 캐리가 답했다. "우리는 그에게 남은 유일한 가족을 죽였어요. 그러니 어떤 짓이든 할 수 있겠죠."

캐리는 귀에 휴대폰을 갖다 대며 고개를 돌리는 리우의 표정을 읽을 수 없었다. 리우가 무슨 말을 하는지 들으려 몸에 힘을 주고 귀를 쫑긋 세웠다.

총을 들고 샘을 쫓았던, 그리고 캐리를 탈출하게 해 준 그 청년이 다가와 손을 내밀었다. 그는 자기소개를 한 뒤 캐리에게 괜찮냐고 물었다.

캐리는 두 손으로 그의 손을 덥석 잡았다. "안 그래도 비행기가 착륙하고 나면 한번 찾아뵈려고 했어요." 캐리가 그에게 고마움을 전하려던 찰나 리우가 돌아왔다. 두 FBI 요원은 아무 말 없이 서로를 응시했다.

마침내 리우가 입을 뗐다. "너, '내가 말했잖아요'라는 말은 절대 하지 마." 그녀가 손을 내밀었다.

테오는 잠시 그녀의 손을 내려다보다가 자신의 손을 뻗었다. 두 사람은 악수했다. 그러나 둘의 얼굴에는 여전히 냉담

하고도 신중한 기운이 서려 있었다.

"테오," 리우가 한숨을 뱉었다. "아직 안 끝났어. 문제가 좀 생겼어."

캐리는 리우 팀장이 그에게 부기장이 사건에 연루되어 있다고 설명하면서 어딘지 모르게 주저하는 것 같다는 느낌을 받았다. 테오는 비행기가 여전히 위험에 처해 있다는 소식을 듣고 얼굴을 잔뜩 찌푸렸다. 그 모습을 본 캐리는 젊은 요원이 어째서 이 일을 자신의 일처럼 고통스럽게 여기는지 의아했다. 그는 잠시 무릎에 손을 올리고 있다가 갑자기 벌떡 일어서서 주머니를 뒤졌다.

"이모는 몰라요." 그가 휴대폰에 미친 듯이 타이핑했다.

"누가 모른다고요?" 캐리가 물었다.

리우는 캐리의 질문을 무시했다. "워싱턴 타깃의 구체적인 위치, 알고 있어요?"

캐리가 고개를 저었다. "아뇨, 그런 말은 안 했어요."

"가스 공격은요?" 테오가 타이핑을 멈추고 끼어들었다. "했대요?"

캐리는 시선을 떨구고 고개를 끄덕였다. "카메라가 계속 조종실만 비춰서 객실에서 무슨 일이 벌어졌는지는 볼 수 없었어요. 소리가 들리기는 했지만요."

테오의 멍한 눈빛이 잠시 허공을 헤매다가 다시 휴대폰으로 돌아갔다. "부기장에 대해 알려야 합니다." 그는 중얼대며 다시 격렬하게 타이핑을 시작했다.

"대체 누구한테 문자를 보내는 거죠?" 캐리의 인내심이 한계에 달했다.

"승무원이요." 리우가 말했다. "비행기 승무원이요. 테오의 이모인 조가 그 비행기의 승무원입니다. 조가 테오에게 문자를 보냈어요. 그래서 FBI가 관여하게 된 겁니다."

캐리는 믿을 수 없다는 얼굴로 테오에게 몸을 돌렸다. "조 왓킨스요?"

그가 고개를 들었다.

"우리 이모를 아세요?"

캐리는 믿을 수 없었다. 그녀는 테오에게 빌과 조는 수년 동안 비행을 함께했고, 조와 자신은 친구라고 말했다. 조도 비행기에 있다는 사실을 알게 되자 그녀는 또 다른 괴로움에 휩싸였다. "빌은 자기가 한 짓을 절대 용서하지 못할 거예요." 그녀가 말했다. "자기가 조종하는 비행기에 가스 공격을 했어요. 조에게 가스 공격을 했다고요……."

"이런 말씀 드리기 좀 그렇지만," 리우가 입을 열었다. "남편분께서 또 어떤 일을 벌일지 저희도 모릅니다."

캐리가 머리를 천천히 기울이더니 미간을 찌푸렸다.

"빌이 비행기를 추락시킬 거라고 생각하시는군요."

캐리의 말은 질문이나 의견이 아니었다. 비난이었다. 리우가 고개를 들었다.

"총이 남편분의 머리를 겨냥하고 있었어요. 제 생각에는—"

"제 머리 옆에도 총이 있었어요." 캐리가 말을 잘랐다. "빌이 어떤 행동을 할지 나는 정확히 알고 있다고요."

"부인은 모릅니다. 무슨 일이—"

"정확히 알고 있어요. 남편이 어떤 결정을 할지. 그리고 어떻게 대처할지!" 분노가 차올라 몸이 떨렸다. "팀장님은 제 남편을 몰라요. 전 알고요. 그이는 반드시 비행기를 착륙시킬 거예요."

리우가 캐리를 가만히 뜯어보았다. 그러고는 테오에게 고개를 까딱하더니 이렇게 말했다. "이 여자분 여기서 내보내."

테오는 캐리의 어깨를 감싼 뒤 그녀를 다른 쪽으로 안내했다. 두 사람이 아직 말소리가 들리는, 그리 멀리 떨어지지 않은 곳까지 걸어갔을 때 캐리는 리우가 다른 요원에게 조용히 지시하는 말을 들었다. "상황실에 연결해. 차선책을 제시해야겠다."

캐리는 테오가 그녀를 잡기 전에 잽싸게 몸을 돌렸다.

"차선책이 뭐죠?" 캐리가 따졌다.

리우는 일부러 눈을 마주치지 않았다. 다른 요원들도 마찬가지였다.

캐리는 이번에는 테오를 향해 물었다. "말해 봐요. 차선책이 뭐냐고요!"

테오는 그녀의 눈을 바라보았지만 아무 말도 하지 않았다. 그의 목 측면 근육이 움찔거리는 게 보였다.

캐리는 오랜 경력의, 심지어 9월 11일에도 비행을 했던 조종사의 아내였다. 그래서 현 상황을 바로 이해할 수 있었고, 군사적으로 어떤 대책이 시행될지도 알고 있었다.

그녀도 이미 알고 있었다. 그저 정확하게 듣고 싶었을 뿐이다.

테오가 리우 쪽으로 고개를 돌렸다. 그의 눈이 배신감으로 불타고 있었다.

캐리는 이해했다.

"비행기를 격추하면 안 돼요." 말 한마디 한마디를 할 때마다 캐리의 목소리에 힘이 들어갔다.

"부인, 관계자들이 이 일을 처리하도록 두셔야 합니다. 부인은—" 리우는 요원들에게 그녀를 제지하라고 지시했다.

"빌에게 기회를 줘야 해요!" 캐리가 비명을 질렀다. 요원 둘이 안간힘을 쓰며 그녀를 끌어냈다. "당신은 내 남편을 모르잖아! 그 사람은 비행기를 꼭 착륙시킬 거라고! 우리 애들을 걸고 맹세해. 그 사람은 반드시 방법을 찾아낼 거야!"

31

조는 비행기 앞쪽에 서서 기내를 감시했다.

1열에 앉은 비즈니스맨이, 첫 번째로 원통 용기를 잡으려고 했던 그가 산소마스크를 만지작거리고 있었다. 그는 마스크 끈을 단단히 조여 얼굴에 맞게 조정하다가 갑자기 마스크를 벗었다. 그리고 다시 마스크를 쓴 다음, 숨을 깊이 들이마셨다. 무언가에 놀란 듯 그의 눈이 휘둥그레졌다.

조의 맥박이 빠르게 뛰었다. 12분이 다 되어 갔다.

다행히 그녀는 아직 자신의 마스크 안에서 산소를 느낄 수 있었다. 다만 동시에 양심의 가책도 느꼈다. 이건 어쩔 수 없는 규정일 뿐이라고 스스로를 애써 타일렀다. "다른 사람을 돕기 전에 일단 본인이 먼저 마스크를 써야 합니다." 그녀는 매일같이 안전 교육 영상에서 그렇게 강조했다. 대디와 켈리에게도 충분히 이해시켰다. "너희는 그 누구보다 이 비행기에 대해 잘 알고, 비상 상황에 어떻게 대처해야 하는지도 정확히 숙지하고 있잖아. 승객들이 살아남으려면 마지막 순간까지 두 사람이 꼭 필요해." 조는 자신이 죽으면 그 누구에게도 도움을 줄 수 없게 된다는 걸 알면서도, 승객들에게는 없는 장비를 자신만 갖고 있다는 사실에 부끄러움을 느꼈다.

"제 마스크가 고장 난 것 같아요." 비즈니스맨은 공포에 질려 있었다. "산소가 나오지 않아요."

"손님," 조는 조심스럽게 말을 꺼냈다. "제 생각에는—"

그래서 그녀의 뒤에서 조종실 문이 열리는 소리를 듣지 못했다. 은색 원통 용기가 머리 위로 날아와 메인 객실로 던져졌다. 두 번째 공격이 시작됐다는 의미였다. 그녀가 급히 몸을 돌리는 순간 조종실 문이 다시 쿵 닫혔다.

다시 객실 쪽으로 몸을 돌렸더니 바닥에 떨어진 원통 용기가 하얀 연기를 내뿜으며 빠르게 통로 아래로 굴러가고 있었다. 이미 벌크헤드 너머 비상구 좌석 근처까지 갔다.

조는 그대로 얼어붙었다. 쫓아가야 하나? 아니면 다른 원통 용기가 또 날아들 수 있으니 일단 여기서 지키고 있어야 할까? 그렇지만 만약에—

그때 접이식 승무원 좌석이 벽에 쾅 부딪히며 접히는 소리가 났다. 그 충격이 비행기 앞쪽까지 전해졌다. 눈 깜짝할 사이에 대디가 자리에서 일어나 용기가 굴러가는 통로 쪽으로 질주하고 있었다.

통로 좌석에 앉은 여자가 좌석벨트를 풀고 창문 쪽으로 급히 피하며 옆자리 사람들을 구석으로 몰아붙였다. 다른 열들도 그대로 따라 했다. 누군가는 굴러온 용기를 발로 찼다. 대디는 정신없이 이쪽저쪽으로 고개를 돌리며 용기의 위치를 찾아 헤맸다. 승객들은 원통 용기가 자기 발밑으로 굴러오면 거칠게 걷어차거나 공중으로 날려서 다른 열로 보냈다. 다들 그 물건을 밀어내기 위해 서로 밀치고 차고 난리를 쳤다. 그 와중에도 용기에서는 하얀 가스가 꾸준히 새어 나오고 있었다. 산소가 얼마 남지 않은 밀폐된 기내가 독성 물질로 채워져 갔다.

조는 심장이 너무 빨리 뛰어서 겁이 났다. 대디와 조종실 문 사이를 번갈아 쳐다보며 제발 뭐라도 도울 수 있기를 간절히 바랐다. 그래, 일단은 여기에 서서 앞쪽을 지키자, 라고 애써 속으로 결심했다. 뒤는 저 둘에게 맡기는 거야. 알아서 잘하고 있으니까. 그러나 대디를 돕고 싶다는 강한 충동이 그녀를 쉽게 놓아주지 않았다.

뒤쪽을 흘긋 바라보니 다행히 용기가 통로 중앙에, 대디가 달려가고 있는 바로 그 방향에 떨어졌다. 대디는 헙 소리와 함께 몸을 쭉 뻗어 공중으로 뛰어올랐다가 바닥으로 철퍼

덕 떨어지면서 용기를 깔아뭉갰다. 그러고는 몸을 동그랗게 말아 팔로 정강이를 감쌌다. 이제 더는 하얀 연기가 분출되지 않았다. 독이 든 용기는 엄마 배 속의 태아와 같은 자세를 한 대디의 품 안에 갇혔다.

대디는 꼼짝없이 그대로 멈춘 채 뭔가를 소리쳤다. 잠시 뒤 빨간 뭉치가 그에게 날아왔다. 조가 보기에는 운동복 상의 같았다.

대디는 운동복 상의를 펼쳐 옆에 둔 다음, 다리를 뻗고 최대한 잽싸게 상의 위로 몸을 굴렸다. 조는 큰 소리로 응원하고 싶었다. 그가 무얼 하려는지 이제야 이해됐다. 용기는 이제 대디와 운동복 사이에 깔려 있었다. 산소통이 자꾸 대디의 등에서 미끄러져 불편했지만 이를 고쳐 멜 겨를이 없었다. 대디는 상체 아래로 집어넣은 손을 분주히 움직여 운동복으로 용기를 감쌌다. 정말이지 온몸에 힘을 실어 용기를 바닥에 짓누르며 처리하고 있었다. 조는 그 모습을 지켜보았다. *그래, 대디. 그거야.* 그녀는 그가 자랑스러웠다. *꽁꽁 묶어 버려.*

그는 훌륭하게 싸우고 있었지만, 몸이 점점 무거워지는 듯 움직임이 느려졌다. 조는 당장 그에게 달려가고 싶은 충동을 애써 꾹꾹 눌렀다. 용기 안에 든 건 독성 물질이었다. 대디는 도움이 필요했다. 그때 켈리가 뒤쪽 갤리에서 쿵쿵거리며 수납함들을 열고 닫는 소리가 들렸다. 쓰레기봉투를 찾고 있는 모양이었다. 조는 켈리가 서두르기를 간절히 바랐다.

원통 용기는 이제 운동복 상의 안에 단단히 말린 채로 대디의 가슴팍 아래에 꽉 붙잡혀 있었다. 대디가 그대로 몸을 일으키려 안간힘을 쓰자, 건너편에 있던 남자가 자리를 박차고 일어나 그를 부축했다. 맞은편 여자 또한 계속 기침을 하면서도 개의치 않고 대디를 도왔다. 기내 전체가 비명과 콜록대는 소리로 가득 찼다.

이런 제길. 켈리, 어서 빨리. 당장 대디한테—.

그 순간, 어떤 기억이 머릿속을 스치자 조의 배 속이 뒤틀리기 시작했다.

조금 아까 음료 카트에 쓰레기봉투가 부족했었다. 게다가 그 얼마 안 되는 봉투마저 가스 공격에 대비하느라 조가 다 써 버렸다. 즉, 지금 뒤쪽 갤리에는 쓰레기봉투가 하나도 없었다. 조와 자원자들이 쓰레기봉투를 모두 비행기 앞쪽으로 가져와 버린 것이다.

"요시프!" 조가 요시프의 앞좌석 뒷주머니에 매달린 봉투를 가리키며 소리쳤다. "저 봉투 가지고—"

그때 켈리가 뒤쪽 갤리에서 뛰쳐나와 통로를 내달리며 빅 대디에게 무언가를 건넸다. 대디는 잽싸게 자세를 바꾸었고, 조는 켈리가 내민 것이 커피 보온병임을 확인했다. 주둥이가 넓찍한 플라스틱 병이었다. 가장 중요한 점은 그 병이 밀폐 용기라는 것이었다. 원통 용기가 보온병 안에 들어갈 만한 크기인지는 확신할 수 없었지만, 만일 사이즈가 맞는다면, 보온병은 독가스를 밀폐시킬 완벽한 물건이었다.

대디가 돌돌 말린 운동복을 펼쳐 켈리에게 내밀려다가 동작을 멈추고 승객들을 둘러보았다. 손으로 입을 막고 소매 사이로 간신히 숨을 쉬면서 끊임없이 콜록대는 승객들의 모습이 보였다. 승객들에게는 더 이상 깨끗한 산소가 남아 있지 않았다.

대디는 미식축구 선수처럼 팔꿈치 안쪽에 운동복을 꽉 끼우고 켈리의 손에서 보온병을 낚아챘다. 그리고 그녀 옆을 겨우 지나친 다음 비행기 뒤편으로 전력 질주했다. 켈리가 그에게 뭐라고 소리쳤다. 아마도 그의 다음 행동을 알고 있는 듯했다.

대디가 한쪽으로 비켜서자, 켈리가 그를 앞질러 가 화장실 문을 홱 열어젖혔다. 대디가 화장실 안으로 급히 들어갔고, 켈리는 그의 뒤에서 문을 쾅 닫았다.

조는 조종실 문과 뒤쪽 갤리를 계속 번갈아 봤다. 켈리는 아직 화장실 밖에서 기다리고 있었다. 그녀의 숨 가쁜 호흡이 앞쪽까지 고스란히 전해졌다. 비행기 앞쪽으로 몸을 돌린 켈리는 자신들을 지켜보고 있는 조와 눈이 마주치자 벽에 있는 인터폰을 들었다. 조는 초록 불이 켜지기도 전에 잽싸게 수화기를 들었다. 켈리의 목소리는 겁에 질려 있었고 톤도 매우 높았다.

"여기, 뒤쪽에 아무것도 없어요. 이제 뭘 어떻게—"

"알아," 조는 일부러 차분하게 목소리를 가라앉혔다. "아주 잘하고 있어. 지금 뭐가 필요해?"

"모르겠어요. 몰라요. 아무것도 필요 없어요. 제 생각에는—"

그때 화장실 문이 벌컥 열리더니 대디가 뒷걸음치며 엉거주춤 나왔다. 그는 자기 발에 걸려 기내 칸막이에 쿵 부딪힌 뒤 바닥으로 넘어졌지만, 그 와중에도 발로 문을 걷어차 닫아 버렸다. 독이 든 원통 용기와 커피 보온병을 안에 남겨 둔 채로. 켈리는 전화기를 던져 버리고 곧장 그의 옆으로 달려가 무릎을 꿇고 앉았다. 순간 자신의 마스크로 손을 가져갔던 켈리가 몸을 움츠리더니 허둥지둥 뒤로 물러나 갤리로 뛰어갔다. 조는 아직 연결이 끊기지 않은 채, 거치대에 대롱대롱 매달린 전화기에서 나는 소리를 듣고 있었다. 저 너머로 수납함이 여기저기 열리고 닫히는 소리가 났다.

조는 전화기로 귀를 누르며 비행기 앞쪽과 뒤쪽을 번갈아 살폈다. 또 다른 공격이 시작될까 봐 두려웠다. 만약 그렇게 된다면, 더 이상 공격에 맞설 도구가 없기 때문에 매우 걱정스러웠다.

켈리가 큰 물병을 들고 다시 나타났다. 조는 수화기를 귀에 계속 대고 있긴 했지만 무슨 일이 벌어지고 있는 건지 제대로 들리지 않았다. 켈리가 빅 대디 옆에 쪼그려 앉았다.

"숨을 깊게 들이마셨다가 멈춰 봐요." 조는 켈리가 하는 말을 겨우 알아들을 수 있었다. "머리를 뒤로 기대고 눈을 떠요."

대디는 시키는 대로 했다. 켈리는 그의 마스크를 벗기고 얼굴에 물을 부었다. 그의 몸이 반응을 보였다. 켈리가 얼굴에 마스크를 다시 씌웠다. 대디가 신선한 공기를 마시는 모습이 조에게 보였다. 지금 그가 느끼고 있을 안도감을 그녀도 잘 알고 있었다. 그러나 고통스러워하는 그의 신음에, 조는 그 통증이 얼마나 끔찍할지 감히 상상조차 할 수 없었다. 대디는 다량의 독성 물질을 들이마셨기 때문에 지금 당장 치료가 필요할 터였다. 착륙 및 대피가 진행되는 동안 일단 자원자 중 한 명을 대디의 승무원 좌석에 앉히고 대디는 남는 승객 좌석에 앉혀야 할지부터 고민이었다. 대디가 더는 승무원으로서의 역할을 수행할 수 없겠지? 이제 그럴 수 없겠지? 조는 친구가 부디 무사하길, 비행기가 착륙할 때까지 잘 버텨 주길 기도했다.

대디가 힘겹게 숨을 쉬며 켈리를 바라보았다. 조는 기다렸다. 힘겹게 들려온 그의 목소리는 몹시 쇠약했다.

"뭐야, 아직도 도착 안 했어?"

32

"자동 조종 시스템 해제해." 벤이 말했다.

빌은 좌석벨트로 몸을 단단히 조이고 앞을 주시했다. 머리 위에 있는 패널로 손을 뻗어 'AP1'이라고 적힌 버튼을 누르자 버튼 위의 초록 불이 꺼졌다. 조종실에 차임벨 소리가 세 번 울려 퍼졌다. 자동 조종 장치가 해제되었다. 빌은 손가락으로 왼편의 조종간을 감쌌다. 이제 비행기는 그의 통제 아래에 들어왔다.

그나마 시야는 또렷해졌지만 머릿속은 아직 멍했다. 빌은 어떻게든 집중해 보려 안간힘을 썼지만, 머릿속에서 쉬지 않고 울리는 소음 때문에 집중력이 점점 약해져 갔다.

두 번째 공격이 벌어진 직후 기내에서 터져 나왔던 소음.

첫 번째 공격은 승무원들이 미리 예상을 하고 있었다. 그때도 참혹한 소리가 들려오긴 했지만, 상황이 어느 정도는 통제되고 있었다. 힘겹긴 했으나, 오히려 맞서 싸우는 그런 소리였다.

그런데 두 번째 공격은 달랐다. 그들의 고통이 뚜렷이 느껴졌다.

제기랄, 빌. 정신 차려. 조종사답게 굴어. 감정을 버리라고, 이 새끼야.

감정을 분리하는 것은 위기 상황에서 통제력을 유지할 수 있는 유일한 방법이었다. 논리적으로 그리고 이성적으로 문제를 해결하라. 지금 느끼는 감정은 나중에 생각하라. 모든 조종사들은 이런 사고방식을 첫날부터 반복적으로 훈련했다.

하지만 세상의 그 어떤 훈련도 공격 직후 들려온 사람들의 비명 소리를 머릿속에서 완전하게 몰아낼 수는 없었다. 그들의 비명과 함께, 생각조차 하고 싶지 않았던 가능성을 일깨우는 어떤 목소리가 머릿속에서 자꾸 되풀이됐다.

오늘 너는 실패할 거야. 낯선 목소리였다. *네 가족과 조, 승무원들, 승객들. 너는 이미 그들을 모두 실망시켰고 앞으로도 그럴 거야.*

빌은 주먹을 쥐었다 펴기를 반복했다.

감정 따위 집어치워, 빌.

긴장으로 잔뜩 솟아올랐던 어깨가 차츰 내려왔다. 입 말고 코로 숨을 쉬기 시작했다. 머릿속의 소음이 누그러지더니 어느새 웅웅대는 엔진 소리만 남았다.

아직 하루가 끝나지 않았다.

그들은 아직 남서부에서 뉴욕으로 향하는 원래 항로에, 뉴저지 외곽 상공에 있었다. 도시 전경과 한데 어우러진 집들. 몇 년 전만 해도 사람들은 집 뒤뜰에 서서 새파란 아침 하늘을 배경으로 도심의 스카이라인에서 피어오르는 회색 연기를 보곤 했다. 저 앞 멀리, 밤하늘 아래 희미하게 빛나는 맨해튼 섬이 눈에 들어왔다.

잔인하게도 벤은 다음 단계를 지시하기까지 빌을 너무 오래 기다리게 했다. 원래 목적지가 시야에 들어오니 이제는 워싱턴이 너무 멀게 느껴졌다.

"타깃 지점까지 수동 조종한다." 벤이 지시했다.

빌은 눈썹을 찡그렸다. "그게 어떻게 가능—"

그는 말을 멈추었다.

안 돼.

안 돼, 안 돼, 절대로…….

빌은 자신에게 욕을 퍼부었다. 어떻게 이렇게 멍청할 수 있단 말인가? 이렇게까지 전혀 눈치채지 못하다니…….

"DC로 가는 게 아니었군, 어?"

벤의 표정에 감정이 없었다.

"그래, 그런 거야." 빌이 큰 소리를 냈다. "대체 왜 가짜 타깃을 알려 줬어? 내가 지상에 말할 줄 알았군! 그래, 지상에 준비할 시간을 5시간이나 줬을 리가 없지!" 빌은 고개를 저으며 앞에 난 창문 밖으로 뉴욕 도심을 바라보았다. 어렴풋이 모습을 드러낸 숨은 목적지가 그의 근시안을 비웃는 것 같았다.

"이만하면 됐다, 벤. 진짜 목적지가 어디야?"

엠파이어 스테이트 빌딩이 파란색과 흰색 불빛으로 빛났다. 그 건물은 미드타운 중심부에 우뚝 솟은 뉴욕의 랜드마크였다. 그리고 도시의 남쪽 아래로는 맨해튼에서 가장 높은 빌딩인 프리덤 타워가 있었다.

"됐다, 말하지 마." 빌이 말했다.

부기장이 고개를 저었다.

벤은 창밖으로 저 앞을 바라보았다. 그의 얼굴에 스멀스멀 미소가 피어났다. 그가 빌 앞에서 고개를 끄덕였다.

빌은 그의 시선을 따라갔다. 창밖의 맨해튼. 프리덤 타워를 지나, 엠파이어 스테이트 빌딩을 넘어, 브롱크스의 환한 빛들이 오밀조밀 모인 곳으로.

벤이 숨죽여 노래를 부르기 시작했다.

"나를 야구장에 데려가 주오*……."

---

* '나를 야구장에 데려가 주오(Take me out to the ball game)'는 미국 메이저 리그 경기에서 7회 말이 시작하기 전에 부르는 스트레칭용 노래이다.

33

다른 요원들은 주차장 맞은편에 서 있는 캐리와 테오를 신경도 쓰지 않았다. 두 사람은 지금 당장 무엇을 어떻게 해야 할지 궁리하며 불안한 듯 서성였다.

테오의 이어폰에서 들리는 소리에 따르면, 차선책을 시행하기 위한 준비 작업이 워싱턴 DC에서 시작되고 있었다. FBI는 공식 성명을 발표했고, 각종 미디어는 관광객과 정부 관계자들이 대피를 위해 여기저기 뛰어다니는 사진들로 넘쳐났다. 백악관 전등이 전부 꺼진 걸 보고 전문가들은 대통령이 벙커로 피신했다는 추측을 내놓기도 했다. 펜타곤*에서는 전술 장비로 무장한 군인들이 건물 안팎을 드나들었다. 테오는

---

* 미국 국방부 본부 청사

끊임없이 들어오는 보고를 듣고만 있어도 혼란스러웠다. 그들의 위기가 이제는 이쪽 해안에서 저쪽 해안까지 퍼져 나갔다. 이제 사건은 완전히 다른 방향으로 몸집을 키우고 있었다.

리우와 LA팀은 알고 있는 모든 것을 동부 해안 부서에 전달했지만 제공할 정보가 많지는 않았다. 최대한 빠르게 배경 조사에 착수해서 용의자 둘에 대해 알고 있는 정보를 전달했으나, 사실 현시점에서 조사 결과는 무의미할 가능성이 높았다. 하지만 벤이 범행에 연루된 사실을 알고 난 후로, FBI는 어떠한 위험도 감수하고 싶지 않아 했다. 가능성이 있는 모든 단서를 추적했고, 거기에는 빌에 대한 정보도 포함되어 있었다. 테오는 자신의 귀로 들어오는 정보를 캐리가 들을 수 없다는 걸 알았다. 그럼에도 그 보고 사항들은 그의 발걸음을 돌려놓았다. 호프만의 가족은 오늘 처음 만난 사이였지만, 이미 테오에게 가족과도 같은 존재가 되어 있었다. 그래서 FBI가 캐리의 남편을 잠재적인 위협이라고 운운하는 걸 들었을 때는 배신감마저 느꼈다.

테오는 곧바로 조에게 문자를 보내 벤의 실체를 알렸다. 그러나 조는 답이 없었다. 테오와 캐리는 하염없이 휴대폰만 내려다봤다.

"'전송됨'이라고 뜨는데." 캐리가 말했다.

"그러게요. 아직 못 봤을까요?"

캐리는 대답하지 않았다.

테오는 휴대폰을 뚫어지게 바라보며 조의 이름 아래에 메시지를 작성 중이라는 의미의 점 세 개가 나타나길 기도했다. 부정적인 생각들을 떨쳐 내려 노력했지만, 그럴수록 오히려 캄캄한 적막 속으로 빠져들 뿐이었다. 독성 물질의 종류가 어떤 것인지 아무도 몰랐다. 위에서 정말 무슨 일이 벌어지고 있는지 알 길이 없었다. 확실한 건 조가 문자를 보지 않고 있다는 것뿐이었다. 왜냐하면…….

테오가 캐리에게 휴대폰을 건네고 손을 저었다.

"바쁜가 보네요." 캐리는 두 사람 모두를 안심시키려고 그렇게 말했다. "문자 받았을 거예요. 괜찮을 거예요. 답장할 수 없는 상황이겠죠. 빌한테서 들어온 소식은 뭐 없나요?"

테오가 고개를 저었다. 빌은 모스 부호로 가족의 위치와 관련된 메시지를 보낸 뒤로 아무 연락이 없었다. 그가 타협하지 않고 있다는 건 그리 좋은 징조가 아니었다.

"빌도 바쁜 모양이네요." 캐리가 말했다. "비행, 조종, 소통."

테오가 머리를 갸웃했다. "네?"

"비행, 조종, 소통이요. 비행기 조종사의…… 좌우명이랄까요? 정확히 뭐라고 부르는지는 몰라요. 어쨌든 조종사들의 우선순위 목록이라고 할 수 있어요. 비행은, 비행기를 날아가게 하는 것이고. 조종은, 어디로 가고 있는지 파악하는 거고.

그리고 소통은, 본인이 필요한 것을 상대방에게 이야기하는 거죠. 보통은 아무 문제 없이 이 세 가지를 모두 수행할 수 있어요. 하지만 응급 상황에서는요?" 캐리가 어깨를 으쓱했다. "그중 할 수 있는 걸 하겠죠. 제 생각에 소통은 지금 당장 빌과 조에게 감당하기 어려운 사치일 거예요."

테오의 머릿속에 '허드슨강의 기적'이라 불리는 사건이 떠올랐다. 테오는 당시 설리 설렌버거 기장이 비행기가 불시착하는 동안 말을 거의 하지 않았다는 점이 무척 인상 깊었다. 그래서 당시 항공교통 관제소와 조종실 사이의 대화 녹음본을 온라인에서 찾아보기도 했었다. 전체 비행시간이 3분, 아니 4분이 채 되지 않았었다. 관제사는 조종사에게 다양한 옵션을 계속 제시했지만 설리 기장은 대부분 응답하지 않았다. 그나마 응답을 했을 때도 간결하고 직설적이었다. "불가능합니다"라고 하더니 결국 "허드슨강에 착륙합니다"라고 했다. 비행, 조종, 소통. 테오는 이제야 이해가 갔다.

빌은 타협하지 않았다. 그는 지금 바쁘게 싸우고 있었다.

"부인 생각이 맞다는 거 아시죠, 그렇죠?" 테오가 말했다.

캐리가 고개를 들었다.

"저들에게 말해야 합니다."

"사람들은 제 말을 듣지 않을 거예요."

"하지만 부인 생각이 맞잖아요."

캐리는 책망하는 눈으로 그를 쏘아봤다. "대체 왜 제 말을 듣게 설득해야 하는 거죠? FBI라면 이미 누구보다 잘 알고 있어야 하잖아요."

테오는 머리를 흔들었다. "부인 말씀이 맞아요. 조 이모의 말도 맞았고요. 그렇지만 어느 누구도 두 분의 말씀을 제대로 들으려고 하지 않아요."

테오는 절망에 빠져 얼굴을 벅벅 문지르다가 캐리의 손에 있는 휴대폰에 눈길이 닿았다.

조금 전, 전 세계가 시청한, 이모의 호소가 담긴 영상을 봤던 바로 그 휴대폰이었다.

"부인," 테오가 천천히 입을 뗐다. 머릿속에서 새로운 아이디어가 완전한 형태를 갖추었다. "가야 해요."

비행기가 흔들리기 시작하자 조는 균형을 잡으려 다리를 살짝 벌리고 벌크헤드의 반대편을 꽉 잡았다. 그녀는 조종실 문 앞에서 계속 자리를 지키고 있었다. 세 번째 공격이 일어날 낌새는 아직 없었다. 솔직히 두 번째 공격 때에도 별다른 기미가 없긴 했었다.

뒤편 기내에는 섬뜩할 정도로 무거운 적막이 내려앉아 있었다. 재빠르게 흘끔 기내를 살피며 승객들을 확인했다. 그 작은 움직임에도 목 아랫부분에 차가운 통증이 밀려들었다.

다리에도 무언가 이상한 느낌이 들어서 아래를 봤다. 그녀의 팬티스타킹이 타서 녹아내린 상태였고, 그 아래로는 피부에 끔찍한 피고름이 맺혀 있었다.

그녀는 통증이니 스타킹이니 하는 것들을 싹 다 무시했다.

대디가 손을 닦으며 화장실에서 나왔다. 위로 걷어 올린 진회색 유니폼 소매가 축축했다. 조는 그가 피부에 묻은 독성 물질을 닦아 냈을 거라고 추측했다. 켈리는 지난 10분 동안 승객들에게 물병을 나눠 주면서 눈과 손, 얼굴에 물을 부으라고 안내했다. 그 밖에 독이 묻은 곳이라면 어디든. 그리고 독성 물질이 퍼진 공기를 조금이라도 거를 수 있는 물건이나 상의로 입과 코를 덮으라고 전했다. 조는 승객들이 독에 굴복하지는 않았는지, 아니, 맞서 싸울 힘이 조금이라도 남아 있기는 한지 알 수가 없었다. 그러나 그 누구도 저항하지도, 설명을 요구하지도, 그녀에게 거세게 항의하지도 않았다.

이런 세상에. 조는 승객들이 자랑스러웠다. 우연히 낯선 사람들이 한자리에 모이게 됐는데도 다들 훌륭하게 대처하고 있었다. 승무원들도 마찬가지였다. 과연 켈리와 빅 대디보다 더 합이 잘 맞는 승무원이 있을지 상상도 가지 않았다. 아직 지상에 도착하진 않았지만, 144명의 승객들은 저마다 다치고 힘겨워했지만, 그래도 전부 살아 있었다.

이제는 모든 것이 빌에게 달렸다.

비행기 내에서 그들의 역할은 끝났다. 나머지는 이제 빌의 손에 달렸다.

빌.

우리의 기장. 그의 가족은 납치됐다. 조가 알기로는 캐리와 아이들이 모두 사망했다. 비행기가 슈웅 아래로 떨어지는 것과 동시에 조의 배 속도 훅 가라앉았다.

급강하하면서 요동치는 기체 때문에 시야가 이쪽저쪽으로 마구 흔들렸다. 조는 균형을 유지하려 복근에 힘을 꽉 주었다. 그리고 쪼그려 앉아 오른쪽 문에 달린 작고 둥근 창밖을 슬쩍 내다봤다. 기체가 점점 더 빠르게 땅에 가까워지자 지상의 불빛들이 더욱 밝게 흔들렸다. 마지막 순간까지 최대한 미루고 있었지만, 이제는 승무원석으로 가서 좌석벨트를 단단히 매야 할 시간이었다. 켈리와 대디에게 일러뒀던 것처럼 승객들을 위해 살아남아야 했다.

산소통을 등과 좌석 사이에 꽉 끼운 채 버클을 채우고 몸을 숙여 다시 창밖을 내다봤다. 조는 그동안 JFK로 가는 비행을 수도 없이 해 왔기에, 그 공항에 접근할 때의 느낌이 어떤지 잘 알았다.

지금 비행기는 JFK를 벗어나고 있었다.

빌.

빌이 뭐라고 했더라? "이 비행기를 추락시키지 않겠다고 약속할게. 하지만 솔직히 어떻게 해야 할지 모르겠어." 그가 했던 말이 귓가에 속삭임처럼 다가왔다. 그는 비행기를 충돌시키지 않을 거라고 확언했었다. 그런데 어떤 대가를 치르고? 그녀는 자신의 친구와 그가 짊어져야 할 부담, 그리고 반드시 해야만 하는 선택 때문에 가슴이 아팠다.

갑자기 바닥에서 발이 떨어지더니 좌석의 머리 부분에 뒤통수를 세게 박았다. 기체가 마구 흔들리는 건 계획을 완성하기 위한 과정일 뿐이라고 애써 위로하며 결의에 찬 표정을 지었다. 그러나 이렇게 낮은 고도에서, 빠른 속도로, 항로를 완전히 벗어나 비행하는 것은 다른 무언가를 의미했다.

"빌?" 조는 홀로 중얼거렸다. 승객들은 마스크에 가려진 그녀의 입을 볼 수 없었다. 기내의 어둑한 조명이 그녀의 눈물을 숨겨 주었다. 무언가 잘못되어 간다는 증거가 점점 늘어났다. 다시 한번 그를 애원하듯 부를 때 그녀의 목소리는 갈라져 있었다. "기장님?"

도움이 필요한 건 아닐까? 무슨 일일까? 그녀는 무언가 하고 싶었다. 자리에서 일어나 제대로 고치고 싶었고 결과를 통제하고 싶었다. 뭘 해야 할지는 모르겠지만 뭐라도 해 보려고 좌석벨트를 푸는데, 그때 주머니에서 휴대폰이 느껴졌다. 첫번째 공격 이후로 한 번도 휴대폰을 확인하지 않았다는 사실이 번뜩 떠올랐다.

휴대폰을 꽉 붙들고 문자를 읽으려니 난기류로 비행기가 심하게 덜컹댔고, 환한 휴대폰 화면도 위아래로 정신없이 흔들렸다. 아직 읽지 않은 테오의 문자가 여러 통 있었다.

캐리와 아이들은 안전해요. 그 나쁜 놈은 죽었어요.

조는 두 발로 앞에 있는 벌크헤드를 뻥 찼다. 두 손 가득 승무원 좌석을 꽉 쥐었다. 그녀가 할 수 있는 신체적 반응은 말 그대로 그게 전부였다. 그 문자를 읽은 뒤 승리의 안도감이 온몸을 질주했다. 이처럼 깨끗하고 분명한 감정은 난생처음이었다. 조는 눈을 가늘게 뜨고 산소마스크 옆으로 미소를 흘리며 테오의 다음 문자를 읽었다.

부기장이 공범이자 백업 계획이에요. 총을 가지고 있어요. 빌 기장은 도움이 필요할 거예요.

비행기가 난기류 때문에 휘청거리고 산소통이 등을 쿵쿵 때렸지만 조는 아무것도 느껴지지 않았다. 인간의 정신은 그렇게 짧은 시간 안에 양극단의 감정 기복을 견디도록 설계되어 있지 않았다. 그 소식은 전기 충격을 맞은 것처럼 그녀의 몸 전체를 관통했다. 휴대폰이 손가락에서 미끄러져 갤리 바닥으로 쿵 떨어졌다.

벤이 백업 계획이었다. 그동안 모두 함께, 하염없이 찾아 헤맸던 위협이……

……자신들 중에 있었다.

조는 입을 벌리고 벌크헤드의 플렉시글라스*를 멍하니 응시했다. 모든 대비책을 준비하는 동안 부기장은 단 한순간도 머릿속에 떠올리지 않았다. 옆에 또 다른 조종사가 앉아 있는 조종실 내에서 빌이 어떻게 공격에 대처했을지는 정말이지 단 한 번도 궁금해하지 않았다. 빌에 비하면 승무원이 대처해야 할 것들은 아무것도 아니었다. 모든 일이 저 문 너머에서 벌어지고 있었는데, 그냥 손 놓고 그저 빌에게 다 맡기고 있었다. 조는 그런 당연한 사실을 떠올리지 못한 스스로가 너무 바보처럼 느껴졌다.

발밑에서 비행기가 거칠게 미끄러지는 동안, 조는 현재 상황이 어떤지, 지금 당장 어떤 대처를 해야 할지 정리하려 노력했다. 멍하니 좌석벨트를 풀고 바닥에 떨어진 휴대폰을 들어 올렸다. 산소통이 이리저리 미끄러져서 몸의 무게 중심이 흔들렸다. 조는 벌크헤드에 몸을 지탱해 휴대폰을 움켜쥐고 똑바로 앉았다. 휴대폰을 다리 사이에 끼운 채 산소통을 다시

---

* 비행기 등의 유리창에 사용되는 투명한 합성수지

등에 장착한 다음 좌석벨트를 맸다. 손이 너무 심하게 떨려서 가까스로 해냈다.

조는 통제를 잃어 갔다.

동작을 멈추었다. 눈을 감았다. 호흡을 길게 들이마셨다.

이봐 아가씨, 아직 안 끝났어. 깊숙이 앉아 있다가 박차를 가해.

인터폰 거치대에서 수화기를 홱 잡아 빼자 차임벨이 기내 전체에 울렸다.

"대디, 지금 당장 여기로 와 줘. 다른 문제가 생겼어."

34

주차장을 가로지르는 캐리의 다리가 바쁘게 움직였다. 스콧은 캐리를 따라잡으려고 허둥지둥 속도를 높이며 몇 걸음 쫓아갔다.

"엄마," 아이가 말했다. "우리 어디 가요?"

캐리가 어깨 너머를 흘긋했다. 루소는 태연하게 다른 요원들에게 돌아가고 있었다. 그녀가 아이들을 데려가겠다고 하자 그는 별로 신경 쓰지 않았다. 그저 엘리스를 그녀에게 넘겨주고 스콧의 어깨를 지그시 쥐며 넌 용감한 아이야, 라고 말하고서는 뒤돌아 가 버렸다. 그게 다였다.

"우리가 아빠를 도와줘야 해." 캐리가 말했다.

스콧은 FBI 요원들을 돌아보며 혼란스러워했다. "경찰 아저씨들이 안 하고요?"

캐리는 주저했다. "음, 하지. 근데 우리끼리 다른 것도 좀 해 볼까 해서."

캐리와 아이들은 SUV 차량이 여럿 주차된 주차장 저 끝으로 향했다. 테오는 그녀에게 아이들을 데리고 빠져나온 뒤 그쪽에서 만나자고 했다. 그다음에 어떻게 할 건지는 묻지 않았다. 그녀는 테오를 잘 몰랐지만 오늘만큼은 말 그대로 목숨 걸고 그를 믿었다.

주차된 SUV 주변을 걸어가는데 심장이 미친 듯이 뛰었다. 라이트가 켜진 몇몇 차들 앞에는, 접이식 의자를 펴고 앉아 살랑이는 바닷바람을 즐기는 사람들이 있었다. 줄지어 주차된 차량의 거의 마지막 끝에 다다랐을 때 그녀를 부르는 소리가 들렸다. 소리가 나는 왼편으로 고개를 획 돌렸다.

테오가 이쪽으로 오라고 손짓했다. 때마침 그의 휴대폰이 울렸다.

"볼드윈입니다." 그가 전화를 받았다. 잠시 듣고만 있더니 주차장 주변을 둘러보았다. 그러고는 팔을 들어 흔들기 시작했다. "네, 보입니다. SUV 차들 앞에서 손을 흔들고 있습니다."

캐리는 고개를 돌려 그들 쪽으로 다가오는 승합차를 보았다. 차 지붕에 안테나 몇 개와 커다란 위성 접시가 달려 있었다. 승합차가 가까워질수록 차 옆면의 빨간 CNB 로고가 크고 선명해졌다. 차가 그들 옆에 멈춰 서자, 옆문이 열리더니 바네사 페레스가 밖으로 껑충 뛰어내렸다. 캐리는 저녁 방송에 나오던 그녀를 알아보았다. 그녀는 기장의 가족들에게 따뜻하고 부드러운 미소를 지어 보이다가, 여기저기 상처투성이에 피 칠갑을 한 테오를 발견하고서는 눈이 휘둥그레졌다.

"대체 무슨 일이—"

"나중에 말씀드리겠습니다." 테오가 그녀의 말을 끊었다. 캐리와 스콧이 승합차에 올라타기 전에 테오가 캐리에게서 엘리스를 건네받았고, 기자는 그런 그들의 뒤를 바짝 따라왔다. 차는 문이 닫히자마자 바로 출발했다.

"어디로 가는 거죠?" 승합차가 급커브를 돌자 캐리가 옆으로 쏠리는 몸을 지탱하며 물었다.

잠시 아무 말도 하지 않던 테오는 간단히 이 말만 남겼다. "집이요."

"코스탈 416, 착륙하라." 더스티가 의자를 앞뒤로 흔들며 말했다.

관제탑 내 최고참 관제사이자, 기질적으로 이런 극한의 상황을 심드렁하게 대할 수 있는 사람으로서, 더스티는 코스탈 416을 맡을 만한 최적의 인물이었다. 하지만 헤드폰에서는 계속 아무런 반응이 없었다. 그저 레이더 화면으로 비콘 트랙*을 보고만 있으려니 가슴이 조이는 듯 불편했다. 더스티는 이런 감정이 사람들이 흔히 말하는 '불안'일 거라고 추측했다.

그는 이런 느낌이 싫었다.

JFK, LGA라구아디아 국제공항, EWR뉴어크 리버티 국제공항, DCA 로널드 레이건 워싱턴 국립공항, IAD워싱턴 덜레스 국제공항 그리고 BWI 볼티모어-워싱턴 국제공항 등 뉴욕과 워싱턴으로 들어오려던 모든 비행기가 대체 공항으로 항로를 변경했고, 공역이 폐쇄되어 귀항 중인 항공기도 전부 돌아가야 했다. 오로지 416편을 구하기 위해서.

보통 저녁 이 시간대면 유럽으로 가는 국제선 항공기들의 빨간 불빛이 활주로에 꽉 들어차 있었다. 이뿐만 아니라, 서부나 동부 해안의 주요 도시에서 수많은 비행기들이 귀항했다. 매년 6천만 명 이상의 승객들이 JFK의 네 개 활주로를 통해 뉴욕을 오갔다. 하지만 오늘 밤, 공항은 모든 생기를 잃었다. 마치 조용한 시골 관공서 같았다.

하지만 관제탑 안은 상황이 달랐다. 관제탑 밖에서 대기 중인 구조 차량의 불빛들이 분위기를 더 혼란스럽게 만들었지만 관제사들은 프로답게 집중력을 유지했다.

---

* 위치 정보를 전달하기 위해 어떤 신호를 주기적으로 전송하는 기기를 뜻하며, 여기에서는 비행기의 위치를 추적하는 용도로 쓰인다.

"코스탈 416, 착륙 허가한다." 더스티가 다시 말했다.

대답이 없었다.

시계를 확인했다. 11분째 응답이 없었다.

의자에 등을 대고 저 맞은편 다른 구역에 앉아 있는 군인을 쳐다봤다. 그의 군복에 달린 금속 배지가 불빛을 받아 반짝였다. 그는 군용으로 보이는 두툼한 헤드폰을 끼고 있었다. 그 헤드폰은 관제탑 내의 그 어느 장비보다도 더 좋은 것이었다. 그는 한 손을 귀에 대고, 다른 한 손으로는 핸드 마이크를 감싼 채 모스 부호를 치고 있었다. 416편은 아직 DC 관제탑과 교신을 주고받지 않았지만, 만약을 위해 그곳에도 암호 통신병들이 배치되었다.

더스티와 눈이 마주친 모스 부호 통신병이 고개를 저었다. 그리고 그가 시계를 흘긋 확인하더니 종이에 뭔가를 적어 들어 올렸다. "18."

더스티는 욕을 중얼대며 면도를 하지 않아 까끌한 얼굴 아래로 손을 가져다 댔다. 거의 20분째 적막뿐이었다. 뒤쪽을 바라보았다. 심각한 표정을 한 제복 차림의 남자 무리가 점점 늘어 갔다.

더스티는 416편의 상황이 좋지 않다는 걸 직감했다.

저 멀리 관제탑 벽면에 걸린 커다란 TV 세 대를 바라봤다. 보통은 저 세 대에 모두 기상 레이더와 비행 정보가 표시됐는데, 오늘 저녁에는 여러 방송국의 뉴스 채널이 송출되고 있었다. 모든 뉴스가 이 긴급 상황을 다루었다. 몇몇 방송이 사건과 관련된 기본적인 장면과 정보, 예를 들어 비행경로와 이착륙 시각, 항공기 스펙, 운송 체계 등을 한눈에 들어오게 보여주었다. 다른 방송에서는 조의 영상이 재생되기도 했다. 조는 무명의 승무원에서 단숨에 유명인사가 됐다. 기장의 가족 사진도 이미 유출된 상태였다. 아빠와 엄마, 아들딸이 해 질 무렵 해변에서 찍은 사진이었다. 워싱턴 DC 방송국은 사람들의 대피로 도시 안팎이 꽉 막혀 혼란스러운 모습을 생중계했다.

더스티는 반대편 사무실에 있는 조지를 보았다. 항공교통관제탑의 책임자가 주먹을 꽉 쥔 채 책상 뒤에 서서 군사령관인 설리번 중장과 맞서고 있었다. 관제사들은 자신들의 상사가 이성을 잃거나 목소리를 높이는 모습을 한 번도 본 적이 없었기 때문에, 지금 이 상황을 일부러 보지도 듣지도 않으려 노력했다. 그런 모습을 지켜보는 것은 자신들이 너무나도 존경하는 사람에 대한 예의가 아니라고 생각했다. 그러나 어쩌다 들리는 소리는 피할 방법이 없었다. 더스티와 동료들은 조지가 논쟁에서 지고 있다는 사실을 금세 눈치챘다.

"비행기를 격추하겠다는 겁니까? 네?"

"자네와 상관없는 일이네." 설리번이 말했다. "위급 상황 발생 시 계획은—"

조지가 주먹으로 책상을 쾅 내리쳤다. 관제사들이 움찔했다. "아무 죄 없는 시민들이 탄 민간 비행기를 격추하겠다는—"

"그만하면 됐네, 패터슨!" 사령관은 평소와 다른 그의 반항적인 행동에 버럭 화를 냈다. "자네와 직원들은 여기에서 절차대로 명령만 따르면 돼. 그 이상은 필요 없네. 승인이 나지 않은 건 그게 뭐든 자네가 상관할 바 아니야."

조지는 대답하지 않았다.

"이해했나?" 설리번이 으르렁댔다.

"알겠습니다." 조지가 답했다. "병사들이 필요한 모든 정보에 접근할 수 있도록 하겠습니다."

문이 획 열렸다. 관제사들은 일부러 바쁜 척을 했다.

"더스티." 조지가 걱정스러울 정도로 붉어진 얼굴로 차분하게 말했다.

제복을 입은 군인들이 조지의 뒤로 와 섰다. "이분들에게 기본적인 부분에 대해 가르쳐 드려."

관제탑 전체가 고요해졌다.

"지금 당장은 신입 사원들 교육해야 해서 좀 바쁜데요?" 더스티가 상사와 군인들 사이를 쏘아보며 말했다.

"나도 잘 알지. 그래도 시키는 대로 해." 조지는 헤드폰을 쓴 뒤, 책상 위에서 쌍안경을 잡아 어떤 군인에게 건네며 말했다.

관제탑 안의 그 누구도 입을 열지 않았다. 다들 이런 상황에서 군사적 차원의 차선책이 무엇인지 알고 있었다. 그러나 막상 실제로 마주하니 할 말을 잃었다.

더스티는 고개를 저으며 옆자리 동료에게 숨죽여 말했다. "아프다고 하기엔 너무 늦었겠지?" 그는 남자에게 가까이 오라고 손짓하다가 갑자기 멈추고 텔레비전을 가리켰다. 다들 고개를 돌렸다.

CNB 방송국이 현장 촬영 영상을 끝내고 카메라를 스튜디오로 돌렸다. 아나운서가 뉴스 방송을 시작하고 있었다. 카메라와 대본 사이를 빠르게 오가는 아나운서의 눈동자와 그 표정이 모든 걸 설명했다. 전례 없는 긴급 속보였다. 관제탑의 누군가가 텔레비전 음량을 키웠다.

"—납치된 항공기 코스탈 416편의 기장 빌 호프만의 부인이 현재 저희 로스앤젤레스 CNB 기자와 함께 있습니다. 호프만 부인은 미국 사회와 대통령에게 중요한 메시지를 전할 예정이라고 합니다. 준비되는 대로 즉시 연결하겠습니다. CNB는 무슨 내용이 전달될지—"

더스티가 조지와 군인들을 바라보았지만 그들은 눈앞에 펼쳐진 화면에 완전히 정신이 팔려 있었다. 그는 다시 레이더를 확인했다. 더스티로서는, 끝날 때까지 아직 끝난 게 아니었다. "코스탈 416, 착륙 허가한다." 마이크에 대고 다시 말했다. 하마터면 말끝에 이 말을 덧붙일 뻔했다. *제발.*

방송국 밴이 갑자기 멈추는 바람에 캐리의 몸이 좌석에 부딪혔다. 카메라맨이 옆문을 열고 재빨리 뛰어나갔다. 바네사가 바로 그 뒤를 따랐고 스콧도 그녀를 따라갔다. 그다음에 내린 캐리는 뒤로 돌아 테오에게서 엘리스를 받아 안았다. 그 사이, 카메라는 이미 밴에서 멀어지며 마이크에 대고 무언가를 말하는 기자를 찍고 있었다.

"저는 지금 호프만 가족의 흔적이 남아 있는 곳에 왔습니다." 바네사는 그렇게 말을 시작하며, 어깨 너머로 잔해 더미를 가리켰다. "호프만 기장의 부인인 캐리, 그리고 그녀의 두 아이와 함께 말이죠. 그들이 지금 다치지 않고 안전하다는 것을 말씀드릴 수 있어 무척 기쁩니다. 하지만 코스탈 416의 상황은 여전히 위태롭습니다. 그래서 호프만 부인이 지금 이 방송을 보는 모든 분들에게 메시지를 전하려 합니다. 특히 미국의 대통령에게요."

기자는 숨을 몰아쉬며 손짓으로 가족을 찾다가 멈췄다. 힐끗 가족의 상태를 확인한 카메라맨도 카메라 렌즈를 그쪽으로 돌렸다. 사람들의 시선이 그들에게 향했다.

캐리는 그 자리에 뿌리를 박은 것처럼 그녀의 집 앞에, 한때 그녀의 집이었던 곳 앞에 입을 떡 벌리고 우두커니 서 있었다. 그리고 폭파가 남긴 잔해 쪽으로, 사실…… 이제는 아무것도 남아 있지 않은 그곳으로, 천천히 움직였다. 집에는 그 무엇도 남아 있지 않았다. 스콧이 훌쩍이는 소리가 들렸다. 그녀는 아이의 손을 잡았다.

바네사가 노란색 접근금지 테이프를 들어 올리자 가족들이 그 아래로 들어갔다. 기자는 아무 말도 하지 않았다. 캐리는 모두가 숨죽여 지켜보고 있다는 걸 알았다. 다들 이미 집을 확인했고, 무슨 일이 벌어졌는지도 잘 알았다. 하지만 집 주인이 도착해서 파괴된 집을 두 눈으로 직접 확인하는 모습은 처음이었다. 캐리는 뒷마당에 있던 오크나무를 멍하니 바라보며, 그날 아침 주방 싱크대에 서서 산들바람에 춤추는 나뭇잎들을 보던 자신을 떠올렸다. 그 나무는 이제 처참하게 쪼개져 타 버렸고, 부엌도 더 이상 존재하지 않았다. 캐리는 천천히 고개를 저었다. 이 상황을 받아들이려 했지만 아무 말도 나오지 않았다.

"호프만 부인," 바네사가 부드럽게 그녀를 불렀다. "괜찮으세요?" 그리고 마이크를 내밀었다.

캐리는 엘리스를 반대쪽으로 고쳐 안은 뒤 다시 스콧의 손을 잡았다. 그리고 기자를 향해 고개를 돌렸다. 그녀의 촉촉하게 젖은 두 눈은 결의로 불타올랐다. "일단 비행기가 착륙해야 괜찮아지겠죠."

바네사가 미소 지었다. "부인께서 저희에게 전하실 내용이 있다고요?"

캐리가 고개를 끄덕이며 스콧을 앞으로 보낸 후 아이의 어깨에 손을 얹더니 숨을 깊게 들이마셨다.

"대통령님," 캐리가 긴장감을 선명히 드러내며 말을 꺼냈다. "대통령님은 지금 상황실에서 추후 대책을 결정하고 계시리라 생각됩니다. 새로운 소식이 들어오는 대로 모두 보고받고 계실 것입니다. 저와 제 아이들이 총으로 위협을 받으며 집에서 끌려 나왔다는 것도 보고받으셨겠죠. 저희 입에 재갈이 물리고 손발을 결박당했다는 것도, 제 몸에 폭탄이 감겨 있었다는 것도 말입니다. 그리고 저희—" 캐리는 잔해 더미에서 피어오르는 연기를 흘긋 쳐다보았다. 목이 메었다. "—저희 집이 처참히 부서졌다는 것도 아시리라 생각합니다. 또한 FBI가 저희를 구조했다는 것도, 그래서 저희가 지금 안전하다는 것도 아시겠죠. 제 남편의 부조종사, 즉 부기장이 총을 지니고 있으며 그 사람이 처음부터 계속 이 테러 계획에 연루돼 있었다는 내용도 전달받으셨으리라 생각합니다."

캐리는 지금까지 공식적으로 어떤 내용이 발표되었는지 정확히 알진 못했지만, 기자의 표정만 봐도 방금 한 말은 새로운 뉴스였다는 걸 확실하게 예감할 수 있었다.

"추후 결정은 최종적으로 대통령님께 달렸다는 걸 잘 알고 있습니다. 쉽지 않은 선택이겠지요. 그리고 미국은 테러리스트와 협상하지 않는다는 것도 잘 알고 있습니다." 캐리는 스콧의 어깨를 감쌌다. 목소리가 또다시 갈라졌다. "그리고⋯⋯ 대통령님께서 비행기 격추를 지시하실 가능성이 높다는 것도 압니다."

스콧이 고개를 들어 엄마를 바라보았다. 캐리는 손에 힘을 꽉 주었다.

"대통령님. 그런 결정을 내리기 전에, 수많은 무고한 국민들이 타고 있는 민간 비행기를 격추시키기 전에, 대통령님께 제가 아는 정보를 말씀드리는 게 옳다고 생각했습니다. FBI는 대통령님께 알려 드리지 않을 내용, 그리고 공식 브리핑에 포함되지 않을 그 내용을 말입니다."

볼을 타고 눈물이 주르륵 흘렀다. 그녀는 말을 멈추었다. 입가에 미소가 번졌다.

"저는 비행기를 구할 방법을 알고 있습니다. 무고한 승객들을 살릴 수 있는 최선의 방법을 알고 있습니다. 그 승객들을 오늘 밤 집으로, 가족의 품으로 안전히 돌려보낼 방법을 저는 압니다." 또 눈물이 흘렀다. "하지만 쉬운 선택은 아닐 겁니다. 어려운 선택이 될 겁니다. 왜냐하면 대통령님께서 현재 알고 계신 사실들 대신, 진실을 믿으셔야 하니까요. 진실은, 416편을 구하기 위한 최선의 방법이 이미 저 비행기 안에 있다는 겁니다."

캐리는 아랫입술을 지그시 깨물고 잠시 한 곳을 응시하며 하고 싶은 말을 분명하게 전달할 수 있는 방법을 찾았다.

"저희 가족이 납치되고, 빌이 '가족'과 '비행기' 중 하나를 선택하도록 위협받았을 때, 빌이 뭐라고 했는지 아시나요? 저희 아이들 머리에 총구가 겨눠졌을 때도, 저희 집이 폭발했다는 걸 알게 됐을 때도, 그 사람이 뭐라고 했는지 아십니까?" 캐리가 어깨를 으쓱하며 미소를 지었다. "그 사람은 '싫다'라고 말했습니다. 빌은 선택하지 않았어요. 굴복하지 않았어요. 우리가 테러리스트와 협상하지 않을 것을 그 사람도 알고 있었으니까요."

그녀가 머리칼을 쓸어 넘겼다. "보세요. 그 테러리스트들이 미처 계산하지 못했던 일이 바로 이겁니다. 그들은 그들의 임무를 제대로 해내지 못했어요. 하지만 제 남편, 호프만 기장은 자신의 임무를 철저하게 해내는 사람입니다. 저는 그것을 분명하게 알고 있습니다. 대통령님, 대통령님은 맡은 임무를 철저하게 수행하시는 분이니, 저는 대통령님도 그렇게 하시리라 믿습니다. FBI가 제시간에 저희를 찾아냈다는 것을, 저는 믿을 수 없을 정도로 감사하게 생각합니다. 왜냐하면, 저는 제 남편을 잘 알기 때문입니다. 그래서 제 인생을 걸고 말씀드립니다. 애초에, 제 남편이 저희를 구하기 위해 비행기를 추락시키는 일은 없었을 겁니다. 그렇다면, 그런 그가 가족이 안전해진 사실까지 알게 됐다면, 이제 어떻게 될까요?" 희미한 웃음이 캐리의 입가에 머물렀다. 그녀가 살짝 몸을 곤추세웠다. "제 남편이 비행기를 안전하게 착륙시킬 방법을 찾아내지 못할 리 없습니다."

캐리는 엘리스를 고쳐 안고 스콧의 어깨 위에 얹은 손에 힘을 주었다.

"대통령님. 제 아이들의 아빠를 위해서, 지금 비행기에 탄 모든 어머니와 아버지, 아들, 딸들을 위해서 비행기와 승객들에게 기회를 주는 담대한 선택을 하시길 간곡히 부탁드립니다. 대통령님께서 나약한 선택, 쉬운 선택을 하시면, 즉 비행기 격추라는 선택을 하시면, 무슨 일이 벌어질지 저는 정확하게 알고 있습니다. 부디 용기를 내 주시길, 믿어 주시길 간절히 요청드립니다. 좋은 사람을, 자신의 임무에 최선을 다하는 그 사람을 믿어 달라고 이렇게 부탁드립니다. 대통령님의 믿음은 반드시 보답받을 겁니다."

모두가 놀라 침묵이 흐르던 관제탑은 어느새 웅성거림으로 가득 찼다. 희망이 솟아오르는 분위기를 느끼며 더스티는 옆에 앉은 관제사의 등을 찰싹 때렸다.

"저 여자한테 기립 박수를 보내면 좀 이상하려나?"

옆자리의 관제사는 그의 말에 대꾸하지 않았다. 대신, 놀라서 표정을 일그러트리더니 더스티의 레이더 화면을 가리켰다.

"허어어억." 더스티가 중얼댔다. "소장님? 416이 항로를 벗어나기 시작했어요."

"조용!" 모스 부호 통신병이 말했다. 평소와 다른 격렬한 상황에 관제탑 전체의 분위기가 삽시간에 바뀌었다. 모두들 통신병이 헤드폰의 소리를 들으며 집중하는 모습을 지켜보았다. 마침내 모스 부호를 읽었는지 그가 갑자기 찡그린 눈썹을 펴고 입을 떡 벌렸다.

"워싱턴이 아닙니다. 타깃은 양키 스타디움입니다."

35

빌 앞에 놓인 레이더 화면 위로 갑자기 'X' 표시 여러 개가 나타났다. 비행기를 뒤따르는 X 표시들. 전투기 F-16 네 대가 416편과 공격 유효 거리에 있었다.

빌은 절망감에 얼굴을 문질렀다. 벤이 사건에 연루되어 있다는 것이 알려지면 이런 일이 벌어질 거라고 예상은 했었다. 정확히 그 이유 때문에 지상에 이 사실을 전달하지 않은 거였다. 이제는 동시에 두 가지 위협을 처리해야 했다.

"이건 불공평해." 빌이 말했다.

벤이 그를 보지도 않은 채 물었다. "뭐가? 뭐가 불공평하다는 거야?"

수직 기류 때문에 비행기가 퉁 튀었고, 그로 인해 기체가 왼쪽으로 비스듬히 기울어지면서 빌의 좌석 쪽 창문으로 전투기의 불빛이 보였다. 밤하늘은 깨끗했지만 바람이 세차서 기체가 마구 흔들리고 뒤틀렸다.

"코스탈 416, 착륙 허가한다."

아까 그 관제사가 꽥꽥대며 같은 말을 반복했다. 두 조종사도 헤드폰으로 관제사의 지시를 들었으나 응답하지 않았다. 첫 번째 가스 공격 이후로 관제탑의 지시에 전혀 반응하지 않았고, 남은 비행 중에도 그럴 생각이었다. 이제는 둘뿐이었다.

"불공평하다고. 그⋯⋯." 빌은 애써 생각을 정리했다. "내가 여기 있는 게. 그리고 네가 여기 있는 게. 내 인생이, 그리고 네 인생이. 너희 마을 사람들을 아무도 신경 쓰지 않았다는 것도 불공평해. 잘못된 일이야. 내가 사과한다."

벤은 답하지 않았다.

빌은 고개를 돌려 부기장의 얼굴을 똑똑히 쳐다봤다. "약속하지, 벤. 내 남은 인생은 잘못된 문제를 올바로 돌려놓는 일에 쓸 거야. 이미 너한테 벌어진 일을 내가 바꿀 순 없어. 그건 너도 마찬가지지. 하지만 우리가 이 비행기를 추락시킨다면, 결과는 더 나빠질 거야. 너도 이 나라를 잘 알잖아. 이 나라가 어떤 식으로 대응할지 알고 있잖아. 이로 인해 누가 고통받을지 알잖아."

벤이 창밖을 응시했다.

"하지만 비행기를 추락시키지 않으면," 빌이 계속했다. "우리는 함께할 수 있어. 나 노력할 거야. 진작 알았어야 할 것들에 대해 배울 거야. 그러고 나면 우리가 함께 고쳐 나갈 수 있겠지."

두 사람 사이에는 여전히 총이 있었다. 누구도 입을 열지 않았다. 벤이 고개를 돌려 기장의 얼굴을 뜯어보았다. 빌은 그의 눈을 바라보며 자신의 진심이 전해지기를, 벤이 진심을 믿어 주기를 간절히 바랐다.

"벤, 아직 늦지 않았어."

벤은 입에 편지를 문 채로 열쇠를 힘겹게 열쇠 구멍에 꽂은 뒤, 간신히 문을 당겨 열었다. 잠금장치가 삐걱거리더니 문이 열렸고 그는 짐가방을 끌며 아파트 안으로 들어갔다. 주방 불을 켰더니 싱크대에 산더미처럼 쌓인 설거지거리들이 그를 반겼다. 그는 주방 식탁 위의 반쯤 먹다 남은 시리얼 그릇 옆으로 편지를 휙 던졌다.

한숨을 푹 내쉬었다. 지난 나흘간의 비행과 삶 때문에 지칠 대로 지쳐 있었다.

"내가 없는 동안 가게에 전화해서 문 좀 고치지 그랬어." 그가 조리대에 모자를 올린 뒤 의자에 유니폼 코트를 걸치며 큰 소리로 말했다. "집이 엉망진창이네 아주."

냉장고에서 맥주를 꺼내고 식탁에 앉아 우편물을 뜯었다.

봉투는 버리고 내용물만 신문 옆에 내려놓았다.

신문.

그는 고개를 갸웃했다. 그와 샘은 신문을 보지 않았다.

신문을 들었더니 그 아래에 다른 날 발행된 신문이 또 있었다. 그 밑에 하나가 더 있었다. 전부 모서리가 접혀 있고, 빨간색으로 표시되어 있었다. 미군 부대 철수에 관한 기사들이었다.

벤은 집에 들어온 후 샘이 아무 기척도 내지 않았다는 것을 깨닫고 천천히 몸을 돌렸다. 샘의 방에 불이 켜져 있었다. 문이 살짝 열린 채로.

"샘?"

대답이 없었다.

"사만!" 그는 거실을 가로지르며 샘을 더 크게 불렀다. 문을 두드려도 아무 반응이 없었다. 방문을 슬쩍 밀어 보았다.

피로 흠뻑 젖은 침대 매트리스는 검어 보일 정도였다. 샘의 팔 아래로 빨간 핏줄기가 흐르고 있지 않았다면, 아마도 벤은 그게 뭔지 알아채지 못했을 것이다.

"이런 제길!" 벤은 소리를 지르며 친구에게 다가가다가 멈칫하더니 발길을 돌려 급하게 뒤로 물러났다. "제기랄!" 부엌으로 달려가면서 비명을 질렀다. 휴대폰을 붙들고 911에 전화를 걸며 방으로 다시 달려갔다.

힘겨운 호흡과 잿빛 안색에도 샘의 눈은 맑았다. 초점도 제법 잘 맞추었다. 벤은 샘의 주변을 서성이며 휴대폰에 대고 소리쳤다.

"빨리요!" 그는 비명을 지르듯이 외치고 나서 손마디가 하얘질 정도로 꽉 쥐고 있던 휴대폰을 끊었다.

출혈을 멈추게 하려고 침대 시트로 샘의 손목을 꽉 감았다. 두 친구는 서로를 지그시 바라보며 서로의 생각을 읽으려 노력했다.

힘이 하나도 없는 목소리로 샘이 천천히 말했다. "우리, 그 해변 있잖아, 거기에서 술 마시던 때 기억나? 야외 테라스 있는 거기. 추우면 담요 덮고 있었잖아. 굴도 먹고. 너 그 바에서 옆에 앉은 여자한테 작업 걸고 그랬어. 그런데 그 여자 남자 친구가 나타났잖아."

벤은 희미하게 웃으며 고개를 끄덕였다.

"정확히 그때. 바로 거기에 있을 때. 정확히 그 순간, 우리 마을이 공격당했어."

벤이 눈을 감았다.

"우리는 가족들을 거기에 두고 왔어."

꼭 감은 벤의 눈가에 맺혀 있던 눈물이 샘의 가슴팍으로 떨어졌다.

"더는 못 하겠어." 샘이 속삭였다. "아무것도."

그는 고통에 신음했다. 벤은 친구의 손목을 꽉 움켜잡았다.

"왜?" 샘이 말했다. "왜 나를 막는 거야?"

벤은 이를 악물고 수치심과 분노로 숨을 거칠게 몰아쉬었다. 샘이 내린 결정을 처음으로, 그 스스로도 인정하고 있었다.

"네가 여기에 날 두고 떠날까 봐 빡친다고. 그러니까, 우리 같이 하자."

"벤, 잘 생각해 봐." 빌이 말했다. "같이 하자. 지금부터 당장. 너희 마을 사람들을 다치게 하는 게 아니라 도울 수 있는 방법을 선택해야 해. 우리는 할 수 있어."

벤이 그 제안을 진지하게 받아들일지 확신할 수는 없었지만 좀 전의 경로에서 분명히 어느 정도는 벗어나 있었다. 이런 공감은 틀림없이 그의 계산에 들어 있지 않았을 것이다. 빌은 벤의 마음이 기울고 있다는 것을, 그가 빌의 옆자리로, 함께 비행기를 안전하게 착륙시킬 수 있는 그 자리로 가려 한다는 것을 눈치챘다.

"코스탈 416, 여기는 공군 중장 설리번이다. 미국 대통령을 대신하여 말한다."

두 조종사는 조종실에 갑자기 울려 퍼진 공격적인 목소리에 움찔했다. "부기장 벤 미로가 위협적인 존재라는 사실을 알고 있다. 벤 미로는 위험인물이다. 즉시 응답하지 않으면,

공격 준비에 돌입한다. 경고한다."

벤이 이를 꽉 물고 턱을 들어 하늘로 시선을 돌렸다.

"빌, 비행기 추락이 문제가 아니었어. 당신이나 승객들, 당신 가족 때문도 절대 아니었지. 심지어 선택에 관한 문제도 아니었고." 그가 고개를 저었다. "그저 사람들을 일깨우는 것, 그것에 관한 일이었어. 사람들의 이목을 끌 만큼 극적인 무언가가 필요했어. 사람들이 모른 체하지 않을 무언가. 개인적인 문제가 아니었다고."

그는 죽어 버린 시커먼 눈으로 빌을 바라보았다.

"하지만 그건 과거였고. 지금은? 이젠 다 불태우고 싶어."

36

빅 대디가 일등석으로 들어왔을 때 조는 깜짝 놀라 숨을 몰
아쉬었다.

"알아, 알아. 얼굴에 마스크 자국 그대로 남겠지, 뭐." 대디
가 말했다.

마스크를 뺀 대디의 얼굴 전체가 벌겋게 달아올라 부어 있
었다. 수포도 덕지덕지 난 상태였다. 다친 손바닥은 응급 처
치 키트에서 꺼낸 거즈로 감쌌지만, 눈의 흰자위는 여전히 빨
갛게 충혈되어 있었다.

다른 승무원들처럼 여분의 휴대용 산소통을 장착한 조 옆
에 요시프가 서 있었다. 빅 대디가 그를 위아래로 훑어봤다.

"이 사람은 우리랑 한편이야." 조가 말했다.

대디는 뒤에 여전히 의식을 잃고 쓰러져 있는 데이브를 흘

굿 쳐다봤다. "이런, 장난 아니네." 그가 말했다. "그런데 저 사람이 왜 여기에 있어?"

"날 지켜 주는 거야." 조가 답했다.

"뭐라고?"

"스파이를 알아냈어. 벤이었어. 총도 갖고 있대."

대디가 그녀를 바라보며 눈을 끔뻑였다.

두 사람은 평생을 항공사에 몸담았기에, 승무원들이 의지할 수 있는 거라곤 언제나 동료들뿐이라는 사실을 잘 알았다. 항공사에서 동료는 가족이나 마찬가지였다. 그리고 가족은 절대 서로에게 등을 돌리는 법이 없었다.

빅 대디는 벌크헤드 옆을 꽉 움켜쥐고 몸을 지탱했다. 그리고 마치 앞쪽 바닥에 부연 설명이 펼쳐져 있기라도 하듯 바닥을 뚫어지게 내려다봤다.

"대디, 우리 이제 시간이 없어서—"

대디가 허리를 구부리며 욕설을 퍼부었다. 그러고는 다시 상체를 들어 올려 핏발 선 눈으로 조를 바라보았다.

"괜찮아." 빅 대디가 아주 낮은 목소리로 말했다. 조는 대디의 그런 목소리를 처음 들어봤다. "그래서 계획이 뭔데?"

조는 재빠르게 숨김없이 다 털어놓았다. 일단 대디가 조의 좌석에 앉아 있다가 비행기가 지상에 착륙하면 앞쪽에서 승객들의 대피 작업을 주도한다. 요시프는 조 대신 조종실 문 앞을 막는 역할을 맡고, 조는 키패드를 입력해서 조종실 안으로 들어간다는 계획이었다.

대디가 그녀를 유심히 바라보았다. "그다음에는 어쩌려고? 벤이 총을 가지고 있다며! 조, 우리 아까도 키패드 입력은 아예 선택지로 생각조차 안 했잖아. 우리가 선택하고 자시고 할 수 있는 게 아니니까. 어차피 조종사들이 중단시킬 텐데―"

"나도 알아!" 조가 양옆으로 주먹을 꽉 쥐었다. "그래도 시도는 해 봐야지. 조종실 안으로 들어가 보기는 해야지. 기장님을 도와줘야 하잖아. 아니면 벤을 멈추든지. 그것도 아니면 ……." 조는 승무원 좌석을 탁 내리쳤다. "제기랄, 대디. 일단 여기 앉아."

대디는 승무원 좌석에 앉아 벨트를 매면서 인터폰을 들고 뒤쪽에 전화를 걸었다. 그가 켈리에게 상황을 설명하는 동안 조는 문을 닫고 갤리 안의 수납함을 전부 뒤졌다. 길고 단단하며 끝이 둥근 빨간 플라스틱 막대가 그녀의 손에 잡혔다.

대디는 눈을 치뜨며 손으로 수화기의 스피커 부분을 막았다. "벤이 총을 갖고 있으니까 넌 얼음 깨기용 망치로 무장하려고?"

"대디, 너 혹시 몰래 가지고 탄 마체테 같은 거 없어?"

그동안 요시프는 조 옆에 조용히 서서 힘겹게 호흡을 하고 있었다. 두 사람은 첫 번째 공격에서 독성 물질에 큰 타격을 입었다. 대디 정도는 아니었지만 시간이 갈수록 그 영향이 점점 크게 나타나고 있었다.

조가 그의 팔에 손을 댔다. "구룰리 씨, 이제 때가 됐어요. 나랑 등을 대고 여기에 서요. 승객들 쪽을 바라보고요. 이유 가 뭐든 간에 당신을 뚫고 지나가려는 사람이 있으면 무조건 막아요. 기내에서 믿을 사람은 승무원뿐이에요, 알았죠?" 그 녀는 그의 팔을 꽉 잡았다.

요시프는 고개를 끄덕인 뒤 자신의 위치로 갔다. 그리고 키 가 더 커 보이도록 몸을 부풀리고 팔짱을 꼈다. 산만 한 덩치 의 요시프가 깊게 뿌리박힌 거목처럼 그 앞을 지키고 서자 문 이 절대 뚫리지 않을 것만 같았다. 요시프와 문, 거대한 벽 같 은 두 존재 사이에 서 있자니 조는 마치 폐소공포증이 느껴지 는 듯했다.

그녀는 화장실 왼편에 세로로 표시된 숫자들에 집중하며 심호흡을 했다. 눈을 감고 앞으로 일어날 일을 머릿속으로 다 시 그려 보았다.

일단 여섯 자리 숫자 코드를 누르고 기다리면 될 터였다. 그러면 누군가 출입을 시도하고 있다는 알람이 조종실 내에 울릴 것이고, 조종사에게 키패드 입력을 저지할 수 있는 45초 가 주어진다. 그때 출입을 막으면 조종실 문은 완전히 잠겨서 목적지에 도착할 때까지 열 수 없게 된다. 만일 조종사가 조 의 출입 시도를 막지 않으면 키패드 패널에 초록 불이 들어오고, 조에게는 문을 열 수 있는 5초가 주어진다. 그리고 5초가 지나면 문은 다시 잠긴다.

세 승무원은 사실 키패드 사용을 아예 생각조차 하지 않고 있었다. 벤이 위협적인 존재인지 몰랐기 때문도 있지만, 조종사들이 얼마든지 출입 시도를 저지할 수 있다는 게 주된 이유였다. 키패드 입력의 목적은 조종사들의 기능 상실, 즉 두 조종사 모두 의식을 잃은 경우에 대비하기 위함이었다. 그러나 그런 일이 일어날 가능성은 거의 없었다.

하지만 이제는 이게 그들에게 남은 유일한 방법이었다.

조는 눈을 크게 뜨고 키패드에 손을 올렸지만 쉽사리 번호를 누를 수 없었다. 망설임 때문에 손가락이 키패드 위에서 이리저리 방황하고 있었다.

조종실 문 너머에서 배신과 폭력으로 얼룩진 장면이 조를 기다리고 있을 터였다. 더군다나 벤은 총을 지녔다. 저 안에서 무슨 일이 벌어졌는지 도무지 알 길이 없었다. 어떤 장면을 마주하게 될지 상상도 가지 않았다. 그런데 지금 당장 무턱대고 안으로 밀고 들어가야 했다. 얼음 깨기용 망치를 들고서.

"조?"

그녀는 오른편 승무원 좌석에 앉은 빅 대디를 내려다봤다.

"겁먹어도 괜찮아."

조는 고개를 끄덕이고서 코드를 누르기 시작했다.

37

탕. 야구 방망이 소리.

파울 볼.

중견수 바비 아델슨이 풍선껌을 불며 자리에 섰다. 그는 가만히 서 있지 못하고 몇 걸음 왔다 갔다 하더니 이내 잔디를 걷어찼다.

집중해, 바비. 그냥 평범한 경기 중 하나일 뿐이야. 자, 아웃 하나만 더.

그러나 사실은 그렇지 않았다. 월드 시리즈 7차전이었다. 양키스가 2대 1로 앞서고 있었고, 9회 초였다. 다저스 주자는 만루고, 4번 타자가 타석에 들어온 상황이었다. 투 아웃에 투 볼 투 스트라이크였다. 양키스는 월드 챔피언이 되기까지 원 스트라이크만 남겨 놓은 상황이었다. 바비는 오랜 기간 선수

생활을 하면서도 월드 챔피언이 되는 영예는 단 한 번도 누리지 못했다. 유일하게 월드 시리즈와는 연이 닿지 않았다.

투수가 포수의 사인에 고개를 저었다. 다음 사인에는 고개를 끄덕였다. 그때, 바비의 시야 가장자리에서 어떤 움직임이 주의를 산만하게 했다.

집중해, 바비.

그런데 이번에는 다른 쪽에서 더 소란스러운 움직임이 감지되었다. 무언가 이상했다. 왼쪽 관객석을 바라보았다.

관중들이 자리를 뜨고 있었다. 오른쪽 관중석으로 고개를 돌려 보니 그쪽도 마찬가지였다. 사람들이 그냥 나가는 게 아니라 서로를 밀쳐대며 계단 위로 도망가고 있었다. 위층 관중석을 보니, 사람들이 우르르 내려와 스타디움 안으로 사라지는 모습이 눈에 들어왔다. 관중들의 웃음과 환호가 공포와 비명으로 빠르게 변해 갔다.

혼란에 빠진 외야수들을 보자 바비의 심장이 공포로 벌렁거렸다. 우익수가 바비의 앞을 가리키며 냅다 뛰기 시작했다. 양팀 선수 모두 마운드로 모여드는 걸 보고 바비도 따라 뛰었다.

사전에 녹음된 음성이 스피커에서 쩌렁쩌렁 울려 댔다.

"신사 숙녀 여러분, 진정하시길 바랍니다. 여러분의 안전을 위해 모두 양키 스타디움에서 대피하시길 바랍니다. 통로로 올라가거나 내려가서 가장 가까운 비상구, 또는 그다음으로 가까운 비상구를 찾으시길 바랍니다. 밖으로 나가신 분들은 경기장에서 최대한 멀리 떨어지십시오. 비상구 표지판과 계단을 따라가면 밖으로 나갈 수 있습니다. 에스컬레이터와 엘리베이터는 사용이 불가하니⋯⋯."

바비는 대형 스크린 쪽으로 몸을 돌린 채 뒤로 뛰면서 영상을 확인했다. 애니메이션으로 제작된 비상 대피 안내 영상이 스크린에 나오기 시작했다. 영상 속의 관중들은 안전 요원 캐릭터의 안내에 따라 움직이고 있었다.

바비가 마운드에 도착했을 때는 이미 주심이 설명을 마무리하는 중이었다. 클럽하우스를 거쳐 경기장을 빠져나간 뒤, 팀 버스로 가야 한다는 소리 같았다.

바비는 다저스의 유격수에게 몸을 돌려 작은 소리로 물었다. "무슨 일이야?"

"그 비행기요. 타깃이 이 스타디움인가 봐요."

바비의 눈이 휘둥그레졌다. 다들 416편에 대해 알고 있었다. 클럽하우스의 장비 담당자들은 코치에게, 코치들은 선수들에게 새로운 소식을 듣는 대로 알려 주었다. 소셜 미디어 세계에서 이런 큰 뉴스를 모르고 그냥 지나칠 리 없었다. 제아무리 월드 시리즈 경기를 치르는 중이라도 말이다.

온 사방에서 관중들이 서로 먼저 빠져나가려고 밀치고 난리였다. 스타디움의 통로마다 사람들이 빼곡하게 들어찼다.

몇몇 관중은 의자를 기어오르고 난간을 뛰어넘으며 계단을 올랐다. 좁은 출구는 꽉 막혀 버렸고, 널찍한 복도에서는 야비한 인간성이 여기저기서 목격되었다. 스타디움 밖 군중들의 상황은 또 얼마나 끔찍할지 바비는 그저 상상만 할 뿐이었다.

다저스 모자를 쓴 남자가 통로에 있는 사람들을 옆으로 밀치며 계단을 뛰어 올라갔다. 어떤 여자가 울고 있는 아이를 꽉 붙들고 그 남자의 앞에서 계단을 오르고 있었지만, 남자는 개의치 않고 두 사람을 밀어 버렸다. 아이와 엄마가 바닥으로 넘어지자 다른 남자가 다저스 모자를 쓴 남자의 뒷덜미를 잡아채 주먹으로 얼굴을 후려치기 시작했다. 또 다른 남자가 아이와 엄마를 도와주러 달려왔다.

바비는 최악의 인간성과 최고의 인간성을 동시에 목격하며 글러브를 빼서 팔 아래에 끼웠다. 모자를 바로 쓰고 관중석을 둘러보았다. 손에 잡힐 듯한 공포와 두려움이 바비마저 집어삼키던 그때, 한 노부부가 눈에 들어왔다.

노부부는 통로를 내려와 오히려 경기장 가까이로 이동 중이었다. 그들은 홈 팀 선수 대기석에서 다섯 줄 정도 위에 멈춰 서더니 관중석으로 들어갔다. 남편은 버려진 컵들과 포장지를 넘어가는 부인의 모습을 지켜보았다. 그들은 자리에 앉아 주위를 둘러보더니 새로운 자리에서 보이는 놀라운 광경에 정신이 팔린 듯했다. 원래 좌석과는 비교가 안 될 정도로 시야가 좋은 자리일 터였다. 나이 든 남자는 아내의 어깨를 팔로 감쌌고, 아내는 웃으며 입속으로 팝콘 하나를 쏙 집어넣었다. 그녀는 양키스 모자를 쓰고 있었는데, 그 모자는 양 팀의 그 어느 선수보다도 나이가 더 많은 것 같았다. 어쩌면 프런트 사무실 직원들의 나이보다도 많으리라. 남편의 오래된 글러브 역시 가죽이 닳을 대로 닳아 해져 있었다.

"자, 이제 움직입시다." 심판이 손뼉을 치며 말했다.

"잠깐만요!" 바비가 소리쳤다. 다들 그를 돌아봤다. 바비는 주장이었다. 그의 발언에는 힘이 있었다. "경기가 끝나려면 얼마나 남았죠?"

심판이 의아한 듯 그를 쳐다봤다. "5분에서 10분 정도요?"

바비가 머리를 흔들었다. "어차피 대피하기에 충분한 시간은 아니군요."

심판이 그를 보며 눈을 끔뻑였다.

"자, 보세요." 바비가 말했다. "이 경기는 월드 시리즈 7차전이고 9회 초죠? 그리고 양키 스타디움에, 테러 공격이라니? 이건 우연이 아닙니다. 운명이라고요." 그가 주변의 난리 통을 둘러보았다.

"지금 이게 우리 운명이길 바란다는 거예요?" 스타디움에서 선수들은 서로를 쳐다봤다. 바비가 짓궂게 미소 지었다.

"너희는 어떨지 모르겠지만, 난 언제나 스릴을 좋아했거든."

38

적막을 깨트리는 경보음에 두 조종사는 움찔했다. 그리고 둘의 눈이 마주쳤다. 평소에는 좀처럼 들을 수 없는 알람 소리에 순간적으로 행동을 개시했다.

두 사람 모두 좌석벨트를 풀고 조종석 쪽으로 잽싸게 움직였다.

벤이 빌의 좌석벨트 바로 오른쪽 밑에 있는 토글 스위치로 왼손을 뻗자, 두 사람의 손이 중앙 콘솔에서 부딪혔다. 키패드 출입 시도를 막을 수 있는 유일한 수단이 바로 저 토글 스위치였다. 만약 벤이 스위치를 아래로 내리는 데 성공하면, 전자동 막대가 조종실 문의 상단, 중간 그리고 하단에 있는 세 개의 스프링식 잠금장치 안쪽으로 미끄러져 들어가 빗장을 걸 것이다.

기체가 오른쪽으로 기울어진 듯해서 빌은 재빨리 AP1 버튼을 탁 쳤다. 시끄러운 차임벨이 세 번 울리며 비행기가 자동 조종 모드로 변경됐다는 걸 알렸다. 빌은 한 손으로 어떻게든 벤의 총을 잡으려고 낑낑댔고, 다른 한 손으로는 벤의 손이 토글 스위치로 오지 못하게 막았다. 빌은 큰 키를 이용해 벤을 몸으로 짓눌렀지만, 벤은 빌보다 더 젊고 힘이 셌다.

결국 빌은 총을 뺏는 것을 포기하는 대신, 벤의 목을 공격했다. 조종실의 다른 버튼이 눌리지 않도록 주의하며 중앙 콘솔의 가장자리에 발을 올리고 서서 벤의 목을 내리눌렀다. 살짝 다리 힘이 풀린 벤이 황급히 발을 움직였다. 부기장의 얼굴이 서서히 연한 보랏빛으로 물들어 갈 때, 빌은 자신의 등에 위쪽 패널의 버튼들이 스치는 걸 느끼고 상체를 더 숙였다.

키패드 출입을 저지할 수 있는 시간은 45초였다. 빌은 문이 열리기 전에 반드시 자신이 우위를 선점해야 한다는 결의를 다지며 시간이 얼마나 지났을지 궁금해했다.

벤의 얼굴은 이제 퍼렇게 질렸고 눈도 촉촉하게 젖어 있었다. 힘이 빠지면서 손가락에서 총이 조금씩 빠져나가는 게 보였다. 그때, 벤이 빌의 머리 옆쪽에 필사의 일격을 가했다. 빌은 콘솔에서 발이 미끄러지면서 그대로 중심을 잃고 조종 장치 위로 떨어졌다.

벤이 거칠게 숨을 몰아쉬며 대시보드 앞에 등을 기댔다. 빌은 버튼이나 레버를 실수로 누르거나 움직이게 했다가는 또 다른 위기가 발생할 수 있음을 알기에 조심히 자리에서 일어났다. 빌은 벤 또한 그 부분을 조심하고 있음을 알았다. 부기장이 총을 쏘지 않는 이유는 그뿐이었다. 빗나간 총알이 기기를 망가뜨릴 수도 있으니까. 설상가상으로 기체에 구멍이라도 뚫리면 감압에 문제를 일으킬 수도 있었다. 벤은 분명 비행기 추락을 바랐다. 단, 그 추락은 그가 원하는 방식대로여야만 했다.

다시 움직일 수 있을 정도로 회복되자 벤이 토글 스위치로 다가갔다. 그 순간 빌은 기장석으로 손을 뻗어 그에게 남은 유일한 도구를 손으로 감싸 쥐었다. 비행 내내 무릎 위에 놓아둔 펜을 움켜쥐고 뒤로 휙 돌아서 크게 휘둘렀다.

툭 불거진 벤의 눈이 느릿하게 껌벅였다. 그의 손이 자신의 목 옆에 꽂힌 펜으로 서서히 올라갔다. 피가 목 아래로 쏟아지며 하얀 유니폼을 진홍색으로 물들였다. 벤은 멍한 상태로 조종실을 슥 둘러본 다음, 다른 손에 쥐고 있는 무기에 온 정신을 집중했다. 그러고는 빌에게 총을 겨누었다. 방아쇠를 당긴 순간, 벤의 검은 눈동자는 이미 뒤로 넘어가고 있었다.

총소리에 빅 대디는 몸을 휙 수그렸고 조는 산소마스크를 와락 움켜잡았다. 재빠르게 어깨 너머를 흘긋 본 요시프는 다시 기내 쪽으로 고개를 돌려 초조한 얼굴로 양옆을 훑어보았다. 비행기 승무원들은 공연히 귀만 기울이고 있었다. 조종실에서 더 이상 다른 소리는 들리지 않았다.

조는 산소통 끈을 고쳐 메고 조종실 문 앞 한가운데에 섰다. 우리에 갇힌 야생동물처럼 심장이 가슴팍을 쿵쿵 쳐 댔다. 초록 불이 들어와 잠금장치가 풀릴 때를 대비해 오른손에 얼음 망치를 들었다. 그리고 왼발을 앞으로 내밀고 뒤쪽 다리에는 온 힘을 싣고서, 쏘아진 화살처럼 문으로 달려들 준비를 했다. 만약 불이 들어오고 잠금장치가 풀리기만 하면.

"키패드 출입을 저지할 수 있는 시간이 얼마나 되지?" 대디가 물었다. "30초?"

"45초."

"이런 세상에." 그의 입이 마스크 안에서 움직였다.

그때, 아래쪽에서 무언가가 조의 시선을 사로잡았다. 바닥을 내려다봤다.

가는 핏줄기가 조종실 문 틈새로 흘러나오고 있었다.

"상공에 누가 있지?"

한 지휘관이 설리번 중장 앞으로 종이 한 장을 슬그머니 내밀었다. 더스티는 뒤로 물러나서 책상에 헤드폰을 던졌다. 그리고 사무실 반대편으로 걸어가 조지와 다른 관제사들 옆에

서서 관제탑이 군사 지휘본부로 바뀌는 광경을 지켜보았다.

"팅크, 레드우드, 피치스, 스위치블레이드."

설리번 중장이 레이더를 보고 미간을 찌푸리며 버튼을 눌렀다.

"팅크, 조종실 내부 좀 살펴봐."

"알겠습니다." 그 지시가 관제탑 전체에 울려 퍼졌다.

빌의 팔에 맹렬한 통증이 불길처럼 치솟았다. 총알이 오른쪽 어깨를 뚫고 들어가 등까지 관통했다. 대시보드를 붙잡고 서 있는데, 몸이 쇼크 상태의 초기 단계로 접어들면서 시야가 흐릿해졌다.

벤의 몸뚱이는 중앙 콘솔 위로 푹 쓰러져 있었다. 빌은 이를 악물고 몸을 숙여 벤을 조종 장치에서 밀어내려 했다. 하지만 멍해진 머리에 현기증까지 일자 이런 가장 기본적인 행동조차 할 수 없었다. 자칫 이대로 기절할까 봐 일단 자리에 주저앉았다. 부상당한 부위를 꽉 잡고 손을 뒤로 넘겨 더듬거리다가 어깨가 피로 범벅이 된 것을 깨달았다.

피를 멈춰야 했다. 비행기를 착륙시켜야 했다. 해야 할 일이 너무도 많았다. 그런데 그의 몸뚱이가 그를 배신했다.

머리가 깃털처럼 가벼워지면서 앞으로 기울더니 바닥으로 고꾸라졌다. 의식을 잃던 순간, 마지막으로 빌의 시야에 들어

온 것은 비행기 옆에 따라붙은 전투기였다.

"어…… 사령관님,"
관제탑 전체가 팅크의 보고를 기다렸다.
"조종실 내부가 비어 있습니다. 아무도 보이지 않습니다."

키패드에 초록 불이 들어왔다. 조종실이 열렸다.

조는 힘주어 문을 밀었다. 문의 금속 잠금장치를 열린 상태로 유지해 주는 자석이 제대로 작동하고 있었다. 그녀는 눈을 크게 뜨고 마음을 다잡으며 잠시 기다렸다.

아무 일도 벌어지지 않았다.

조심스레 조종실 안으로 들어갔더니 비행기의 왼쪽 바깥에서 어떤 움직임이 감지됐다. 반사적으로 얼음 망치를 들어 올리는데 전투기 앞부분이 비행기 뒤로 사라지는 모습이 보였다.

이런 제길.

조는 고개를 숙여 눈앞의 광경을 살펴보았다.

벤이 얼굴을 바닥 쪽으로 파묻고 피를 철철 흘리며 중앙 콘솔 위에 쓰러져 있었다. 그의 손이 뻗어진 바닥에는 총이 놓여 있었다. 조는 총을 발로 차서 벤에게서 멀리 떼어 놓았다.

그러고는 벤의 어깨와 허리 밑에 손을 넣고 힘껏 밀어서 그를 바닥으로 떨어뜨렸다. 그의 몸뚱이가 부기장 좌석의 발판 쪽으로 굴러 들어갔다. 벤을 뒤집어 눕히던 조는 손에 쥐고 있던 얼음 망치를 높이 들어 올렸다. 하지만 이내 그럴 필요가 없다는 것을 깨달았다. 벤의 몸이 목부터 벨트 부위까지 온통 피로 젖어 있었다. 조는 그의 목 옆으로 삐쭉 튀어나온 무언가를 발견했다. 조금 더 자세히 보려고 몸을 앞으로 기울였으나, 피와 살점으로 뒤범벅이 된 상태라 그것이 정확히 무엇인지는 알아보기 어려웠다.

조는 손에서 망치를 툭 떨어뜨리고 왼쪽 좌석으로 몸을 돌렸다.

빌이 조종석 밑 발판 쪽에 웅크리고 있었다. 미동도 없이. 조는 허둥지둥 무릎을 꿇고 조종석을 넘어 그녀의 기장에게 기어갔다.

빌의 이름을 울부짖으며 그를 돌려 눕히려 했다. 바닥에 피가 흥건했다. 동시에 빌의 등이 오르락내리락하며 숨을 쉬는 것도 보였다. 조는 빌의 이름을 더 크게 외치며 그의 정신이 돌아오게 하려고 안간힘을 썼다. 계속해서 그의 이름을 소리치고 몸을 흔들어 봤지만 묵묵부답이었다. 엎드려 있는 그의 뺨을 때리기가 어려워서 팔을 꼬집었다. 세게. 빌의 입술 밖으로 희미한 신음 소리가 흘러나왔다. 조가 악을 쓰며 빌의 이름을 한 번 더 부르자 그의 눈꺼풀이 파르르 떨리며 눈이 떠졌다. 빌은 점점 의식을 되찾고 있었다. 조는 자리를 옮겨서 그를 제대로 앉히기 위해 몸부림쳤다. 빌의 덩치는 그녀의 두 배였지만, 폭발하는 아드레날린의 도움으로 어떻게든 그를 옮길 수 있었다. 둘이 힘을 합쳐서, 사실 조가 거의 다 하긴 했지만, 어쨌든 빌이 다시 기장석으로 돌아왔다.

"빌, 아직 안 끝났어." 조가 다그쳤다. "지금부터 내가 뭘 해야 하는지 말해 봐."

팅크가 계속 속도를 줄이자 416편이 앞으로 나아갔다.

이어폰에 지시가 전달되었다. "각자 발사 위치로 이동하라. 다음 지시가 내려올 때까지 대기한다."

"알겠습니다." 팅크가 말했다.

비행기 문에 달린 둥근 창이 너무 작아서 내부가 제대로 보이질 않았다. 그러나 꼬리 쪽의 승객용 창으로는 내부를 볼 수 있었다. 그 순간, 갑작스레 무언가가 울컥 치밀어 올랐다.

보랏빛 기내 조명 속에서 산소마스크를 쓴 승객들이 창문에 얼굴을 대고 그녀를 바라보고 있었다. 비행기 앞쪽 근처에 있는 한 남자는 노란 산소마스크 위로 안경이 미끄러지자 다시 밀어 올렸다. 몇 줄 뒤의 나이 든 여자는 구겨진 휴지를 손바닥에 쥔 채 창문에 손을 대고 있었다. 그 바로 뒷줄에는 작은 아이가 창밖을 내다보려 애쓰고 있었다. 아이는 고개를 들고 창가를 기웃거렸지만 아이의 산소마스크 윗부분만 겨우 창문으로 모습을 드러낼 뿐이었다.

전쟁 중 민간인과 관련된 문제는 언제나 그녀를 벗어나기 힘든 딜레마에 빠트렸다. 전쟁 지역은 군인들을 위한 공간이어야만 했고, 어느 누구도 그곳을 침범하면 안 됐다. 그녀는 수많은 밤을 땀에 흠뻑 젖은 채 깨어나곤 했다. 어린아이, 나이 든 노인들의 눈동자가 꿈속에서 그녀를 쫓았다.

하지만 이곳은 전쟁 지역조차 아니었다. 저 비행기는 그저 무고한 사람들이 목적지에 가기 위해 탑승한 비행기였다. 이곳에는 자신이 설 자리가 없었다. 일을 시작하고 나서 처음으로 망설여졌다.

비행기의 마지막 줄을 막 지나가는데 종이 한 장이 창문에 붙어 있었다. 종이에는 큰 글씨로 이렇게 휘갈겨져 있었다.

도와주세요.

39

테오는 무리에서 벗어나 휴대폰을 확인한 후 캐리를 불렀다.

캐리의 가족과 카메라 스태프들은 모두 방송국 승합차 주위에 다닥다닥 모여 내부 스크린에서 나오는 방송 보도에 집중하고 있었다. 이웃 몇몇이 밖으로 나와 물과 먹을 것을 가져다주었지만 아무도 먹으려 하지 않았다. 다들 멍한 상태로 빙 둘러서서 동쪽에서 무슨 일이 벌어지고 있는지 무력하게 지켜보았다.

캐리가 승합차에서 벗어나 테오를 따라갔다. 그가 목소리를 낮췄다.

"416편이 항로를 벗어났어요. 방향을 틀었대요."

캐리는 우두커니 그를 응시했다. "어떻게—"

"루소가 저한테 문자를 보냈어요. 워싱턴은 미끼였어요.

진짜 타깃은 양키 스타디움이래요."

캐리는 고개를 돌려 허공을 바라보았다. 마치 그의 말을 알아듣지 못한 것처럼. 그때 테오의 휴대폰이 진동했다.

그는 문자를 두 번 읽은 후 눈을 감고 한숨을 내쉬었다. 어떤 문자인지 캐리에게 말하고 싶지 않았지만 말해 주길 기다리는 그녀의 눈빛을 견뎌 낼 수가 없었다.

"말해 주세요. 제발요." 조금 뒤 캐리가 먼저 입을 열었다. "지금보다 더 나빠질 순 없잖아요, 안 그래요?"

테오는 눈을 꼭 감고서 F-16 중 한 대가 조종실 내부를 들여다봤는데 아무도 보이지 않았다는 내용을 전달했다. 전투기 조종사의 말에 의하면, 비행기를 조종하는 사람이 없었다는 내용도 함께.

캐리는 아무 말도 하지 않았다. 테오의 귀에 그녀의 훌쩍임이 들렸다.

"엄마?" 스콧이었다. 테오는 감은 눈을 뜨고 아이가 다가오는 모습을 보았다. 아이는 여동생을 팔에 안고 있었다.

두 아이를 보고 있자니 테오는 가슴이 무너지는 것 같았다. 캐리는 아이들에게서 등을 돌린 뒤 서둘러 눈물을 훔쳤다. 그리고 다시 돌아서서 아이들을 마주했다. 고통으로 일그러진 얼굴에 옅은 미소를 지으며 아들의 눈가에 붙은 머리칼을 빗어 넘기고 아이의 품에서 아기를 데리고 왔다. 그녀는 아들의 손을 잡고 방송국 승합차로 함께 걸어갔다.

레이더 화면에 떠 있는 비콘이 점점 더 공항에서 멀어지며 브롱크스 방향으로 뻗어 갔다. 관제탑 내부에서 들리는 소리라고는 간혹 조종실과의 교신을 시도하는 송신음뿐이었다. 그러나 그 송신음은 사실 아무런 희망이 없는 공허한 소리에 불과했다. 그 누구도 416편과의 교신을 기대하지 않았다.

설리번 중장이 버튼을 누르고 단호하게 말했다.

"대통령님, 이제 시간이 없습니다. 결정을 내리셔야 합니다."

불이 환해졌다. 잔디는 더 푸르러졌다. 공기는 한결 시원해졌다. 소음은 더 선명해졌다. 바비에게는, 스타디움에서 느끼는 모든 감각이 한층 풍성해진 것 같았다.

경기장에서 그를 비롯한 다른 선수들이 글러브를 탁탁 치며 준비 자세를 취했다. 타자가 야구 방망이로 신발 안쪽을 톡톡 두드리는 동안 다른 선수들은 경기장 바닥에 침을 뱉기도 했다. 드디어 타자가 숨을 깊게 내쉬고 경기장 안으로 들어가 신발 바닥을 땅에 문지르며 자리를 잡았다.

투구—패스트볼, 바깥쪽.

타자가 공을 세게 쳤지만, 파울이었다. 그는 무릎을 꿇었다. 바비는 타자가 얼마나 간절히 그 공을 치고 싶었을지 잘 알았다. 왜냐하면 바비 또한 간절히 바라는 것이 있었으니까. 이제 더는 평범한 월드 시리즈 경기가 아니었다. 완전히 다른 무언가가 되었다. 타자는 유니폼을 치켜올리고 헬멧을 몇 번 들썩이며 경기장 밖으로 나갔다.

관중들은 여전히 비상구로 가기 위해 경기장 곳곳에서 서로를 밀치며 대피하고 있었다. 부모들은 아이들을 품에 안았고, 연인들은 서로의 손을 꼭 잡고 있었다. 비상구는 아직도 꽉 막혀 있었고 계단 역시 사람들로 가득했다.

그때 바비의 왼편 위층 관중석에서 새된 비명이 들렸다. 어떤 여자가 계단 아래로 굴러떨어지고 있었다. 그녀의 몸이 구르는 속도가 점점 더 빨라지더니 통제할 수 없을 정도가 되었다. 멈출 기미를 보이지 않는 몸이 끝내 관중석 하단의 안전 울타리까지 다다르자 바비는 숨을 헉 들이켰다. 그 순간 야구 경기는 세상에서 가장 하찮은 것이 되어 버렸다. 그런데 그때 어떤 덩치 큰 남자가 울타리 앞에 두 다리를 박고 서더니 여자가 30미터 밑 바닥으로 추락하기 직전에 그녀를 잡아챘다.

경기장 아래쪽 본루 주변으로 몰려들었던 선수들은 겨우 안심하고 다시 베이스라인을 따라 흩어졌다. 다저스의 파란색 유니폼이 양키스의 줄무늬 유니폼 사이로 지나갔다. 그리고 선수들이 각자의 자리로 돌아가자 관중들이 하나둘 그들을 따라 행동하기 시작했다. 사전에 논의한 것도, 계획한 것도 아니었지만 모두 한뜻이 되었다.

선수들이 공을 던질 때마다 관중들은 환호하며 소리를 지르거나 야유하면서 모자를 돌려 쓰고 비아냥댔다. 어떤 덩치 큰 남자가 주인 없는 매점에서 맥주 여섯 캔을 훔쳐 가슴팍에 안고 서둘러 자리로 돌아왔다. 그의 친구들은 그를 영웅이라 칭송했고 곧바로 자기들끼리 맥주를 나누면서 허접한 환호성을 질러 댔다.

스타디움의 전자식 스코어보드의 아주 작은 부분에만 경기 점수가 표시됐고, 나머지 거대한 스크린에서는 그들의 새로운 유토피아 밖에서 벌어지고 있는 일에 관한 뉴스가 계속 방송됐다. 대통령에게 공개적으로 간청하는 캐리 호프만. JFK 활주로 측면에 배치된 긴급 구조대. 밤하늘을 가리키고 있는 기자들. 산소마스크를 쓴 승객들. 그리고 경기장 안의 카메라가 월드 시리즈 7차전을 직관할 만큼 운 좋은 사람들을, 아직 경기장에 남아 있는 그 사람들의 얼굴을 비춰 줬다.

드디어 야구 방망이가 공을 탕 때리는 소리가 나더니 공이 왼쪽 중앙으로 날아갔다.

외야수들이 공을 쫓아가고 좌익수도 그 간격을 메우려 뒤쪽으로 달려갔다. 하지만 바비가 좌익수에게 손을 저었다. 바비의 눈은 끝까지 공에 고정된 상태였다. 그리고 바비가 벽에 다다랐을 때, 그는 불가능에 도전하기 위해 두 발로 있는 힘껏 뛰어올랐다.

바닥으로 떨어진 바비는 글러브를 허공에 들어 올린 뒤 천천히 폈다. 그의 얼굴에 놀라움이 엷게 번져 갔다. 강력한 공에 맞은 충격으로 손이 아직도 얼얼했다.

세 번째 아웃이었다. 경기 끝. 양키스가 월드 시리즈에서 우승했다.

아무도 움직이지 않았다. 선수들도, 관중들도. 다들 경기장 한가운데만 응시하고 있을 뿐이었다.

그리고 승리의 나팔 소리가 울려 퍼지자, 스피커에서 북소리가 흘러나왔다.

"이 소식을 전해 주세요……."

바비는 글러브에 공을 쥔 채 벽에 기대어 서 있었다. 2루까지 가는 것을 실패한 타자가 외야를 응시했다. 바비도 그를 마주 바라봤다. 잠시 뒤, 경기에서 진 주자가 돌아서서 승리한 팀 투수 쪽으로 걸어갔다. 경기장 전체에서 움직이고 있는 사람은 오로지 그뿐이었다. 프랭크 시나트라 외에는 어느 누구도 소리조차 내지 않았다.

타자가 마운드의 투수 앞에 멈춰 섰다. 앞으로 손을 뻗어 투수의 어깨를 움켜잡더니 자기 쪽으로 끌어당겨 글러브가 벗겨질 정도로 꽉 껴안았다. 투수도 손마디가 하얗게 될 정도로 타자의 등을 꽉 움켜쥐었다. 바비와 다른 외야수들이 중앙으로 달려갔을 때 선수 대기석은 이미 텅 비어 있었다. 다이아몬드 모양 경기장 한가운데에서 타자와 투수가 서로를 부둥켜안고 있었다. 다른 선수들도 서로서로 끌어안았다. 대부분 눈물을 흘렸다. 선수들은 모자를 잡고 관중들에게 인사를 했다.

올 블루 아이즈*가 양키스의, 그 도시의 상징적인 노래를 부르는 동안, 경기장의 모든 사람들이 선수와 관중 너 나 할 것 없이 서로에게 손을 내밀었다. 그리고 서로를 껴안으며 대피하지 않고 머물기로 한 자신들의 결정을 자랑스러워했다.

조종실에서 조는 비행기의 전면 유리 앞으로 점점 더 가까워지는 건물들을 보지 않으려 애썼다. 모든 것이 흔들리고 떨렸다.

빌은 격렬한 통증에 맞서며 몸을 앞으로 기울이고 사이드 스틱을 꽉 잡았다. 그의 손은 피범벅이었다.

숨을 들이마시고 아래쪽 버튼을 눌렀다.

관제탑 전체에 공개된 통신 회선이 계속 웅웅거렸다. 보통

---

* Ol' Blue Eyes, 미국의 전설적인 가수이자 배우인 프랭크 시나트라의 별명이다. 양키스는 홈 경기에서 승리하면 그가 부른 'New York, New York'을 튼다.

항공기와 교신할 때 나는 치직치직 소리가 아니라 첨단 기술로 인한 소음이었다. 중장이 백악관에, 즉 대통령에게 보낸 통신 내용을 모두 함께 듣고 있었다. 416편에 대한 결정을 기다리는 동안 아무도 움직이거나 말하지 않았다.

대통령이 목을 가다듬었다. 이제 결정을 내린 것 같았다.

프랭크 시나트라의 마지막 음이 메아리가 되어 허공에 잠시 머물러 있다가 침묵 속으로 사라졌다. 다들 하늘을 올려다보며 기다리고 기도했다.

저 멀리서 들려오는 웅웅 소리가 점점 커졌다.

선수들과 관중들은 순간 다리를 움찔할 만큼 두려움이 엄습했지만 다들 자신의 자리를 그대로 지켰다.

비행기가 다가오는 소리였다. 더는 부정할 수 없었다.

"좋습니다." 대통령이 입을 열었다. "저는—"

그 순간 치직치직 시끄러운 잡음이 대통령의 발언을 중단시켰다. 누군가 거친 숨을 몰아쉬고 있었다. 희미한 목소리가 그 순간을 집어삼켰다.

"호프만 기장이다. 현재 조종 중이다."

40

　비행기가 관중들의 머리 위로 바람을 휘몰아치며 양키 스타디움의 하늘을 가로질러 갔다. 모두 고개를 홱 숙였다. 비행기의 화물칸이 사람들의 머리 바로 위를 스치듯 지나갔다. 비행기는 날개를 양옆으로 마구 흔들며 저공비행을 하고 있었다. 비행기 꼬리가 스타디움 가장자리를 지나가고 나서야 관중들은 비행기가 추락하지 않으리란 걸 알게 되었다.

　관중이 꽉 들어찼을 때보다 더 큰 환희가 스타디움에서 터져 나왔다. F-16 네 대가 나타나 비행기를 따라갔다. 그 소음에 경기장 전체가 흔들렸다.

　그들은 안전했다.

　"반복한다! 공격하지 않는다! 호위만 한다!" 설리번 중장이 마이크에 대고 고함쳤다. "대기하라. 비행기에 기회를 준다."

축하할 시간이 없었다. 관제사들은 아직 해야 할 일이 남아 있었다.

"저리 비키라고, 군인 아저씨!" 더스티는 헤드폰을 거의 부러뜨릴 기세로 급하게 썼다. "코스탈 416! 돌아온 걸 환영한다! 착륙 준비 완료."

이웃들이 하이파이브를 하며 서로의 등을 토닥이는 동안 CNB 카메라맨들도 서로를 얼싸안았다. 캐리는 안도감에 다리 힘이 풀려 털썩 주저앉았고, 테오는 그녀가 넘어지기 전에 그녀를 가까스로 붙잡아 주었다. 캐리는 눈에 눈물을 머금은 채 위아래로 콩콩 뛰고 있는 스콧에게 미소를 지었다.

"아빠!" 스콧이 소리를 질렀지만 아이의 목소리는 축제와 같은 그곳의 소음에 묻혀 버렸다.

빌은 최대한 세게 사이드 스틱을 뒤로 당겼다. 비행기가 거의 수직으로 방향을 바꾸자 검은 하늘이 창문을 가득 메웠다. 조는 뒤로 넘어지면서 열린 문에 쿵 부딪혔다. 급격한 방향 전환에 기내의 승객들이 비명을 질렀다. 조는 바닥에서 일어나 얼굴에 쓴 산소마스크를 뜯어 던지고 벤의 몸 위에 있는 산소통도 던졌다.

그녀가 문밖을 향해 소리쳤다. "대디! 요시프를 자리에 앉혀! 꽉 잡아!"

그리고 다시 빌에게 몸을 돌려 부상 부위를 살폈다. 빌의 팔 전체가 피로 축축하게 젖어 있었다. 조는 드디어 출혈 부위를 찾아냈다. 오른쪽 어깨뼈였다. 조종실을 둘러보다가 옷걸이에서 빌의 유니폼 코트를 끄집어 내렸다. 그리고 코트를 단단하게 공처럼 말아 부상당한 위치에 세게 누르고, 다른 손으로는 어깨를 당겨 가며 계속 압박했다. 빌이 고통에 울부짖었다. 그 바람에 사이드 스틱이 확 당겨졌고 기체가 오른쪽으로 기울었다.

"알아, 알아. 많이 힘들지. 내가 도울게." 조가 말했다. "뭘 하면 될지 알려 줘."

빌은 힘없는 목소리로 말했다. "내 오른손 역할을 해 줘."

관제탑에서는 다들 레이더 화면의 비콘을 지켜보고 있었다. 비콘은 돌고 또 돌면서 명백하게 동쪽으로 기울어졌다. 코스탈 416은 JFK로 향하고 있었다. 조지가 더스티의 등을 툭 쳤을 때 온몸에 따끈한 안도감이 퍼졌다. 옆에 있던 관제사들도 안도의 한숨을 내쉬며 의자로 털썩 주저앉았다.

밖에서는 긴급 구조대의 번쩍이는 불빛이 전달받은 위치로 이동하기 시작했다.

"코스탈, 31R로 착륙 허가한다." 더스티가 마이크에 대고 말했다. "직접 접근 유지한다." 그리고 사이드바를 풀고 조지에게 말했다. "31R로 착륙 허가했는데 416이 22L 방향으로 조종하기 시작했습니다. 활주로를 바꿀까요?"

조지는 생각에 잠겼다. "아니, 그러지 말자. 기존 비행 조종 계획에는 31R로 들어오는 걸로 돼 있어. 최대한 단순하게 가자. 물론 기장이 원하는 대로 할 거지만."

빌은 조에게 조종실 내의 보조 좌석을 해제시키는 방법을 알려 주었다. 조는 딸깍 소리가 날 때까지 좌석을 잡아당겼다. 좌석벨트를 최대한 느슨하게 당긴 다음 버클을 조이고 가능한 한 좌석 앞쪽, 의자 끄트머리에 걸터앉았다. 그녀는 이제 앞 유리창으로 도시 한복판이 내려다보이는 조종석 바로 뒷자리에 앉아 있었다. 피가 스며든 빌의 유니폼 코트를 누르며 다시 압박을 가했다. 조는 빌이 기절할까 봐 두려웠다.

"자," 그녀가 말했다. "그다음엔 어떻게 해?"

"속도." 빌이 대시보드 쪽으로 고갯짓을 했다. "더 낮춰야해. 다이얼에 '마하'라고 쓰여 있어. 숫자 1.30이 보일 때까지 그걸 시계 반대 방향으로 돌려."

조는 몸을 앞쪽으로 기울여 여러 디스플레이들을 살폈다. "이거?"

빌이 얼굴을 찡그린 채 고개를 끄덕였다.

다이얼을 돌리며 숫자가 내려가는 걸 지켜보았다. 숫자가 1.30에서 멈췄다.

"이제 당겨."

조는 다이얼을 당겼다. 곧바로 비행기 속도가 줄어드는 게 느껴졌다. "이제 어떻게 해?"

빌이 내비게이션 화면을 바라보더니 창밖을 흘긋 쳐다봤다.

"랜딩 기어. 오른쪽에. 레버 보여? 아니, 그 아래. 디스플레이 서너 개 아래를 봐 봐." 그는 직접 손으로 가리키려 했으나 오른팔이 말을 듣지 않았다. "아니, 아니. 그래! 그거야. 그걸 아래로 내려."

기체가 부르르 흔들렸다. 비행기 밑에서 랜딩 기어가 나와 천천히 자리를 잡아 가고 있었다.

강하율 10,000.

조는 쩌렁쩌렁한 자동 기계 장치 소리에 놀라 자빠질 뻔했다. 완전히 밀폐된 조종실 안에서 울린 그런 알람 소리는 일등석 기내 너머로 흘러나온 적이 단 한 번도 없었다.

"됐어, 착륙 장치 위에—" 갑자기 빌이 앞으로 푹 고꾸라졌다.

"안 돼!" 조가 그를 뒤로 당기며 소리를 질렀다. 그리고 너무 세게 때려서 빌이 다시 기절하지 않을까 걱정될 정도로 그의 뺨을 세차게 때렸다. "일어나, 빌. 정신 차려!"

빌이 천천히 눈을 뜨고 혼란스러운 듯 조종실을 둘러보았다. 머리를 흔들며 눈을 떴다 감았다. 그는 점점 약해지는 목소리로 말했다.

"자동 브레이크. 랜딩 기어 위에. 거기. 'MED'라고 써진 거 밑에 버튼 눌러."

조가 버튼을 눌렀더니 용수철이 내장된 버튼이 다시 튀어나왔다. 그 아래에 'ON'이라는 파란 글씨가 나타났다.

빌은 내비게이션 화면을 보고 나서 다시 한번 창밖을 내다봤다. 조도 그의 시선을 따라갔다.

JFK의 활주로 조명이 깜빡였다.

드디어 공항이 눈앞에 보였다.

공항에 접근 중이던 416편이 드디어 시야에 들어왔다. 비행기가 활주로를 향해 비틀거리며 하강하자 관제탑 전체에 환호성이 터져 나왔다.

매초마다 비행기의 불빛이 점점 밝아졌다. ETA*는 1분 후. 모두들 망원경을 들고 비행기의 상태를 확인하려 했다. 랜딩 기어가 모습을 드러내면서 타이어가 기체 아래로 뻗어 나왔다.

비행기는 급격하게 오른쪽으로 기울었다가 다시 왼쪽으로

---

* 도착 예정 시간

기울어지기를 반복했다. 바람이 꽤 부는 밤이긴 했지만, 저런 이상한 움직임이 나타난 건 바람 때문이 아니리라.

더스티는 레이더를 쓰윽 훑어 416편의 하강 속도를 확인했다. 145 노트*. 빨랐다. 비행기의 크기와 무게, 현재 고도치고는 너무 빨랐다. 그렇다고 말도 안 되게 빠른 건 아니었다. 착륙하는 데 시간이 꽤 필요할 것 같았다.

"워워, 이봐." 더스티가 중얼댔다. "플랩** 펴라고, 플랩."

조종실에 더스티의 목소리가 들리기라도 한 듯 그의 바람대로 비행기 날개 뒷부분으로 금속 널판이 뻗어져 나왔다. 항력이 높아지면서 기체의 속도가 충분히 줄어들었고, 드디어 비행기가 활주로와 일직선상에 놓이게 되었다. JFK는 착륙하기 어려운 공항은 아니었지만 활주로 너머에 비어 있는 여유 공간이 많지는 않은 곳이었다. 특히 31R 서쪽은 활주로 끝단이 격납고와 호텔, 도로로 이어졌다.

길게 착륙을 해야만 하는데, 짧게 착륙할 수밖에 없는 상황이었다.

조는 빌의 지시를 따르며 눈도 깜빡이지 않고 기존의 비행

---

* 시속 약 270킬로미터

** 비행기 주날개의 앞쪽 또는 뒤쪽에 장착된 판으로, 위아래로 움직이며 양력을 높이기 위해 사용된다.

경로를 보여 주는 화면의 인공 수평선을 지켜보았다. 빌의 손에서 사이드 스틱이 이리저리 흔들렸고 그에 맞춰 화면 속 비행기 방향이 움직이는 게 보였다.

500.

조가 속도를 흘긋 쳐다봤다. "플랩 한 번 더 움직여?"

그가 고개를 끄덕이자 그녀는 플랩 레버를 아래로 당겼다. 찰카닥하며 한 단계 내려갔다.

"이제," 빌이 말했다. "중앙에 있는 레버 두 개 보여? 하얗게 표시된 휠들 사이에 있는 큰 거."

"이거?" 그녀의 손이 서성였다.

빌이 끄덕했다. "그게 추력 레버야. 그 위에 손 올리고 내가 얘기할 때까지 그대로 있어. 지상에 도착하면 말할게. 그때 그걸 뒤로 당겨야 해. 당신 쪽으로. 처음에는 천천히 당기다가 내가 말하면 완전히 아래로 당겨."

"완전히. 응, 알겠어."

비행기는 앞부분부터 떨어지고 있었다. 일반적으로 안정감 있게 바퀴 먼저 닿도록 하는 하강방식과 달라도 너무 달랐다. 불규칙하게 이리저리 요동치는 비행기의 움직임을 관제사들은 숨죽이고 지켜보았다.

비행기는 도착까지 15초 정도 걸리는 거리에 있었다. 이제 쌍안경으로 조종실을 볼 수 있었다.

빌. 조. 비어 있는 부기장 자리.

착륙까지 이제 10초가 남았다.

관제탑에 있는 그 누구도 숨을 쉬지 않았다. 미동도 하지
않았다. 그 누구도 골프공이 아슬아슬하게 비껴 나가, 농구
공이 골대에서 튕겨 나가, 야구공이 폴대를 스치고 나가 파울
홈런이 되는 원인을 제공하길 원치 않았다.

착륙까지 5초가 남았다.

100.

조는 활주로 시작 지점에 있는 조명을 보았다. 빨간색과 노
란색 조명이 두껍게 두 줄을 이루고 있었다. 진입등이었다.
그다음에는 가느다란 초록색 조명 라인. 그다음에는 길게 쭉
뻗은 접지 구역의 하얀 조명. 그 중간의 단일 경로. 그곳이 활
주로 중심선이었다.

50.

40.

조와 빌은 기체의 수평 상태를 살폈다. 기울어져 있었다.
빌이 제대로 맞춰도 다시 기울어졌다. 그는 교정하고 또 교정
했다. 손을 떨지 않으려 부단히 애썼다.

30.

20.

지금이다. 조는 눈을 감고 싶었지만 끝까지 버텼다.

감속. 감속. 감속.

자동 기계 장치 소리가 지상에 임박했다고 차분하게 경고
했다.

마지막 순간, 조는 빌의 혼잣말을 들었다.

"149명의 영혼이 탑승해 있다."

41

뒷바퀴가 활주로에 쿵 부딪히면서 비행기가 뒤쪽으로 흔들리자 기체 앞부분이 위로 들리면서 꼬리가 땅을 때렸다. 자동 브레이크 시스템이 작동되면서 비행기는 저절로 속도를 줄였다.

"지금이야!" 빌이 소리쳤다. 조는 추력 레버를 뒤로 당겼다.

비행기가 홱 움직이더니 앞부분을 바닥으로 거칠게 쿵 떨어뜨렸다. 땅에 쾅 부딪히면서 노즈 랜딩 기어가 부서지고 기체 밑에서 불꽃과 연기가 뿜어져 나왔다. 비행기는 콘크리트 바닥에 갈리면서 활주로를 질주했다.

조는 빌이 페달을 최대한 세게 밟는 모습을 보았지만, 힘이 너무 약해서 효과가 있을 것 같지 않았다. 그는 발을 오른쪽에서 왼쪽으로 옮겨 가며 활주로에 비행기를 안정적으로 안착시키기 위해 필사적으로 방향타를 조종했다.

창밖으로 불길이 일면서 불꽃이 튀는 모습이 조의 눈에 들어왔다. 비행기는 통제 불능 상태였다.

활주로 끝이 저 앞에 어렴풋이 보였다. 쭉 늘어선 빨간 조명이 지시를 내리고 있었다. 멈춤.

조는 그게 가능할지 알 수 없었다.

다들 CNB 승합차 주위로 모여들었다. 눈앞에 보이는 광경을 믿지 못해 벌어진 입을 손으로 틀어막았다. 비행기가 빠르게, 너무 빠르게 움직였다. 제시간에 멈추게 할 방법이 없어 보였다.

예상치 못한 큰 소리가 났다. 비행기 앞부분이 바닥에 고꾸라지면서 꼬리가 하늘로 치솟았다. 비행기가 멈춘 것처럼 시간도 멈추었다. 적막. 잠시 동안 비행기는 머리를 땅에 박은 이상한 자세로 움직이지 않고 있었다. 크게 삐걱이는 소리와 함께 비행기 꼬리 아래쪽의 불룩한 부분이 쿵 떨어졌다.

아무도 움직이지 않았다.

조금 뒤, 자욱하던 먼지와 연기가 가라앉자 만신창이가 된 비행기의 모습이 드러났다. 활주로 끄트머리에 간신히 멈춰 선 비행기는 여기저기 부서지고 떨어져 나간 상태였다.

그래도 기체는 하나의 온전한 형태로 있었다.

숨죽이고 지켜보던 모든 사람이 일제히 반응했다. 이웃 주민, 언론 관계자 모두 환호성을 지르고 주먹을 부딪치며 하이파이브를 하거나 부둥켜안았다. 바네사는 카메라맨이 그녀의 등을 톡톡 다독이자 얼굴을 감싼 채 한쪽 무릎을 꿇고 주저앉았다.

캐리와 테오는 아무런 반응을 보이지 않았다. 나란히 선 그자세 그대로 한시도 비행기에서 눈을 떼지 못했다. 빌과 조의 상태를 두 눈으로 확인하기 전까지는 도무지 마음이 놓이지 않았다.

몇 초간 사위가 조용했다. 자동 기계 장치가 움직이면서 비행기 앞문이 서서히 열리더니 바깥쪽으로 휙 젖혀졌다. 곧이어 노란색 미끄럼틀이 튀어나와 땅에 닿을 때까지 터덜터덜 펴졌다. 뒷문도 같은 절차를 따랐다. 승객들이 문밖으로 나와 미끄럼틀로 뛰어내렸다. 각 미끄럼틀의 밑에서는 두 사람이 양쪽으로 서서 내려오는 승객들을 도와주었다. 또 다른 사람은 지상에서 승객들이 어디로 대피해야 하는지 안내했다.

빅 대디는 앞쪽 문에 서 있었다. 불과 6시간 전만 해도 승객들은 이 나라의 저 반대편에서 이 문으로 비행기에 오르고 있었다. 승객들이 비행기에서 뛰어내릴 때마다 그는 밖으로 돌아서서 팔을 흔들었다. 그리고 비행기 밖으로 나간 사람들에게 들리지도 않을 주의사항을 소리쳤다. 그는 몸을 단단한 바닥에 고정한 채, 하얀 거즈에 싸인 손으로 기체 내벽의 난간을 꼭 붙들고 있었다.

켈리는 뒤쪽 문에서 소리를 지르느라 얼굴이 벌게져 있었다. 한 남자가 미끄럼틀 꼭대기에서 뛰어내리길 주저했다. 그는 부상당한 승객이 앞서 내려가며 미끄럼틀의 노란 표면에 남긴 기다랗고 선명한 핏자국을 내려다보고 있었다. 그러자 켈리가 그의 허리에 손을 대고 그를 힘껏 밀었다. 그는 안전하게 아래로 내려갔지만 밑에서 사람들의 부축을 받고 일어섰을 때는 다리를 후들후들 떨고 있었다.

구급차의 파란색과 빨간색 조명이 혼란한 상황을 감싸며 비행기로 다가왔다. 소방대원들이 어떤 조치를 취할지 결정한 뒤 서로에게 소리치며 팔을 넓게 벌리고 비행기 주변에 빙 둘러섰다. 그다음, 방호복으로 무장한 구급대원들이 구급차에서 뛰어내렸다. 어두운 밤 속에서 그들의 하얀 방호복은 신발 상자에서 막 꺼낸 새로 산 테니스 운동화처럼 빛났다. 그 새하얀 유니폼은 연기와 먼지, 혈흔 때문에 얼마 지나지 않아 더럽혀질 터였다.

이윽고 승객들이 쏟아져 나오는 속도가 점점 더뎌졌다. 전례 없는 위기상황이었지만, 다들 모범적으로 절차를 따른 덕분에 대피는 시작과 동시에 빠르게 마무리되어 갔다. 아직 몇몇 승객이 뒤쪽 미끄럼틀로 내려오긴 했으나, 이제 앞쪽 문으로는 나오는 사람이 없었다.

그때 갑자기 거대한 덩치의 한 남자가 다른 성인 남자를 가벼운 수건 걸치듯 어깨에 툭 걸치고 앞문으로 나왔다. 미끄럼틀 꼭대기에 선 그는 어깨에 멘 남자를 그닥 조심스럽지 않게 바닥에 털썩 내려놓았다. 그러고는 남자를 무자비하게 발로 차 미끄럼틀 아래로 밀어 버렸다. 아래에 있던 구급대원들이 벌겋게 퉁퉁 부은 얼굴의 그 남자를 받았다. 그들은 그의 부상 정도를 확인한 뒤 들것을 요청했고, 방호복을 입은 구급대원이 그를 데리고 갔다.

덩치 큰 남자는 비행기 안으로 사라졌다가 이번에는 나이가 지긋한 남자를 아기 안듯이 팔에 안고 다시 나타났다. 나이 든 남자는 아래의 광경을 본 뒤 안도하며 자신을 구조해 준 사람을 올려다봤다. 그는 노인을 미끄럼틀 위에 최대한 조심스럽게 내려놓고 노인의 발과 머리에 이상이 없는지 살폈다. 비행기 안에서 누가 뭐라 말을 걸었는지 그가 비행기 안쪽으로 몸을 돌렸다. 그는 말 없이 고개를 숙이는 것으로 가볍게 인사하며 부드러운 미소를 건넸다. 그러고는 조심스레 미끄럼틀 가장자리로 가서 무릎 위에 나이 든 남자를 앉히고 함께 아래로 내려갔다. 그는 밑에 도착한 후에도 먼저 일어나서 주름진 노인의 손을 잡고 부축했다.

이제 대피 행렬이 완전히 끝났지만 조종사와 승무원들은

아직 비행기 안에 있었다. 열린 문 사이로 가끔씩 승무원들이 돌아다니는 모습이 보였다. 그리고 비행기의 작은 창문으로 그들이 통로를 빠르게 지나다니면서 내리지 않은 탑승객이 있는지 확인하는 모습도 보였다.

모두 내린 것이 확인되자 승무원들은 앞쪽 문으로 뛰어갔다. 대디가 조종실 안으로 들어갔다. 켈리는 갤리 밖에서 기다리며 앞쪽에서 무슨 일이 벌어지고 있는지 보려고 까치발을 들고 몸을 이리저리 움직였다. 조금 뒤, 그녀는 반사적으로 앞으로 돌진했다가 서둘러 뒷걸음치며 공간을 내주었다.

앞에서 빅 대디가 다시 모습을 드러냈다. 그는 허리를 구부린 채 엉거주춤한 자세로 천천히 뒤로 나오고 있었다. 무언가 묵직한 걸 옮기는 중이었다. 켈리가 오른쪽으로 물러나자 그가 왼쪽으로 돌며 문을 향해 뒷걸음질했다. 대디는 의식이 없는 어떤 몸뚱이의 두 다리를 붙잡고 엄청난 힘을 들여 질질 끌고 있었다.

몸뚱이가 더 끌려 나와 시야에 들어왔을 때 켈리는 뭐라도 도우려고 앞으로 튀어 나갔다. 축 늘어진 팔이 보였다. 조가 뒤에서 짧은 팔로 빌의 가슴을 겨우 안은 채 모습을 드러내자 켈리도 빌의 어깨 아래쪽을 함께 부축했다.

캐리는 그 모습을 스콧이 보지 못하게 아이의 얼굴을 돌렸고, 테오는 손으로 입을 막았다. 캐리의 품에 안긴 아기가 홀쩍이자 그녀는 아기를 더 힘주어 어르기 시작했다.

승무원 셋은 협소하고 장애물이 많아서 평소에도 드나들기 힘든 조종실 밖으로 키 큰 남자를 옮기느라 진땀을 뺐다. 그리고 마지막으로 남자를 세게 잡아당겨 마침내 밖으로 끌어냈다. 세 사람은 그를 바닥에 내려놓음과 동시에 털썩 주저앉았다.

그들은 한시도 쉬지 않고 팔을 휘두르고 서로 고개를 끄덕여 가며, 끊임없이 상의하고 계획을 세웠다. 빅 대디가 자리에서 일어나 출구 밖의 미끄럼틀과 비행기 밑에 모여 있는 구조대원들을 내다보았다. 빅 대디가 그들에게 뭐라고 소리치며 팔을 벌리는 몸짓을 하자 구조대원들이 그의 요구에 응답하며 다른 대원들에게 외쳤다.

조가 빌의 등을 받치며 뒤에 앉았고, 빅 대디와 켈리가 그의 양옆에 자리를 잡았다. 축 처진 빌의 등을 받치기 위해 치마를 걷어 올리고 앉아 있는 조의 가슴이 거친 숨을 내쉬며 오르락내리락하고 있었다. 세 사람은 천천히 움직이며 빌과 조가 함께 아래로 미끄러져 내려갈 수 있도록 준비했다. 출구 방향으로 힘겹게 움직이자, 드디어 그 어떤 것에도 가려지지 않은 그들의 모습이 드러났다. 조종사의 하얀 셔츠 앞을 흠뻑 적신 새빨간 피를 보자마자 온 세상이 숨을 짧게 들이마셨다.

캐리는 테오의 어깨 쪽으로 고개를 돌렸다.

"보지 마세요." 그가 그녀의 귀에 속삭였다. "제가 보고 있다가, 꼭 보셔야 할 때 말씀드릴게요."

그녀는 고개를 끄덕였고, 다시 몸을 돌릴 때까지 그의 어깨 뒤에 숨어 있었다.

미끄럼틀 아래쪽에 바퀴 달린 들것과 방호복을 입은 구급대원들이 도착했다. 다른 대원들은 승무원들이 밑으로 내려오면 잡아 주기 위해 두 명씩 짝을 지어 반대편에 자리를 잡았다. 빅 대디가 소리쳤다. 입 모양으로 분명하게 숫자를 셌다. 조종사와 승무원은 '셋' 소리에 맞춰 함께 아래로 쭉 미끄러져 내려왔다. 그들은 놀이터의 아이들처럼 미끄럼틀 아래쪽에서 붙잡혔다. 조종사는 바퀴 달린 들것에 실렸고 구급대원들이 그 옆을 따라 뛰며 빠르게 사라져 갔다.

조는 그녀를 잡아 주는 손은 잡고 일어났지만, 그녀를 데려가려는 손길은 뿌리쳤다. 그리고 미끄럼틀로 돌아서서 덜덜 떨고 있는 젊은 아가씨, 켈리에게 손을 뻗었다. 두 사람은 마주 보고 선 채 대디가 내려오기를 기다렸다가 그가 아래에 도착하자 일어설 수 있도록 도와주었다.

세 사람은 동그랗게 모여 섰다. 조가 둘에게 무슨 말을 하니까 두 사람이 고개를 끄덕였다. 조는 고개를 털레털레 저으며 돌아서서 비행기를 향해 손을 흔들었다. 그리고 승무원들의 귀에는 들리지 않을 어떤 말을 건넸다. 대디가 무슨 말을 덧붙이자 나머지 두 사람이 빙긋 웃었고, 결국 울음이 터진 켈리를 조가 안아 주었다. 조는 그녀의 등을 부드럽게 문지르며 빌을 살피고 있는 의료진들을 바라보았다. 빌을 하염없이 지켜보던 그녀의 얼굴에 눈물이 흘러 반짝거렸다. 대디는 돌아서서 붕대를 감은 손바닥으로 입을 막고 비행기를 올려다봤다.

그들은 조금 전에 일어난 일을 뒤로한 채 한동안 그렇게 서 있었다. 그리고 마침내 다 같이 뒤로 돌아서 그들을 기다리고 있는 의료진에게로 느릿느릿 걸어갔다.

한편, 저 반대편 지역의 외곽에 위치한 한 동네에서도, 노란색 사건 현장 테이프로 둘러진 그곳에 모인 사람들도 그 순간을 그저 지켜보며 가만히 서 있었다.

이제 끝났다.

자그마한 목소리가 감정에 북받쳐 울먹였다. 이런 끔찍한 현장에 순진하고 무고한 관찰자가 있다는 것은 분명 부적절하고 잘못된 일이었다.

"엄마?"

아이를 내려다본 캐리가 그 앞에 쪼그리고 앉았다. 그녀는 벌겋게 부은 눈으로 애써 미소를 지어 보였다. 안쓰러운 미소였다.

"응, 아들?"

"아빠 괜찮아요?"

42

침대 옆에 있는 수많은 기계들 중 하나에서 간간이 삐이—
소리가 났다. 메케한 소독약 냄새가 병실 안을 가득 채우고
있었다. 조가 앉아 있는 의자는 너무 딱딱해서 불편했다. 복
도 밖에서 어떤 의사가 다른 병동으로 호출되었다.

"나는 한 번도 이런 생각을 해 본 적이 없어, 빌." 조가 조용
히 말을 꺼냈다.

빌의 가슴은 겨우 오르내리고 있었다. 꼼짝달싹 못 하게 그
의 몸을 휘감은 튜브와 붕대 사이로 보라색과 회색으로 얼룩
덜룩한 멍들이 보였다. 감은 두 눈 중 오른쪽 눈은 시커멓게
멍든 채 부어 있었다. 어깨를 감싼 거즈는 그 밑에 총상 부위
를 꿰매 검붉어진 실밥과 대조되는, 무척 밝은 하얀색이었다.

그녀는 비행 중 가장 두려웠던 순간을 마음속으로 되새기

며 말을 이었다. "그 왜, 지금까지의 삶이 눈앞에서 주마등처럼 스쳐 지나간다는 말 있잖아. 내가 죽을 뻔한 경험이 있거나 죽다 살아난 사람들의 이야기를 전부 읽어 봤거든? 근데다들 같은 말을 하더라고." 침을 꿀꺽 삼켰다. "사람은 죽기전에 가족을 떠올린대. 아이들과 배우자를. 왜냐하면 그들이그 사람의 전부니까."

조는 창가로 걸어가 파란 하늘을 바라보았다. 침대에서 등을 돌리고 주르륵 눈물을 흘렸다. 결국에는 눈물을 참지 못했다. 눈물이 목까지 흘러내리고 목소리가 갈라졌다.

"그런데 나는 아니었어. 내 남편, 아이들, 부모님, 여동생, 테오, 친구들······. 아무도 떠오르지 않았어. 대체 나는 어떤사람인 걸까? 어떤 아내이고, 어떤 엄마인 걸까?"

기계에서 삐 소리가 났고, 그에 대답하듯 다른 기계에서도 같은 소리가 났다. 조는 고개를 떨구었다. 흐느낌에 몸이 떨렸다.

"고마워." 희미한 목소리가 속삭였다.

조가 돌아섰다.

"날 완전히 믿어 줘서 너무 고마워."

비행기가 이륙한 후부터 내내 마음속에 짊어지고 있던 죄책감이 사라졌다. 그리고 예상치 못한 후련함이 그녀의 가슴을 가득 채웠다. 그녀는 앞으로 다가가 빌의 손을 잡았다. 두사람 모두 눈물을 흘리고 있었다.

조는 자신의 뺨을 훔치고 나서 휴지를 꺼내 그의 볼에 흐르는 눈물을 부드럽게 닦아 주었다. "왜 일어났어. 더 잠들어 있지."

빌이 옅은 미소를 짓자 그의 왼쪽 볼이 봉긋 올라왔다. "내가 눈치 없었네, 미안. 캐리는 어디에 있어?"

"테오랑 아이들이랑 카페테리아에 갔어. 요거트 먹으러."

"테오가 승진한다는 얘기 들었어."

조가 자랑스러운 듯 미소 지었다. "당연히 그래야지. 그런데 한 달 무급 정직 징계도 받았다더라고. 뭐 어쨌든, 그다음에는 승진하겠지만."

"좋은 일도 있었네."

"여러 개 중 하나일 뿐이지, 뭐." 조가 병실 테이블에 있는 빨간색, 보라색의 풍성한 꽃다발 쪽을 보고 익살스러운 몸짓을 하며 말했다.

"코스탈도 할 만큼 해 줬어." 빌이 말했다. "넉 달간의 유급 휴가가 고마울 따름이야."

"그것도 너랑 나 둘 다 말이야. 오 맬리 수석님이 서류에 사인했대?"

빌의 낯빛이 어두워졌다. "감옥에서 하기는 어렵겠지."

노크 소리와 함께 문이 천천히 열렸다. 빅 대디가 머리를 빼꼼 들이밀어 빌이 깬 걸 확인하고서는 문을 활짝 열었다.

"할렐루야! 일어나셨네!" 그가 머리 위로 샴페인을 들어 올리며 환호했다. 그 뒤로 켈리가 알록달록한 풍선이 달린 아담한 꽃다발을 들고 병실 안으로 따라 들어왔다.

비행 직후 승무원들과 승객들이 의료진으로부터 받은 해독 치료와 국소 요법은 기적과도 같았다. 대디의 얼굴은 원래의 색을 거의 되찾았다. 조는 대디가 오버사이즈 선글라스를 벗은 뒤에야 다시 예전처럼 하얘진 그의 흰자위를 확인할 수 있었다.

그녀는 빌이 저렇게 환하게 웃는 모습을 처음 보는 것 같았다. 그는 눈물을 삼키려 눈을 깜빡였지만 뜻대로 되지 않았다. 켈리 역시 눈물과의 싸움에서 지고 말았다. 켈리가 들고 있던 꽃다발의 풍선이 그녀의 흐느낌에 맞춰 통통 튀었다. 조는 활짝 웃으며 그녀를 꼭 끌어안았다. 샴페인을 따르라 혼자 바빴던 대디도 울지 않으려 꾹 참다가 결국엔 실패하고 콧구멍을 벌름거렸다.

그들은 모두 슬펐다. 혼란스러웠다. 그리고 화도 났다. 조는 그들이 감당해야 할 트라우마가 얼마나 깊을지 알 수 없었다. 그럼에도 한편으로는 기쁘기도 했다. 승무원으로서 짊어져야 하는 책임이 무엇인지 아는 유일한 동료들과 함께 있다는 것이 벅찼다. 내가 누구인지, 무엇을 보았는지를 진심으로 이해해 주는 가족과 함께여서 좋았다.

코르크가 병에서 퐁 튀어나왔다. 켈리가 가방에서 플라스틱 컵을 꺼내자 대디가 샴페인을 따랐다. 코스탈 에어웨이 416편에서 생존한 승무원들이 빌의 침대 옆에서 잔을 들어 올렸다.

"영광의 상처를 위하여." 조가 말했다.

다들 웃음 지었다. 모두 함께 술을 마셨다. 그리고 눈물을 훔쳤다.

빌은 벤, 샘과 함께 원형 테이블에 앉았다. 세 남자의 앞에는 빈 찻잔이 놓여 있고 작은 찻주전자가 테이블 한가운데 있었다. 셋은 주전자에서 차를 따랐다. 각자 서로를 위해 차를 따랐고, 찻주전자에서는 매번 다른 음료가 나왔다. 샘은 홍차를, 벤은 크림이 섞인 커피를, 그리고 빌은 늘 그렇듯 블랙커피를 따랐다. 세 남자는 찻잔에 입김을 불어 가며 마시기 좋을 만큼 차가 식을 때까지 기다렸다. 아무 말 없이 서로를 바라보며 앉아 있었다. 잠시간의 기다림. 그리고 드디어 차를 마셨다. 차를 마시고 세 사람은 서서히 미소 짓기 시작했다. 얼마 지나지 않아 전염되듯 미소가 웃음으로 바뀌었다. 셋은 눈물이 날 정도로 크게 웃었다. 테이블을 쿵쿵 두드리면서 황홀감에 머리를 뒤로 젖힌 바로 그때, 빌은 잠에서 깨어났다.

땀에 흠뻑 젖은 채 깨어난 그의 가슴이 아래위로 크게 들썩였다. 그는 잠시 천장의 실링팬을 주시하며 맥박이 느려지고 아드레날린 수치가 정상을 찾아가기를 기다렸다.

캐리를 깨우지 않으려 조심하면서 침대 옆으로 다리를 내렸더니 어깨에 섬뜩한 통증이 몰려왔다. 벌써 석 달이 지났는데도 그 상처 부위의 신경은 회복될 기미가 없었다. 실제가 아닌 축축한 감각이 느껴졌다. 의학적 측면에서 봤을 때 예전 상태로 돌아가기까지 시간이 꽤 걸리리라는 걸 빌도 잘 알고 있었다. 그 어떤 의사도 빌의 상태를 보고 '직무 수행에 적합하다'라는 승인을 내리지 않았다. 그러나 언젠가는 다 나을 것이고 다시 그의 자리로 돌아갈 것이었다.

임차한 집 안을 조용히 걸어 스콧과 엘리스를 보러 갔더니 둘 다 곤히 자고 있었다. 아이들은 참 놀라웠다. 캐리와 그는 아이들의 회복력에, 특히 스콧의 회복력에 감탄했다. 두 사람은 이번 일이 스콧의 남은 인생에 어떤 식으로든 영향을 미칠 것을 알았지만, 아이는 아직까지는 감당할 만한 듯 보였다. 여전히 대부분의 시간을 놀면서 보내고 싶어 했으니까.

빌은 아래층 서재에 있는 탁상 램프를 딸칵 누르고 컴퓨터 마우스를 흔들었다. 화면이 켜지자 브라우저에 12개 정도의 탭이 열렸다. 모니터 옆에 있는 책꽂이에서 책 한 권을 집어 들어 형광펜과 빨간 펜으로 동그라미 표시를 해 둔 페이지를 열었다.

1시간이 지났다. 펜을 내려놓고 눈을 문질렀다.

"당신이 여기 와서 다른 여자한테 문자 보내다가 걸리면, 나 진짜 무슨 짓이든 할 거야."

오버사이즈 티셔츠에 튜브 삭스를 신은 캐리가 문틀에 기대어 있었다.

빌이 서재 의자를 뒤로 젖혔다. "우리가 겪었던 일보다 그런 일이 일어날 가능성이 더 낮다고."

캐리가 웃었다.

"또 차 마시는 꿈이야?"

빌이 끄덕였다.

캐리는 서재 안으로 들어와 그의 무릎 위에 앉았고, 그가 가볍게 몸을 흔들자 그의 어깨에 머리를 살포시 기댔다. 그녀는 메모로 가득한 공책들과 포스트잇이 삐죽 튀어나온 책 더미를 바라봤다. 그리고 하나를 가리켰다.

"저자가 사담 후세인에 대해 말하는 데까지 봤어?"

빌은 책에서 묘사한 잔학 행위를 떠올리며 한숨을 푹 내쉬고 손가락으로 머리를 빗어 넘겼다. 빌의 비행기에서 사용된 것과 똑같은 유독 가스로 18만 명이 살해당했고, 거의 모든 쿠르드족 마을이 파괴되었다. "레이건 대통령은 어떻게 아무것도 하지 않을 수 있었을까?"

캐리는 책 표지를 가만히 바라보았다. "우리도 마찬가지였 잖아. 이 책을 읽기 전까지는 이런 일이 일어난 줄도 몰랐어. 18만 명이야, 빌." 그녀가 고개를 저었다. "우리가 겪고 있는 상황을 한번 생각해 봤어. 고통과 분노는 다스리기 정말 어렵 잖아. 트라우마를 감당하기도 무척 힘들고. 하지만 잘 생각해 봐. 그래도 비행기에 탄 사람들이 모두 살아서 걸어 나왔어."

빌은 책상 위의 책 더미 옆에 놓인 은반지 한 쌍을 보았다. 코스탈 에어웨이 로고 아래에 굵은 글씨로 '벤 미로'라고 각인되어 있었다.

"모두는 아니지." 빌이 말했다.

캐리가 그의 목에 팔을 둘렀다. 그녀의 따스한 숨결이 그의 피부를 촉촉하게 적셨다.

"벤이 여기에 있었으면 좋겠어." 빌이 말했다.

"나도 알아."

"무언가를 올바르게 되돌리고 싶은 마음이야. 어떻게 해야 할지는 모르겠지만."

캐리가 웃으며 바로 앉았다. 빌도 얼굴에 미소를 지으며 그녀를 바라보았다. "뭐가 그렇게 재밌어?"

그녀가 그의 볼에 손을 얹었다. "빌. 당신은 일리노이 시골에서 자랐고, 지금은 로스앤젤레스에 살아. 유당 불내증이 있고, 2주에 한 번씩 멋진 세차장에 차를 가지고 가지. 그런 당신이 그 문제를 바로잡으려는 답을 찾을 수 있을 거라 생각하는 거야?" 캐리가 조사 자료 더미를 가리켰다.

빌은 그녀에게 벤과의 약속을 상기시켰다.

"당신은 벤에게 그걸 고쳐 내고 말 거라고 약속한 게 아니야. 아마 벤도 들으면 웃었을걸? 당신은 그냥 최선을 다해 돕겠다고 약속한 거야. 그게 바로 우리가 해야 할 일이고. 앞으로도 계속 배우고 경청하면서 우리가 문제를 충분히 이해했다는 생각이 들었을 때, 아마 그러기는 어렵겠지만, 어쨌든 그때가 되면 그 문제를 바로잡는 방법을 아는 사람들을 찾아나서게 되겠지. 그러고 나서 우리가 할 수 있는 최선을 다해 그들을 도우면 돼."

빌이 감탄하는 얼굴로 그녀를 바라보았다. 캐리의 말이 맞았다. 이 논리 정연하고, 감각적이며, 직관적인 여신을 그의 인생의 나침반으로 삼을 수 있다는 건 너무도 큰 행운이었다. 빌은 자신이 그녀를 옆에 둘 만한 자격이 있는 사람인지 확신이 서지 않았다.

"그 두 사람, 싫어?" 빌이 물었다.

그녀의 미소가 희미해지더니 두 눈이 잠시 다른 곳을 향했다. 빌은 병원에서 집으로 돌아왔던, 둘이 함께 침대에 누워 캐리가 아이들과 자신에게 벌어진 일들을 자세히 이야기하며 눈물을 흘리고 자신은 그런 그녀를 꼭 안아 주었던, 그날 밤을 떠올렸다. 스콧의 코를 닦아 주던 샘의 모습이 머릿속에서 떠나지 않았다. 캐리가 그 테러범의 소매를 걷어 주던 모습도.

"그들이 한 행동은 싫어." 그녀가 생각 끝에 말했다. "하지만 그들이 싫지는 않아. 당신은?"

빌은 그녀의 등에서 날개를 보았다.

"난 아직 결정 못 했어." 그가 말했다.

그는 그녀의 손을 잡고 손가락 끝마다 부드럽게 입을 맞춘 다음, 손바닥으로 자신의 얼굴을 감싸게 했다. 그는 한동안 움직이지 않았다. 마침내 그녀의 손을 도로 내려놓고 말을 꺼냈다. "미안해, 캐리."

캐리가 이마를 찌푸렸다. "뭐가?"

"나여서 미안해. 내가 그 비행을 가지 않았더라면. 그날 집에 있었더라면—"

그녀가 그의 입에 손끝을 갖다 댔다.

"난 당신과 함께하는 삶을 선택하면 어떤 인생이 펼쳐질지 정확하게 알고 있었어. 내 인생 최고의 선택이었지."

부끄러움에 빌의 얼굴이 일그러졌다. "이런 일을 겪고도 어떻게 그렇게 말을 할 수 있어?"

캐리가 웃었다. "지금이니까 특별히 그렇게 말하는 거야."

그녀는 그의 품으로 더욱 깊숙이 파고들며 무릎을 가슴 앞으로 당겼다. 빌은 스콧이 그 자세로 캐리의 무릎에 앉아 있는 걸 자주 봐 왔다. 그래서 그녀가 아이를 흔들어 주듯 그도 그녀를 흔들어 주었다.

"우리, 괜찮을까?" 빌이 물었다.

빌이 캐리를 꽉 껴안자 그녀는 그의 품으로 더 파고들었다.

"우리는 이미 괜찮아."

감사의 말

처음에 이 책을 출간해 줄 곳을 찾으려고 에이전시 마흔한 군데에 문의를 했습니다. 하지만 아쉽게도 다들 답변을 주지 않았어요. 아무런 발판도 없고 출간 이력도 없는 항공기 승무원 출신이 쓴 소설을 책으로 내기란 정말 쉽지 않더군요. 그러나 누가 알았을까요?

마흔두 번째 시도가 쉐인 샐러노에게 향할 거란 걸 말이죠.

쉐인 샐러노에게 원고를 보낼 때 저는 두 가지 부분에 확신을 가지고 있었어요. 첫째, 쉐인은 제가 상상했던 이 소설의 스토리와 완벽하게 들어맞는 사람이라는 것. 그리고 둘째, 쉐인이 제 원고를 들여다볼 리 없다는 것이었어요. 당시 저는 그에게 책의 첫 스물다섯 페이지와 함께 이런저런 메모를 끄적여 놓은 노란색 리갈 패드를 보냈습니다. 왜 그랬는지는 모르겠어요. 다른 곳에 제안서를 보낼 때는 그렇게 하지 않았거든요. 심지어 리갈 패드에 뭐라고 적혀 있었는지도 잘 기억나지 않아요. 그 메모를 끄적이면서 웃었던 기억은 어렴풋이 나는 것 같기도 합니다. 어쨌든 그 메모는 제 자신과 스토리에 대한 자신감이 진하게 배어 있는 그런 내용이었습니다.

사실은, 마흔한 번이나 거절당하고 나니까, 실제 현실과 제가 가지고 있던 자신감 사이의 괴리를 너무나 크게 느끼고 있었습니다.

그런데 어쩌면 그 메모가 신의 한 수였을지도 모르지요. 아니면 제가 전생에 뭔가 착한 일을 했을 수도 있고요. 아니면 외계인이 한 짓일 수도 있겠죠. 휴, 잘 모르겠군요. 결국 저는 쉐인이 제게 기회를 준 이유를, 제가 쉐인의 눈길을 사로잡은 요인을 알아내는 걸 멈추기로 했습니다.

유일하게 확신할 수 있는 것은 쉐인의 결정으로 인해 제 삶 전체가 더 나은 방향으로 변했다는 겁니다.

쉐인은 단순한 에이전트가 아닙니다. 그는 스토리텔링을 포함한 모든 것에 있어서 이 분야의 대가이죠. 미야기 씨 같은 멘토이자 선생님이기도 하고요. 그리고 열렬한 지지자이자 믿음직한 친구이기도 합니다. 쉐인은 제가 스토리를 최고로 멋지게 구성할 수 있도록 매일같이 도와주었고, 뿐만 아니라 제가 최고로 멋진 작가로 발돋움할 수 있도록 격려해 주기도 했습니다. 쉐인, 당신과 함께한 작업, 당신에게 받은 가르침, 모두 정말 놀라운 여정이었어요. 고맙고, 고맙고, 또 고맙습니다.

그리고 더 스토리 팩토리의 팀 전체에 깊은 감사를 드립니다. 특히 잭슨 킬러, 리안 콜먼, 데보라 랜들, 당신들의 지칠 줄 모르는 노력에 마음을 다해 감사드립니다. 더 스토리 팩토리의 대표 작가님들에게도 감사를 전합니다. 그분들에게 받은 환대와 지지는 전혀 예상치 못한 특권이었어요. 에이드리언 맥킨티와 돈 윈슬로, 제가 벽에 가로막힐 때마다 여러분의 통찰력이 고스란히 담긴 조언이 제게 길을 터 주었습니다. 그리고 스티브 해밀턴, 아낌없는 지원과 노력에 특별히 감사드립니다. 당신의 메시지 덕분에 이 책의 내용이 훨씬 더 좋아졌고, 당신의 격려 덕분에 책을 처음 집필하는 이 초보 작가는 마음이 한층 차분해질 수 있었습니다. 당신의 친절은 제게 우주와 같았습니다.

이 책은 저에게 출판 업계를 향한 첫 번째 도전이었습니다. 전문적이고, 세심하며, 제가 진심으로 사랑하는 애비드 리더 프레스의 팀은 제가 옳은 길로 나아갈 수 있도록 도와주었습니다. 이 책에 이보다 더 나은 집이 있을까, 저는 상상할 수조차 없습니다. 캐럴린 켈리, 메러디스 빌라렐로, 조던 로드먼, 벤 뢰넨, 로렌 웨인, 줄리아나 하우프너, 에이미 게이, 엘리 로

렌스, 모건 호이트, 아만다 멀홀랜드, 엘리자베스 허버드, 제시카 친, 루스 리-무이, 브리지드 블랙, 케이트 램보른, 앨리슨 포르네르, 시드니 뉴먼, 폴 오'할로란, 코르디아 룽, 린다 사위키: 저의 아이디어에 현실감을 불어넣으려 열심히 노력한 여러분의 모든 헌신에 정말 감사드립니다. 그리고 뛰어난 편집자이자 출판인인 조피 페라리-아들러, 당신의 예리한 눈과 감출 수 없는 열정의 흔적이 책의 모든 페이지에 남아 있습니다. 우리가 함께 일해 온 나날들은 완벽한 기쁨이었어요. 고맙습니다.

그리고 제가 사이먼 앤드 슈스터의 작가 대열에 합류하게 되어 너무나 영광입니다. 리즈 펄과 게리 우르다, 폴라 아멘돌라라, 웬디 시아닌, 트레이시 넬슨, 콜린 실즈, 크리시 페스타, 스투 스미스, 테레사 브룸, 레슬리 콜린스, 레오라 번스타인과 이곳에 다 적지 못한 다른 사람들에게도 이 책을 지지해 주어 감사하다는 마음을 전합니다. 여러분이 이 세상과 공유하는 여러 가지 놀라운 작업 중 아주 작은 부분이나마 제가 함께할 수 있어 영광이었습니다. 그리고 제가 커리어를 쌓아가며 앞으로 나아갈 수 있도록 중요한 시기에 격려의 말을 아끼지 않았던 조나단 카프에게 특별히 감사의 말을 전합니다.

소규모 독립서점들은 제게 마법과 같은 존재였습니다. 초창기에 제 원고를 읽어 줄 최고의 독자가 넷이나 있었다는 건 정말 큰 행운이었어요. 신디 다흐, 카일 헤이그, 사라 '붓다' 브라운, 그리고 카밀라 오르. 저는 여러분의 피드백을 황금처럼 소중히 여겼습니다. 또한 제 문학의 본거지라 할 수 있는 애리조나의 체인징 핸즈 서점. 그 서점의 오래된 직원 배지는 제가 가장 아끼는 물건 중 하나로 남아 있습니다. 감사합니다.

이 스토리는 기본적으로 항공 분야에 종사하는 사람들이 맡는 고유의 임무에 대한 존경을 기반으로 합니다. 저는 매일 수많은 사람들을 목적지까지 안전하게 안내해 주는 조종사들과 승무원들에게 경외심과 고마움을 느낍니다. 지난 십여 년간 그들과 함께 같은 업계에 몸담고 있었다는 건 제게 큰 기쁨이자 특권이었습니다. 물론 책을 보시면 아시겠지만, 당연히 저는 비행기 조종사가 아닙니다. 그리고 이 스토리는 픽션입니다. 제 목표는 설득력이 있을 만큼 정확하되, 교육 매뉴얼은 아닐 정도로 상상력을 가미한 스토리를 만드는 것이었습니다. 저의 끝없이 이어지는 질문에도 제가 비행 조종을 이해할 수 있도록 끝까지 인내심을 가지고 즐거운 마음으로 도와준 조종사들, 특히 '전화 조종사 친구들' 마크 브레가, 파브리스 보세, 브라이언 패터슨, 제이미 루소 덕분에 이 모든 걸 이뤄 낼 수 있었습니다. 그리고 저의 가족 중 어머니와 여동생도 항공 업계 종사자입니다. 제가 저의 첫 항공사인 버진 아메리카에 입사했을 때 항공 산업을 향한 제 마음은 정말 진심이었습니다. 승무원들, GST, 관리자들, 트리플 니켈 (심지어 CSS도): 저는 우리가 함께 이뤄 낸 것이 자랑스럽고 그 추억을 매일 그리워하고 있습니다. 책 속의 416편 승무원들은 제가 수년간 비행을 하며 만난 똑똑하고 용감하고 재미있고 재치 있는 같은 팀 동료들에게서 영감을 받아 나온 캐릭터입니다. 저는 팀 동료들이 그 캐릭터를 통해 자신을 들여다볼 수 있었으면 좋겠어요. 여러분은 언제나 제게 요정의 마법 가루 같은 존재였습니다. 고마워요.

에밀리 드보니스와 도미닉 드보니스, 사라 브라운스타인, 데이비드 셔프와 수잔 셔프(세상에서 제일 멋진 부동산 전문가), 에이락 파텔, 잭 젬크, 존 케이블, 베스 헌트, 켈리 콜린스, 그리고 바네사 브람레트: 당신들에게는 직접 고마운 마음을 전할 테니 감사 인사 받을 준비 하시길! 곧바로 여러분에게 전화를 퍼부을 작정이니 다들 조심하세요.

제 '사람들'은 제가 줄 수 있는 것보다 훨씬 더 두터운 신망을 받을 자격이 있습니다. 간단히 말하죠. 저의 부모님 켄과 데니즈, 제 여동생 켈린과 제부 마티. 그리고 족제비 두 마리, 그랜트와 데이비스. 제가 앞으로 나아갈 수 있게 해 주어 고맙습니다. 여러분의 무조건적인 사랑이 없었다면 저는 아무것도 못 했을 거예요.

마지막으로, 꼭 언급되어야 할 특별한 세 사람이 있습니다.

시나 가스파르에게 제가 책을 쓰고 있다고 말했을 때, 그녀의 반응은 제가 이미 집필을 다 끝내고 책을 출간한 뒤 베스트셀러 작가가 됐다고 생각될 정도로 큰 힘이 되었습니다. 누구에게나 시나처럼 깊이 있고 의심 없이 친구를 믿어 주는 진정한 친구가 있다면, 우리 세상은 실현된 꿈들이 훨씬 더 많은 그런 세상이 될 것입니다.

저는 중학생 때부터 브라이언 서프의 생각을 가치 있게 여겼습니다. 그에게 초안을 건넬 때는 정말 끔찍했어요. 그가 사정없이 솔직한 평가를 할 것을 알았기 때문이죠. 말 그대로 최악의 상황을 예상했어요(정말이에요. 초안은 엉망이었거든요). 하지만 그는 열두 페이지에 이르는 상세한 메모를 제게 건네며 저를 진짜 작가처럼 대해 주었습니다. 브라이언이 저에게 "당신이 책을 썼어"라고 말해 주기 전까지, 저는 제가 정말 책을 써냈다는 사실을 믿지 못했어요. 브라이언, 당신이 늘 보여주었던 관대함과 존경심에 영원히 감사할게요.

제가 체인징 핸즈 서점에 입사 지원서를 넣었던 것은 제 어머니의 추천 덕분이었습니다. 그리고 버진 아메리카 항공사의 면접을 본 것도, 제가 버진 아메리카와 잘 맞을 것 같다는 어머니의 조언 덕분이었죠. 제가 제 자신이 원하는 수준에 이르지 못한 채 안주하면, 어머니는 그 모습을 그냥 보고 계실 분이 아니랍니다. 그래서 저는 이 책을 쓰면서도 계속 수정하고 또 수정했습니다. 어머니는 제가 무엇을 필요로 하는지 저 스스로도 모를 때조차 그게 무엇인지 정확히 알고 계세요. 제 삶 전체를 통틀어서 말이에요. 어머니는 종종 이렇게 말씀하세요. "네 엄마는 항상 옳단다." 그럴 때마다 저는 눈동자를 이리저리 굴리곤 하죠……. 하지만 어머니와 저는 압니다. 저 역시 그 말에 동의한다는 걸요.

엄마, 이 모든 건 다 엄마 덕분이에요.

옮긴이 나현진
한양대학교에서 독문학과 경제학을 공부했다. 독일어와 영어 서적을 번역하며, 작가와 독자를 이어 주는 징검다리 역할에 즐거움을 느낀다. 옮긴 책으로는 《퀸스 갬빗》, 《훔쳐보는 여자》, 《안녕, 알래스카》, 《네이비씰 균형의 기술》, 《딜리버리》, 《상어 이빨》, 《디 앱》이 있다.

폴링

초판 1쇄 2024년 5월 30일

지은이 T. J. 뉴먼
옮긴이 나현진

책임편집 백지연
편집 이정
표지디자인 문성미

펴낸곳 어느날갑자기
출판등록 2017년 8월 31일 제2021-000322호
연락처 070-7566-7406, dayone@bookhb.com
팩스 0303-3444-7406

폴링 © T. J. 뉴먼, 2024
ISBN 979-11-6847-229-7 03840